꽃신

꽃신

초판 1쇄 찍은 날 | 2015년 2월 27일
초판 2쇄 펴낸 날 | 2017년 8월 29일

지은이 | 무연
펴낸이 | 서경석

편집책임 | 조윤희
디 자 인 | 신현아

펴낸곳 | 도서출판 청어람
등록번호 | 제387-1999-000006호
등록일자 | 1999. 5. 31
어람번호 | 제5-0402호

주소 | 경기도 부천시 부일로 483번길 40 서경B/D 3F (우) 14640
전화 | 032-656-4452 팩스 | 032-656-4453
http://www.chungeoram.net
E-mail | chungeorambook@daum.net

ⓒ 무연, 2015

ISBN 979-11-04-90125-6 03810

꽃신

무연 장편 소설

C h u n g e o r a m   r o m a n c e   n o v e l

도서출판 청어람

목차

序章 꽃신 ❋ 007

一章 담제웅 ❋ 011

二章 진설 ❋ 035

三章 한 명의 황후, 두 명의 후궁 ❋ 089

四章 음모 ❋ 142

五章 마주 보다 ❋ 197

六章 꽃물이 들다 ❋ 223

七章 절벽 끝의 꽃 ❋ 283

八章 손을 놓다 ❋ 347

終章 함께 걷는 길 ❋ 394

외전 1 당신과 함께 ❋ 427

외전 2 유한 ❋ 435

작가 후기

序章

꽃신

눈 위에 꽃이 흐드러지듯 붉은 핏방울이 떨어졌다.

피를 흘리고 있음에도 사내를 보는 여인의 입가에 미소가 감돌았다.

시작은 거래였고, 후에는 연모였으며, 지금은 모든 일의 마무리였다.

"폐…… 하."

불어오는 바람에 섞인 눈이 허공에 맴돌다 바닥에 떨어졌다. 미소와는 다르게 여인의 입에서 흘러나오는 것은 검붉은 피였다. 사내의 손을 잡고 있는 여인의 손에서 힘이 빠져나갔다.

불어오는 바람에 여인의 몸이 휘청거리자 놀란 사내가 여인을 붙잡았다.

"하현아?"

휘청거리는 여린 몸에서 무언가가 빠져나가 버린 듯하였다.

새하얀 눈 위에 떨어진 핏방울이 사내의 눈에 강렬히 들어왔다.

당황해 놀라는 사내를 보던 여인이 옅은 기침을 내뱉었다.

"폐하…… 괜찮아요."

아무것도 모르고 잡은 사내의 손, 그 대가를 치러야 할 시간이 온 것 같았다.

입에서 타고 내려오는 굵은 핏덩이가 사내의 손으로 흘러내렸다.

품 안의 여인이 고통스럽게 몸을 비틀수록 사내의 피가 차가워졌다. 온몸의 불길함이 불길로 변해 태우듯 온몸에서 일어나는 공포가 사내를 집어삼키기 시작했다.

"어, 어서 태의를…… 태의를……. 무엇들 하느냐! 어서 태의를 데려오란 말이다!"

사내의 고함에 궁인들이 바쁘게 움직이기 시작했다. 뺨을 감싸고 있는 사내의 손을 감싸며 여인이 사내를 바라보았다.

차가워지는 뺨에 닿은 그의 온기가 무척이나 따뜻했다.

명룡국에서 가장 고귀하고 절대적인 존재인 황제.

하지만 여인에게는 황제이기보다는 언제나 곁에서 지켜야 할 사내였다.

그가 다치지 않아서 다행이다.

"폐하."

"말을 아껴라. 태의가 오고 있다."

"무탈하시고…… 마음…… 쓰지 마세요."

"그런 말 필요 없다! 괜찮을 것이다! 내가, 내가 아무 일도 없게 할 것이란 말이다."

사내의 눈에서 흐르는 눈물이 여인의 뺨에 떨어졌다.

그가 자신만을 위해 울고 있다.

사내를 죽이기 위한 차(茶)였다. 그들의 계획대로라면 지금 죽어가는 사람은 그녀가 아니라 황제인 그였을 것이다.

생의 마지막 순간이지만, 여인은 스스로의 선택을 후회하지 않았다.

"폐하의 손을…… 잡은 것이 제 생애에…… 가장 잘한 일 같아요."

굵은 핏덩어리를 토해내며 여인이 힘든 숨을 내쉬었다.

조금만 더 그를 보고 싶다. 아주 조금만 더 그를 눈에, 마음에 담고 싶다.

그에게 하고 싶은 말이 많이 남아 있었다.

하지만 차갑게 굳기 시작한 몸이 마음대로 움직여지지 않았다.

생의 마지막 기력을 짜내어 여인이 사내에게 지어 보일 수 있는 가장 환한 미소를 지었다.

"폐하, 안녕히……."

뺨을 감싸고 있던 여인의 손이 쌓인 눈 위에 힘없이 떨어졌다.

믿을 수 없다는 듯 떨리는 눈이 여인을 오랫동안 바라보았다.

사내의 시간이 멈추었다.

숨소리조차 함부로 내쉴 수 없을 정도로 내려앉은 끔찍한 정적 속에서 축 늘어진 여인을 품에 안았다.

"아……."

꽉 막혀 버린 듯 숨을 쉴 수 없다.

늘어진 몸에서 느껴지는 냉기가 그를 두렵게 하였다.

"아아악!"

사내의 포효가 차가운 궁궐에 무섭게 울려 퍼졌다.

一章

담제웅

매섭게 불어오던 명룡국의 바람이 어느새 따뜻한 영화국의 것으로 바뀌었다.

영화국 황태자였던 담제웅이 명룡국을 상대로 일으킨 전쟁이 끝난 지 2년이 넘었다. 명룡국의 투신이라 불리는 휘왕 진세운에게 철저히 패배한 영화국은 황태자인 담제웅을 폐위시키는 것으로 전쟁을 빠르게 마무리하였다.

녹음이 짙게 드리워진 산을 걸어가는 사내의 모습은 온화한 바람과는 달리 상처투성이였다.

무모할 정도로 매달리던 그의 연정이 끝났다. 유일하게 마음에 품은 여인은 그가 아닌 다른 사내의 손을 잡았다. 다른 사내의 곁에서 활짝 피어오르는 여인을 보는 순간, 사내는 결국 자신의 연모를 버렸다.

영화국의 황태자 담제융.

차기 황제이던 사내는 더 이상 없다.

공식적으로는 명룡국의 영토를 차지하기 위해 일으킨 전쟁으로 되어 있었지만, 사실은 그렇지 않았다. 휘왕 진세운에게 어쩔 수 없이 보내야 했던 자신의 여인, 그 사람만 찾을 수 있다면 제융은 무슨 짓이든 할 수 있었다.

여인을 되찾기 위한 전쟁에서 제융은 완벽하게 졌다.

이제 남은 것이라고는 자신의 몸뚱이 하나뿐. 여인을 얻으면 전부를 가질 수 있는 전쟁에서 그는 아무것도 얻지 못했다.

"가예야."

불어오는 바람이 제융의 입에서 나오는 힘없는 소리를 멀리멀리 퍼뜨렸다.

이제는 연모하는 사내가 아니라 오라버니로 돌아가야 한다. 그것이 이제는 폐태자가 된 제융이 할 수 있는 유일한 선택이었다.

"마음을 원하는 대로 바꿀 수 있다면 얼마나 좋겠는가?"

오라버니라는 단어가 제융의 마음에 다시 상처를 냈다. 공허한 눈빛에 깊은 절규가 각인처럼 새겨졌다.

폐태자로 감금되었던 궁에서 도망친 후 제융은 먹지도, 마시지도 않은 채 무작정 걷기 시작했다. 말끔하고 단정하던 모습은 모든 것을 놓은 후 완전히 사라지고 없었다.

걸인보다도 엉망인 모습이지만 몸의 고통은 느껴지지 않았다. 몸이 무너져 내릴수록 깊어지는 것은 마음의 상처, 그리고 잡지 못한 여인의 잔영이었다.

담제융의 세상. 모든 것을 잃으면서까지 연모하고 아끼던 하나뿐인 빛.

그의 입가에 희미한 미소가 감돌았다.

"나의 빛."

팔에서 흐르는 피가 한 방울씩 길가에 떨어졌다.

아무것도 모를 때 만난 여인의 모습이 아직도 눈앞에 생생했다. 제융의 존재에 부담스러워하면서도 조심스럽게 다가오던 여인의 행동을 그녀만이 낼 수 있는 담담하고 잔잔한 목소리를 떠올리는 것만으로도 심장을 두근거리게 했다.

"나의 세상."

그녀만 있으면 모든 것을 이룰 수 있었다.

모든 것이 엇나가 있었지만 시간이 흐른다면, 함께하는 순간이 늘어난다면 제융은 가예와 함께 새로운 세상을 만들 수 있을 것이라 꿈꿔왔다.

하지만 꿈은 꿈일 뿐, 운명은 제융을 선택하지 않았다.

"죽는 것이 나았다."

가예는 제융에게 오라버니로 남아달라고 간청했다. 제융은 그 청을 받아들일 수밖에 없었다.

그리고 제융은 무너져 갔다.

"죽었다면 이토록 힘들지는 않았을 것이다."

평생을 연모한 여인을 오라버니의 모습으로 바라볼 수 있을까?

자신도 모르게 제융은 고개를 저었다.

암울한 미래, 초점을 잃은 제융의 눈동자가 심연에 침식한 듯 어두워졌다.

"컥."

힘겹게 걸음을 옮기던 제융이 무릎을 꿇었다. 터진 상처에서 흐르는 피가 흙에 흥건히 스며들었다. 본능적으로 입을 가린 손에 진득한 피가 한가득 고였다.

제융의 눈이 하늘을 향했다.

회색의 하늘.

가예를 잃은 후부터 제융의 눈에 보인 하늘은 언제나 흐렸다.

허공을 맴돌던 제융이 땅에 쓰러졌다.

초점을 잃은 제융의 눈앞에 가예가 모습을 드러냈다.

언제나 단아하고 정갈한 그녀의 모습에 제융의 입가에 희미한 미소가 감돌았다. 들기도 힘든 손을 억지로 들어 올리자 고운 손이 포근하게 제융의 손을 감쌌다.

지금의 상황이 죽기 직전에 보는 꿈이어도 상관없다.

차라리 꿈에서라도 그녀의 곁에 머물 수 있다면…….

가예의 손을 잡은 제융이 편안히 눈을 감았다.

눈에 고여 있던 맑은 눈물이 엉망이 된 얼굴을 따라 아련하게 흘러내렸다.

죽고 싶다는 바람과는 다르게 제융의 눈에 먼저 들어온 배경은

낡은 천장, 그리고 코를 찌르는 약 냄새였다. 두세 번 눈을 깜박인 그가 소리 없이 무거운 한숨을 내쉬었다.

삶은 때로는 죽음보다 무거웠다.

이번에야말로 포기할 생각이었건만, 세상은 그에게 다시 삶을 주었다.

"크윽."

일어나려던 제융이 몸의 고통에 짧은 신음을 내뱉었다. 며칠 내내 방치했던 몸이 이제야 자신의 상태를 알리듯 욱신댔다.

"그 꼴이 되어가지고 뭘 일어나? 그냥 누워 있어."

쉰 목소리에 깃들어 있는 짜증에 제융의 시선이 그쪽으로 향했다. 물고 있던 담뱃대를 떼자 닫혀 있던 입에서 하얀 연기가 천천히 흘러나왔다. 거칠고 쉰 소리만으로는 노파를 연상시키는 목소리였지만, 분명 제융의 앞에 있는 인영은 그와 비슷한 나이대의 여인이었다.

"그 상태로 일어나 봤자 아무것도 못 해. 다시 누워."

"그대가 살렸나?"

다시 자리에 누운 제융이 그녀에게 물었다. 하지만 제융의 물음에도 담뱃대의 물부리에 입술을 갖다 댈 뿐 그녀는 말이 없었다. 노골적으로 무시하는 여인의 행동에 제융의 눈썹이 꿈틀댔다. 하지만 곧 자신의 모습에 제융은 다시 조소하였다.

이제 그는 황태자가 아니다. 처음 보는 여인에게 대우를 받을 자격도, 그래야 할 이유도 없었다.

"고맙다."

말을 끝낸 제융의 시선이 지붕으로 향했다. 하지만 그것도 잠시, 그의 시선은 여인에게로 다시 향하였다.

제융과 비슷한 나이대로 보이는 여인은 상당한 미인이었다. 햇볕에 그을린 피부가 제융이 지금까지 보아온 여인들과 달랐지만, 유려한 몸의 곡선이나 또렷한 이목구비, 몸에서 흘러나오는 분위기가 묘하게 시선을 끌었다.

"뚫어지게 쳐다보는 걸 보니 다 나았나 보군."

"그게 아니라…… 이봐!"

언제 다가왔는지 여인의 손이 붕대를 감은 제융의 상처를 쓸어내렸다. 별것도 아닌 행동이지만 묘하게 그를 유혹하는 여인의 행동에 제융의 얼굴이 붉어졌다.

"이게 무슨, 하지…… 아악!"

쓸어내리던 여인의 손이 팔의 상처를 움켜쥐었다. 머리를 채우던 쓸데없는 망상이 단숨에 깨어났다. 몸의 고통만큼이나 치밀어 오르는 화에 제융이 소리치려는 찰나, 그를 보며 여인이 대수롭지 않게 말했다.

"아프다고 소리치는 걸 보니 고비는 넘겼네."

"이게 무슨 패악인가! 도대체가!"

"죽는 게 나았다며?"

여인의 말에 제융의 말문이 막혔다. 자신의 모습을 그녀가 보았다는 것인가?

누구에게도 보여주지 않던 모습이다. 그런 것을 누구인지 알지 못하는 산속 여인이 봤다는 사실이 불쾌했다.

"그런데 왜 살렸지?"

제융의 물음에 여인이 조용히 그를 응시하였다.

"살고 싶어 하는 것 같아서."

여인을 응시하는 제융의 눈이 커졌다. 머리끝까지 치밀어 오르던 화가 언제 그랬느냐는 듯 사라졌다.

"쉬어. 이야기는 몸이 나은 다음에 해도 늦지 않아."

"이봐."

더는 그와 말하기 싫은 듯 자리에서 일어난 여인이 밖으로 나갔다.

방에 혼자 남은 제융이 힘껏 주먹을 쥐었다.

지금까지 보아온 여인들과는 완전히 달랐다. 부드럽고 다소곳한 가예와는 다른 거친 목소리에 퉁명스러운 말투였지만, 그럼에도 그녀는 가예처럼 단번에 제융의 마음속 깊은 곳을 찔러댔다.

죽고 싶다고 생각했다.

그런데 처음 보는 여인은 태연하게 제융이 살고 싶어 했다고 말했다.

말도 안 되는 소리다. 숨을 내쉬는 지금 이 순간도 제융에게는 고통이었다.

계속된 고뇌에 제융이 입술을 깨물었다.

❉

소연이라는 이름을 가진 여인은 제융의 이름을 물어보지도, 상처를 치료한 대가를 요구하지도 않았다. 그저 제용에게 필요한 편의를 제공할 뿐이었다.

그와 동갑이라고 생각하던 소연은 실제로는 제용보다 세 살 위였다. 무슨 연유로 험한 산에 혼자 살고 있는지는 알 수 없었지만, 그녀는 사내 없이도 야무지게 집을 꾸려 나갔다.

"언제나 고맙구먼. 이 은혜는 잊지 않겠네."

약초를 받아 든 노파가 소연 앞에서 연신 머리를 조아렸다.

과분할 정도로 몸을 숙이는 노파의 행동에 소연이 미간을 좁혔다.

"받아갈 것은 다 받아가면서 마음에도 없는 말 따위 하지 말아요. 그렇게 미안하면 오지를 말든가."

"아, 아닐세. 매번 이렇게 주니 미안해서…… 내 그럼 가보겠네."

힘겨운 발걸음을 억지로 돌리며 노파가 사라지고 소연이 집 안으로 들어왔다. 침상에 앉아 그 모습을 물끄러미 보던 제용이 담뱃대를 드는 소연에게 물었다.

"나이 드신 분인데 조금은 부드럽게 해드려도 되는 거 아닌가?"

"왜?"

"왜라니? 당연한 것이 아닌가?"

아주 느린 동작으로 불을 붙인 소연이 길게 담뱃대의 물부리를 빨아들였다. 입가에서 흘러나오는 하얀 연기가 열려 있는 창문으로 흘러나갔다.

"난 시전보다 약초를 싸게 팔고 저 노파는 내가 제시한 가격에 약초를 살 뿐이지. 미안해할 이유도 없고 내가 그 말을 받아들일 이유도 없어. 그런데도 미안하다는 소리를 하니 하지 말라는 것이야말로 당연한 행동이지.”

“…….”

“왜 그렇게 쳐다보지?”

그녀의 물음에 아니라는 듯 제융이 고개를 저었다.

그녀는 찾아오는 사람들에게 말도 안 되는 가격에 수고스럽게 캐온 약초를 팔았다. 때로는 건네는 돈조차 받지 않을 때도 있었다. 불친절한 것인지, 아니면 친절을 차가운 말투로 가리는 것인지 지켜보면 볼수록 알 수 없는 여인이었다.

제융이 답이 없자 소연의 시선이 열린 창으로 향했다. 구름 한 점 없이 맑은 하늘을 보던 제융이 말했다.

“날이 맑군.”

“비가 올 거야.”

“뭐? 날이 이렇게 맑은데 무슨 비가 온단 말인가?”

“몸이 아파. 곧 비가 올 거야.”

소연의 말에 제융이 고개를 갸우뚱했다. 물고 있던 담뱃대를 내려놓은 소연이 자리에서 일어났다.

“밖에 내놓은 것을 옮겨야겠다. 거들어. 그 정도는 가능하잖아?”

비가 왜, 어떻게 온다는 것인지 물어보려 했지만 발이 빠른 소연은 어느새 집 밖으로 나가 있었다.

그 모습을 멍하니 바라보고 있던 제융이 눈썹을 찡그렸다.

몸만 괜찮아지면 떠날 생각이었다. 그런데 어찌 된 것인지 점점 이곳에 발목을 붙잡히는 기분이다. 더군다나 이제 괜찮으니 떠나라는 말을 해야 할 소연은 말도 없이 태연스럽게 제융을 부려 먹기까지 하고 있다.

"어서 나와. 빨리 옮겨야 해."

소연의 재촉에 제융이 한숨을 내쉬며 몸을 일으켰다. 그가 나오자 소연의 손가락이 한쪽에 가득 쌓여 있는 짐을 가리켰다. 여인이 들기에는 무거운 짐을 단번에 들어 창고로 옮기던 제융이 그녀에게 물었다.

"그런데 당신은 나랑 있는 게 안 불편한가?"

한창 물건을 천으로 묶고 있던 소연이 제융을 쳐다보았다. 말없는 시선에 제융이 다시 입을 열었다.

"누구인지도 모르고, 무슨 짓을 저질렀는지도 모르는 사내랑 단둘이 있어도 괜찮은 거냐고?"

"왜, 덮치게?"

툭 던지듯 반문하는 소연의 말에 제융이 들고 있던 짐을 떨어뜨릴 뻔했다. 간신히 무릎으로 짐을 받아 든 제융이 발끈하려는 찰나, 소연이 그의 짐 위에 싸놓은 짐을 하나 더 올렸다.

"당신이 못된 놈이었으면 난 벌써 죽었겠지. 그리고 못된 놈치고 그런 멍청한 질문을 하는 놈은 없어."

그녀의 말에 제융의 말문이 닫혔다.

정말로 예상하지 못한 상황에서 사람의 마음을 흔드는 여인이었다.

굳은 듯 움직이지 않는 제융을 물끄러미 바라보던 소연이 몸을 돌렸다.

"떠나고 싶으면 지금이라도 떠나. 억지로 붙잡고 있는 거 아니니까."

"……."

알면 알수록 알 수 없는 여인.

하지만 그 어느 때보다도 지금이 편했다.

일시적인 충동일지도 모른다. 어쩌면 답답한 현실에서 잠시나마 쉬고 싶었는지도 몰랐다.

떠나는 대신 제융은 그녀의 집에 머물렀다.

일주일이 흐르고, 한 달이 흘렀다.

황태자였어도 제융은 아무것도 하지 못했다.

영화국의 황후이자 제융의 어머니가 속해 있는 화수가문은 황제보다도 압도적인 권력으로 영화국을 지배하였다. 권력을 유지하기 위해 그들은 제융과 가문 출신인 소예를 혼인시키려 하였다.

하지만 그가 마음을 준 것은 소예가 아니라 그녀의 그림자에 숨어 있는 이복동생 가예였다.

가예를 자신의 부인으로 맞아들이기 위해 제융은 그의 전부를 걸었다.

제융의 삶은 하루하루가 치열하고 격하였다. 끊임없이 그를 견제하는 화수가문과 황태자 자질이 없다며 공격하는 귀족들, 그리고 정략혼인으로 가예를 데리고 간 명룡국까지, 가예를 데리고 오겠다는 일념 하나로 버텨낸 자리는 언제나 제융을 옥죄는 무거운 짐이었다.

그랬던 그에게 소연과 지내는 산속 생활은 몸이 고되기는 했지만 평온했다.

"이건 먹어도 되는 건가?"

방금 전 캔 나무뿌리를 보는 제융의 눈썹이 좁아졌다. 하는 일 없이 집에만 머무는 것이 마음에 걸려 얼마 전부터 소연에게 약초를 배우고 있었다.

하지만 단번에 약초를 구별하는 소연과는 다르게 제융의 눈에는 모든 풀이 다 거기서 거기였다.

"뭐, 맞겠지."

아무리 봐도 똑같아 보이는 풀에 결국 제융이 들고 온 주머니에 약초를 넣었다. 주머니를 어깨에 멘 제융이 고개를 들어 하늘을 바라보았다.

맑은 하늘, 하지만 코끝으로 스치는 바람에 물 냄새가 옅게 스쳤다.

"비가 오겠네."

산에서 머물면서 전에는 알지 못하던 것들을 배워 나가기 시작했다. 시간이 어떻게 흘러가는지 알지 못할 정도로 고요했지만, 그 속에서 제융은 놓지 못하고 있던 과거의 미련과 고통을 하나씩 내려놓았다.

"또 찡그리고 있겠군."

겉으로 내색하지는 않았지만 비가 오면 소연의 상태는 심각해졌다. 목과 팔에 남아 있는 희미한 흉터 자국. 그녀는 아무것도 아니라고 말했지만 제융이 아는 한 그런 상처는 고문으로만 가능했다.

하지만 그녀가 제융에 대해 묻지 않은 것처럼 제융도 그녀에게 묻지 않았다.

"여기서 뭐 하고 있는 거야?"

귀에 거슬리는 쉰 목소리에 하늘을 보던 제융의 눈이 뒤로 돌아갔다. 그의 예상대로 몸이 아픈 것인지 소연의 미간이 찌푸려져 있다.

그녀의 모습에 자신도 모르게 제융의 입가에 미소가 감돌았다.

"비가 올 것 같아."

"그런데 왜 이러고 있어? 이만 정리해."

생각보다 심한지 제융에게로 오던 소연의 몸이 비틀댔다. 그 모습에 제융이 그녀에게 한걸음에 다가갔다. 소연이 메고 있는 보따리를 받아 든 제융이 그녀를 살폈다. 그의 시선을 적당히 넘기며 소연이 제융이 메고 있는 주머니를 손가락으로 가리켰다.

"이리 줘봐."

"몸도 안 좋은데 내려가서 보는 게 낫지 않겠어?"

몸을 사리는 제융의 모습에 소연이 짜증 난 표정으로 손을 흔들었다. 그녀의 고집에 제융이 짧게 한숨을 내쉬며 약초 주머니를 건네었다. 몸의 고통에 눈을 찌푸리면서도 소연이 날카로운 눈으로 주머니를 살폈다. 잠시 후, 몇 움큼씩 안에 있던 것들을 꺼냈다.

그 모습에 제융이 짧게 탄식했다. 제융이 무슨 표정을 짓고 있던 원하는 것을 모두 빼낸 소연이 한결 가벼워진 주머니를 넘겼다.

"약초를 캔다더니 다 죽일 생각이었군."

"그게 맞다 생각했는데 말이야."

"한 달 만에 모든 걸 잘하는 사람은 없어. 하나씩 해 나가면 되는 거지."

"……뭐?"

"욕심을 부린다고 전부 잘할 수 있는 게 아니야. 그래도 전보다는 나아졌네."

그녀의 말에 제융의 눈이 동그랗게 변했다. 한 달을 옆에 있으면서 처음으로 들어보는 칭찬이다. 알 수 없는 쾌감이 온몸으로 퍼져 나갔다.

"당신에게 칭찬받아 보는 게 처음인 것 같아."

제융의 말에 걸어가던 소연의 눈이 그를 향했다. 하지만 잠시 후, 몸을 움찔댄 그녀가 제융의 시선을 외면한 채 다시 발걸음을 떼려 했다.

"몸이 아프다. 이만 내려가…… 큭."

말을 하던 소연이 입술을 깨물었다. 겉으로는 태연한 척, 아무렇지 않은 척해도 그녀의 몸이 좋지 않다는 것을 느낄 수 있었다.

세상과 단절된 채 악착같이 자신의 모습을 숨기는 여인.

그럼에도 아무것도 모르는 제융을 자기식대로 보듬는 여인.

무슨 생각인지 알 수 없었다.

언제나 가예만을 생각하며 그녀를 얻기 위해서만 움직이던 제융이 처음으로 자신의 마음이 원하는 대로 움직였다.

"업혀."

소연의 앞으로 걸어간 제융이 한쪽 무릎을 굽히고 등을 보였다.

"쓸데없는 짓을. 내가 걸어갈 거야. 너한테 도움받을 이유 없어."

예상하고 있던 소연의 말에 제융은 그사이 생각해 놓은 대답을 하였다.

"도움은 무슨, 당신한테 맞춰 걸어가다가는 비 맞을까 봐 그러는 거야."

"……."

"나도 누군가에게 업혀보라는 말은 처음 하는 것이거든? 무안해지기 전에 업히는 게 어때?"

말을 끝낸 제융이 소리 없이 긴 숨을 내쉬었다.

그저 몸이 아픈 여인을 위한 호의일 뿐이다. 그렇게 생각했다.

그런데 말을 끝내자마자 터질 듯 심장이 떨렸다.

혹시나 그를 거절하는 것은 아닐까? 그런 일만큼은 일어나지 않기를 제융은 처음으로 마음속으로 빌었다.

그때 그의 등으로 따뜻한 체온이 닿아왔다.

"내 이름은 담제융이야."

그녀에게 자신의 이름을 말하는 것이 내심 겁이 나던 그다. 영화국의 폐태자라고 하면 지금도 나라를 망친 황태자라며 욕을 하는 사람들이 대부분이다.

그녀도 자신의 이름을 알게 된다면 그들처럼 변하는 것이 아닐까? 소연을 업은 채 내려오던 제융이 조용히 입술을 깨물었다.

"폐태자 담제융."

"내려달라면……."

"내리기만 해봐. 머리카락을 뜯어버리겠어."

담제융의 이름을 들었음에도 소연은 평온했다. 힘든지 소연은 제융의 등에 얼굴을 기댔다. 숨소리조차 시끄러울 정도의 정적이 둘 사이에 머물렀다. 제융도 소연도 그 어떤 말도 하지 않았다.

숲 속 새의 지저귐도 없던 정적을 먼저 깬 것은 제융에게 업힌 채 몸을 맡기고 있는 소연이었다.

"이제부터는 제융이라고 부르면 되겠군."

"뭐?"

내려가던 제융의 걸음이 멈추었다. 두근거리던 심장이 격렬하게 뛰기 시작했다.

그가 멈추자 어깨에 얼굴을 기대고 있던 소연이 고개를 들었다.

"그럼 폐태자라도 황족이니까 전하라는 호칭이라도 쓰라는 건가?"

"아니, 아니야. 그건 아니지만, 상관없어?"

"그런 걸 따지고 싶으면 여기가 아니라 마을로 내려가서 해. 그런 걸 신경 쓸 정도로 한가하지 않아."

말을 끝낸 소연이 다시 제융의 어깨에 기대었다.

"담제융이면 담제융이지, 무슨 말이 그렇게 많아. 빨리 내려가기나 해."

가예만이 남아 있던 마음의 자리에 조금씩 파문이 일었다. 누구도 들어올 수 없을 것이라 생각하던 마음에 작은 틈이 생겨났다.

아주 작고 미세한 그 사이로 알 수 없는 감정이 소리 없이 퍼져 갔다.

소연을 업고 있던 제융의 입가에 미소가 번져 갔다.

약초 주머니를 멘 채 소연까지 업고 있음에도 제융의 발걸음은 가벼웠다.

※

매섭게 내리치는 천둥소리가 잠들어 있는 제융을 깨울 정도로 사나웠다. 자리에서 일어난 제융이 거세게 내리는 비를 보며 눈살을 찌푸렸다. 워낙 날이 궂은 곳이라 집에 대한 방비는 단단히 해 두었다. 제융이 걱정하는 것은 한 가지, 자신이 고쳐 놓은 지붕이 아니라 비가 내릴 때마다 고통스러워하는 소연이었다.

몸을 일으킨 제융이 그녀가 자고 있는 침상으로 조심스럽게 걸음을 옮겼다.

역시나 그의 예상대로 숨을 삼킨 채 소연이 몸을 떨고 있었다.

"이봐, 괜찮아?"

걱정스러운 마음에 제융이 소연의 어깨를 흔들었다. 하지만 꿈이라도 꾸는 듯 눈을 질끈 감은 그녀는 쉽게 잠에서 깨지 않았다. 소연의 어깨에서 손을 뗀 제융의 눈이 커졌다.

흥건히 묻어 나오는 땀. 차가워진 몸이 한눈에 봐도 심상치 않았다.

"이봐! 이봐! 정신 차려! 이봐!"

다급한 제융이 소연의 뺨을 톡톡 쳤다. 옅은 신음이 굳게 다문 입 사이를 비집고 힘없이 흘러나왔다. 불안한 제융이 조금 전보다 거칠게 소연의 몸을 흔들자 그제야 감겨 있던 눈이 힘겹게 떠졌다.

"괜, 괜찮아?"

무엇에 놀란 듯 크게 뜬 눈이 한동안 제융을 바라보았다. 놀란 제융이 손을 내밀었지만 소연은 매섭게 그 손을 쳐냈다.

"내 몸에 손대지 마!"

언제 앓았느냐는 듯 몸을 일으킨 소연이 상의를 움켜잡으며 뒷걸음질 쳤다.

"오지 마!"

"이봐, 갑자기……."

"내 몸에 손대지 마!"

"……."

"내 몸에…… 손대지…… 마."

초점 없는 눈을 들어 제융을 바라보았다. 정신은 차렸지만 허공을 헤매는 그녀의 눈을 본 제융은 몇 걸음 물러났다. 무슨 일인지는 듣지 않았지만 어렴풋이 느껴지는 것은 있었다.

옷부터 가리는 행동, 사내의 손길을 거부하는 모습, 그리고 옷 사이로 보이는 고문의 흔적들, 쉰 듯한 거슬리는 목소리.

자신도 모르게 제융의 주먹에 힘이 들어갔다.

하지만 상황을 물어보는 대신 제융은 그녀가 원래대로 돌아오기를 조용히 기다렸다.

"미안하다."

정신을 차린 듯 눈에 초점이 돌아온 소연이 무거운 숨을 내쉬었다. 꽁꽁 숨겨오던 자신을 들켜서인지 그녀의 목소리에 힘이라고는 없었다. 그녀의 사과에 상관없다는 듯 고개를 저은 제융이 옆에 있는 잔에 물을 따라 그녀에게 넘겼다.

"마셔."

"이제 괜찮아."

"억지 부리지 말고. 어서 받아."

말없이 제융을 보던 소연이 그가 내미는 잔을 받아 들었다. 힘겹게 몇 모금을 마신 그녀가 그제야 한결 나은 숨을 내쉬었다. 그녀가 안정을 찾을 때까지 제융은 조용히 기다렸다. 그런 제융을 물끄러미 바라보던 소연이 피식 미소를 지었다.

"안 궁금해? 아니면 물어보지 않아도 알 것 같은 거야?"

"……별로."

"얼굴 거죽만 그럴듯한 평민은 귀족의 노리개로 좋은 물건이지. 놀다 지칠 때까지 벗어나고 싶어도 벗어날 수 없어. 희롱하고 억지로 안다가 지겨워지면 패더군. 그래서 이 모양이야."

"그만해. 그런 이야기 할 필요 없어."

물러나 있던 제융이 그녀의 침상 끝에 앉았다. 제융의 말에 소연이 피식 조소를 지었다.

"왜? 궁금하잖아. 묻고 싶었는데 기회가 없었던 거 아니야?"

소연의 거친 말투는 자기방어를 위한 최소한의 방패였을 것이다. 흐트러져 있는 모습으로 그에게 말하고 있었지만 소연의 목소리는 차분했다. 제용은 생각할 수 없는 삶, 그 삶을 홀로 견뎌낸 그녀가 어느 때보다도 강하게 느껴졌다.

"과거는 과거일 뿐이야. 지금의 난 그런 걸 신경 쓸 여유가 없어."

제용의 말에 소연의 눈이 커졌다. 무슨 감정을 가졌는지 느낄 수 없던 소연의 눈에서 제용은 처음으로 그녀의 마음을 읽을 수 있었다.

그도 그녀도 결국은 세상에 적응하는 대신 그곳에서 빠져나온 사람이었다.

막연하던 감정이 점점 확신을 가지기 시작했다.

말없이 소연을 바라보던 제용의 손이 작은 뺨을 감쌌다. 거친 목소리와는 다르게 소연의 뺨은 부드럽고 아담했다. 그의 갑작스러운 행동에 소연이 몸을 움츠렸다.

"당신은 당신일 뿐이야. 내가 그냥 담제용이듯 말이야."

격하게 흔들리던 동공이 제용에게 고정되었다.

제용에게 했던 말이 그대로 자신에게 돌아왔다.

지금의 담제용은 처음과는 사뭇 달라져 있었다. 처음에는 누구인지, 무엇을 하던 사람인지 관심 없었다. 다만 살고 싶다는 얼굴로 죽고 싶다는 말을 꺼내는 그에게서 예전의 자신이 보였다. 순간의 충동으로 그를 살렸을 뿐이다.

사내라면 지긋지긋했다.

욕망으로 가득 찬 그들에게 빼앗기고 엉망이 되었다. 남은 그녀의 생애에 그 어느 사내도 받아들일 마음이 없었다.

"제융, 당신은 내가 알던 사내들과 다를까?"

"아니, 똑같을걸. 똑같으니까 황태자 자리에서 쫓겨났지. 하지만……."

"……."

"당신을 노리개로 대하는 일은 없을 거야. 혼낼 때의 당신은 무섭거든."

소연의 입에서 피식 힘없는 웃음이 새어 나왔다.

지금 느끼는 감정이 어떤 것인지 소연을 알 수 없었다. 하지만 도움만 주던 제융이 처음으로 의지할 사내로 느껴졌다.

눈을 감은 소연이 제융의 어깨에 머리를 기댔다.

※

세상과 단절된 숲에서도 시간은 물처럼 흘러갔다.

마음을 열어 상대를 받아들였어도 단숨에 둘의 관계가 변하는 것은 아니었다. 일주일을 있으려 하던 곳에서 한 달을 머물고 1년이 흘렀다.

상처투성이에 엉망이던 몸은 소연의 치료와 제융의 관리로 검을 들 정도로 회복되어 갔다.

"표사 일을 해보기로 했어."

담뱃대를 물고 있던 소연의 시선이 제융을 향했다. 담뱃대에서 나오는 연기가 불어오는 바람에 흩날렸다.

"표사?"

"예전만큼 검을 휘두르지는 못하지만 그래도 어느 정도 몸이 나아졌으니까. 우선은 가까운 곳에 옮기는 표물부터 맡아볼 생각이야."

"흐음."

나른한 숨이 연기와 함께 흩어졌다. 제용의 말을 무시하는 것 같은 태도로 보였지만 꽤 오랜 시간을 함께한 제용은 소연의 행동이 무시가 아니라 생각하는 중이라는 것을 알고 있었다.

"표사 일을 할 정도로 돈이 궁하지는 않잖아?"

"그냥 좀 움직여 보고 싶어서."

"하긴…… 1년을 여기에 있었으니 답답할 만도 하겠지. 산에서 내려가고 싶으면 내려가."

쉰 목소리와는 다르게 소연의 말은 깔끔하고 담담했다. 제용을 이해한다는 듯이 나오는 말에 탁자 반대편에 앉아 있던 제용이 몸을 일으켰다.

아무렇지도 않다는 듯 나오는 말이 전부 스스로를 위한 자기방어였다. 겉으로 보기에는 누구보다도 강한 그녀지만 한 걸음 마음속 깊이 들어가면 홀로 상처를 삼키는 소연이 있었다.

다시 물부리를 물려는 소연의 팔을 제용이 붙잡았다. 말없이 바라보는 제용의 시선에 불편해진 그녀가 입을 열려는 순간, 그의 입술이 소연에게 다가왔다.

움찔. 제용의 접촉에 소연이 몸을 떨었다. 하지만 밀어내는 대신 떠는 손으로 그의 팔을 잡았다. 종종 제용은 말도 없이 그녀의 입술에 자신의 입술을 맞추었다. 그와의 입맞춤에서 소연은 항상 떨림과 두려움을 함께 느꼈다.

굳게 다문 소연의 입술을 달래듯 제융의 혀가 천천히 쓸어내렸다. 그의 달램에 소연의 입이 조심스럽게 열렸다.

사시나무처럼 떠는 그녀의 손을 제융이 부드럽게 감쌌다.

꽤 오랜 시간 소연의 입술에서 머물던 제융이 얼굴을 들었다. 얼굴이 빨개진 소연이 투덜거리려는 찰나, 그녀의 어깨에 제융이 머리를 기댔다.

"다시 돌아올 거야."

"……."

"당신 곁에서 모든 걸 외면하며 이대로 지내고 싶지만, 그러면 난 과거에서 못 벗어날 것 같아."

"굳이 벗어나려고 노력할 필요는 없어. 지금도 넌 충분히 잘하고 있어."

그녀는 제융이 마음에 담았던 가예와는 달랐다.

하지만 상관없었다. 하늘 아래 그가 살아야 할 목적을 주고 있는 여인은 이제 가예가 아니라 앞의 소연이었다.

"이대로라면 난 당신에게 계속 의지할 것 같아. 그런 한심한 모습은 과거로 끝내야지. 그래야 당신의 곁에 떳떳하게 있을 것 같아."

손을 붙잡고 있는 제융의 손에서 미세한 떨림이 느껴졌다.

한참을 그를 보던 소연이 자유로운 손으로 제융의 뺨을 감쌌다.

"늦게 오면 안 받아줄 거야."

부드러운 손의 감촉과는 달리 차갑게 나오는 말에 제융이 웃음을 터뜨렸다. 조심스럽게 소연의 팔을 끌어 품에 안았다. 제용의 품에 안긴 소연이 조용히 얼굴을 묻었다.

"이제 있을 곳은 여기밖에 없으니까. 빨리 올게."

제용의 말에 품에 안겨 있던 소연이 말없이 고개를 끄덕였다.

그때부터 제용은 마을과 마을 사이를 오가며 짐을 옮기는 표사 일을 시작하였다.

짧을 때는 사흘, 길 때는 몇 달이 걸리는 힘든 일이었지만 제용 은 묵묵히 해내었다. 그리고 받아주지 않는다는 말과는 다르게 지 쳐서 돌아온 제용을 소연은 말없이 받아주었다.

내려놓지 못하고 있던 과거의 짐을 하나씩 놓기 시작했다.

악연이라 생각하던 관계가 인연으로 바뀌었다. 그리고 엉망인 자신을 있는 그대로 받아준 여인에게 제용이 손을 내밀었다.

초조하게 내민 손을 소연이 마주 잡았다.

둘만의 혼례.

굳이 세상에 돌아가기 위해 노력하지 않았다. 밖을 나가긴 했지 만 언제나 돌아오는 곳은 소연의 곁이었다.

음력 22일, 소연은 제용의 아이를 낳았다.

환한 반달이 뜬 밤에 태어난 여자아이.

제용은 아이에게 하현이라는 이름을 붙여주었다.

二章

진실

"폐하, 통촉하여 주시옵소서!"

몸을 숙인 대신들의 목소리가 거대한 대전을 울렸다. 대신들이 몸을 숙이고 있는 가장 상석에 허리를 꼿꼿이 세운 젊은 남자가 앉아 있다.

새하얀 피부에 또렷한 이목구비가 시선을 사로잡았다. 서글서글한 눈매는 편안함을 느끼게 하였으나 지금의 상황은 그에게 좋지 않은 듯 남자의 눈은 차갑게 굳어 있었다.

대륙의 끝, 북쪽에 위치한 명룡국.

선제인 정명황제 때부터 시작된 정복전쟁은 명룡국에 광활한 영토와 막대한 힘을 가져다주었다.

"짐은 아직 황후를 맞이할 준비가 되어 있지 않다고 하였다."

노기가 깃들어 있는 목소리에 몸을 숙인 귀족들의 어깨가 움찔댔다.

이제는 명실공히 대륙의 패자라 불리는 명룡국, 그리고 그 명룡국의 주인.

후계가 없던 정명황제가 승하하자 황제의 동생인 휘왕의 장남이 황좌에 올랐다.

스물넷의 진설.

휘왕 진세운과 부인인 담가예의 장남으로 열여섯에 즉위해 지금까지 명룡국을 이끌어오고 있었다.

"폐하, 황후마마의 자리는 한시도 비워놓을 수 없는 자리이옵니다. 폐하의 뜻을 받들어 공석으로 두었으나 더는 그럴 수가 없사옵니다. 간택령을 내리시어 황후마마를 맞이하시옵소서."

태상의 간언에 기다렸다는 듯 대신들의 목소리가 터져 나왔다. 그들의 구박 아닌 구박에 미간을 찌푸리고 있던 설이 굳게 입을 다물었다. 설이 아무 말도 하지 않자 간언하던 목소리가 하나씩 줄어들었다.

대전에 가득 울리던 목소리가 줄어들자 설이 입을 열었다.

"황후의 자리를 공석으로 둘 수 없다? 그러니 황후를 맞아들여라? 그런데 어찌 황후만이 아니라 후궁까지 같이 들이라 하는 것인가?"

"폐하, 그것은 명룡국의 오래된……."

"오래된 예법이 아니라 그대들의 여식으로 힘을 얻고자 함이 아닌가?"

"폐하!"

대신들의 외침에 설이 손을 저었다. 소국이 대륙을 제패하는 대국으로 발전하자 귀족들의 욕심 또한 커져 갔다.

"만약 짐이 간택령을 내려 황후만을 맞이하겠다면 그대들은 어찌하겠는가? 그럼에도 간택령을 내려달라 청하겠는가?"

"폐하, 그, 그것은…… 아니 될 말씀이십니다."

"선제께서도 후사가 없음에도 후궁을 들이시지 않으셨다. 짐 또한 그렇게 하지 말라는 법이라도 있던가?"

핵심을 찌르는 설의 물음에 대신들의 입이 꿀 먹은 벙어리처럼 막혔다. 그들을 보던 설의 입가에 불쾌한 미소가 감돌았다.

선제 때는 압도적인 권력에 몸을 숙였고, 설의 아버지 휘왕 진세운이 섭정할 때는 죽을지도 모른다는 공포에 고개조차 들지 못하던 이들이다.

그랬던 이들이 황좌에 설이 앉자마자 조금씩 권력에 욕심을 내기 시작했다.

"오늘은 이만하겠다. 모두 물러나라."

그의 말에 대신들이 안 된다며 말리려 했지만 이미 자리에서 일어난 설은 대전을 나간 뒤였다.

대전의 주인이 나가자 대신들이 고개를 저었다.

황후 간택령으로 신경전을 벌이는 것도 벌써 육 개월째, 하지만 좀처럼 결론이 나오지 않고 있었다.

금색의 용포가 한 걸음씩 걸음을 옮길 때마다 바람에 거칠게 흔들렸다. 거칠 것 없이 걸어가는 설의 뒤로 내관들과 궁녀들이 부지런히 따랐다.

잰걸음으로 설을 따라가려는 그들에게서 거친 숨소리가 들려왔지만, 대전에서의 분노로 설은 그런 것을 신경 쓸 여유가 없었다.

"모두 물러가라!"

넓은 집무실에 혼자 남자 설이 주먹을 쥔 채 이를 갈았다.

'전쟁으로 취하던 재물이 사라지니 안에서 권력 다툼인 것인가.'

조금 전까지 정사 운운하며 황후를 맞이하라는 그들을 보니 간신히 잠재워 놓았던 분노가 다시 울컥 치솟았다.

외척은 귀족에게는 단번에 힘을 키울 수 있는 최상의 먹이이지만, 황제에게는 권력을 빼앗기지 않기 위해 평생을 견제해야 하는 대상이었다.

한 명의 황후와 두 명의 후궁.

명룡국의 황제는 예법에 따라 세 명의 부인을 맞이해야 한다. 하지만 예법일 뿐 강제할 수는 없었다. 그 예로 황후만을 맞았을 뿐, 단 한명의 후궁도 들이지 않은 선제이자 큰아버지인 정명황제가 있었다.

그걸 알면서도 귀족들은 설에게 황후와 후궁을 같이 들이라 청하고 있었다.

'어리니 손에 쥐고 움직일 수 있다는 것이겠지.'

아무것도 모르는 어리석은 황제였다면 그들의 말이 충언이라며 만족해했을 것이다. 하지만 설은 태어나면서부터 황태자로서 그에 맞는 교육을 받아온 이다. 그들의 말이 충심 어린 조언인지 아닌지 정도는 얼마든지 구별할 수 있는 혜안을 가지고 있었다.

답답한 마음에 굳게 닫혀 있던 문을 열자 천천히 내리는 눈이 시야에 들어왔다.

"하아."

명룡은 한창 눈이 쏟아질 시기였다. 궁인들이 부지런히 쓸어도 한번 내리기 시작한 눈은 멈추지 않았다. 탁자에 있는 의자를 창까지 끌어온 설이 자리에 앉았다.

창문에 팔을 올리고 손으로 턱을 받친 채 조용히 내리는 눈을 바라보니 기분이 한결 나아졌다.

"폐하, 지하입니다. 들어가겠습니다."

문이 열리고 젊은 무사가 안으로 들어왔다. 가는 이목구비에 곱상한 젊은 사내였지만 몸에서 느껴지는 기운은 잘 단련된 무사의 그것과 같았다.

지하의 모습에 앉아 있던 설이 몸을 돌렸다. 언제 화가 났느냐는 듯 환하게 미소 짓는 설에게 굳은 표정의 지하가 몸을 숙였다.

"늦었습니다, 폐하."

지하의 말에 설이 손을 저었다. 어서 말해보라는 설의 재촉에 지하가 나지막이 입을 열었다.

"후궁으로는 전 대장군을 지낸 이 장군님과 상서령의 막내 여식을 생각하시는 것 같았습니다. 그리고 황후마마의 자리는 홍 사공의 여식을 정해놓은 듯했습니다.”

“홍란이가 황후라…….”

말을 흐리는 설의 행동에 지하가 고개를 숙였다. 그렇게나 간택
령을 내려라, 황후를 맞이하라 시끄럽게 잔소리를 해대는 게 이상
해서 알아보니 역시나 결과는 설이 예상한 대로였다.

이미 올려놓을 사람이 있는 국혼이었다. 더군다나 황후로 생각
해 놓은 사공의 여식인 란은 어릴 때부터 휘왕궁과 친밀한 관계를
유지하고 있는 아이다.

친분이 있고 힘도 있으니 사공이 욕심을 부리려는 것이리라.

‘마음에 안 들어.’

생각을 마친 설의 입가가 삐뚜름해졌다.

집권 초기부터 피를 볼 생각은 아니지만 그렇다고 멋대로 휘둘
릴 생각 또한 없었다.

쓴 입맛을 속으로 삼킨 설이 창을 향해 다시 몸을 돌리려 할 때
다.

“흠?”

창으로 가던 설의 시선이 집무실 벽에 빼곡히 꽂혀 있는 책장으
로 향하였다.

“폐하?”

다가오려는 지하를 손짓으로 멈춘 설이 책장을 향해 걸어갔다.

책장의 가운데에는 어릴 때 어머니에게 선물로 받은 작은 꽃신
이 단정히 놓여 있었다.

무슨 생각이었을까?

분노와 짜증으로 굳게 다물고 있던 설의 입가에 미소가 감돌았다.

"내시감 밖에 있는가?"

설의 부름에 문이 열리고 나이가 지긋한 내시감이 집무실 안으로 들어왔다.

"휘왕궁으로 가겠다. 준비하라."

갑작스러운 설의 말에 지하가 입을 열었다.

"폐하."

"아버지를 뵈어야겠다."

말을 끝낸 설이 개운한 듯 입꼬리를 올렸다. 책장 위에 가지런히 놓여 있는 꽃신을 보는 설의 눈이 빛났다.

설의 등장을 알리려는 시종을 말린 그가 홀로 궁 안을 걸었다. 황태자였지만 선제의 배려로 열여섯까지는 휘왕궁에서 지냈다. 유년 시절을 머문 휘왕궁은 설에게 마음을 놓고 쉴 수 있는 유일한 곳이었다.

한참을 걸어가니 아버지인 휘왕의 측근이자 보좌관인 도하의 모습이 보였다.

"폐하!"

"쉿! 조용히 해라. 아버지는 여기에 계신가?"

"부인과 함께 계십니다. 말씀을 드리겠습니다."

당장에라도 움직이려는 도하를 설이 붙잡았다. 황궁의 호위들과 내관들의 보호를 받으며 온 휘왕궁이지만 적어도 안에서만큼은 모든 제약에서 자유롭고 싶었다. 깊은 밤, 그의 등장으로 궁을 소란스럽게 하고 싶지 않았다.

"아니, 그러지 마라. 아! 지하와 같이 왔다. 궁 앞에 기다리라 했으니 보고 오거라."

설의 보좌를 맡고 있는 지하는 도하의 아들이다. 설이 가족들을 보지 못한 것처럼, 지하 또한 도하나 식구들을 만난 지 오래되었다. 아들은 나중에 만나도 된다는 도하를 설이 억지로 등을 밀어 보냈다.

반년 만에 온 궁이다.

편안함과 약간의 두근거림이 그를 설레게 했다.

굳게 닫혀 있는 문을 열고 들어가니 눈이 치워져 있는 정원이 한눈 가득 들어왔다. 그리고 그 정원의 중간, 작은 탁자를 사이에 두고 중년 부부가 마주 보고 있다.

서로를 보는 눈에 깊은 신뢰가 가득했다. 무슨 이야기를 하는지 여인을 보는 중년 남자의 눈에는 연신 미소가 가득했다. 여인의 가는 손을 중년 남자의 손이 꼭 붙잡고 있다.

중년 남자만을 보던 여인의 눈이 설이 있는 방향으로 향했다.

"폐하!"

황제가 되고 나서부터 달라진 것 중에 가장 서운한 일이 바로 지금 같은 순간이다.

낳아주신 어머니에게도 이름이 아니라 폐하로 불리는 것.

하지만 세상에서 누구보다도 자신을 믿어주는 어머니에게 그런 서운함을 보일 수는 없었다.

"어머니."

설의 목소리에 앉아 있던 여인이 자리에서 일어났다. 그녀가 설에게 달려오자 같이 있던 중년 남자의 눈썹이 꿈틀 움직였다. 하지만 중년 남자의 시선이 어떻든 한걸음에 설에게 다가온 여인의 표정은 환하였다.

담가예.

영화국 해왕의 여식으로 휘왕 진세운의 정실이다. 정략혼인이라는 말이 무색할 정도로 그녀와 휘왕의 금슬은 돈독했다.

"언제 오신 것입니까? 어찌 말도 없이 오신 것입니까?"

"온다는 말을 하면 또 궁이 요란해질 것 같았습니다. 혹 몰래 온 것이 불편하신 것입니까?"

설의 말에 가예가 힘껏 고개를 저었다.

"아들이 오는데 불편한 어미가 어디 있습니까? 다만 미리 언질이라도 주셨다면 이 어미가 조금이라도 준비를 했을 텐데요."

아들이라는 가예의 말에 굳어 있던 설의 입가에 비로소 미소가 감돌았다. 설의 눈이 가예를 뒤따라온 중년 남자에게로 향했다.

"아버지."

선제의 동생이자 황제인 설의 아버지.

정명황제가 지병으로 승하하자 설이 성인이 될 때까지 명룡국을 섭정한 휘왕 진세운이다.

"오셨습니까, 폐하?"

설에게 고개를 숙이는 행동이 단정하고 정중했지만, 아들을 바라보는 세운의 눈빛은 행동과는 달리 좋지 않았다.

귀히 여기는 부인과의 시간을 설이 방해한 것이 마음에 들지 않는 것이다. 자식들에게 아낌없는 신뢰와 마음을 주는 가예와는 달리 아버지인 세운은 첫 번째가 부인인 가예이고, 두 번째가 자식인 사람이었다.

"아버지께 여쭙고 싶은 일이 있습니다. 지금 바로 이야기를 드리고 싶은데 괜찮으신지요?"

"자리에서 물러난 황족이 바쁜 일이 무엇이 있겠습니까? 다만 조금 늦게 오셨으면 더없이 좋았을 것을요. 아무리 폐하셔도 그렇지 어머니와의 시간을 방해해서야 되겠습니까?"

"당신! 폐하 앞에서!"

"그래 봤자 내 아들인데, 뭘."

빨갛게 얼굴이 익은 가예가 세운의 옆구리를 꾹 찔렀다. 그녀의 항변에 툴툴거리던 세운이 알겠다는 듯 고개를 끄덕였다. 귀족이나 설에게는 어렵고 강한 세운이었지만 단 한 명, 부인인 가예에게만큼은 한없이 너그러운 사내였다.

난감해하는 가예의 어깨를 쓸어내린 세운이 부드럽게 말했다.

"따라오려는 내관들과 궁녀들을 두고 혼자서 궁에 들어온 거라면 오늘은 명룡국의 황제가 아니라 휘왕의 아들로 온 거야. 그렇다면 그렇게 맞춰줘야지."

나이가 들고 설이 황제로서 자리를 잡아가면서 정치에서 손을 뗐어도 세운은 세운이었다.

자신의 속마음을 단번에 꿰뚫는 세운의 말에 설이 미소 지었다. 둘이 마실 다과를 준비하겠다며 가예가 사라지고 둘만 남자 세운이 탁자를 시선으로 가리켰다.

아무리 아들이어도 황제는 황제, 설이 자리에 앉자 세운이 반대편 의자에 앉았다.

"부인을 세 명이나 얻게 되셨더군요. 경하드리옵니다, 폐하."

"마음에도 없는 말 하지 마십시오, 아버지. 그 부인들 때문에 온 것이란 말입니다."

황제라는 짐을 내려놓은 설이 세운에게 툴툴댔다. 그 모습에 세운이 피식 웃음을 터뜨렸다. 세운의 미소가 거슬렸는지 설이 그를 향해 눈을 치켜세웠다.

"아버지께서 귀족들을 너무 잡았습니다."

"그 덕분에 지금의 귀족들이 네 눈치를 보지 않느냐?"

"그 덕분에 그들이 권력의 수단으로 외척이 되려 하고 있습니다."

설의 투정에 세운이 의자에 몸을 기대며 입을 열었다.

"황후와 후궁을 맞이해 버리면 그만이지."

"진담이십니까?"

"네가 능력이 없어서 귀족에게 밀리는 걸 어쩌겠느냐? 힘에 밀리면 원치 않아도 들어줘야지."

"……."

"그러면서 힘은 황제에게서 귀족에게로 넘어가는 것이고 말이다."

가볍게 세운이 내놓는 말에 설이 입술을 깨물었다.

설의 모습에 입을 가린 세운이 입꼬리를 올렸다.

섭정과 황제는 엄연히 달랐다. 어린 황제가 즉위할 때까지만 힘을 가지는 섭정은 황권에 도전하는 귀족을 거침없이 처단할 수 있다.

하지만 황제는 그럴 수 없었다. 힘을 너무 풀어주면 유약한 황제가 되고, 그렇다고 그들을 압박하기만 한다면 결국 폭군으로 남을 뿐이다.

현재 설은 그 힘의 과도기 단계에 있었다.

조언을 해줄 수는 있지만 간섭은 할 수 없다. 지금 세운이 나선다면 일은 간단히 해결될 수 있지만 결국 그리되면 설은 무능력한 황제로 남을 것이다.

세운의 말에 한참을 말이 없던 설이 이윽고 긴 숨을 내쉬었다.

정치적으로 노련한 세운과 대화를 하다 보면 복잡한 일이 단숨에 정리되었다. 그럼에도 입안이 씁쓸해지는 것은 어쩔 수 없었다.

"그래서 오늘 아버지를 뵈러 온 것입니다. 생각한 방법은 있으나 아버지의 의견을 듣고 싶어서요."

"말해보아라."

"황후를 맞이할 생각입니다. 후궁 또한 맞이해야겠지요. 하지만 후궁은 그들의 손을 들어주되 황후만큼은 제가 생각한 여인을 세울까 합니다."

설의 말에 세운의 눈이 날카로워졌다. 능글능글 받아넘기던 세운이 집중하자 설이 그와 눈을 맞추었다.

"영화국 폐태자 담제용의 딸을 황후로 맞이하고 싶습니다."

※

좀 더 있으면 좋으련만 세운과 말을 끝낸 설은 급하게 황궁으로 돌아갔다. 설의 빈자리에 가예가 서운한 듯 눈 끝을 내렸다.

"어머니."

그녀를 부르는 소리에 가예가 고개를 돌렸다.

이제 갓 성년을 넘긴 청년이 가예를 향해 고개를 숙였다. 또렷한 이목구비에 날카로운 눈매를 가진 미남자가 가예를 보고 있다.

"효야."

설과는 두 살 차이인 차남 효가 가예를 보며 입을 열었다.

"마차가 지금 출발했습니다. 형님 폐하께서 어머니께 죄송하다는 말씀을 꼭 전해 드리라 하셨습니다."

"죄송하기는…… 바쁘신 분을 내 욕심만으로 어찌 잡고 있겠느냐."

말은 그렇게 했지만 역시 아쉬운 듯 가예가 고개를 저었다. 그런 가예를 조용히 바라보던 효가 옆으로 다가왔다. 자리를 치우는 가예의 손을 붙잡은 효가 조용한 미소를 지었다.

"제가 할 테니 아버지께 가보세요."

"괜찮아. 폐하와 무슨 이야기를 하셨는지 모르지만 혼자 생각하고 싶으신 것 같더구나."

"그런 것치고는 부지런히 어머니를 찾으시던데요? 혼자 생각하시다가 정원에서 나온 것도 모르시더라고요. 모셔오라고 하셨어요."

해결해야 할 중요한 문제가 생기면 세운은 자신이 어디에 있는지도 자각하지 못한 채 무작정 걸어 다녔다. 무슨 이야기를 했기에 세운이 그러는 것일까? 탁자를 정리하던 가예의 손짓이 멈추었다.

"미안하지만 마무리만 해주렴. 사람을 보낼 테니……."

"어머니, 사람을 시켜 마무리해 놓겠습니다. 가보세요."

효의 말에 가예가 고개를 끄덕였다. 시종의 인사를 받는 둥 마는 둥 가예가 정원 밖으로 나갔다. 넓은 궁이지만 세운이 움직이는 곳은 정해져 있었다. 궁의 이곳저곳을 둘러보던 가예의 눈에 집무실의 문을 열어놓고 턱을 괴고 앉아 있는 세운의 모습이 보였다.

차를 가져오려는 시종을 말린 가예가 조심스러운 걸음으로 집무실 문을 닫았다. 방 안에 눈이 들어오든 말든 밖을 보던 세운이 가예의 모습에 미소를 띠었다.

"어디에 있었어?"

"어디에 있기는요, 폐하께서 돌아가시고 정원으로 오니 가군이 안 보이더라고요. 여기에 계신 줄은 몰랐어요."

가예를 보던 세운이 조용히 그녀의 팔을 끌었다. 그녀에게 얼굴을 묻으니 언제나처럼 고운 매화 향이 났다.

무거운 숨소리가 길게 들려오자 가예가 걱정스러운 어조로 세운에게 물었다.

"안 좋은 일인가요?"

"아니. 그냥 좀 복잡해서."

"거짓말."

가예의 말에 세운이 고개를 들었다. 나이를 먹었어도 가예는 변함없었다. 여전히 그녀를 볼 때마다 설레었고, 그녀의 곁에서 중심을 잡을 수 있었다. 누구도 짚지 못하는 그의 마음을 부인인 가예는 단번에 알아챘다.

"당신 앞에서는 거짓말도 못 하겠어."

"그러니까 사실대로 말해보세요. 무슨 일이에요?"

"그냥…… 설이 좀 쓸데없는 소리를 해대서."

"폐하께서요?"

고개를 끄덕이며 세운이 다시 가예의 품에 얼굴을 묻었다.

귀족에게 밀리고 있는 설이 제융의 딸을 황후로 세운다는 계획은 귀족들의 허를 찌르는 절묘한 계획이었다. 명룡국과 인연이 없으면서도 영화국의 영향도 받을 수 없는 존재. 그녀를 꼭두각시로 세우고 귀족들에게 틈을 준다면 설은 황제의 힘을 노리는 귀족을 제압하고 황권을 다시 잡을 수 있었다.

"사냥의 묘미는 한곳에 몰아서 단번에 숨을 끊는 것이라 알려주신 분은 아버지이십니다."

안 된다며 반대하는 세운에게 설은 반박하였다. 더는 귀족이 황권을 탐할 기회조차 주지 않겠다며 목소리를 높였다. 미끼로 굳이 담제융의 딸일 필요는 없다는 세운에게 그만큼 조건에 맞는 여인이 없다며 역으로 세운을 설득하려 들었다.

"이제 좀 조용히 살려 했더니만."

"가군?"

절대로 안 된다는 세운에게 설은 담제융의 딸을 설득해서 데리고 오겠다고 말하였다.

제융에게는 가예라는 빚이 있다. 그런 그에게 더는 피해를 줄 수 없었다.

"영화국에 갔다 와야겠어."

영화국이라는 말에 가예가 고개를 갸웃했다. 그녀의 품에 안긴 채로 세운이 눈을 찌푸렸다.

정략혼인으로 영화국에 온 가예는 세운의 무관심에 오랫동안 마음고생을 했다. 자신의 잘못된 행동 하나로 그녀를 잃을 뻔한 기억이 있는 세운에게 설의 계획은 무모하고 어리석게 느껴졌다.

"지금 바로 떠날 거야. 준비해 줘."

세운의 말에 물어볼 것이 많았지만 가예는 말을 삼켰다. 영화국에 무슨 일이 있는지는 알 수 없었지만 곧바로 떠난다면 그만큼 급한 일일 것이다. 궁금한 것은 갔다 온 후에 들어도 문제될 일은 없었다.

그날 저녁, 준비를 마친 세운이 영화국을 향해 출발했다.

"아저씨."

볕에 그을린 피부가 또래의 여인보다는 까무잡잡했다. 오밀조밀한 이목구비가 지나가는 사람의 시선을 붙잡을 정도로 고왔지만 굳게 다문 입과 날카로운 눈에서는 쉽지 않은 고집이 느껴졌다. 마치 속을 꿰뚫어 보는 듯한 여인의 시선에 중년의 남자가 고개를 돌렸다.

한참을 노려보던 여인이 약초가 담겨 있는 보자기를 묶기 시작했다.

"허허, 하현아. 이게 뭐 하는 짓이냐?"

"가격도 제대로 안 쳐주고 물건이나 받으려는 아저씨와는 할 말 없어요. 약초야 다른 약방에서도 얼마든지 제값 받을 수 있다고요."

"허허, 알았다, 알았어! 말한 대로 주면 되지 않느냐. 기다려 봐라. 허허! 어서 보따리 풀래도!"

단단하게 묶은 보자기를 빼앗은 중년 남자가 졌다는 듯 너털웃음을 터뜨렸다. 그의 행동에 하현이 조용히 손을 벌렸다. 그녀의 행동에 어쩔 수 없다는 듯 남자가 안주머니에서 돈주머니를 꺼냈다. 주머니에서 나온 동전 몇 개가 하현의 손바닥에 놓였다.

"네 어머니는 싼값에 잘도 넘기던데 넌 어찌 한 번도 셈을 깎아 준 적이 없는 것이냐."

"좋은 약초를 좋은 가격에 파는 게 당연한 거죠. 그리고 물건 깎는 거 너무 좋아하지 마세요. 공짜로 얻는 게 있으면 그만큼 잃는 것도 있는 거라고요."

돈을 품에 넣으면서도 할 말은 다 하는 하현의 모습에 중년 남자가 고개를 저었다. 적은 가격에 약초를 넘기는 소연과는 다르게 딸인 하현은 셈 하나 허투루 하는 적이 없었다.

하지만 그 모습이 거슬리거나 불편하지는 않았다. 도리어 어린 나이부터 부모를 돕겠다며 약초 보따리를 들고 나오는 하현의 야무진 모습을 시전의 상인들은 마음에 들어 했다.

"아저씨, 이만 가볼게요."

"아, 하현아!"

중년 남자의 부름에 봄을 놀리던 하현이 고개를 돌렸다. 유난히 맑은 눈이 중년 남자에게로 향하자 남자가 흐뭇한 미소로 말을 꺼냈다.

"내가 아는 사람 아들이 그렇게 훤칠한데 마침 네 생각이 나더구나. 네가 열여덟이라고 하니 마음에 들어 하시는…… 하현아? 하현아!"

중년 남자의 말에 하현이 미련 없이 몸을 돌렸다.

혼인할 나이라는 사실은 부정하지 않았지만, 하현은 생각이 없었다.

마음에 둔 사내도 없고, 그렇다고 예전부터 가군으로 정한 사내도 없었다. 마음이 맞아 혼인한다 하여도 하현의 아버지가 누구인지 알고 나서는 절대로 안 된다며 반대를 하였다.

"꼭 혼인할 필요는 없으니까."

그녀의 속마음을 아버지인 제융이 듣는다면 자신 때문이라며 크게 실망할지도 모른다. 하지만 하현은 진심으로 혼인 욕심이 없었다. 상대가 있다면 하는 것이고 없으면 그만이었다. 여인으로서의 행복을 피하는 것은 아니지만, 그렇다고 꼭 혼인해서 사내의 내조를 하며 사는 것이 인생의 전부라고는 생각하지 않았다.

"난 상관없어."

집으로 가는 산 앞에 선 하현이 길게 숨을 내쉬었다.

부모와 함께 사는 집으로 가려면 한동안 산을 계속 올라가야 했다.

머릿속을 복잡하게 하는 혼인을 지워 버린 하현이 거침없이 산을 오르기 시작했다.

⊠

거칠고 험한 산을 하현은 숨 하나 흐트러뜨리지 않고 올라갔다.

길조차 없는 곳을 노련한 걸음으로 지나가는데 반대편에서 웅성거리는 소리와 함께 열 명 정도 되는 무리가 산에서 내려오는 모습이 보였다. 그들의 모습에 하현이 미간을 찌푸렸다.

"어서 안 내려오느냐? 이 산은 뭐가 이렇게 복잡해!"

짜증이 깃든 목소리가 부지런히 따라오는 사람을 채근했다. 나이는 많이 잡아보았자 하현과 동갑이거나 바로 위였다.

아랫사람을 채근하던 사내와 눈이 마주치자 하현이 한 걸음 옆으로 물러났다. 빠른 걸음으로 앞까지 다가온 사내가 그녀를 노려보았다.

시선을 마주하지는 않았지만 피부로 느껴지는 적의가 따가웠다. 하지만 상대는 폐태자의 딸인 하현과는 비교할 수조차 없는 영화국의 황태자였다.

"오셨습니까?"

하현의 말에 사내가 혀를 쯧 찼다.

무언가 작게 으르렁대는 소리가 났지만 하현은 일부러 눈을 감고 소리를 외면했다.

그의 투덜거림에도 그녀가 아무런 반응이 없자 옷자락을 거칠게 흩날리며 사내가 다시 부지런히 걸음을 옮겼다.

그들의 기척이 완전히 사라지자 하현이 긴 숨을 내쉬며 몸을 일으켰다.

"오늘은 하루가 힘드네."

지끈거리는 머리를 흔든 하현이 집을 향해 부지런히 발걸음을 움직였다.

아버지인 담제융이 황태자의 자리에서 폐위된 지 벌써 이십 년이 넘었다. 그 시간 동안 제융의 동생이 황제가 되었고, 현재 위중한 상태이다. 그리고 현 황제의 아들들이 황권을 놓고 치열하게 대립하는 중이었다.

하지만 담제융이 폐태자가 된 이후부터 흔들리기 시작한 황권은 현재 누가 황제가 되어도 상관이 없을 만큼 위태롭게 흘러가고 있었다.

바쁜 걸음으로 산을 올라가자 울창한 나무 사이로 허름한 집 한 채가 하현의 눈에 들어왔다.

"어머니!"

담뱃대를 들고 있던 중년 여인의 눈이 허공에서 그녀에게로 향했다. 곧바로 쓰러질 듯 창백한 모습이었지만 하현을 보고 있는 눈은 담담했다.

"왔니?"

"어머니, 연초는 좀 줄이시라니까!"

하현의 잔소리에 여인이 물고 있던 담뱃대를 내려놓았다.

폐태자 담제융의 부인이자 하현의 어머니인 소연이 잔소리하는 하현을 흘겨보았다.

"조용히 해라. 좀 전에도 시끄러운 게 왔다 가서 머리 아파."

시끄러운 것이라는 말에 하현은 말을 멈추었다. 담뱃대를 내려놓은 소연이 느릿하게 몸을 일으켰다. 소연이 몸을 휘청거리자 놀란 하현이 그녀를 부축하였다.

하현에게 몸을 기댄 소연이 힘든 숨을 내쉬었다. 연거푸 힘든 숨을 내쉬던 소연이 무언가를 느낀 듯 뒤를 물끄러미 바라보았다. 소연의 시선에 하현 또한 뒤로 고개를 돌렸다.

"아버지."

언제 왔는지 하현의 뒤로 온 제융이 고개를 끄덕였다.

보지 않아도 알겠다는 듯 어두운 표정의 제융이 하현 대신 소연을 부축하였다.

"천천히 내려오라니까."

여전히 차가운 말투, 하지만 그 안에 들어 있는 감정은 걱정과 안타까움이었다.

소연의 말에 제융이 나지막이 답했다.

"왠지 느낌이 별로더라고. 왜 상대했어, 그냥 보내 버리지."

"하는 짓이 짜증 나서 내 집에 두고 싶지 않았어."

"미안."

"당신이 미안할 게 뭐 있어. 제멋대로 생각하고 행동하는 놈들이 문제지."

소연의 말에 제융의 눈 끝이 내려갔다.

황족끼리의 권력 싸움만으로도 이미 진흙탕이었건만 그들은 조용히 산에서 은둔하는 제융을 가만두지 않았다. 명룡국과의 전쟁민 아니었다면 황제가 되있을 제융이기에 황태자는 물론 황권정쟁에 휘말린 황자들까지 한 달에도 몇 번씩 쓸데없는 생각 하지 말라며 집 안을 쑤시고 다녔다.

미안한 마음에 말이 없는 제융의 팔을 소연이 쓸어내렸다. 제융을 보던 소연이 시선을 돌려 멀뚱히 서 있는 하현을 보았다.

"온 김에 냇가에 놓아둔 약초 바구니나 가져와라."

"네? 네, 알겠어요."

소연의 말에 하현이 뒤늦게 고개를 끄덕였다. 영화국의 황족들이 왔다 간 날이면 소연의 몸 상태나 기분은 바닥을 쳤다. 저 상태를 달랠 수 있는 사람은 제융뿐이었다.

소연이 말한 냇가로 걸음을 옮기며 하현은 입을 굳게 다물었다.

꽃신

자리를 비켜줘야 하는 이유도 있었지만 냇가에 약초를 오래 두면 습기에 망가질 우려도 있었기에 하현은 부지런히 걸음을 옮겼다. 하지만 몇 걸음 채 가기도 전에 하현의 걸음은 다시 멈추었다.

"하아!"

무거운 숨을 내쉬며 하현이 고개를 저었다.

제융은 표사 일 외에는 산에서 내려가지 않았다. 소연의 몸이 안 좋은 것도 있었지만, 더는 영화국의 복잡한 일에 관심을 두고 싶지 않아 했다.

하지만 그런 의지와는 다르게 영화국의 황족은 그를 들쑤셔 댔다.

"못된 인간들."

흐르는 냇물을 보며 하현은 입술을 깨물었다.

차라리 집을 옮기자는 의견을 냈지만 소연이나 제융은 고개를 저었다. 둘에게 있어 지금의 집은 세상에서 단절된 곳일망정 유일하게 마음을 붙이는 곳이었다.

조용히 지내고 싶어 하는 제융과 소연을 괴롭히는 황족들이 하현은 끔찍하게 싫었다. 하지만 싫은 것과는 별개로 그녀가 둘을 위해 할 수 있는 일은 없었다.

"아버지는 관심도 없는데 멋대로 꿈을 꾸지 말라니…… 사기들이 무능해서 그런 거잖아!"

바위에 올려놓은 약초를 발견한 하현이 무거운 숨을 내쉬었다.

"오지 말라고 해도 안 올 인간들도 아니고."

답답한 마음에 하현이 차가운 냇물에 발을 담갔다. 정신이 번쩍

들 정도로 차가운 물에 발을 담갔지만 여전히 기분은 나아지지 않았다.

이대로 그들이 왔다 갔다 하는 모습을 두고 볼 수는 없었다. 집을 옮기든지 아니면 무슨 수라도 써야 했다.

"세운 아저씨에게…… 부탁해 볼까? 아냐. 미쳤어. 그건 아니야."

뇌리를 스치는 생각에 하현이 거칠게 고개를 저었다.

황제의 동생이라는 위치에도 불구하고 세운은 영화국에 올 때마다 제융의 집에 들렀다. 더 머물고 가시라, 최고의 예우를 해드리겠다는 황족들과 황태지의 제안에도 언제나 세운이 미지막으로 머무는 곳은 제융의 집이었다.

허름한 집임에도 제융과 종종 술을 기울이기도 했고, 때로는 하현에게 명룡국의 이야기를 해주기도 하였다. 심지어 가까워지기 힘든 소연에게조차 넉살 좋게 상대하는 사람이 바로 그였다.

대륙 최강국이라 불리는 명룡국의 휘왕인 그라면 지금의 문제는 가볍게 해결될 것이다.

하지만 그건 예의가 아니다. 영화국의 일을 그에게 해결해 달라며 부탁할 수는 없었다.

"아, 모르겠다. 빨리 내려가 봐야지."

지금쯤이라면 제융도 소연도 어느 정도 마음을 정리했을 것이다. 발의 물기를 닦고 바위의 약초를 추스른 하현이 몸을 돌렸다.

"아?"

인적이 드문 산, 낯선 사내의 모습보다 사내에게서 나는 향이 하현을 먼저 흔들었다.

은은한 매화 향.

코끝에 스치듯 아련히 사라지는 향에서 예전의 기억 하나가 스치듯 지나갔다.

"네가 하현이지?"

시선과 시선이 만났다.

둘 사이를 채우는 매화 향이 아스라이 허공에 맴돌았다.

※

하현이 사라지고 얼마 지나지 않아 나타난 세운의 모습에 제융이 눈을 좁혔다.

"오늘은 정말 손님이 많이 오는군."

제융의 말뜻을 알아챈 세운이 입꼬리를 올렸다.

"설마 날 영화국의 꼬맹이들과 같은 종류로 보는 건가? 이거 서운한데?"

나이를 먹어도 세운은 그대로였다. 겉으로는 여유롭고 느긋해 보여도 속은 누구보다도 치밀하고 냉정한 자. 소연을 만나기 전에는 성적이자 연석이던 사내.

하지만 이제는 아니었다. 세운이 가예를 부인으로 받아들인 것처럼 제융에게는 소연이 있었다. 원초적인 적의를 내려놓은 둘은 흐르는 시간만큼이나 마음을 터놓고 대화하는 사이가 되어 있었다.

"그 꼬맹이들이 온 걸 알았으면 하루 정도 뒤에 오지 그랬나? 술을 하기에는 날이 좋지 않군."

"아, 상황이 급해져서 말이야. 그나저나 의원이라도 불러야 하는 거 아닌가?"

제융의 어깨 너머로 잠들어 있는 소연을 보며 세운이 미간을 좁혔다. 그의 걱정에 제융이 고개를 저었다.

"신경을 써서 그래. 의원이 온다고 달라질 건 없어. 차라리 쉬게 하는 게 나아. 나가지."

제융의 말에 세운이 고개를 끄덕였다.

잠들어 있는 소연이 깨지 않도록 조용히 문을 닫은 제융이 집 앞에 마련되어 있는 의자에 앉았다.

"가예는?"

"아, 예전보다 눈이 안 좋아진 것 외에는 잘 지내고 있지. 같이 데려오고 싶었는데 이 쥐방울이 사고를 칠 때는 또 행동이 재빨라서 말이야. 혼자서라도 급히 와야 했거든."

쥐방울이라는 말에 제융의 입가에 미소가 감돌았다. 세운과 가예에게는 두 명의 아들과 한 명의 딸이 있었지만 세운에게 쥐방울로 불릴 사람은 명룡국의 황제이자 장남인 진설밖에 없었다.

"황제로 세워놓고는 여전히 쥐방울이라 부르는가?"

"하는 짓이 애니까 쥐방울이지. 간신히 황제로 세우고 빠져나왔더니 그놈이 또 사고를 쳐대."

귀찮다는 듯 툴툴대는 세운을 보며 제융이 미소를 지었다. 말 없는 제융의 모습에 투덜거리던 세운이 길게 한숨을 내쉬었다. 영화국의 황태자이던 이답게 조금은 누리고 살아도 되건만 그는 세운의 지원도, 세운이 영화국을 압박해서 얻어낸 지원도 모두 거부했다.

허름한 집과 세 명이 간신히 먹고살 정도로의 부족한 삶이었지만 세용의 일굴은 황태자일 때보다도 훨씬 좋아 보였다.

"말하지 않아도 표정에서 다 보이는군."

"영화국의 떨거지들이야 적당히 치워달라고 하지 굳이 쓸데없이 참고 있는 건가? 나한테 서신 하나만 보내면 끝났을 일을 왜 안 했느냐 말이야."

"영화국을 이렇게 만든 죄의 대가니까 내가 감수해야지. 그리고 자네의 도움을 받아도 일시적이야. 상황이 상황인 만큼 조만간 또 나타나겠지."

"죄는 무슨…… 벌써 이십 년이나 지난 일이야. 더군다나 전쟁으로 잃은 것보다도 저 멍청이들이 서로 싸우느라 날려 먹은 것이 더 많을걸. 아무튼 쓸데없는 고집은 여전하다니까."

거침없이 말하는 세운의 모습에 제용이 조용히 숨을 삼켰다. 무책임한 말일 수 있으나 이제는 영화국도, 황제의 자리도 신경 쓰고 싶지 않았다.

그저 소연의 몸이 나아지길 바라는 것과 하현이 좋은 짝을 만나길 바라는 것, 제용이 현재 꿈꾸는 것은 그게 전부였다.

앉아 있던 자세를 바꾸며 제용이 화제를 돌렸다.

"아무튼 그 쥐방울이 무슨 말썽을 피웠기에 나한테 온 거시? 나와 연관이 있다는 건가?"

본론으로 돌아온 이야기에 세운이 고개를 끄덕였다.

생각하면 할수록 괘씸하고 화가 났다.

가예를 닮아 반듯하고 조용히 자라라고 그렇게 빌었건만, 설은 가예보다 자신을 더 닮아 있었다. 그의 예상대로 설은 세운에게 말을 털어놓자마자 효에게 일을 미뤄놓고는 다짜고짜 영화국으로 떠났다. 쓸데없는 것만 닮은 아들 때문에 하게 된 고생이 마음에 들지 않는지 세운이 미간을 찌푸렸다.

"그 쥐방울이 혼인을 하겠다는군. 명룡국 예법대로 두 명의 후궁과 한 명의 황후를 맞이하겠다는데……."

"그런데?"

"그놈이 맞이하고 싶다는 황후가 하현이네."

날카로워진 제융의 시선에 세운이 길게 한숨을 내쉬었다. 점점 제융을 볼 낯이 없었다.

제융처럼 세운도 가예와 조용히 여생을 보내고 싶건만, 어찌 된 게 하루건너 하루가 난리였다. 설의 생각은 나쁘지 않았다. 하지만 그 대상이 문제였다.

"그 쥐방울이 하현이를 설득하려고 이곳에 올 것이네. 그 아이의 승낙이 없으면 내가 무슨 수를 써서라도 막는다고 했으니 말이야."

"명룡국의 황후라……."

믿기지 않는다는 듯 제융이 말을 흐렸다.

"난 가예의 일만으로도 충분히 빚을 졌어. 그런데 내 아들놈까지 그런 사고를 치게 할 수는 없어."

"······."

힘든 환경에서 생활하면서도 하현의 행실은 어디 하나 흠잡을
데 없이 반듯했다.

티 없이 맑은 눈에 올곧은 행실이 내심 세운의 마음에 드는 아
이다.

하지만 그렇기에 자신의 아들과 엮이면 안 되었다.

설의 성격이 어떤지 누구보다도 세운이 잘 알고 있었다. 그런
설의 곁에 있게 된다면 얼마나 힘들지 보지 않아도 뻔했다.

"막아주게. 내 그 아이만큼은 가예처럼 마음고생하게 할 수 없
어."

제융이 복잡한 표정으로 긴 숨을 내쉬었다.

세상과 외면하던 제융에게 천천히 현실의 바람이 불기 시작했
다.

"황후라고 하셨습니까?"

생각하지 못한 단어에 믿을 수 없다는 듯 하현이 설에게 되물었
다. 가벼운 안부 인사 후 시작된 대화, 복적이 있어 온 걸음이기에
설은 그녀에게 본론을 꺼냈다.

하현의 반응을 예상하고 있던 설이 고개를 끄덕였다.

다짜고짜 황후가 되어달라는 제안이 어이없다는 것은 알고 있
다. 하지만 귀족들이 움직이기 전에 설이 선수를 치려면 뜸 들일

시간이 없었다.

"말도 안 되는 제안이라는 걸 알고 있다. 하지만 이 상황에서 생각나는 사람이 너밖에 없었다."

"……."

"나는 힘이 없는 황후를 세운 후 귀족들에게 틈을 줄 생각이다. 외척이 되고자 하는 귀족이라면 황후의 존재를 받아들이지 못할 테니까. 마침 너와 나의 아버지는 교류가 있는 사이이고, 말뿐이었지만 혼약이 오간 사실도 있으니 널 황후로 세운다면 귀족들도 반발하지는 않을 것이다."

제융에게서 필요한 지식과 예의를 배웠지만 정치에 관해서는 아무것도 몰랐다. 그런 그녀에게 명룡국의 정치 상황이 귀에 들어올 리가 없었다. 너무나도 막연하여 받아들일 생각조차 들지 않았다.

하지만 하현이 생각하고 있는 것을 설이 모를 리가 없었다.

"명룡국 황후의 부모를 영화국의 누가 건드릴 수 있겠느냐? 더군다나 네가 황후가 되는 순간 폐태자의 신분이 아니라 영화국 황족으로 복권될 텐데 말이다."

설의 제안에 하현의 눈이 커졌다.

고민만 했을 뿐 답이 나오지 않던 문제를 설이 해결해 준다고 한다.

황족으로 복권, 심지어 대륙 최강국인 명룡국 황후의 아버지라면 영화국의 누구도 제융을 건드릴 수 없게 된다.

생각할 가치도 없던 제안이 단번에 거절하기 어려운 유혹적인 제안으로 바뀌었다.

명룡국의 황후, 하지만 꼭두각시 황후다.

고민하는 하현을 보며 설이 초조하게 입을 열었다.

"힘이 없는 황후라고는 하나 위험에 방치하지도, 무시를 당하게 하지도 않을 것이다. 그렇게 무책임한 생각으로 황후가 되어달라는 것은 아니다."

복잡한 시선이 조용히 설을 향했다.

세운을 아저씨라고 부를 정도로 친분이 있었지만 설과의 인연은 없었다.

스쳐 가듯 보더라도 제융의 등 뒤에서 본 것이 처음, 그나마 인연이라 할 만한 건 열 살 때 우연히 만난 것이 전부이다.

그랬던 그가 그녀에게 황후가 되어달라며 제안하고 있다.

마음의 연모도, 예전부터 말이 오가던 혼약도 아닌 정략적인 관계.

"생각할 시간을 주세요, 폐하."

단번에 결정하기에는 역시나 쉽지 않은 선택이었다. 하현의 말에 설이 고개를 끄덕였다.

설이 사라지고 난 후 약초를 가지고 내려오는 하현의 발걸음이 유난히 무거웠다.

※

설의 제안에 제융은 조용히 넘어갔지만 소연은 분노했다.

귀족에게 삶이 무너진 끔찍한 기억을 가지고 있는 소연이다. 그런 그녀가 어렵게 얻은 하현을 그런 식으로 설에게 보낼 리 없었다.

"아버지."

앞서 걸어가던 제융이 뒤따라오는 하현을 바라보았다.

산에 심어놓은 약초를 보러 가는 길이다. 평소였다면 하현 혼자 갔을 일이지만 무슨 생각인지 제융이 함께 나섰다. 워낙 말이 없는 제융이기에 약초가 있는 곳까지 가는 내내 부녀는 조용했다.

결국 물어보고 싶은 게 있던 하현이 먼저 입을 열었다.

"아버지께서도 반대하세요?"

"명룡국 폐하의 일을 말하는 것이냐?"

제융의 물음에 하현이 고개를 끄덕였다. 외동딸로 자라긴 했지만 어려운 집안 살림과 특이한 집안 환경 때문에 하현은 나이에 비해 생각이 많았다. 어지간히 큰 고민이 아니면 마음을 내비친 적이 없는 딸이기에 제융은 조용히 숨을 내쉬었다.

"마음에 들지는 않는단다. 힘들 것이 뻔한 황궁에 널 보낼 이유가 없거든."

"하지만 이대로라면 영화국 황자들이 계속 찾아올 거예요."

"그들을 쫓아내겠다고 널 황후로 보내면 네 어머니나 나나 마음이 편하겠느냐? 그리고 황후의 자리가 얼마나 부담스러운 자리인지는 굳이 이야기하지 않아도 알지 않느냐."

반박할 수 없는 제융의 말에 하현은 입을 다물었다. 어느덧 목적지에 도착한 제융이 심어놓은 약초 주변을 정리하며 말했다.

"집을 옮기지 않은 이유는 옮겨도 또 찾아올 능력이 되는 이들이기 때문이다. 영화국의 황자들이 오는 것은 피곤한 일이나 내가 감당할 일이기에 참은 것이었단다. 그런데 그게 너에게 부담이 된 것 같구나."

"아니요! 아버지, 그게 아니라……!"

"내가 잔소리를 하지 않아도 알아서 잘하는 너이니 걱정하지는 않는다. 하지만 나나 네 어머니를 위해서 하는 선택이라면 다시 한 번 생각해 보려무나. 가장 중요한 건 너 자신이란다."

"……."

"내가 아니었으면 벌써 좋은 짝을 만나 혼인했을 텐데 말이다."

제융의 말에 하현의 눈이 커졌다. 약초를 보던 제융이 몸을 일으켜 딸을 보았다.

하현은 혼인의 일을 잘 숨기고 있다고 생각하고 있었지만 제융은 전부 알고 있었다. 지난 시절 그의 모습들이 딸에게까지 악영향을 끼치고 있었다.

평범한 범인으로 짝을 구할 수 없다면 차라리 설이 나을 수 있었다.

하지만 생각은 생각일 뿐 내키지 않는 것은 변하지 않았다.

"그런 거 아녜요, 아버지. 혼인이야……."

말을 잇지 못하는 하현의 머리를 제융이 부드럽게 쓰다듬었다. 숨기려 하던 마음이 들키자 하현의 얼굴이 붉어졌다.

"이만 돌아가자."

아직 어린 나이이지만 일찍 철이 든 딸이 대견하면서도 마음이

짠했다. 제융의 말에 하현이 고개를 끄덕였다. 약초를 정리하며 짐을 든 제융이 먼저 산을 내려가고 하현이 그 뒤를 따랐다.

거침없는 걸음으로 산에서 내려가던 제융의 걸음이 갑자기 멈추었다.

"아버지, 왜 그러세요?"

하현의 물음에도 굳은 제융의 표정은 변하지 않았다.

"천천히 내려오거라."

말을 마친 제융이 단숨에 산에서 내려갔다. 제융의 갑작스러운 변화에 하현이 고개를 갸웃했다. 멀리 집이 보였지만 하현의 눈에는 아무것도 보이지 않았다.

어깨로 흘러내리는 약초 주머니를 다시 멘 하현이 제융을 따라 집을 향해 달리기 시작했다.

✳

며칠 전에 왔던 황태자의 모습에 하현의 눈이 가늘어졌다. 한번 집을 뒤집어놓으면 그는 최소한 일주일 동안은 오지 않았다. 그랬던 황태자가 평소보다도 많은 수하들을 끌고 와 있었다.

온몸을 휘감는 불길함에 하현이 제융에게 다가갔다. 하지만 그런 그녀를 제융이 눈짓으로 막았다. 자신에게는 시선조차 주지 않는 제융의 모습에 황태자가 고함을 쳤다.

"지금 나를 무시하겠다는 것인가!"

"……."

"말하라! 명룡국 휘왕과 무슨 이야기를 했느냐 말이다! 무슨 말을 꺼냈기에 휘왕이 내가 아니라 이황자를 다음 후계로 생각해 보겠다는 말을 꺼냈느냐는 말이다!"

황태자의 말에 제융이 소리 없이 한숨을 내쉬었다. 굳이 묻지 않아도 어떻게 된 일인지 눈에 선했다.

권력에 찌든 귀족과는 달리 나서지 않을 뿐 세운의 영향력은 명룡국은 물론이고 반식민지 상태인 영화국에도 상당했다.

이제야 조용히 사는 제융을 어린 황태자나 황자들이 들쑤시는 것이 마음에 들지 않았을 것이다. 명룡국에서도 영향력이 있는 세운이니 그가 움직이면 황태자가 황제가 되지 못하는 것은 당연한 일이었다.

"그저 일상적인 대화였습니다. 황태자 전하께서 걱정하실 대화는 전혀 없었습니다."

"그 입 닥쳐라! 내 네가 폐태자의 자리에 있음에도 호시탐탐 영화국의 황제 자리를 노리고 있다는 걸 알고 있다! 가여웠기로 자비를 주었거늘 은혜를 이런 식으로 갚으려는 것이냐!"

황태자의 말에 하현의 눈에 불이 들어왔다.

언제부터 자비를 내리고 은혜를 내렸단 말인가? 하현의 머리에 있는 황태자의 기억은 집을 뒤집어놓던 것뿐이다. 황제의 자리는 커녕 영화국의 일에는 전혀 관심도 없는 제융에게 눈을 닫고 귀를 닫고 죽은 듯이 살라며 토해내는 더러운 말뿐이었다.

아무리 영화국의 황태자여도 더는 참을 수 없었다.

하현의 변화를 눈치챈 제융이 그녀를 말렸지만, 이미 하현은 황태자의 앞에 선 후였다.

"무, 무엇이냐?"

"도대체 황태자 전하께서 무슨 은혜와 자비를 내리셨습니까?"

"하현아, 그만해라."

앞을 막아선 하현을 제융이 말렸지만 이미 그녀의 귀에는 아무 소리도 들리지 않았다.

참을 만큼 참았고 몸을 숙일 만큼 숙였다.

차라리 죄를 지은 것이라면 이렇게 답답하지도 않을 것이다.

언제나 말하는 제융의 죄라는 것이 무엇인지는 알고 있었다. 하지만 그 일은 벌써 십 년도 넘은 일이다.

"자비라는 것이 오실 때마다 독설과 폭언을 퍼붓는 것을 말씀하시는 것입니까?"

"하현아!"

"은혜라는 것이 마음에도 없는 자리를 꿈꾸지 말라며 막말하는 것을 말씀하시는 것입니까?"

"그만하거라."

제융의 만류에 하현이 고개를 저었다.

무모하더라도 더 이상 마음에 쌓아놓고 싶지 않았다. 이유도 없이 듣는 폭언에 그녀는 질릴 대로 질려 있었다.

"단 한 번이라도 제 아버지께서 황좌를 얻으려고 행동하셨다면 저희 부녀는 전하의 분노를 받아들여야겠지요. 하지만 매번 전하께서 이리 오실 때마다 저희는 억울하다, 절대로 그런 적이 없다며 말씀드리고 또 말씀드렸습니다. 이유 없는 억지도 한두 번이어야 들어줄 수 있는 것입니다."

"네까짓 것이 감히!"

분노로 얼굴이 붉어진 황태자가 하현에게 삿대질을 하였다. 반박을 해야 하건만 계집의 말에 말문이 막히고 말았다.

'아비나 딸이나!'

죄인 주제에 뭐가 저렇게 당당하단 말인가! 하는 짓 하나하나가 모두 거슬렸다.

겨우 이딴 계집애가 자신에게 모욕을 주다니, 절대로 용서할 수 없었다.

"이 망할 것, 네 따위가 감히 누구에게 눈을 치켜뜨고……."

화가 난 황태자가 하현에게 손을 들었다. 그의 행동에 하현이 눈을 질끈 감았다.

하지만 하현의 뺨으로 가려던 황태자의 손은 중간에 제융에 의해 멈추어졌다.

"네가 감히!"

"전하께 잘못했다며 용서를 빌어야 할 사람은 저이지 제 딸은 아닙니다. 그리고 하현이 너도 그만해라. 황태자 전하께 이게 무슨 짓이냐."

화가 난 황태자가 발을 휘둘렀으나 제융은 꿈쩍도 하지 않았다. 황태자에게 고개를 빳빳이 들고 대들던 하현도 제융의 시선에 한 걸음 물러났다.

"제가 경솔했습니다. 잘못했습니다, 전하."

하현의 사과를 들은 제융이 그제야 황태자의 손을 풀었다. 기세가 누그러진 하현과는 달리 처음 당해보는 모욕에 황태자의 얼굴이 붉어졌다.

이 집안의 인간들 하는 행동 하나하나가 마음에 들지 않았다. 죄인 주제에 무엇이 그렇게 당당하며 건방지단 말인가!

"겨우 네놈들 따위가."

으드득 황태자가 제융을 노려보며 이를 갈았다.

황태자이기는 하지만 영화국 내에서 그의 입지는 불안했다. 하물며 그에게 힘을 실어주는 노인네들 중에는 어린 황태자나 황자가 아닌 조용히 살고 있는 담제융이 낫지 않겠느냐는 실언이나 해대고 있었다.

분노에 찬 황태자의 시선에 제융이 몸을 숙였다.

"딸아이의 행동은 제가 사과드리겠습니다. 잘못했습니다. 분노를 거두십시오."

"분노를 거두라? 이런 모욕을 겪고도 나보고 참으라는 것인가?"

"황태자께서는 앞으로 영화국을 다스릴 분이시니 한 번만 더 자비를 내려주십시오. 무지한 딸이 순간의 울분으로 꺼낸 말이니 황태자 전하의 아량으로 넘겨주십시오."

제융의 말에 황태자가 어이없다는 듯 헛웃음을 터뜨렸다. 몸을 숙이고 잘못했다는 태도조차 건방졌다. 이런 모욕은 살다 살다 처음 받아보는 것이다.

"너희를 절대 용서할 수 없다!"

으르렁거리며 나오는 말에 제융이 숨을 삼켰다. 조용히 넘어가고 싶었던 바람과는 다르게 일이 꼬이기 시작했다.

황태자의 손이 올라가자 뒤에 버티고 있던 병사들이 무기를 꺼내 들었다.

최악의 상황이 일어나자 제융은 짧게 탄식하였다. 약초를 캐러 가느라 집 안에 검을 두고 왔다. 더군다나 그의 옆에는 지켜야 할 하현도 있다.

제융이 긴장하자 으르렁대던 황태자가 비릿한 미소를 지었다.

"원래는 잘못했다며 몸을 숙였으면 살려줄 생각이었다. 하지만 마음이 바뀌었다. 너희가 없어져 버리면 나 또한 편해지겠지."

"황태자 전하, 무모한 짓은 하지 마십시오!"

이성을 잃은 그의 행동에 제융이 달래듯 목소리를 낮췄다. 하지만 이미 황태자의 눈에는 아무것도 보이지 않았다.

거슬리는 존재라면 차라리 없애 버리면 그만, 죽은 담제융은 누구도 찾지 못할 것이다.

"죽여라!"

다가오는 병사를 향해 제융이 차갑게 노려봤다. 그들 하나하나를 모두 견제하며 제융이 하현에게 말했다.

"내가 신호하면 집으로 들어가 어머니와 같이 있어라."

제융의 말에 하얗게 질린 하현이 고개를 끄덕였다.

자신의 경솔한 행동으로 상황이 위험하게 되었다. 충동적으로 저지른 행동을 후회했지만 이미 늦은 후였다.

하현을 지켜보던 제융이 눈을 돌려 기까이 다가오는 병사를 노려보았다.

"무모한 짓은 하지 않는 게 좋을 것이다."

검은 없었지만 제융의 목소리에서 주변을 압도하는 살기가 느껴졌다. 그 때문인지 병사들도 가까이 다가가기만 할 뿐 섣불리 공격하지는 못하였다.

"도대체 뭐 하는 것이냐! 어서 죽이라니까!"

황태자의 고함에 대치하고 있던 병사가 소리를 지르며 제융에게 달려들었다. 동시에 그들을 제압하기 위해 제융 또한 움직였다. 하지만 제융과 병사가 충돌하기 직전, 나타난 흑의 인영들이 순식간에 병사들을 제압하기 시작했다.

당황스러운 상황에 황태자가 비명을 지르고, 인영들 사이로 청색의 도포를 입은 청년이 모습을 드러냈다.

"아!"

자신도 모르게 소리를 낸 하현이 당황하며 입을 가렸다.

희미한 매화 향이 일촉즉발의 상황에서도 은은히 피어올랐다. 하지만 매화 향과는 다르게 청년이 풍기는 기운은 심상치 않았다.

곁눈으로 황태자를 흘낏 본 설이 다시 제융을 향해 고개를 돌렸다.

"조용히 인사만 드리고 갈 생각이었는데…… 이런 상황에서 나타날 줄은 생각도 못 했습니다."

당당하던 황태자가 설의 등장에 얼음이 되었다. 난감하던 상황에 절묘하게 등장한 청년의 모습에 제융이 안도의 숨을 내쉬었다.

예상하지 못한 상황에 황태자는 말문이 막힌 듯 컥컥 소리만을 냈다.

명룡국의 황궁에 있어야 할 이가 지금 영화국에 와 있을 거라고 는 상상도 하지 못했다.

낭패다. 하필 좋지 않은 상황을 명룡국의 황제에게 걸리고 말았 다.

"명룡국 황제 폐하를 뵈옵니다."

어떻게 행동해야 할지 아무도 짐작하지 못할 때 제융이 움직였 다. 제융이 무릎을 꿇고 고개를 숙이니 그를 시작으로 주변에 있 던 이들이 모두 무릎을 꿇었다.

원치 않는 상황에 설의 미간이 다시 좁혀졌다. 지금은 황제의 위엄보다는 설 개인의 문제를 해결하기 위해 온 걸음이다.

더군다나 제융은 아버지인 세운과도 각별한 사이다. 그에게서 쓸데없이 황제의 대접을 받았다는 것을 알게 되면……. 설은 자신 도 모르게 몸을 떨었다.

"지금의 모습을 아버지께서 보신다면 황제의 위용과 위엄이고 간에 매타작부터 하셨을 것입니다. 일어나세요."

제융을 먼저 챙기는 설의 행동에 황태자의 눈이 커졌다. 설의 관심은 황태자가 아니라 제융에게 가 있었다. 설의 행동에 제융의 눈이 아직도 무릎을 굽히고 있는 황태자에게로 향하였다.

제융의 시선을 따라 황태자를 본 설이 미간을 좁혔다.

탐탁지 않아 하는 설의 표정에 제융이 나지막이 말하였다.

"영화국의 황태자 전하이십니다."

그가 황태자인 것은 제융이 말하지 않아도 알고 있었다. 알면서 도 괘씸하여 내버려 둔 것이다.

앞으로 나라를 다스려야 할 황제의 재목이 저것밖에 안 되다니 황태자 대우도 해주고 싶지 않았다. 마음 같아서는 계속 저렇게 꿇고 있으라고 하고 싶었지만 제융이 불편해하는 표정을 보니 마 냥 저렇게 둘 수만도 없었다.

"모두 일어나라. 인사는 이 정도로 충분하다."

설의 말에 무릎을 꿇고 있던 이들이 조심스럽게 몸을 일으켰다. 설을 바라보는 제융의 입가에 묘한 미소가 감돌았다.

즉위식 이후로 처음 보는 설의 모습이 낯설면서도 익숙했다.

매화 향이 날 때만 해도 가예를 닮았다는 생각을 하고 있었다. 하지만 표정이나 행동을 보았을 때 설은 가예보다는 세운을 닮아 있었다.

제융이 자신을 어떻게 바라보는지 아는지 모르는지 병사들의 부축을 받으며 일어나는 황태자를 설이 심드렁한 눈으로 보았다.

'저렇게 약해 빠진 주제에 무슨 황제를 한다는 것인가?'

자격지심에 빠져 제융을 압박하기나 하고, 하현이 바른말을 하 자 병사를 시켜 죽이려고 하였다. 저런 인간이 영화국의 황태자라 니 절로 한숨이 나왔다.

절뚝거리며 설의 앞까지 다가온 황태자가 고개를 숙였다.

"폐하."

"영화국의 황태자께서는 아직 할 말이 남아 있는 것인가?"

"네? 아, 아닙니다. 이곳의 용무는 끝났습니다. 저와 함께 궁으 로 가시지요. 연회를 바로 준비하겠……."

"명룡국의 황제로 왔다면 당연히 그대를 따라 궁으로 가는 게 맞다. 하지만 이번은 영화국에 일이 있어서 온 것이 아니니 갈 이유가 없다. 그러니 이곳의 용무가 끝났다면 이제 그만 그대는 돌아가는 것이 어떠한가?"

이만 가라는 설의 말에 황태자가 당황하였다. 일국의 황태자에게 타국의 황제가 할 말이 아니었지만 설은 태연했다.

"담제용과 할 이야기가 있다. 그런데 그대가 있는 상황에서 하자니 불편하군."

"담제용은 고작 영화국의 폐태자일 뿐입니다. 그와 무슨 이야기를 하신다는 것입니까?"

속셈을 알고자 하는 황태자의 물음에 설의 입이 삐뚜름해졌다.

"내가 그대에게 이야기해야 할 의무가 있던가?"

"아, 아닙니다, 폐하."

"그럼 이만 가주게. 난 그대에게 볼일이 있어서 온 것이 아니니 말이야."

굴욕적인 대우였지만 황태자는 화조차 낼 수 없었다. 상대는 대륙 최강국의 황제였다. 반식민지 상태인 영화국의 황태자가 불쾌하다며 목소리를 높였다가는 자칫 황태자의 자리도 위험할 수 있었다.

"그럼 이만 가보겠습니다."

"아! 그리고……."

돌아가려는 황태자를 잡은 설이 그의 어깨를 몇 번 두드렸다. 빙긋 부드러운 미소를 지은 설이 고개를 수여 황태자의 귀에 나지막이 속삭였다.

"그대는 행동을 조금 신중하게 했으면 좋겠군. 한 나라의 황태자가 이렇게 가벼운 걸음을 해서야 되겠는가?"

설의 말에 황태자의 얼굴이 창백해졌다. 황태자에게 화사한 미소를 지어 보이며 설이 두드리던 어깨를 움켜잡았다.

어깨에 밀려오는 고통에 황태자가 입술을 깨물었다.

"짧게 말해서 이제 이곳에 오지 말라는 것이네. 그대가 본인의 자리를 지키고 싶으면 말이야."

설의 입에서 나오는 말에 황태자의 심장이 내려앉았다. 결국 도망치듯 황태자가 병사를 이끌고 산에서 내려갔다.

그들이 사라지는 모습을 보던 설이 한숨을 내쉬었다. 황태자에게서 제용으로 설이 몸을 돌리자 제용이 깊게 고개를 숙였다.

"감사합니다, 폐하."

제용의 말에 괜찮다며 설이 손을 저었다.

그런 설의 눈에 제용의 등에 숨어 있는 하현이 보였다. 고개를 빳빳이 든 채 황태자에게 따질 때는 언제고 다시 숨어버리는 그녀의 모습에 설이 빙긋 미소 지었다.

목적이 있어서 온 걸음이었지만 황제의 권위로 혼인을 강행할 생각은 없었다.

명룡국의 황후. 그 자리가 가진 힘과 책임을 누구보다도 설이 잘 알고 있었다. 평생의 삶을 희생해야 할지도 모르는 자리를 제안했으면서도 무책임하게 하현에게 선택하라고만 할 생각은 없었다.

그녀를 데려가야 한다면 부모인 제용과 소연에게 허락을 받는 것이 당연한 일.

"폐하로 온 걸음이 아닙니다. 그리고 제가 왜 이곳에 왔는지도 아시지 않습니까? 제가 아쉬워 찾아온 것입니다. 그렇다면 당연히 몸을 숙여야지요."

권위적으로 황태자를 찍어 누를 때와는 전혀 다른 태도였다.

황제가 아니라 예의 바른 사내를 보는 기분, 잠깐이나마 하현은 설이 다르게 느껴졌다.

고개를 숙이고 있던 제융이 고요한 눈으로 설을 바라보았다.

"안으로 드시지요, 폐하."

❉

설이 제융과 소연에게 무슨 말을 꺼냈는지는 알 수 없었다.

다만 강경하게 반대하던 소연이 원하는 대로 하라며 말을 바꾸었고, 용무를 끝낸 설이 하현에게 잠시 걷자며 손을 내밀었다.

데려온 사람들조차 모두 물린 채 둘만이 걷는 걸음이 어색했다.

자신의 보폭대로 걷는 설을 하현이 조용한 시선으로 바라보았다.

"역시 아무 말도 없이 걷기는 답답하지?"

설의 말에 하현이 잠시 생각하듯 말을 삼켰다. 하지만 곧 고개를 저으며 입을 열었다.

"답답하기보다는 어색하다는 게 맞는 것 같아요."

생각지 못한 대답에 설이 걸음을 멈추었다. 눈을 동그랗게 뜬 채 바라보는 그의 시선에 하현이 고개를 갸웃했다. 자신이 말실수를 한 것일까? 시전의 상인들에게서 괜히 트집 잡지 말라는 소리를 종종 듣던 그녀. 별생각 없이 꺼낸 말이지만 황제인 설의 기분을 상하게 한 것일지도 모르는 일이다.

죄송하다며 하현이 말하려는 순간, 설이 웃음을 터뜨렸다.

"맞다. 답답하기보다는 어색한 게 맞지. 내가 실수를 하였다."

"기분 상하셨다면 죄송합니다."

"죄송할 게 무엇이 있느냐? 내가 틀렸는데 말이다."

생각 외로 쉽게 인정하는 설을 보며 이번에는 하현의 눈이 동그랗게 변하였다. 하지만 곧 시선을 거두며 하현이 정면을 바라보았다.

바람에 흔들리는 나뭇잎 소리 외에는 어떠한 소리도 들리지 않는 정적이 계속되었다.

어색한 사이, 혼인으로 이어지고자 하지만 둘의 관계는 지금의 정적처럼 아무것도 없었다.

"폐하께서는 괜찮으시겠어요?"

하현의 물음에 설이 고개를 돌렸다. 어두운 표정의 하현이 걱정스러운 눈으로 그를 보고 있다.

"무엇을 말하는 것이냐?"

"혼인이요."

"응?"

도통 모르겠다는 듯 고개를 갸웃대는 설의 모습에 하현이 작게 한숨을 내쉬었다.

"폐하와 전 사소한 대화조차 못 할 정도로 어색한 사이잖아요. 그런데도 혼인하실 건가요? 어쩌면 혼인 이후에도 폐하와 전 이럴지도 몰라요."

황태자에게 죽을 뻔한 뒤로 하현의 마음은 이미 혼인으로 기울어져 있었다.

명룡국의 황후가 된다면 적어도 제융이나 소연에게 영화국의 황족들이 간섭하는 일은 절대 일어나지 않을 것이다. 그 생각 하나만으로도 하현은 마음을 굳힐 수 있었다.

하지만 그렇게 생각하면서도 걱정되는 것도 사실이다.

막연한 황후의 자리. 하지만 삶이 절대 순탄치 않을 것이라는 건 알고 있다.

괜찮을까? 그와 혼인을 해도 되는 것일까?

하현의 표정을 물끄러미 바라보던 설이 잠시 생각하더니 입을 열었다.

"나는 황제라 정치적 이득에 따라 혼인하는 것이 당연한 것이라 생각했다. 만약 내가 힘이 있는 황제였다면 적당한 가문의 여식을 황후로 맞이했을 테지. 하지만 그러지 못했고, 나에게 최선이라고 생각한 너에게 도와달라며 손을 내밀었다."

"……누기 되더라도 상관이 없는 자리란 말씀이신가요?"

"누가 되든 상관이 없는 자리였다면 영화국까지 오지는 않았겠지."

설의 음성이 조용한 산속에 청명하게 울렸다. 아직 앞의 사내가 어떤지는 알 수 없지만 말투만큼은 또렷하고 맑았다. 그와의 대화는 어색했지만 목소리만큼은 듣기 좋았다.

잠시 생각을 정리하듯 미간을 찡그리던 설이 다시 입을 열었다.

"내가 영화국까지 온 이유는…… 그리고 너에게 황후 자리를 제안한 이유는…… 솔직히 좀 심술을 부리려고 한 것도 있다."

"무슨 말씀이세요?"

"영화국의 담제용과 명룡국의 진세운은 원수지간이지 않았느냐? 지금은 양쪽의 사이가 좋지만 예전에는 악연에 가까웠다는 이야기를 들었다. 그러니 사람들은 당연히 너와 나의 혼인이 될 리가 없다고 생각하지. 그런데 내 너를 데리고 간다면 안 된다는 말도 못 하고 당황해할 것이다. 그 모습이 보고 싶었다."

기분 탓이었을까? 하현에게 이유를 말하는 설의 얼굴이 묘하게 즐거워 보였다.

그런 가벼운 마음으로 혼인을 생각한 거냐며 따져야 하건만, 저 표정을 보니 그러한 말조차 나오지 않았다.

"모두가 될 리 없다고 생각하는 혼인을 해보는 것도 괜찮다고 생각했다. 그리고 난 수단으로 널 데리고 가는 것이지만 수단만으로 대할 생각은 없어. 나는 널 정식으로 황후에 책봉할 것이다."

"……."

"지금은 어색하지만 노력할 생각이다."

입가에 미소가 있었지만 하현을 바라보는 눈은 진지했다.

쉽지 않은 길이다.

하현은 설이 어떤 사내인지 알지 못했다. 더군다나 명룡국에 간다면 다시는 제용이나 소연을 보지 못할지도 모른다.

불안한 마음이 이 상황에서 자꾸 도망치라며 속삭였다. 하지만 하현은 마음의 소리를 따르는 대신 떨리는 눈으로 설을 바라보았다.

"폐하께서 저에게 하신 약속은 지켜주세요."

"지금까지는 거부하셨으나 좀 전에 이야기를 끝냈다. 네 아버지는 조만간 영화국 황족으로 복권되실 것이다. 시간이 좀 걸리겠지만 되도록 빨리 이 주변에 궁을 짓고 사람들이 배치되도록 하겠다."

"그리고……."

말을 흐리는 하현의 모습에 설이 고개를 갸웃했다.

한참을 고민하던 하현이 이윽고 결심한 듯 단호히 말했다.

"전 저의 선택으로 폐하와의 거래를 받아들였으니까요. 저도 제가 가야 할 자리에 최선을 다할 테니 폐하께서도 절 존중해 주세요."

말을 끝낸 하현이 긴 숨을 내쉬었다. 황제의 자리에 있는 이에게 이런 말을 한다는 것이 우스운 일일지도 모른다. 하지만 그의 제안을 받아들이는 순간부터 하현은 제용과 소연에게서 떨어져 혼자 선택하고 결정해야 하는 상황에 놓이는 것이다.

힘겹게 용기를 말한 히현이 조심스럽게 설을 바라보았다.

기분 나빠 할지도 모른다는 걱정과는 다르게 그는 조금 전과 다르지 않았다.

하현의 말에 대답하는 대신 설이 손을 내밀었다.

무언의 긍정. 그는 하현이 원하는 것을 모두 받아들였다.

이제는 자신의 차례, 거칠지만 가는 손이 설의 손을 잡았다.

이틀 후, 준비를 끝낸 하현이 설과 함께 명룡국으로 가는 마차에 올랐다.

영화국 산에서만 살아오던 하현에게 설과의 동행은 새로운 세상을 보는 기회가 되었다.

덥던 영화국의 날씨가 북으로 갈수록 점점 쌀쌀해졌다. 입고 있던 얇은 옷은 설이 데려온 시종에 의해 두꺼운 옷으로 갈아입혀졌다.

명룡국의 국경에서 멈춘 마차 안에서 기다리고 있던 하현이 조심스럽게 문을 열었다.

"아!"

작고 새하얀 것이 바람에 실려 바닥에 하나씩 떨어졌다.

그중 유난히 큰 결정이 하현의 앞으로 천천히 내려오고 있었다. 반사적으로 손을 펴 결정을 받았다.

"앗! 차가워!"

손안에 놓인 눈 결정이 물방울로 변하자 하현이 짧게 탄성을 냈다. 마차에서 설에게 들은 눈이라는 것이 이런 것일까? 하늘을 향해 있던 시선을 마차 밑으로 내리니 새하얀 눈이 소복이 쌓여 있었다.

"내려가 볼까?"

소복한 눈을 밟고 싶은 하현이 마차를 내려오기 위해 치마를 살짝 걷었다. 하지만 곧 신고 있는 신을 본 하현의 눈썹이 찌푸려졌다.

옷은 갈아입었지만 신은 영화국의 것이었다. 발을 감싸는 명룡국의 신과는 다르게 영화국의 신은 높이가 낮아 눈에 젖을 것 같았다.

난감해하고 있을 때, 마차 밖에서 설의 목소리가 들려왔다.

"왜 그러고 있지?"

설의 물음에 하현이 고개를 돌렸다. 뒷짐을 진 채 시선을 주고 있는 그에게 하현이 입을 열었다.

"내려가 보려고 하는데 이 신으로는 안 될 것 같아요."

황제인 설이 물음을 하면 말을 돌리거나 우물쭈물 말을 삼키는 여인들이 대부분이었다.

하지만 하현은 설의 시선을 피하지도, 말을 돌리지도 않았다. 그 점만큼은 설의 마음에 들었다.

"그 신으로 내려왔다가는 발이 얼 것이다. 그런데 다행히 제시간에 맞춰 가져왔구나."

하현의 앞으로 걸어온 설이 마차 앞에 가져온 것을 내려놓았다.

검은 가죽에 화려하게 꽃이 수놓아져 있는 꽃신이 한눈에 봐도 고급스러워 보였다.

이게 무엇이냐는 물음에 설이 멋쩍은 듯 뺨을 긁적였다.

"어미니에게 들은 것뿐이지만 영화국에서는 꽃신을 혼약의 정표로 생각한다더구나. 마침 신을 새로 준비해야 할 것 같아서 준비해 보았다. 마음에 들지 모르겠구나."

"폐하."

하현의 부름에 설이 고개를 들었다.

자신의 목적 하나로 명룡국까지 따라온 하현에게 미안한 감정을 가지고 있었다. 꽃신 하나로 마음이 풀릴지는 모르나 작게나마 상징이 될 만한 것을 주고 싶었다.

설의 생애에 처음으로 준비해 본 여인의 신이다. 별것 아닐지는 몰라도 처음 해보는 일에 설의 마음은 두근거렸다.

하지만 설의 마음과는 다르게 하현은 지극히 현실적인 말을 꺼냈다.

"예전에는 모르겠지만, 요즘은 가락지로 정표를 교환해요."

"뭐?"

태연한 하현의 말에 설의 눈이 커졌다. 전혀 생각하지 못한 상황에 설의 입이 떡 벌어졌다. 설의 반응을 봤는지 못 봤는지 하현이 태연하게 말을 이어갔다.

"아무래도 신보다는 가락지가 더 돈이 되니까요. 요즘엔 꽃신으로 정표를 나누지 않아요. 꽃신은 빨리 낡기도 하니까요."

"……."

말을 끝낸 하현이 그제야 설을 바라보았다. 당황하는 것 같기도, 황당해하는 것 같기도 해 보이는 설의 표정에 하현의 입가에 작은 미소가 감돌았다.

아직은 낯선 명룡국이지만, 하현은 처음으로 이곳에서의 삶이 그렇게 나쁘지는 않을 것 같은 느낌이 들었다.

멍하니 넋이 나가 있는 설을 보며 고개를 저은 하현이 신고 있던 신을 벗었다.

그 모습에 굳어 있던 설이 당황하며 입을 열었다.

"가락지로 정표를 교환한다 하지 않았느냐? 그렇다면 굳이 신을 이유가 없다."

"마차에서 내려오려면 신이 필요하잖아요. 전 이렇게 화려한 꽃신은 신어본 적이 없어요. 그리고 이건 제 것이라면서요. 신어보고 싶어요."

똑 부러지게 하는 말에 설의 눈이 커졌다. 그녀를 위해 준비한 꽃신이니 신든지 말든지 그건 하현이 결정할 일이다.

호기롭게 신어보겠다고 말은 했지만 발 전체를 덮는 명룡국의 신은 그녀로서는 처음 신어보는 것이었다. 좀처럼 들어가지 않는 꽃신에 하현이 고군분투하고 있자 굳어 있던 설이 한쪽 무릎을 꿇었다.

"폐하, 제가 신을 수 있어요!"

"신을 수는 있겠지만, 이건 나로서도 처음으로 누군가에게 준 정표라서 말이다. 가만히 있어봐. 그렇게 움직이면 신을 수 있는 것도 못 신는다."

설의 말에 하현의 움직임이 멈추었다.

그녀가 멈추자 그제야 설이 꽃신을 들어 하현의 발에 조심스럽게 넣었다.

"어림짐작으로 맞춘 것이라 걱정했는데 다행히 잘 맞는 것 같다."

조금 전까지는 곧잘 그의 말을 받아치던 하현이 조용해지자 설이 고개를 들었다.

터질 듯 붉게 달아오른 얼굴에 설을 외면하는 눈이 보인다. 똑 부러지는 성격이어도 하현은 이제 겨우 어린 티를 넘긴 열여덟이었다.

사내의 손길은 전혀 타지 않았을 어린 여자아이. 마음이 닿은 정인은 아니지만 여동생처럼 느껴졌다.

"꽃신도 신었으니 발에 잘 맞는지 한번 걸어보자."

붉어진 하현이 설이 내민 손을 물끄러미 바라보았다. 어색하다면서도 그는 곧잘 하현에게 손을 내밀었다. 누구도, 심지어 부모인 제웅과 소연도 그녀에게 이렇게 손을 내민 적이 없었다.

아직 황후라는 단어가 피부로 와 닿지는 않는다.

알 수 없는 설렘과 두려움이 매 순간 그녀를 압박하였다.

하지만 설과 명룡국을 선택한 것은 하현 자신이다.

설이 내민 손을 잡았다.

그리고 하현은 명룡국 황후가 되었다.

三章

한 명의 황후, 두 명의 후궁

하얗게 질린 대신들을 보며 설은 웃음이 터지려는 입을 손으로 가렸다.

투명한 물에 떨어진 먹물처럼 하현의 존재는 단단하던 귀족의 연계를 흔들어놓았다.

"폐하, 담하현은 영화국 여인이면서 폐태자인 담제융의 여식이옵니다. 어찌 그런 여인을 명룡국의 황후로 올릴 수 있겠습니까? 통촉하여 주시옵소서!"

절박한 목소리로 상서령이 설에게 고하였다. 만약 황후의 자리에 하현이 오르게 된다면 예정되어 있던 세 명의 여식 중 관직이 낮은 상서령의 딸이 탈락할 확률이 높았다.

상서령의 말에 다른 대신들 또한 통촉하라며 목소리를 높였다.

그들의 모습을 느긋이 보고 있던 설이 고개를 돌려 바로 밑에 있는 사공을 바라보았다.

"홍 사공의 생각은 어떠하시오?"

설의 물음에 사공 홍희겸이 고개를 들었다. 눈 끝에 주름이 자글자글했지만 범상치 않은 기운을 풍기며 노인이 몸을 숙였다.

"영화국 여인이라는 것은 넘어갈 수 있으나 폐태자의 딸은 그냥 넘기기 어려운 일입니다. 명룡국의 어머니라 할 수 있는 황후 마마이십니다. 어찌 흠이 있는 여인을 맞이할 수 있겠습니까?"

"폐태자의 위치는 그녀가 명룡국으로 오면서 사라졌다. 또한 하현은 오래전부터 혼약이 오고 간 사이이기도 하다. 그녀의 배경이 비록 명룡국 황후에는 미치지 못한다고 하나 영화국은 어머니의 고향이기도 하니 꺼릴 이유가 없다."

굽히지 않는 설의 기세에 대신들이 숨을 삼켰다.

언제나 대신들이 목소리를 높이면 설은 양보하였다. 하지만 이번만큼은 그들의 간청에도 설은 물러나지 않았다.

대신들로는 난감한 일이었다. 영화국 여인, 그것도 폐태자의 딸을 명룡국의 황후로 맞아들일 수는 없는 일이었다.

무조건 반대를 해야 하는 일이지만 문제는 하현의 뒤에 있는 세운이었다.

세운은 하현을 내켜 하지는 않았지만 반대하지도 않았다. 하현이 황궁에 입궁하기 전까지 그녀의 보호자를 자처한 사람도 세운이었다. 황제의 아버지이자 권력의 핵심인 세운이 받아들인 하현을 대신들이 함부로 공격할 수는 없는 노릇이었다.

그 점을 알고 있기에 설은 하현을 명룡국으로 데려왔다. 하지만 설의 생각보다도 홍희겸은 만만치 않은 이였다.

"폐하의 말씀 또한 맞는 말씀이오나 굳이 영화국의 그 여인을 황후로 들이실 필요는 없으십니다. 영화국은 명룡국에 반은 종속되어 있는 나라입니다. 그런 곳의 여인이라면 굳이 황후가 아니라 후궁이어도……."

"사공."

홍희겸의 말을 자른 설이 빙긋 웃었다. 부드러운 미소였지만 눈만큼은 어느 때보다도 차가웠다.

"황제인 짐은 두 자리를 그대들에게 양보했소. 그런데 그대들은 아무것도 내놓지 않겠다는 말이오?"

"폐하."

"내놓지 않겠다면 짐이 양보한 것을 다시 가져오는 수밖에 없겠군."

대신들 중심으로 돌아가던 대전의 분위기가 바뀌었다. 말을 끝낸 설이 느긋이 의자에 몸을 기댔다.

"짐에게는 황후의 일이 그렇게 급한 것이 아니오."

아무리 대신들이 황후와 후궁을 맞아들이라 해도 설이 거부하면 모든 것이 무용지물이다. 이리다고 얕본 것이 화근이었다. 이대로라면 거의 1년을 준비한 일이 모두 물거품이 될 판이다.

설의 말을 받아들이듯 사공이 몸을 숙였다. 홍희겸의 행동에 반대하던 내신들도 고개를 숙였다. 그 모습을 새기듯 설이 눈을 좁혔다.

명룡국은 진설의 나라이다. 그런데 지금의 모습은 그것과 달랐다.

이 나라의 주인이 누구인지 모르는 그들에게 똑똑히 보여주리라.

"황후의 책봉식은 나라의 경사이니만큼 화려하게 치르겠소. 귀한 황후를 맞이하는 자리이니만큼 그대들은 황제인 짐의 뜻을 받아들여야 할 것이오. 오늘은 이만하겠소."

설이 사라진 자리, 무거운 정적만이 대전을 깊게 감쌌다.

하나로 땋아서 내린 머리가 그녀의 움직임에 따라 흔들렸다. 추운 날씨로 차가워진 손에 연신 입김을 불어넣었다. 휘왕궁에서 사흘을 머문 후 하현은 설과 함께 입궁하였다.

세운은 황후 책봉식까지 굳이 입궁할 필요 없다고 했지만 하현은 고집을 꺾지 않았다.

앞으로 머물러야 할 곳이라면 하루라도 빨리 아는 것이 나았다.

"왜 나와 있는 것이냐?"

멀지 않은 곳에서 들려오는 설의 목소리에 하현의 시선이 옮겨졌다. 서 있던 하현이 설을 향해 달려왔다.

"폐하."

하현이 보던 설은 언제나 청색 도포에 단정한 모습이었다. 하지만 명룡국의 설은 황금색의 용포에 화려하게 치장한 모습이었다.

이제 내내 봐야 할 모습이지만, 용포를 입은 설의 모습은 아직 어색했다.

"어떻게 되었나요?"

성급히 물어보던 하현이 뇌리에 스치는 생각에 입을 다물었다.

명룡국의 황제인 설에게 예의를 지키라는 궁녀들의 말이 떠올랐다. 황급히 고개를 숙인 하현이 조심스럽게 말을 꺼냈다.

"궁녀들의 이야기로는 오늘 황후의 일이 결정 난다고 들었습니다. 밖에서 기다린다고 달라지는 건 아니지만 궁금해서요."

질리도록 배운 어조로 말을 바꾸며 하현이 짧게 한숨을 내쉬었다. 앞으로 계속 써야 하는 말투지만 역시 어색했다. 하지만 힘들다며 투정을 부릴 수도 없는 법, 하현이 속으로 마음속의 답답함을 억눌렀다.

그런 하현의 마음을 아는지 모르는지 설이 미소를 지었다. 조심하려 애써도 하현의 말투는 꾸밈이 없고 직설적이다. 속내를 숨기고 달콤한 말만 해대는 황궁에서 하현과의 대화는 설에게 상당히 신선했다.

"좋게 마무리되었다. 곧 책봉식이 있을 것이다."

"정말입니까? 아무래도 안 될 것 같아서 걱정했는데 정말 다행입니다, 폐하."

진심으로 걱정한 것인지 안도의 숨을 내쉬며 하현이 활짝 미소를 지었다.

순간, 설이 밍한 표정으로 그녀를 바라보았다. 크게 뜬 눈이 잘못 본 것이라도 있는 듯 하현에게서 떨어지지 않았다.

"폐하?"

"아, 아니다. 내 잠시 다른 생각을 하였다. 아무튼 한 달 안에는 책봉식이 치러질 것이다. 그때까지 필요한 예법이나 교육을 받게 될 것이다. 힘들겠지만 한 번은 하고 넘어가야 할 일이니 열심히 해야 한다."

"각오한 일입니다. 열심히 하겠습니다."

황후의 일이 해결된 것이 마음의 짐을 던 듯 하현의 표정은 한결 부드러워져 있었다. 하지만 하현을 보던 설은 자신도 모르게 그녀의 눈을 피했다.

"내 동생에게 이야기를 해놓은 것이 있으니 그 녀석이 도와줄 것이다. 필요한 것이 있거나 급한 일이 있으면 그 아이에게 이야기하렴."

"네, 폐하."

무엇에 홀렸는지는 알 수 없었다. 하지만 설은 하현의 미소가 평소와 다르게 느껴졌다.

"폐하?"

"아, 아니다. 좋은 소식도 들었으니 이만 들어가거라. 자칫 감모라도 걸리면 책봉식에 영향을 준다."

기분 탓이었을까? 하현은 묘하게 설이 자신을 피하는 것 같았다.

자신의 말에 기분이 상한 것일까? 아니, 그렇게 생각하기에는 설의 표정은 나쁘지 않았다. 어서 들어가라는 설의 재촉에 하현이 마지못해 안으로 들어갔다.

하현이 사라진 자리, 설이 무엇에 홀린 것 같은 표정으로 자리를 지켰다. 설의 모습에 뒤에서 대기하던 지하가 조심스럽게 다가왔다.

"폐하, 무슨 일이 있으신 것입니까?"

멍하니 있던 설이 지하의 목소리에 고개를 돌렸다.

평소의 그 같지 않음을 감지한 지하가 다시 물으려는 찰나, 설이 손을 저었다.

"나는 괜찮다. 잠시 홀려 있었을 뿐이다."

"무슨 말씀이십니까?"

지하의 물음에도 설의 입은 굳게 닫힌 채 열리지 않았다.

처음에 만난 하현은 셈에 강하고 똑 부러지는 성격이라 생각했다.

하지만 가까이 지내보니 똑 부러지는 성격도 있었지만 편안한 사람에게는 자신의 전부를 스스럼없이 보여주었다. 설이 어떤 감정으로 그녀를 보고 있는지는 상상도 못 한 채 환하게 미소 짓는 모습이 새롭게 다가왔다.

"웃는 모습이 고왔다."

설의 말에 지하가 고개를 갸웃했다.

오랫동안 하현이 머물러 있던 자리를 보던 설이 자신의 집무실을 향해 몸을 돌렸다.

한 달 후, 상서령의 여식과 홍희겸의 여식이 후궁으로 황궁에 입궁하였다.

그리고 명룡국 황후의 책봉식이 시작되었다.

처음 만져 보는 최고급의 붉은 비단으로 만든 대례복이 궁녀들에 의해 입혀졌다. 언제나 내리고 다니던 머리카락은 단정히 정리되어 셀 수도 없는 비녀와 장신구에 의해 올려졌다.

마지막으로 황후를 상징하는 무거운 금색의 봉황관이 머리에 씌워졌다.

절차와 예법에 따라 의복을 입고 치장을 끝내자 하현이 감고 있던 눈을 떴다.

면경에 보이는 화려한 자신의 모습이 어색했다. 마치 맞지 않은 옷을 억지로 둘러쓴 기분이었다. 순간 자신이 한 선택이 잘한 것인지 의문이 들었다.

"마마, 불편한 점은 없으십니까?"

하현이 인상을 찡그리자 뒤에 대기하던 조 상궁이 그녀의 곁으로 다가왔다. 황궁의 생활에 익숙지 않은 그녀를 위해 설이 특별히 붙여준 사람이다.

"처음 입는 대례복이라 어색해서 그렇지 불편한 것은 없어요. 하지만 머리에 쓴 관은 무겁군요."

"책봉식이 끝나면 마마께서는 명룡국의 황후이십니다. 말씀을 낮추소서."

"아직 적응이 되지 않아서 그래요. 천천히 바꾸는 것이……."

"마마, 오늘은 마마의 책봉식이기도 하지만 두 명의 후궁 또한 입궁하는 날입니다. 그들에게 틈을 보이시면 절대로 안 되십니다."

자르듯 나오는 말에 무안해진 하현이 입을 다물었다.

막연하게 다가오는 황후 자리가 왠지 모르게 무겁게 느껴졌다. 하지만 이제 와서 도망칠 수는 없었다.

준비가 끝나고 밖으로 나오자 붉은 휘장이 옆으로 늘어져 있는 거대한 연이 모습을 드러냈다. 황후의 의상과 똑같은 붉은 휘장에 금실로 수놓아진 봉황이 날아오를 듯 새겨져 있다.

"황후마마, 연에 오르소서."

붉은색의 휘장과 대치되는 청옥의 주렴이 걷히고 하현은 주변의 도움을 받아 연에 올랐다.

열 명은 넉넉히 앉을 수 있는 거대한 연에 앉은 하현이 떨리는 숨을 소리 없이 내쉬었다.

"궁녀들이 마마를 모실 것입니다. 너무 걱정하지 마시옵소서."

긴장하는 그녀를 위해 조 상궁이 부드러운 목소리로 안심시켰다. 그녀의 말에 하현은 어색한 미소를 지어 보였다.

어느새 다가온 궁녀들이 구겨진 옷자락과 매무새를 정리하였다.

모든 준비가 끝나자 스무 명의 장정이 긱자의 자리에서 연을 들었다.

"아!"

갑자기 올라간 높이에 하현이 짧게 탄성을 질렀다. 처음 타보는 연이 신기하면서도 어색했다. 하지만 곧 그녀 하나를 위해 무거운

연을 힘겹게 드는 가마꾼들이 새삼 눈에 걸렸다.

평생 이런 대우는 받아본 적이 없었다. 익숙해져야 한다는 것을 알면서도 자꾸 마음에 걸렸다.

하현의 복잡한 속을 알 리 없는 사내들이 연을 메고 여섯 개의 문을 지나갔다. 그리고 그 뒤 그녀를 수행하는 사람들의 행렬이 긴 줄을 만들어 그녀의 연을 따랐다.

"황후마마 납시오!"

가장 큰 일곱 번째 문이 열리고, 눈앞에 펼쳐진 전경에 하현의 눈이 커졌다.

길게 늘어져 있는 문무백관들, 명룡국의 위엄을 보이듯 바람에 흩날리는 깃발과 병사들, 그리고 정면에 보이는 거대한 궁과 그 앞에 서 있는 설.

그녀가 타고 있는 연이 설을 향해 다가가자 줄을 맞춰 서 있던 사람들이 하나둘 무릎을 꿇었다.

조금씩 내리는 눈이 설과 하현의 사이에서 흩날렸다.

스스로 선택한 황후의 자리.

새삼 선택한 자리의 무게가 그녀를 무겁게 짓눌렀다.

긴 옷자락에 가려 있는 손이 떨렸다. 하현의 얼굴이 공포로 창백해졌다.

도망가고 싶다. 지금이라도 없던 일로 하자는 말을 꺼내고 싶었다. 하지만 그때, 먼발치에 있는 제용과 소연의 모습이 눈에 들어왔다.

'아버지, 어머니.'

왈칵 눈물이 샘솟았다. 하지만 눈물을 흘리는 대신 숨을 참고 입술을 깨물었다.

무서워할 필요도, 두려워할 이유도 없었다. 황후라는 차이만 있을 뿐, 그녀에게 오늘은 혼인하는 날일 뿐이었다.

'내가 선택했다.'

손의 떨림을 막듯 주먹을 쥐었다. 걱정스러운 표정의 제용과 소연에게 하현이 미소를 지었다.

'후회하지 않을 것이다.'

결심을 한 하현이 옅은 미소를 지은 채 정면을 바라보았다.

붉은 천이 깔린 길을 걸어가던 하현의 연이 108개의 계단 밑에서 멈추었다. 궁녀들의 도움을 받아 하현이 연에서 내려 한 걸음씩 계단을 오르기 시작했다.

한 걸음, 한 걸음.

길게 늘어진 황후의 옷자락이 그녀가 걸을 때마다 춤을 추듯 너울거렸다. 그녀가 내쉬는 숨이 하얀 연기를 내며 바람 속에 사라졌다.

그때 하현을 내려다보던 설이 계단 아래로 내려가기 시작했다.

"폐, 폐하!"

108개의 계단을 모두 올라온 황후를 황제가 맞이하는 것이 관례, 하지만 그 관례를 깨뜨리는 설의 행동에 당황한 내시감이 나지막이 그를 불렀다.

하지만 설은 내시감의 제새에도 아랑곳히지 않고 거침없이 걸음을 옮겼다. 조 상궁에게서 들은 것과는 다르게 행동하는 설의 행동에 하현의 걸음이 멈추었다.

시선과 시선이 맞닿았다.

괜찮다고 생각하면서도 여전히 겁이 나는 것은 사실이다. 하지만 하현은 온몸을 휘감는 공포에 무너지는 대신 멈추고 있던 계단을 다시 올라가기 시작했다.

황제가 내려오고, 황후가 될 여인이 올라갔다.

계단의 중간에서 둘이 만나고, 설이 하현에게 손을 내밀었다.

이 손을 잡으면 이제는 되돌릴 수 없다.

아니, 되돌릴 생각 따위는 없었다. 그녀에게는 현재의 선택이 최선이자 유일한 것이었다.

무엇보다도 관례를 깨고 그녀에게 다가와 준 사내라면 자신의 삶은 그렇게까지 힘들지 않을 것이다.

"폐하."

하현의 부름에 설이 빙긋 미소를 지었다.

그의 미소를 보던 하현이 설의 손을 잡았다.

설을 따라 하현이 나머지 계단을 올랐다. 108개의 계단을 모두 오르자 기다리고 있던 궁녀가 설과 하현의 앞에 합환주가 담긴 잔을 올렸다.

설이 단숨에 잔을 비웠고, 술을 마시지 못하는 하현은 입술을 축였다.

둘이 내려놓은 잔을 궁녀가 가져가고, 하현의 손을 잡은 설이 다른 손을 들어 올렸다.

"만세! 만세!"

자리에서 일어난 사람들이 설과 하현을 향해 목이 터져라 만세를 외쳤다.

설의 시선에 하현이 환한 미소를 지어 보였다. 그리고 순간, 설의 눈썹이 작게 꿈틀댔다.

영화국의 폐태자 딸이 담하현이 명룡국 황제 진설의 황후가 되었다.

갑자기 달라진 신분 상승이 피부로 와 닿지 않았다. 평생에 받을 인사를 황후 책봉식에서 다 받는 듯 그녀와 눈만 마주쳐도 사람들은 고개를 숙이고 몸을 낮췄다.

그 사람들 중에는 영화국에서 기고만장하게 행동하던 황태자도 포함되어 있었다.

이중적인 그의 모습에 설은 코웃음을 쳤지만 옆에 있는 하현은 기분이 묘했다.

자신이 그들에게 이런 대우를 받을 자격이 있는 것일까? 자신은 옆의 사내를 잘 만나 운 좋게 지금의 자리에 오른 것이 아닌가.

'얻은 것이 크다면 그민큼 노력하는 수밖에 없어.'

손쉽게 얻었다면 반드시 얻은 만큼의 대가를 치러야 한다는 소연의 말을 듣고 자랐다. 부족한 것이 많은 자신이지만 노력할 생각이다.

"황후마마, 이쪽으로."

하지만 노력은 노력, 다짐을 하자마자 일어난 일에 하현이 숨을 삼켰다.

모든 일정이 끝나자 기다리고 있던 궁녀들이 하현의 치장을 도왔다. 온몸을 무겁게 짓누르던 장신구를 내려놓고 속살이 은은하게 보이는 얇은 침의로 갈아입혀졌다. 초야에 도움이 되는 향물을 귀 뒤와 목과 어깨에 묻히며 조 상궁이 낮은 목소리로 초야에 대해 이야기해 주었다.

"폐하께서 들어오시면 세 번 절을 한 후 용포를 벗기시고⋯⋯."

"많이 아프실 수 있지만 폐하의 몸을 손으로 긁으시거나 움켜잡으시면 절대로 안 되십니다. 언제나 조심 또 조심하셔야 하옵니다."

귀로 듣는 것뿐인데도 얼굴이 화끈거렸다. 물론 혼인을 하였으니 당연히 합궁도 각오해야 하는 일이다.

하지만 노력과 결심을 한 지 반나절 만에 하현의 이성은 그대로 무너졌다. 합궁을 꼭 해야 하느냐는 물음 따위, 절대 할 수 없었다. 이제는 가군이고 황제인 설이니 후계를 위해서라도 합궁은 필요했다.

합궁을 위해 궁으로 가는 걸음이 천근만근이다. 누가 나타나서 오늘의 합궁은 무리라며 말려주기를 바랐지만 그녀의 소소한 바람과는 달리 궁 안에 도착하자마자 같이 온 궁녀들이 소리 없이 밖으로 나갔다.

두근두근.

떨리는 심장의 고동만이 귓가에 요동쳤다. 덜덜 떨리는 손을 하현이 움켜잡았다. 입고 있는 얇은 소복이 유난히 춥고 부끄러웠다.

침을 삼킨 소리조차 평소보다 크게 느껴져 하현은 자신도 모르게 몸을 움찔댔다.

"후우. 진정하자. 진정하고, 처음에 어떻게 하라고 했지? 세 번절하고, 아니, 두 번인가? 용포를 벗기고 절을 하라고 했던가? 아니야. 절을 한 후에 용포 같은데……."

혼잣말을 하면 할수록 하현의 얼굴이 창백해졌다.

'잊어버렸어!'

"황제 폐하 납시오."

방 밖에서 들리는 내관의 목소리에 하현은 창백해진 표정으로 몸이 굳었다. 내관이 열어주는 문을 건너 편한 옷으로 갈아입은 설이 안으로 들어왔다. 일어나서 절이고 뭐고 창백하게 질린 하현이 굳은 표정으로 자신을 보자 설이 고개를 갸웃했다.

"얼굴이 왜 그렇게 하얗게 질려서는…… 무슨 일이냐?"

"폐하, 잊어버렸어요."

"응?"

뜬금없이 잊어버렸다는 하현을 보며 설이 갸웃댔다. 책봉식부터 연회까지 하현은 기특할 정도로 설에 맞춰 황후의 모습을 그럴듯하게 보여줬다.

잘했다며 칭찬을 할 생각이었건만, 지금 하현의 모습은 칭찬을 늘을 상황이 아니었다. 대의라도 불러야 하는 것인지 진지하게 고민하는 설에게 하현이 말했다.

"절을 몇 번 하고 용포를 어떻게 하라고 했는데 기억이 안 나요."

"하아?"

자신이 들은 것이 제대로 들은 것인지 의심스러운 설이 반문했다. 용포는 뭐고 절은 또 무슨 말인가? 하지만 곧 상황 파악을 한 설의 입 끝이 올라갔다.

창백한 하현을 앞에 두고 설이 몸을 숙였다.

설의 모습에 하현의 창백한 표정이 더 하얗게 질렸다.

황제에게 후계의 존재가 얼마나 중요한지 잘 알고 있다. 그런데 합궁의 순서조차 까먹다니 설이 화가 날 만도 했다.

"폐하, 화나셨나요?"

"……."

"죄, 죄송해요. 너무 긴장하는 바람에 들은 것을 까먹었어요. 지금이라도 궁녀들에게 물어볼 테니 잠시만 기다리세요."

"하하핫! 그만 웃겨라, 그만!"

하현의 손이 닿자마자 설이 침상에서 데굴데굴 굴렀다. 설의 갑작스러운 반응에 당황한 하현이 동그란 눈으로 바라보았다.

하현이 어떻게 쳐다보든 말든 설은 마음껏 침상을 굴러다니며 웃음을 터뜨렸다. 황제의 체통이고 뭐고 숨도 제대로 못 쉴 정도로 하현의 행동이 재미있었다.

무슨 전쟁터의 선봉에 선 것 같은 장군의 얼굴로 진지하게 하는 말이 합궁의 순서를 잊어버렸다니, 웃음을 참으려 해도 쉽지가 않았다.

"폐하, 지금 웃으실 때가 아니라니까요! 지금이라도 허락해 주시면 궁녀를 불러서……."

"푸하하하!"

"폐하!"

설의 행동에 결국 새된 목소리로 하현이 낮게 외쳤다. 하지만 하현의 기분과는 상관없이 설은 하루 동안 쌓여 있던 긴장이 풀리는 기분이었다. 황제의 체통은 저 멀리 던져 둔 채 침상에 턱을 괸설이 하현을 보며 짓궂은 미소를 지었다.

"지금 네가 잊어버렸다는 순서, 난 알고 있거든."

"네?"

"할까? 순서대로?"

설의 말에 창백하던 하현의 얼굴이 새빨갛게 달아올랐다. 이 남자가 무슨 이야기를 하고 있는 것인가? 아니, 애초에 상황을 따지자면 합궁 순서를 잊어버렸다며 알아오겠다고 고집을 피운 것은하현이다.

하지만 순서를 알고 있으니 하자는 말에 하현의 몸이 그대로 굳어버렸다.

"난 해도 상관없는데."

몸을 일으킨 설이 침상에 앉아 있는 하현에게 얼굴을 가까이 내밀었다.

두근두근.

여린 뺨에 설의 숨소리가 닿자 하현이 어깨를 떨었다.

"할래?"

앞에서 맡아지는 은은한 매화 향이 하현의 코끝을 간질였다.

타인의 온기가 이처럼 뜨거운 것이었나? 별다른 접촉도 없었건 만 하현은 숨을 쉴 수가 없었다. 터질 듯 쿵쾅대는 심장이 도망가 라며 그녀를 부추겼다. 하지만 하현은 도망가는 대신 눈을 질끈 감았다.

"하, 하세요!"

결연한 표정으로 눈을 감고 있는 하현의 모습에 설이 터지려는 웃음을 손으로 막았다.

야무지다고 생각하면서도 한 걸음 깊이 마음속으로 들어가면 설의 장난조차 구별하지 못할 정도로 허술하고 귀여운 그녀가 보였다.

"아무리 그래도 준비되어 있지 않은 여인을 억지로 안을 정도 로 굶주리지는 않았단다."

설의 말에 굳게 감겨 있던 하현의 눈이 떠졌다. 숨소리가 닿을 정도로 가까이 있던 설이 빙긋 웃으며 몸을 일으켰다. 부끄러움에 빨개진 하현을 보던 설이 널찍한 침상을 가리켰다.

"난 의자에서 자겠다. 넌 침상에서 자렴."

"안 돼요. 어찌 폐하를 의자에서 주무시라고 할 수 있나요. 제가 의자에서 잘 테니 폐하께서 침상에서 주무세요."

"내가 황제여도 여인을 의자에서 재우는 못난 놈은 아니란다."

설의 강경한 태도에 하현은 상관없다는 말을 꺼낼 수 없었다. 그녀를 생각하는 설의 배려였지만, 그래도 황제인 그를 의자에서 재울 수는 없었다.

의자로 가려는 설의 옷자락을 잡은 하현이 작은 목소리로 말했다.

"어차피 침상은 크니까요. 폐하는 오른쪽에서, 저는 왼쪽에서 자면 될 것 같아요. 그러니까 의자에서 주무시지 마세요. 폐하께서 그러시면 저도 잘 수 없어요."

부끄러워하면서도 하현의 눈은 설에게 향해 있었다.

결국 설은 편안히 자리에 누웠지만 하현은 소리 없이 몸을 돌렸다. 천장을 보고 있던 설의 눈이 불편하게 누운 그녀에게로 향했다.

아무것도 모르는 그녀를 자신의 목적 하나로 명룡국에 데려왔다. 그러니 잘해줄 것이다. 그가 할 수 있는 한 힘들어하지 않도록 배려할 것이다.

몸을 웅크리고 있던 하현에게서 고른 숨소리가 들리자 설이 조심히 그녀를 안아 들었다.

침상의 가운데에 하현을 편안히 눕힌 설은 오랫동안 잠든 그녀를 바라보았다.

⊠

"상서령, 짐이 왜 이 장군이 아닌 그대의 여식을 후궁으로 받아들였는지 아는가?"

황후의 책봉식이 순조롭게 치러지자 기다렸다는 듯 귀족들은 설에게 후궁들에게 품계를 내려달라는 상소를 올렸다. 황은을 얻은 후에 내려도 되는 품계였건만, 그것조차 기다릴 수 없다는 듯 그들은 공격적으로 설을 압박하였다.

괘씸한 일이었지만 한 번은 해야 하는 것. 설은 홍란에게 귀비를, 상서령의 여식에게는 재인의 품계를 내렸다.

"폐하, 소인이 어찌 폐하의 큰 뜻을 알겠습니까? 다만 이 장군이 많이 상심해 있다는 이야기는 전해 들었습니다."

아무것도 모른다는 상서령의 표정에 설이 입꼬리를 올렸다.

원래대로라면 후궁의 자리에 홍 사공과 이 장군의 여식이 들어왔을 것이다. 하지만 설은 교묘히 귀족을 움직여 상서령의 딸을 후궁의 자리에 들어오게 하였다.

"이 장군은 누구보다도 충심이 뛰어난 사람이지. 하지만 오랫동안 전쟁터에만 있다 보니 정세를 보는 눈은 부족하지. 그렇기에 이 장군 대신 그대를 선택한 것이다."

상서령의 머리 굴러가는 소리가 선명하게 들리는 듯하였다.

귀족들에게 힘으로 밀리고 있었지만 설은 황권을 다시 자신의 것으로 찾아올 자신이 있었다. 황후의 자리를 하현에게 준 이상, 설은 그들을 제압할 판을 짜볼 생각이다.

그리고 그 모든 것은 상서령의 여식이 후궁의 자리에 오르는 것으로 시작될 것이다.

"폐하, 소신은 무슨 말씀을 하시는지 알지 못하겠습니다. 이 장군에 비하면 한참이나 모자란 소신입니다."

"짐이 아는 상서령은 누구보다도 짐과 명룡국을 위해 목숨을 바칠 사람이지. 그걸 알기에 내 상서령의 여식을 란과 똑같은 귀비에 올리려 했으나 어찌 사공과 상서령을 똑같이 대할 수 있느냐는 여론에 할 수 없이 뜻을 거둘 수밖에 없었다."

"……."

"답답한 일이지. 짐은 짐의 사람을 위해 해줄 수 있는 것이 아무 것도 없는 무능한 황제다."

설의 말에 고개를 숙이고 있던 상서령이 얼굴을 들었다. 설의 얼굴에 짙게 깔려 있는 고뇌가 상서령의 마음을 흔들었다.

황제의 입에서 짐의 사람이라는 단어가 나왔다.

심중을 살피는지 상서령의 눈이 꿰뚫듯 그를 쳐다보았다. 하지만 설의 눈에는 진심만이 가득했다. 한참을 보던 상서령이 설을 향해 무릎을 꿇었다.

"소신은 누구보다도 폐하의 사람이옵니다! 소신의 목에 칼을 들이댄다 하여도 그 사실은 절대 변하지 않습니다!"

땅에 머리를 박은 채 몸을 숙인 상서령을 설이 놀란 표정으로 일으켜 세웠다.

"일어나라. 짐은 상서령의 충심을 의심하고 있는 것이 아니다."

"소신, 명룡국과 폐하를 위해 언제든지 목숨을 바칠 준비가 되어 있나이다!"

"그런 생각은 하지 마라. 목숨을 바치다니! 상서령 같은 사람을 어찌 잃을 수 있단 말인가?"

설의 입에서 나오는 말 한마디 한마디가 상서령의 마음을 움직였다.

황제의 진심을 본 상서령의 눈가가 붉어졌다.

상서령의 어깨를 두드리며 설이 부드러운 미소를 지었다.

"당장 짐을 도와달라는 것이 아니다. 다만 그대의 뒤에는 언제나 짐이 있다는 것을 잊지 말라는 것이다."

"소신, 아직 미력하나 반드시 폐하의 힘이 될 것입니다! 반드시 소신이 폐하의 자리를 위협하는 것을 막겠나이다! 소신만 믿으시옵소서!"

떨리는 음성으로 말을 잇는 상서령을 다독인 설이 그를 밖으로 내보냈다. 상서령이 완전히 사라지자 부드럽던 설의 눈매가 차갑게 변했다.

자신을 믿으라며 마지막까지 설의 사람이라고 외친 상서령은 욕심과 야망이 많았다.

목에 칼이 들어와도 변하지 않는다? 목숨이 위협당하는 순간 그는 설이나 명룡국을 버릴 첫 번째 사람이었다.

하지만 그런 사람이기에 설은 거짓된 말로 그를 현혹시켰다.

조금 전의 대화는 설이 마치 상서령에게 모든 것을 맡기는 것처럼 보이게 하였다. 그리고 설의 행동과 표정에 상서령은 그대로 속아 넘어갔다.

'내가 움직이지 않아도 상서령은 사공을 견제하겠지.'

사공에 비해 상서령은 힘이 없었지만 사람을 움직이는 능력은 뛰어났다. 사공을 완전히 제압하지는 못해도 그를 귀찮게 할 수는 있을 것이다. 힘을 합쳐 자신의 여식을 후궁으로 들여보냈다. 결국 그 소리는 후궁으로 들어온 가문끼리는 곧 견제와 정쟁이 시작된다는 말이었다.

상서령이 있던 자리를 보던 설의 옆으로 내시감이 다가왔다. 내시감의 보고에 설이 어디론가 걸음을 옮기기 시작했다.

※

　스무 살 정도 되어 보이는 여인이 설을 보자마자 부드러운 미소를 지으며 몸을 숙였다.

　"황제 폐하."

　단정한 의복만큼이나 깔끔한 이목구비가 또렷한 미인이다. 하현을 대할 때나 상서령을 대할 때와는 다른 표정이 설의 얼굴에 만들어졌다.

　후궁이라는 이름으로 앞의 여인과 마주하고 싶지 않았다. 하지만 가문이라는 것이, 소위 말하는 힘이 이런 상황을 만들어냈다.

　"란아."

　홍희겸의 차녀이자 설의 귀비.

　설의 부름에 여인 홍란이 미소를 지었다.

※

　정명황제는 자신의 삶에 후계를 보기 힘들다고 생각했는지 설이 열 살이 되던 해에 황태자로 봉하였다. 자신의 아들이 황태자의 자리에 오르는 것을 세운은 탐탁지 않아 했지만 다른 대안이 없었다. 결국 설이 황태자의 자리에 오르자 세운은 그때부터 설에게 정치적 기술을 하나씩 가르치기 시작했다.

그 순간을 기다렸다는 듯 홍희겸이 휘왕궁에 드나들기 시작했다.

"휘왕궁에서 동생으로 봤을 때와 귀비로 봤을 때는 또 다르구나."

설을 보는 란의 얼굴에 부드러운 미소가 감돌았다.

"이젠 오라버니라고 부를 수 없게 되었네요."

"무모한 짓이었다. 아니, 굳이 할 필요가 없는 일이었다."

란과는 다르게 설의 얼굴은 어두웠다.

"홍희겸은 네 목을 움켜잡을 사람이다."

처음 홍희겸이 궁을 방문하고 떠난 날 세운은 설에게 위험한 자라며 경계하고 가까이에서 지켜보라고 충고하였다. 설을 위협할 자라면 멀리 두어야 하지 않느냐는 물음에 세운은 그러면 상대가 무엇을 꾸미는지 알 수 없지 않느냐며 웃음을 터뜨렸다.

"짐은 네가 효를 마음에 둔 줄 알고 있었다. 어릴 때부터 넌 유난히 효를 따르지 않았느냐?"

홍희겸이 휘왕궁에 드나들기 시작하면서 란 또한 설의 동생인 효와 은조와도 친해지기 시작했다. 막내인 여동생 은조와도 친했지만, 특히 란은 차남인 효와 유난히 사이가 좋았다.

"효는 명룡국 황제 폐하가 아니니까요. 황제의 동생은 동생일 뿐, 힘이 될 수는 없지요."

란의 말에 설의 눈썹이 꿈틀댔다. 불쾌해하는 설의 모습에 란이 고개를 숙였다.

명룡국의 세를 잡고 있는 홍희겸의 딸답게 란은 같은 또래의 여인들보다 똑똑하였다. 사내였다면 진즉 뛰어난 능력의 관리가 되었을 터, 하지만 여인인 란은 설의 후궁이 되었다.

말없이 노려보는 시선에 란이 한 걸음 뒤로 물러났다.

"폐하의 기분을 상하게 할 의도는 없었습니다. 그저 효가 줄 수 없는 것을 폐하께서는 주실 수 있으니까요. 그 생각만으로 아버지의 말씀을 따랐습니다."

날카로운 설의 눈을 바라보며 란이 부드러운 미소를 지었다.

한때는 효와 함께 부부로 사는 미래를 꿈꾸기도 했다. 하지만 설이 휘왕궁에 나타나고, 그에게 고개를 숙이는 홍희겸을 보는 순간 란의 전부는 효가 아니라 설이 되었다.

"흔히 가문을 위해 희생하는 존재가 바로 여인들이라고 하지요. 전 그게 싫어요. 그런 존재로 끝나는 걸 원하지 않아요."

"……."

"외척으로 권력을 쥐는 것이 아버지의 목적이라면 저의 목적은 하나예요. 전 저 자신이 홍씨 가문의 중심이 되고 싶어요. 그걸 위해서 후궁이 되었습니다, 폐하."

"짐과 권력 싸움이라도 하겠다는 것이냐?"

설의 물음에 란이 고개를 저었다. 란은 설과 대립할 생각은 없었다.

여인으로서 힘을 갈구하는 것이 얼마나 위험한 일인지 알고 있다. 하지만 한 번 결심한 일을 바꿀 생각은 없었다.

"전 폐하의 여인으로 총애를 받기 위해 최선을 다할 것입니다. 그것을 위해서라면 아버지와도 대립할 수 있습니다."

"네가 가문의 중심이 된다는 소리는 황제인 짐과도 힘겨루기를 하겠다는 것이다. 교묘히 말을 돌렸을 뿐, 결국 네가 권력을 얻겠다는 말과 같다."

"저는 폐하의 여인이니 제 힘은 결국 폐하의 것이 될 것입니다."

말을 끝낸 란이 설의 앞에 무릎을 꿇었다. 고개를 숙인 란이 설에게 나지막이 말하였다.

"폐하, 동생인 란은 잊어주세요. 이제는 폐하의 여인으로 란을 보아주세요."

천천히 내리는 눈이 쌓여 있는 땅으로 떨어졌다.

황제의 주변에 여인이 생기자 상황은 복잡하게 흐르기 시작하였다.

설과 헤어진 후 란이 궁으로 걸어가던 걸음을 멈추었다.

역시 쉽지 않은 자리다. 하지만 황제의 후궁을 택한 것은 란의 선택이었다.

홍가에서 홍희겸은 왕이었다. 누구도 그에게 대들지도, 그의 의견이 틀렸다며 반박할 수도 없었다. 란을 낳은 어머니조차 홍희겸의 말에는 고개를 숙일 뿐 절대로 대들지 않았다.

그랬던 홍희겸이 어느 날, 란을 데리고 휘왕궁을 방문하였다.

그녀의 어머니와는 달리 휘왕의 곁에서 자유롭게 생각을 말하는 가예부인, 그리고 란의 세상에서 절대적인 힘을 휘두르던 아버지를 내려다보는 휘왕, 그리고 누구보다도 그녀에게 친절을 베풀던 효.

그녀에게 휘왕궁은 처음으로 만나는 새로운 세상이었다.

"귀비가 된 것을 후회하지 않습니다."

아무것도 모르던 시기에는 효가 주는 배려에 마음을 빼앗겼다.

그와 함께라면 여인으로 사랑받으며 사는 것도 나쁘지 않을 것이라 생각했다.

하지만 황궁에서 머물던 설이 휘왕궁에 돌아온 날 란의 세상은 다시 열렸다.

란의 생애에 홍희겸이 저렇게 몸을 숙이며 비굴한 표정을 짓는 모습은 처음 보았다.

마치 설이 죽으라고 명령하면 죽을 것 같은 모습. 나중에 유모에게 물어보니 조만간 설이 권좌에 올라 황제가 될 것이라고 했다.

홍희겸보다도 더 높은 존재. 그런 설의 곁에 머물 수만 있다면⋯⋯.

"폐하의 여인이 될 것입니다."

란의 목소리가 바람에 실려 널리 울렸다. 긴 숨을 내쉬며 고개를 든 란의 눈이 설이 있는 곳을 향했다.

"폐하의 총애는 오롯이 저의 것이 될 것입니다."

속전속결로 황후의 자리에 앉은 만큼 하현이 익혀야 할 일은 상당히 많았다.

"오늘은 여기까지 하겠습니다, 황후마마."

노인의 말에 지친 표정의 하현이 옅은 미소를 지었다.

"고생하셨습니다. 배웅할 터이니 함께 나가시지요."

일어나려는 하현을 노인은 손사래를 치며 말렸다.

"황공하옵게도 언제나 이리 배웅을 해주시니 제가 몸 둘 바를 모르겠습니다. 오늘은 소신이 혼자 나갈 터이니 마마께서는 편히 쉬시옵소서."

목적을 위해 데려왔어도 설은 하현의 주변을 꼼꼼히 살펴주었다. 오랜 궁 생활에 손이 빠르고 입이 무거운 것으로 소문이 난 조 상궁을 보내주었고, 또한 자신의 스승이던 노인을 그녀에게 보내왔다.

약초밖에 모르던 하현에게 궁의 예절이나 황후에게 필요한 학식을 배우는 일은 무척이나 버겁고 힘든 일이었지만 노력하겠다며 약조했기에 하현은 힘들어도 열심히 배우려 했다.

"조 상궁에게 물어보니 스승을 배웅하는 일은 황후의 예법에 어긋나는 일은 아니라 하였습니다. 내가 하고 싶어서 그렇습니다. 같이 가시지요."

그녀의 고집에 노인이 고개를 숙이며 한 걸음 뒤로 물러났다.

산속에서 살았다는 황제의 말대로 황후는 아직 부족한 것이 많았다. 하지만 핵심을 찌르는 질문이나 하나라도 더 배우겠다며 고심하는 모습은 깐깐한 성격의 노인의 마음에 들었다.

배웅을 하면서도 어두운 안색의 그녀를 보며 노인이 입을 열었다.

"황후마마, 처음부터 모든 것을 이해하는 사람은 없습니다. 너무 상심하지 마시옵소서."

"제가 많이 부족하여 스승님께서 힘드십니다."

"황후마마께서 어렵다며 외면하지 않으시니 조만간 그 성과가 나타날 것이옵니다."

노인의 위로에도 하현의 표정은 쉽게 펴지지 않았다. 하현을 보던 노인이 시선을 돌리며 옅은 미소를 지었다.

하현은 아직 황후로 보이기에는 부족한 점이 많았다. 입고 있는 의복은 어색했고, 화려한 치장과 달리 표정이나 행동은 어설펐다. 하지만 노인이 본 하현은 제법 괜찮았다.

지금은 부족하지만 시간이 흐르면 황후의 태가 날 것이다.

"어려운 게 있으시다면 언제든지 말씀하시옵소서, 황후마마. 얼마든지 반복하겠습니다."

노인의 말에 하현이 어두운 표정 그대로 고개를 끄덕였다. 노력하고 있지만 쉽지 않았다. 그 예로 하현은 오늘 배운 내용을 반의반도 이해하지 못하였다.

허리를 숙여 인사를 마친 노인이 승경궁 밖으로 나가고, 그 모습을 지켜보던 하현이 고개를 들어 하늘을 바라보았다.

잠시 동안 멈추었던 눈꽃이 하나둘씩 떨어졌다.

"마마, 감모가 드실까 걱정되옵니다. 어서 궁으로 드시옵소서."

"조 상궁."

"네, 마마."

하현의 부름에 조 상궁이 고개를 들어 시선을 마주했다. 하지만 잠시 후 시선을 돌린 하현이 고개를 저었다.

"아니네."

오늘 배운 것을 다시 보지도 않았으면서 조 상궁에게 도와달라고 부탁할 수는 없는 노릇이었다. 스스로 해야 할 일이라면 누군가에게 부탁하기보다는 어떻게든 혼자서 해보려 노력해야 했다.

"황후마마?"

떨리는 조 상궁의 목소리에 하현이 고개를 저었다.

호기롭게 할 수 있다고 말해놓고 이제 와 힘들다고 할 수 없었다. 더군다나 그녀는 현재 명룡국의 황후, 아랫사람에게 무능함을 보일 수도 없었다.

결국 그녀가 할 수 있는 유일한 행동은 이해할 때까지 다시 보는 것뿐이었다.

"이만 들어가세."

궁으로 돌아가는 하현의 발걸음이 무거웠다.

보고 있던 장계를 내려놓은 설이 피곤한 숨을 내쉬었다.

"폐하, 밤이 늦었습니다. 침수에 드시옵소서."

내시감의 말에 설의 시선이 열려 있는 창으로 향했다. 잠깐만 집중해서 처리한다는 것이 벌써 밤을 훌쩍 넘겨 버렸다. 미간을 손으로 누른 설이 나이가 지긋한 내시감을 흘겨봤다.

"괜히 늙은 몸에 병이라도 나면 어쩌려고 매번 이리 늦게 말하는 것이냐? 그래 놓고 감모 걸리면 짐의 탓을 하려는 것이 아니냐?"

"조금 전에도 두 번이나 불렀지만 듣지 못하신 것은 폐하이십니다. 어찌 소신에게 책임을 떠밀려고 하시는 것입니까? 명룡국의 황제 폐하께서 하셔서는 안 될 일이옵니다."

한두 번이 아닌 듯 설의 농에도 내시감은 눈썹 하나 꿈틀대지 않고 맞받아쳤다. 성정이 격하거나 권위에 치중하는 황제가 들었다면 불쾌할 내시감의 말이었지만 설은 아무렇지도 않은 듯 자리에서 일어나 길게 기지개를 켰다.

"그럼 대신들에게 일 좀 줄여서 가져오라고 전하거라. 이러다가 서른이 되기도 전에 머리가 다 빠져 버릴 것이다. 하아."

기지개를 켜도 개운하지 않은지 설이 미간을 찌푸렸다. 그의 안색이 좋지 않자 농을 건네던 내시감의 안색도 같이 어둡게 변하였다. 내시감의 얼굴이 굳어지자 설이 괜찮다며 손을 저었다.

"피곤해서 그런 것이니 유난 떨 것 없다. 이만 침소로 돌아가자."

"폐하, 오늘은 재인마마의 침소에 드시는 날이옵니다."

내시감의 말에 설의 걸음이 멈추었다. 순간이었지만 설이 숨을 들이마시는 소리가 내시감의 귀에 똑똑히 들렸다.

최근 설을 괴롭히는 일은 지금처럼 후궁과 황후의 침소에 드는 일이었다. 설은 무슨 생각에서인지 두 명의 후궁은 물론 황후에게조차 황은을 내리지 않았다. 대신들은 설에게 황은을 내려달라며 재촉하였지만, 그 부분에 한해서 설은 어느 때보다도 단호했다.

그러던 중 최근 재인이 황은을 내려달라며 설에게 울면서 매달렸다. 생각이 있으니 기다리라며 달랬지만 그것도 한 시진이 한계, 새벽녘까지 넋두리하는 재인에게 질린 설이 결국 처소를 뛰쳐나왔다.

딸의 문제라 다음 날 상서령이 설에게 몸을 숙이고 용서를 비는 것으로 마무리는 되었지만 선뜻 발길이 내키지 않았다.

"폐하."

"재인의 처소에는 가지 않을 것이다."

설의 단호한 말에 내시감이 고개를 숙였다.

"그럼 평소처럼 성화궁에 침소를 준비해 놓겠습니다."

"아니다. 그럴 필요 없다."

설의 말에 내시감의 걸음이 멈추었다. 조용히 밖을 보던 설의 시선이 집무실에 놓여 있는 작은 꽃신으로 향했다.

"황후에게 가겠다."

하현에게 가겠다는 설의 말에 내시감의 눈이 커졌다. 하지만 그것도 잠시, 부지런한 걸음이 하현이 머물고 있는 승경궁으로 향하였다.

"폐하!"

안으로 들어가자 치장을 마친 하현이 설에게 몸을 숙여 보였다. 하지만 부끄러워하고 수줍어하던 처음과는 달리 하현의 표정은 묘하게 상기되어 있었다.

재인과 똑같은 모습을 하고 있는 하현을 보며 설이 작게 한숨을 내쉬었다.

"이렇게 갑자기 승경궁으로 오실 줄은 몰랐습니다. 참으로 다행입니다."

환한 표정으로 다행이라 말하는 하현의 모습이 어색했다. 하지만 재인의 처소 대신 하현에게 올 생각을 한 것은 설이다. 적어도 하현이라면 용포를 벗기고 자신을 안으라며 달려들지는 않을 것이라 생각했다.

예상치 못한 그녀의 변화에 설이 어색한 미소를 지었다.

"밤이 늦도록 깨어 있었던 것이냐, 아니면 내가 온다 하여서 깬 것이냐?"

"폐하께서 침수에 들지 않으셨다는데 어찌 먼저 잠을 이루겠습니까?"

최근 여러 가지를 배워서인지 하현의 말투는 달라져 있었다. 빠르게 변해가는 그녀의 모습이 대견하면서도 한편으로는 황궁의 때가 묻지 않은 맑은 그녀가 좋았기에 내심 아쉬웠다.

"어서 침상으로 오시어요, 폐하."

하현의 재촉에 미간을 모은 설이 어색한 미소로 침상으로 걸어 갔다. 도대체 무엇이 그리 즐거운지 연신 미소를 지으며 하현이 설을 침상에 앉혔다.

재인을 피하려다가 되레 하현에게 잡혀 버린 것은 아닐까? 지 금이라도 하현에게 상황을 설명해야 하는 것일까? 설의 미간에 생 긴 주름만큼이나 고민이 깊어갔다.

하지만 설과는 달리 하현은 연신 미소 지은 얼굴이다. 그렇게나 폐하를 기다리셨냐며 조 상궁이 핀잔 아닌 핀잔을 주었지만, 하현 에게는 설의 방문이 어느 때보다도 반가웠다.

"폐하, 잠시만요."

설을 침상에 앉힌 하현이 낮은 목소리로 속삭였다. 그녀의 말에 설이 눈썹을 꿈틀대는 찰나, 닫힌 문으로 쪼르르 걸어간 하현이 조용히 주변을 살폈다.

쟁반에 옥구슬 굴러가듯 부드러운 목소리로 속삭일 때는 언제 고, 이제는 또 무언가를 살피듯 행동하는 그녀의 모습에 설의 눈 이 날카로워졌다.

"휴우."

길게 숨을 내쉬는 하현의 모습에 설의 궁금증은 점점 커졌다. 조 상궁에게 무슨 소리를 들은 것인가? 아니면 다른 궁녀들에게 못 들을 말이라도 들은 것인가?

하지만 깊어지던 설의 고민은 침상 위에 차곡차곡 쌓이는 서책 에 의해 완전히 멈춰 버렸다.

"황후, 이, 이게 무엇이오?"

"폐하, 제 부탁 좀 들어주세요."

어디에 숨겨놓았었는지 침상 위에 쌓인 서책이 설의 앉은키만큼이나 높았다. 부탁을 들어달라며 설을 바라보는 하현의 표정은 진지하다 못해 진중했다. 하현의 무거운 목소리에 편하게 앉아 있던 설도 자세를 바꾸었다.

"바쁘신 폐하께 폐를 끼치고 싶지는 않지만 저도 이제 도저히 방법이 없어서요."

들으면 들을수록 이해가 되지 않았다. 도대체 무슨 부탁을 하려고 서책을 산더미처럼 쌓아놓고 저런단 말인가. 하지만 웃으며 말해보라고 하기에는 그녀의 분위기가 너무나도 심각했다.

"아무리 스승님께서 이해할 때까지 가르쳐 주신다고는 하셨어도 한두 번도 아니고 계속 반복해 달라고 할 수도 없고, 그래서 조 상궁에게 물어봤는데 알지 못한다고 하더라고요."

"그래서?"

"폐하께서는 이미 배우신 내용이니 아실 것 같은데…… 그렇다고 황후가 폐하의 허락 없이 편전을 함부로 드나드는 것은 관례상 절대 해서는 안 된다고 했거든요. 결국 제가 폐하를 볼 수 있는 때는 궁에 오실 때뿐이라서…… 결론은 불편하지 않으시다면 폐하께서 가르쳐 주세요."

"……."

"물론 정무로 힘드시고 귀찮으시겠지만…… 황궁에서 그나마 편하게 물어볼 분은 폐하밖에 없어서…… 폐하?"

"푸읍, 하하하하!"

하현의 입장에서는 분명 고민스럽고 심각한 문제일 것이다. 그런데 하현의 말을 들은 설은 맥이 빠져 버렸다.

"폐하, 웃으실 때가 아니라니까요."

이대로라면 책임이고 뭐고 무능력한 황후로 소문이 날 것이다. 어쩔 수 없이 받아들인 황후의 자리지만 하현은 허투루 하고 싶지 않았다.

이런 심각한 상황에 침상에서 데굴데굴 굴러다니는 설의 행동이 그녀의 눈에 좋게 보일 리 없었다.

"폐하!"

결국 황제라는 사실조차 잊은 채 하현은 설의 어깨를 툭 치고 말았다. 그제야 까무러치게 웃던 설이 간신히 숨을 몰아쉬며 몸을 일으켰다.

자신을 놀린다고 생각했는지 하현의 눈가에 눈물이 글썽였다. 화가 잔뜩 나 있지만 차마 설의 앞이라 그런지 입술을 깨물고 참고 있는 것이 보였다.

"난 네가 후궁보다 먼저 황은을 입겠다고 날 반기는 줄 알았다."

"네? 무슨…… 말도 안 돼요!"

말을 하던 하현의 얼굴이 붉게 달아올랐다. 여전한 그녀의 모습에 설이 미소 지었다.

자신도 모르게 그녀를 멋대로 판단하였다. 하현은 설을 있는 그대로 보았지만, 설은 홍란과 재인의 일에 정신이 팔려 하현을 그대로 보지 못했다.

설의 잘못이다. 그리고 황제인 그가 앞으로 조심해야 할 부분이었다.

"폐하, 그 무슨……!"

"내가 착각하였다. 사과의 의미로 대신 앞으로 공부는 내가 봐 주겠다."

얼굴을 붉히며 뭐라 하려 하던 하현이 설의 말에 눈을 반짝이며 언제 화를 냈느냐는 듯 침상에 앉아 있는 설에게 다가왔다.

"정말이십니까?"

"대신 나와 단둘이 있을 때는 지금처럼 편하게 말해라. 좀 전의 말투는 적응이 안 된다."

"폐하 앞에서는 반드시 그래야 한다며 조 상궁에게 듣고 또 들었단 말입니다."

긴장이 좀 풀렸는지 설을 대하는 하현의 표정은 한결 나아져 있었다. 뚱하던 하현의 표정이 풀리자 설이 산처럼 쌓여 있는 서책 중에 하나를 꺼내 들었다. 단정한 서책 사이사이 깔끔하게 잘린 종이가 꽂혀 있었다.

설이 서책에 관심을 가지자 하현이 쪼르르 옆으로 다가왔다.

"붓으로 표시해 놓지 뭘 일부러 이렇게까지 번거롭게 한 것이냐?"

"황궁의 재산인데 더럽힐 수 없어요."

"너는 명룡의 황후다. 필요한 것은 마음대로 써도 돼."

"황후여도 지킬 것은 지켜야지요. 저 혼자만이 보는 것도 아니고, 설령 저 혼자 본다 해도 물건은 깨끗하게 써야 하는 거예요.

언제 또 그 물건이 필요할지도 모르는 일이니까요."

설의 말에 지지 않고 받아치는 모습이 당차다. 가볍게 지나칠 수 있는 말일 수 있으나 설에게는 새겨들을 만한 이야기였다.

생각 외로 그녀와 같이 있는 시간이 재미있게 느껴졌다.

"왜, 왜요?"

설이 빤히 바라보자 하현이 조심스러운 모습으로 시선을 마주하였다.

곰곰이 지금까지의 대화를 곱씹어보니 확실히 자신이 말실수를 한 듯했다.

"걱정하던 일을 쉽게 들어주신다고 하셔서…… 죄송합니다, 폐하. 제가 잘못하였습니다."

"화가 난 게 아니다. 그러니 걱정하지 마라."

설의 목소리에 웃음기가 느껴진 것은 하현만의 착각일까? 숙이고 있던 고개를 드니 설의 미소가 시선에 들어왔다. 그의 미소에 당황한 하현이 어색한 미소를 지었다.

"널 부인으로 맞이길 잘했다는 생각이 든다."

설의 말에 하현의 얼굴에 홍조가 붉게 일었다.

그가 무슨 의미로 그런 말을 꺼냈는지 알 수 없었다. 이상하게도 황후보다도 부인이라는 말이 심장에 더 와 닿았다.

그녀도 모르는 사이, 처음으로 느껴보는 감정이 점차 싹을 틔웠다.

하지만 그러한 생각도 잠시, 이해하지 못한 부분을 손가락으로 짚어주며 시작된 설의 이야기에 하현이 집중하기 시작했다.

그때부터 시작된 둘만의 시간. 황제가 승경궁에서 주로 침수를 든다는 이야기가 황궁 안에 조용히 퍼져 나갔다.

✵

황후의 치장을 맡은 이들의 손이 부지런히 움직였다. 세 명의 궁녀가 부지런히 움직이니 수수하던 모습은 완전히 사라져 버렸다.

"고생했네."

치장이 끝나자 하현이 나지막이 궁녀에게 말하였다. 평소였다면 고맙다며 미소를 지었을 것이나 지금은 긴장으로 굳어 있었다.

하현이 왜 그런지 알고 있기에 치장을 마친 궁녀들이 조용히 뒤로 물러났다.

궁녀들이 물러나자 조용히 서 있던 조 상궁이 가까이 다가왔다.

"마마, 너무 긴장하지 마세요. 그저 후궁들이 인사를 드리러 오는 것뿐입니다."

"알고 있지만, 그럴 수 없다는 걸 조 상궁도 알고 있지 않은가?"

말을 끝낸 하현이 떨리는 숨을 내쉬었다.

한 빈은 봐야 할 사이다. 하현은 스스로의 선택으로, 그녀들은 가문의 결정으로 왔지만 결국은 설의 부인으로 들어온 이들이다.

떨리는 손을 마주 잡고 긴장하고 있을 때, 하현의 눈에 지난밤 설이 두고 간 서신이 띄었다. 소매 깃을 걷은 하현이 조심스러운 손길로 서신을 집어 들었다.

"폐하의 서신이십니까?"

조 상궁의 물음에 하현이 고개를 끄덕였다.

지난밤 설에게 배우던 중 하현이 먼저 잠들어 버렸다. 그때 두고 간 것인지 잠에서 깬 하현의 머리맡에 설의 서신이 놓여 있었다.

"폐하는 볼수록 어려운 분 같네."

하현의 말에 조 상궁이 고개를 갸웃하였다. 곱게 접혀 있는 서신을 손으로 쓸자 손의 떨림이 가라앉았다.

서신에 적혀 있는 문장은 단 한 줄. 하지만 그 문장을 떠올리는 것만으로도 좀 전까지 느껴지던 두려움이 조금씩 사그라졌다.

설이 그녀에게 특별한 마음이 있어 해주고 있는 배려가 아니라는 것은 알고 있다. 그럼에도 설의 마음이 그녀에게는 큰 힘이 되었다.

"귀비마마와 재인마마께서 황후마마를 뵙기를 청하옵니다."

그때 밖에서 들려오는 소리에 하현이 어루만지고 있던 서신을 품에 넣었다.

쉽지 않은 자리, 황후의 위치는 하루하루가 어렵고 힘든 자리였다.

하지만 선택한 이상 그녀가 피할 곳은 어디에도 없었다.

"들라 하라."

"죄송합니다, 황후마마!"

말과는 달리 재인의 눈은 즐거움으로 곱게 휘어져 있었다. 하현의 시선이 젖어 있는 치마로 향했다. 치마를 보는 하현의 눈 끝이 떨렸다.

귀비와 재인.

후궁과의 인사는 하현이 걱정한 것보다도 순조롭게 이루어졌다. 적어도 하현에게 직접 차를 올리겠다며 재인이 찻잔을 잡을 때까지는 모든 것이 배운 대로 진행되었다.

실수인지 고의인지 하현의 치마 위로 재인이 들고 있던 찻잔을 놓쳤다. 치마로 스며드는 찻물에 하현은 눈썹을 꿈틀댔지만 잘못했다는 재인에게 뭐라 할 수는 없었다.

괜찮다며 미소로 넘겼지만, 문제는 다시 잔을 올린 재인이 또 한 번 하현의 치마에 잔을 떨어뜨리면서 시작되었다.

"재인, 이게 무슨 짓입니까? 한 번도 아니고 어찌 두 번이나 이러신단 말입니까?"

놀란 란이 재인을 향해 목소리를 높였다. 란의 외침에 재인이 눈을 새초롬히 뜨며 반박했다.

"황후마마 앞이라 긴장해서 그런 것입니다! 귀비께서는 어찌 절 그런 눈으로 보시는 것입니까? 죄송합니다, 황후마마. 소첩, 조심하겠습니다."

몸을 낮추고 죄송하다는 말을 연이어 꺼내고 있지만, 하현의 귀에 들리는 재인의 목소리에는 웃음기가 가득했다.

"다음부터는 조심하겠습니다, 황후마마. 부디 노여움을 거둬주시옵소서."

재인의 궁에서 온 궁녀들이 하현의 모습에 웃음을 참는 것이 보인다. 재인과 하현 사이에서 당황하는 귀비의 모습도 보인다. 재인의 행동에 당황한 승경궁의 궁녀들도 보인다.

고작 찻잔을 놓쳐서 치마를 젖게 했다는 이유만으로 재인에게 화를 냈다가는 힘도 없는 주제에 무자비하고 배려 없는 황후로 소문이 날 것이다.

황후의 자리에 오른 이상, 그녀의 행동 하나하나가 설에게 영향을 주었다. 치밀어 오르는 화를 삭이며 하현이 입을 열었다.

"그대가 내 앞이라 긴장을 많이 했나 보군. 괜찮네."

억지로 참는 하현의 목소리에 재인이 입꼬리를 올렸다.

겨우 부모의 인연으로 황후에 앉아 있는 하현의 모습이 꼴사나웠다. 배운 것도 없고 황제에게 실어줄 힘도, 배경도 없는 주제에 황후로서 하대하는 모습도 어색했다.

힘없는 못난 황후 따위에게 고개를 숙일 생각은 없었다. 철저히 자신이 이곳에서 어떤 존재인지 일깨워 줄 생각이다.

"이번에는 제대로 올리겠습니다, 마마."

긴장한 것처럼 목소리를 떨며 재인이 잔에 차를 따랐다.

하지만 떠는 손과는 달리 재인은 미소를 지었다. 이번에는 치마가 아니라 상의나 얼굴에 뿌려볼 생각이다. 제법 뜨거운 차니 얼굴에 화상이라도 입으면 그 모습이 제법 볼 만할 것이다.

반면, 그런 재인의 모습을 하현은 물끄러미 바라보았다.

한 번이면 실수일지 몰라도 두 번은 실수가 아니다. 하현이 아는 것을 다른 사람이 모를 리가 없었다.

'얕보이고 있다.'

명룡국 황궁 안에서 영화국 출신의 황후가 어떤 대우를 받게 될지는 알고 있었다. 그렇기에 자신을 낮추고 하나라도 더 배우려 고개를 숙였다.

하지만 몸을 낮춘 것은 하현의 선택일 뿐 이런 식으로 재인에게 모욕을 당할 이유는 없었다.

"차를 올리겠습니다, 황후마마."

잔을 든 재인의 눈에 경멸의 빛이 아른댔다.

이번에도 재인은 하현에게 차를 쏟을 것이다. 그걸 아는 것인지 재인을 바라보는 궁녀들의 눈에 빛이 감돌았다. 재인의 행동에 귀비의 눈빛이 흔들리는 것 또한 보였다.

결국 재인의 행동에 나서려는 조 상궁을 하현이 눈으로 막았다.

하현의 손끝이 옷 안에 넣어놓은 서신으로 향했다.

—내가 세운 황후는 너다.

그녀가 무슨 일을 하던 설은 그 행동을 지지하겠다. 짧게 쓰인 서신을 하현은 그렇게 이해하였다.

설은 귀족들에게서 자신의 힘을 찾기 위해 자신을 황후로 맞이하였다.

그렇다면 그녀 또한 무시당하는 황후는 되지 않을 것이다.

"재인, 차는 괜찮으니 가까이 오게. 그리고 조 상궁, 내 잔에 차를 따르게."

갑작스러운 하현의 말에 재인과 조 상궁이 고개를 갸웃댔다. 하지만 곧 조 상궁이 하현의 곁으로 와 잔에 차를 따랐다.

하현이 가까이 오라는 소리에 재인이 차를 내려놓고 가까이 다가왔다. 가까이 다가온 재인에게 미소를 지은 하현이 조 상궁이 따라놓은 잔을 들어 그녀의 치마에 뿌렸다.

"황후마마!"

하현의 돌발 행동에 란이 비명을 질렀다. 치마가 젖은 재인이 멍한 표정으로 하현을 바라보았다. 예상외의 상황에 숨 막히는 정적이 내려앉았다.

하지만 지금의 행동을 저지른 하현은 태연했다.

"나에게 연이어 찻잔을 떨어뜨려서인지 재인의 표정이 좋지 않소. 실수였다고는 하지만 한 번도 아니고 두 번째이니 신경이 쓰일 수밖에. 난 이해할 수 있으나 재인께서는 실수를 마음에 담고 계신 것 같아 이리하였네."

"화, 황후마마, 무슨 말씀을 하시는 것이옵니까?"

"이러면 서로 똑같으니 신경을 쓰지 않아도 된다는 말이네. 안 그런가, 귀비?"

하현의 물음에 당황하던 란이 재빠르게 표정을 바꾸었다.

"명안이십니다, 황후마마. 하지만 저 혼자만 치마가 온전하니 지금이라도 차를 뿌려야겠습니다."

란의 말에 하현이 고개를 저었다.

"일부러 그럴 필요는 없네. 이건 그저 재인의 마음을 덜어주기 위한 것일 뿐이니. 그러니 이제 재인도 무거운 마음을 내려놓게나."

"황후마마."

"만약 지금의 일로 기분이 상했다면…… 찻잔을 떨어뜨린 것은 실수가 아니었다는 것이겠지."

나지막한 하현의 말에 재인의 눈이 커졌다. 입꼬리는 미소 짓고 있었지만 재인을 바라보는 하현의 눈은 차가웠다.

"실수이지 않은가, 재인?"

"무, 물론이옵니다, 황후마마. 제가, 제가 조심하겠습니다."

노려보는 것만으로도 말문이 막혔다. 재인의 대단하던 기세가 하현의 행동 하나에 완전히 꺾이고 말았다. 잘못했다고 말을 한 재인이 도망치듯 란의 옆으로 몸을 옮겼다.

란과 재인을 보던 하현이 미소를 지었다.

"처음으로 보는 사이라 많이 당황한 것 같네. 나나 재인의 치마가 젖었으니 오늘은 이 정도로 하고 다음에 이야기하도록 하지. 이만 각자의 처소로 돌아가시게."

말을 끝낸 하현이 조 상궁에게 시선을 주었다. 그러자 눈치 빠른 조 상궁이 승경궁의 궁녀를 시켜 재인과 귀비를 방 밖으로 나가게 하였다.

그들의 기척이 완전히 사라지자 하현이 무거운 숨을 내쉬었다. 그 모습에 옆에 서 있던 조 상궁이 몸을 숙였다.

"잘하셨습니다, 황후마마. 현명히 처리하셨습니다."

조 상궁의 말에 하현이 힘든 미소를 지었다.

"이 자리가 생각보다도 훨씬 어렵군."

"재인 이씨는 어리광이 심하고 욕심이 많은 여인으로 소문이 난 사람입니다. 그래도 홍 귀비는 이 재인과는 다르니 마마의 부담이 덜하실 것입니다."

"조 상궁에게 귀비는 그렇게 보였는가?"

하현의 물음에 조 상궁이 고개를 갸웃했다.

노골적으로 무례를 저지른 재인과는 달리 란은 하현의 말에 순응하였다. 심지어 재인의 행동을 지적한 사람도 란이지 않았는가? 적대적인 재인과는 달리 조 상궁이 본 란은 황후에게 순응할 사람으로 보였다.

"무언가 다른 것을 보신 것입니까?"

조 상궁의 물음에 하현이 말을 삼켰다.

제용과 소연 대신 시전에 약초를 팔러 다니면서 하현은 많은 사람을 보아왔다. 어린 그녀에게 제값을 주지 않고 약초를 사려는 사람을 보았고, 호의적인 모습으로 대해도 방심하면 강제로 약초를 빼앗아가는 사람 또한 보았다.

그렇기에 하현은 첫인상에 그 사람이 어떤지 보는 눈이 있었다.

"재인이 내 치마에 차를 쏟을 때 귀비는……."

"마마?"

"아니오. 섣부른 이야기를 할 필요는 없겠지. 옷을 갈아입어야겠소."

고개를 끄덕인 조 상궁이 부지런한 걸음으로 방을 나갔다.

아무도 없는 방 안, 하현이 조용히 입술을 깨물었다.

재인이 자신의 치마에 차를 쏟을 때 분명 귀비는 웃고 있었다.

그리고 재인에게 실수이지 않느냐며 역으로 몰아붙일 때의 귀비는 인상을 찡그리고 있었다.

재인도 재인이지만 진짜 힘든 사람은 귀비일지도 몰랐다.

조 상궁을 기다리며 하현이 무거운 숨을 내쉬었다.

⊗

"귀비마마."

승경궁 밖으로 나온 란이 무언가 말하려는 상궁에게 눈짓을 하였다. 군데군데 지나가는 궁인들이 란에게 인사를 하자 그녀 또한 미소로 답하였다.

자신의 궁으로 란이 들어오고 문이 닫히자 미소를 띠고 있던 란의 표정이 변하였다.

"아무것도 모르는 어린것인 줄 알았는데."

"귀비마마, 재인을 말씀하시는 것입니까?"

"가볍게 던지는 것만으로도 재인은 말을 참 잘 듣더구나. 어리고 욕심이 많은 만큼 재인은 쓸 만한 패란다."

"설마 지금 말씀하는 이는 황후마마를 말씀하시는 것입니까?"

상궁의 물음에 란의 눈이 날카로워졌다. 최근 설이 승경궁에서만 침수를 든다는 이야기가 황궁 내에 떠돌고 있었다. 유약한 황제라는 평을 듣고 있던 설은 란의 생각보다도 훨씬 치밀했다.

여인으로 보아달라고 했지만 설은 꿈쩍도 하지 않았다. 아버지인 사공을 움직여 후궁에게 황은을 내리라 압박했지만 설이 어떻게 움직인 것인지 사공과 뜻을 함께하는 귀족들 사이에서도 후궁이 먼저 황은을 입는 일은 신중해야 한다는 여론이 생기고 있었다.

"재인의 철부지 장난을 그렇게 받아칠 줄이야."

황후가 꼴 보기 싫다는 재인에게 란은 힘을 보여주라며 충동질 하였다. 가문이나 능력이라고는 하나도 없는 어린아이. 재인의 적의에 몸을 숙이고 자신을 낮출 것이라 생각했다.

하지만 결과는 란의 생각과 정반대. 재인의 장난에 황후의 권위를 내세우지도 않았고, 그렇다고 힘없이 몸을 숙이지도 않았다. 도리어 생각지도 못한 방법으로 황후는 재인의 행동을 멈추게 하였다.

"아버지를 모셔오게. 되도록 조용히 입궁해 주시는 것이 좋을 것이라는 말도 전해드리게나."

란의 명령을 받은 상궁이 바쁜 발걸음으로 궁을 나섰다.

상궁의 빈자리를 보던 란이 눈을 감았다 떴다.

날카롭게 자리 잡고 있던 눈매가 다시 부드럽게 바뀌어 있었다.

⬧

절대적인 권력을 가지고도 딸을 이용하여 외척이 된 홍희겸에게 충성을 맹세하던 귀족들이 반발하기 시작했다.

그리고 그 작은 틈으로 설이 끼어들었다.

외척이 된 홍희겸은 절대 권력을 나누지 않을 것이라는 믿음을 그들에게 심어주었다. 그리고 흔들리는 이들에게는 설이 은밀히 손을 내밀었다.

단번에 귀족들을 제압하고 힘을 얻을 것이라고는 기대하지 않았다. 하지만 지금까지 귀족들에게 내주었던 힘을 하나씩 되찾아오는 것으로 시작될 것이다.

"하아."

감모 든다며 지하와 내시감이 말렸지만 설은 밖으로 나왔다. 달조차도 구름에 가린 어두운 밤하늘에 흩날리는 눈이 길 위에 소복이 쌓였다.

목적지가 있는 걸음은 아니었다. 그저 복잡한 생각을 잠시 접은 채 눈에 보이는 대로 걷고 또 걸을 뿐이었다.

당연히 자신이 맡아야 할 책임이라 생각하고 받아 든 황제의 자리다. 하지만 시간이 흐를수록 받아 든 자리의 무게는 무거워졌다.

툭.

용포에 닿는 차가운 느낌에 설이 고개를 돌렸다.

언제부터 있었는지 작은 눈덩이를 든 하현이 설을 보고 있었다. 복잡하던 머릿속이 하현을 보는 순간 깨끗해졌다.

"언제부터 와 있었느냐?"

"제가 와 있는 게 아니라 폐하께서 오셨습니다."

"뭐?"

언제 여기로 걸어온 것일까? 설은 자신도 모르게 승경궁에 도착해 있었다. 눈앞의 전경에 믿을 수 없다는 듯 설이 주변을 부지런히 둘러보았다.

어떻게 말을 꺼내야 할지 고민하던 그때, 하현이 들고 있던 나머지 눈덩이를 설에게 던졌다.

"아!"

"맞혔다! 제가 이런 건 잘 맞혀요, 폐하."

장난기가 가득 찬 눈매에 짓고 있는 미소가 짓궂었다. 무슨 생각이 있어서 설에게 눈덩이를 던진 것이 아닌 듯 설을 보는 하현의 표정이 환하였다.

설이 황제라는 것도, 그녀가 현재 황후라는 것도 잊은 듯 긴 치맛자락을 잡은 하현이 설에게 빠른 걸음으로 다가왔다.

티 하나 없이 환한 미소에 심장이 떨렸다. 한 침상에서 공부를 가르쳐도 아무것도 느껴지지 않던 어린아이다. 그런데도 지금처럼 환한 미소로 자신을 쳐다볼 때면 설의 심장은 제멋대로 쿵쾅거렸다.

"이 시간에 왜 밖에 나와 있는 것이냐?"

감정을 감추듯 하현의 눈을 외면하며 설이 물었다. 설의 변화를 아는지 모르는지 그 미소 그대로 하현이 답하였다.

"오늘 좋은 일이 있었거든요. 그 때문에 떨려서 잠이 안 와서요."

"좋은 일?"

조 상국이나 다른 궁인의 앞에서는 황후로서의 격식을 차렸지만, 설 앞에서 그녀는 황후가 아니라 그저 하현이었다. 설을 올려다보는 하현의 입가에 연신 미소가 가득했다.

설의 물음에 하현이 까르르 웃음을 터뜨렸다.

환하게 짓는 미소도 고왔지만 간지럽게 터뜨리는 웃음소리도 듣기 좋았다.

"오늘 스승님께 칭찬받았습니다. 어려운데도 잘 따라오고 있다는 말씀을 해주셨습니다. 폐하께서 봐주신 덕분이에요."

"고작 그런 걸로 기쁘단 말이냐? 별것 아니었다."

"바쁘신 폐하께서 봐주신 덕분이에요. 폐하께는 별것이 아닐 수 있으나 저에게는 황궁에서 처음으로 들은 칭찬인걸요."

정말로 즐거운지 하현은 연신 미소 지었다. 사공의 일로 굳어 있던 설의 입가에 그제야 옅은 미소가 생겨났다. 설의 미소에 자신감을 얻은 듯 하현이 말하였다.

"빨리 황후다운 모습을 갖췄으면 좋겠습니다. 폐하께서는 저에게 많은 걸 해주시지만 전 폐하께 아무것도 못 해드리고 있는걸요."

어두운 밤하늘에 내리는 새하얀 눈처럼 하현이 빛났다. 생각지 못한 고운 모습에 설이 홀린 듯 바라보았다.

여동생이던 그녀가 점점 다르게 느껴졌다.

말없이 바라보는 설의 시선에 무안해진 하현이 물었다.

"폐하께서는 이 시간에 어찌 밖에 계신 것입니까? 오늘은 승경궁에 오시는 날이 아니시잖아요?"

"생각이 복잡해서 걷고 있었다. 조금만 걷고 집무실로 돌아간다는 것이 나도 모르게 승경궁까지 와버렸구나."

복잡하다는 설의 말에 하현의 눈이 좁아졌다. 잠시 설을 보던 하현이 한 걸음 가까이 다가왔다. 하현이 설의 손을 붙잡았다.

진정됐던 심장이 다시 떨리기 시작했다.

"폐하께서는 좋은 황제이신 것 같아요."

"무슨 근거로 그렇게 생각하느냐?"

"이 시간까지 고민하고 계시잖아요."

"내가 무슨 생각을 하고 있는지 어떻게 알고서 그렇게 말하는 거지?"

설의 물음에 하현이 밝은 목소리로 말하였다.

"폐하를 알게 된 지는 얼마 되지 않았지만 제가 아는 폐하는 주변을 아껴주시는 분인걸요. 저만 봐도 황후 자리에만 세워놓으시면 그만인 일을 폐하께서는 스승님도 붙여주시고 직접 도와주기도 하시잖아요. 제가 아는 높은 분 중 그런 분은 거의 보지 못했어요."

"……."

"언제나 배려해 주시는 폐하를 보면서 저도 그렇게 되고 싶다고 생각했습니다. 아직 폐하에게는 많이 부족한 저이지만 언젠가는 꼭 도움이 되는 황후가 될 것입니다."

"……."

물끄러미 바라볼 뿐 설이 아무 말도 하지 않자, 초조한 하현이 바쁘게 머리를 굴렸다.

어떻게 말을 해야 자신의 진심이 전해질까? 평소 설이 그녀에게 배려를 해주는 것처럼 그녀도 설에게 힘이 되고 싶었다.

무엇 때문인지는 알 수 없다. 그저 지쳐 보이는 설에게 힘이 되고 싶었다.

"폐하께서는 안 믿으실지 모르겠지만 그래도 제가 사람 보는 눈은 제대로 가졌다는 소리를 들으면서 자랐거든요. 폐하께서는 좋은 분이세요. 분명 제가 생각하는 것보다도 더 좋은 황제이실 거예요."

눈썹을 찡그리며 열심히 설명하는 하현의 모습에 설이 피식 웃음을 터뜨렸다. 그의 웃음에 이리저리 설명하던 하현의 얼굴이 홍조로 붉어졌다.

"죄송해요, 폐하. 이런 말을 하려는 게 아니었는데, 그러니까……"

"힘이 되고 싶다면 내 부탁 하나만 들어다오."

그렇게 하겠다며 고개를 끄덕이기도 전에 낯선 체온이 몸을 감쌌다.

"아!"

언제나 약간은 거리를 두고 마주하던 이에게서 느껴지는 심장의 고동이 낯설었다. 코끝에 맴돌던 희미한 매화 향이 그녀에게 전해지듯 물씬 풍겨왔다.

두근거리던 심장이 터질 듯 쿵쾅거렸다.

밀어낼 생각도, 안 된다는 말을 할 수도 없었다.

설이기 때문일까, 아니면 사내에게 처음으로 안겨봤기 때문일까?

매화 향과 함께 느껴지는 설의 체온은 지독히도 따뜻했다.

四章

음모

품에 안겨 느낀 설의 체온이 아직도 생생하건만, 정작 당사자인 설은 그때 이후로 아무 일도 없었는 것처럼 하현을 똑같이 대하였다. 갑작스러운 그의 행동에 당황했던 하현도 태연히 행동하는 그의 모습에 힘들어서 그런 것이라 생각하고 넘어갔다.

황궁에서의 시간은 빠르게 지나갔다.

오전 내내 황궁의 연례행사에 참여하고, 오후에는 연회에 참석하였다.

하루 종일 시달린 터라 몸은 천근만근이었지만, 오늘은 설이 공부를 봐주는 날이었다.

"대사농 위겸은 고지식하지만 정도를 지키고 나라를 위해서라면 쓴소리도 마다치 않는 사람이란다. 처음에는 어렵지만 가까이

해서 나쁜 사람은 아니란다. 그리고 태상은……."

설이 바로 옆에 있어도 자꾸 눈이 감겼다. 오늘따라 설의 목소리조차 나른하게 느껴졌다. 머리는 무겁고 눈은 머리보다도 더 무거웠다.

책을 조용히 읽던 설이 눈을 들었다. 이미 반쯤은 눈이 감긴 하현의 고개가 아래로 내려가고 있었다. 잠시 책을 내려놓은 설이 턱을 손으로 받쳤다.

시간이 갈수록 자신의 감정이 무엇인지 알 수 없었다.

재인이나 귀비에게 느끼는 감정은 어떤 것인지 알 수 있었지만 정작 자신이 데려온 하현에 대한 감정은 종잡을 수가 없었다.

"차라리 지금의 자리가 주는 즐거움을 전부로 여기는 여인이라면 편했을 것인데 말이다."

아버지인 세운은 어머니인 가예를 자신의 세상이라 말했다. 가예가 있기에 자신이 있다며 지금도 그녀에게만큼은 전부를 내주는 세운이다.

하지만 설과 세운은 달랐다.

황제의 동생이던 세운은 한 여인을 아끼며 연모하는 일이 가능했을 것이다. 하지만 황제인 설은 아니다. 한 여인에게만 주는 황제의 애정이 얼마나 위험한 것인지 설은 잘 알고 있었다.

그렇기에 설은 세 명의 부인을 맞이했어도 누구에게도 마음을 주지 않으려 결심했다.

"무엇을 위해서 이렇게까지 악착같이 하는 것이냐."

자는 시간까지 줄여가면서 하나라도 더 배우려는 하현이 설은 이해가 되지 않았다.

궁인들을 대하는 행동이나 후궁을 대하는 모습까지 설의 생각보다도 하현은 현명하게 대처해 나갔다.

결국 수마를 이기지 못한 하현이 설의 팔에 머리를 기댄 채 잠들어 버렸다. 설이 하현을 조심스럽게 안아 들었다.

두근두근.

언제부터인가 하현을 보기만 하여도 심장이 두근거렸다. 힘든 집무에 지쳤어도 승경궁에 올 생각만 하면 어느새 미소를 짓고 있는 자신을 발견할 때도 있었다.

침상에 하현을 조심스럽게 눕힌 설이 이불을 덮어주었다. 오랜시간 물끄러미 바라보던 설이 문을 열었다.

"폐하?"

문을 여는 소리가 컸는지 잠들어 있던 하현이 벌떡 몸을 일으켰다. 잠을 깨웠다는 생각에 미안해진 설이 그녀에게 다가왔다.

"밤이 늦었다. 오늘은 그냥 자렴."

"아니에요. 죄송해요. 잠시만 기다려 주세요."

잠결에 나오는 목소리조차 피곤한 기색이 역력했다. 하지만 더 자라며 만류해도 그녀는 요지부동이었다.

"오늘은 나도 피곤하구나. 며칠 후에 다시 봐도 되니 이만하자꾸나."

설의 만류에 하현이 눈을 내렸다. 피곤한 설 앞에서 먼저 자버리다니 입이 열 개라도 할 말이 없었다. 결국 하현이 설을 보며 고개를 숙였다.

"죄송해요, 폐하."

"그럴 수도 있는 거지. 미안해할 필요 없다."

"대신 폐하께서는 먼저 쉬세요. 못 해놓은 부분까지 제가 다시 봐볼게요."

"뭐?"

동그랗게 눈을 뜬 설의 말문이 막혔다. 하지만 잠시 후 헛웃음을 터뜨리며 설이 어쩔 수 없다는 눈으로 그녀를 보았다.

그날 이후로 설을 정면으로 볼 수가 없었다. 결국 얼굴이 붉게 달아오른 하현이 고개를 숙였다.

"어차피 오늘 공부는 여기까지인 것 같다. 답답하여 산책이나 할 생각이다. 같이 하겠느냐?"

"하지만……."

"가끔은 다른 걸 해보는 것도 재미있단다."

설의 목소리는 부드러웠지만 거부할 수 없는 힘이 느껴졌다. 강압적이지는 않지만 따라야 할 것 같은 기분, 하현의 손이 설의 손을 잡았다.

터질 듯 쿵쾅대는 심장 소리를 감추듯 하현이 숨을 깊게 들이마셨다.

그에게 기대면 안 된다. 그는 하현이 아니더라도 많은 짐을 짊어진 사람이다.

그런데도 설에게 자꾸 끌렸다.

밤이 깊은 황궁은 고요했다.

따라오는 내관조차 물린 채 설이 하현과 함께 걸었다.

얕게 쌓인 눈길 사이로 둘의 발자국이 한 쌍인 것처럼 나란히 찍혔다.

"춥지?"

설의 물음에 하현이 고개를 저었다. 솔직한 심정으로는 설에게 잡혀 있는 손의 열기 때문에 추위를 느낄 겨를도 없었다.

전에는 손을 잡고 함께 걸어도 아무렇지도 않던 것이 지금은 주변을 쳐다보지도 못할 정도로 아늑하게 느껴졌다.

"전 괜찮지만 폐하께서 감모라도 드실까 걱정돼요. 조금만 계시다가 방으로 들어가세요."

하현의 잔소리 아닌 잔소리에 설의 입가에 미소가 감돌았다. 내관이 했으면 귀찮았을 잔소리가 하현에게 들으니 그마저도 설레었다.

차가운 바람에 생긴 홍조도, 잡혀 있는 손에서 느껴지는 미세한 떨림도 지금만큼은 자신만의 것처럼 즐기고 싶었다.

"이 시간에 누군가와 걸어보기는 처음이란다."

설의 말에 하현의 발걸음이 멈추었다. 붉게 물든 뺨에 동그란 눈이 그만을 바라보고 있다. 처음 봤을 때는 아무렇지도 않던 모습이 이제는 바라보는 것만으로도 떨렸다.

누군가에게 줄 마음 따위는 없다고 생각했다.

이렇게 소소하게 누군가에게 마음을 주는 것도 제법 괜찮게 느껴졌다.

"너와 함께 걸어서 그런지 편한 것 같다."

이대로 계속 서 있다가는 터질 듯 쿵쾅대는 심장 소리를 들킬 것 같았다. 멈춰 있던 하현이 살짝 고개를 숙인 채 다시 걸음을 옮겼다.

"저도 이 시간에 누군가와 걸어보기는 처음이에요."

나지막이 나오는 말에 설의 입가에 미소가 감돌았다. 황궁은 워낙 넓어서 걷고 또 걸어도 끝이 없었다. 애초에 어딘가를 목적으로 걷는 걸음이 아니었기에 둘은 말없이 보이는 길을 따라 걸음을 옮겼다.

"좋은 황후가 되겠다는 마음가짐은 좋지만, 너를 먼저 생각했으면 좋겠구나."

"그렇게 하고 있는걸요."

"오늘도 졸음도 참아가면서 책을 보겠다고 하지 않았느냐? 열심히 하는 모습은 보기 좋으나 널 힘들게 하려고 명룡국까지 데리고 온 것은 아니란다."

설의 말에 하현의 말문이 막혔다.

아닌 듯 가볍게 하는 말에도 설만의 배려가 느껴졌다. 지금까지 부모를 제외하고 누구에게도 이 정도의 배려를 받아본 적이 없었다.

그래서 더 설에게 흔들리는 것일지도 모른다.

하지만 흔들리는 마음을 하현은 굳게 다잡았다. 황제인 설과는 마음으로 이어진 혼인이 아니다. 지금은 단지 설의 목적을 위해 황후로 있는 것뿐이다.

그가 자신에게 해주는 배려에 은혜를 갚는 것, 그것만을 위해 하현은 황후로서 최선을 다해야 했다.

"폐하 덕분에 아버지께서도 복권되시고 제멋대로 구는 영화국 황족들도 이제는 저나 아버지에게 함부로 대하지 않는걸요. 제가 해드릴 수 있는 건 폐하께서 마음에 맞는 분을 황후마마로 맞이하실 때까지 흠 없는 황후가 되는 것뿐인걸요."

설의 걸음이 멈추었다.

하현 몰래 짓고 있던 설의 미소가 사라졌다.

두근거리며 떨리던 심장이 천천히 평소대로 돌아왔다. 하현을 잡고 있던 설의 손이 차가워졌다.

"마음에…… 맞는 분?"

기분 탓이었을까? 조금 전과는 완전히 다른 목소리다.

하지만 하현은 설의 변화를 대수롭지 않게 느꼈다.

"지금은 귀족들과의 일로 할 수 없이 저를 황후로 올리신 것이지만 언젠가는 폐하에게도 정인이 생기실 거예요. 그때가 되면 황후로 있는 제가 걸림돌이 될 거예요."

"……."

"그때는 폐하께서 힘을 되찾으실 테니 제가 황후의 자리에서 물러나도 괜찮을 거예요. 그때까지는 열심히……."

"내가 이 사람 저 사람 마음 가는 대로 황후로 올리는 그런 사람으로 보인 것이냐?"

설의 싸늘한 말투에 하현의 말문이 막혔다.

손을 잡고 있었지만 하현을 바라보는 설의 눈빛은 차가웠다.

처음으로 보는 모습에 하현이 숨을 삼켰다.

"폐, 폐하?"

하현의 눈에 공포가 깃드는 게 보였지만 그런 것은 신경 쓰고 싶지 않았다.

앞의 여인에게 두근거리던 감정이 불꽃이 사그라지듯 사라져 버렸다.

황후로서도 부인으로서도 괜찮은 여인이라 생각했다. 아직 정하지 못한 마음이지만 그럼에도 어떻게든 답을 찾기 위해 노력하고 있었다.

그런데 설의 생각과는 달리 하현은 모든 일이 마무리되면 떠날 생각을 하고 있었다.

"이만 돌아가자."

잡고 있던 하현의 손을 놓은 설이 몸을 돌렸다.

시작도 안 한 사이에 이런 감정을 갖는다는 게 우스운 일이다. 하지만 이번만큼은 괜찮다며 넘어갈 자신이 없었다.

혼자서 전전긍긍 마음을 졸인 것이 바보 같았다. 이미 떠날 생각을 하고 있는 여인에게 마음을 줄 생각을 했다니 한심스러웠다.

하현을 방으로 데려다준 설은 집무실로 돌아갔다.

그날 이후 그는 오지 않았다.

속절없이 일주일이 흘러갔다.

황제가 승경궁에 발길을 끊자 황궁 안 궁인들의 움직임이 조급해졌다. 황제의 총애가 시들해진 사이 재인과 귀비궁의 궁녀들은 부지런히 물밑 작업을 하기 시작했다.

"황후마마."

"……."

"황후마마?"

"아? 아, 미안하네. 그럼 신륵사에는 언제 출발한다는 것인가?"

열려 있는 창문을 멍하니 보고 있던 하현이 어색한 미소를 지으며 조 상궁에게 되물었다.

도대체 일주일 전에 무슨 일이 있었는지 그때 이후로 설은 오지 않았고, 하현도 연신 정신을 놓고 있었다.

"소신이 여쭐 것은 아니오나 폐하와 안 좋은 일이라도 있으셨던 것입니까?"

폐하라는 단어에 하현의 눈썹이 꿈틀댔다. 일주일 내내 반복되는 표정에 조 상궁이 소리 없이 한숨을 내쉬었다. 싸운 것인지, 아니면 설에게 화가 난 것인지 폐하라는 단어만 나오면 하현의 표정이 차가워졌다.

"안 좋은 일이 또 무엇이 있는가. 폐하께서 바쁘셔서 그런 것일 테니 조 상궁은 신경 쓰지 말게."

단호히 자르는 하현의 말에 조 상궁이 고개를 숙였다.

역시 무언가가 있기는 있었다. 괜찮다며 넘기려는 이 순간에도 하현은 굳게 주먹을 쥐고 있지 않은가. 그렇다고 입술까지 깨물고 있는 하현에게 더 물을 수도 없는 일. 조 상궁이 멈췄던 말을 계속하였다.

"신륵사에서 황후마마와 귀비, 재인께서 함께 폐하의 무사평안을 기원하시게 될 것입니다. 모든 의례가 끝나면 신륵사에서 하룻밤을 머물고 황궁으로 돌아오시면 의례가 마무리되옵니다."

조 상궁의 말을 듣던 하현이 작은 목소리로 투덜거렸다.

"멋대로 화내고서 오지도 않는 사람을 왜 내가 일부러 절에까지 가서 무사평안을 빌어줘야 한단 말인가."

"황후마마!"

홧김에 내뱉은 말에 경악한 조 상궁이 다급히 말을 잘랐다. 그녀의 만류에 혼잣말로 투덜거리던 하현이 입을 다물었다.

하지만 아무리 생각해도 자신이 무엇을 잘못했는지 알 수 없었다. 더 화가 나는 건 몇 걸음이고 물러나 그녀가 먼저 사과를 하려 해도 그날 이후로 설은 승경궁에 오지도, 그녀를 보려고 하지도 않는다는 것이다.

울컥 서운한 감정이 물밀 듯이 밀려왔다. 결국 참지 못한 하현이 자리에서 일어났다.

"이대로는 안 되겠소."

"황후마마!"

"내가 도대체 무엇을 그렇게 잘못했다는 것인지 직접 폐하께 들어야겠소!"

굳게 쥐고 있던 작은 주먹에 힘이 들어갔다. 일주일을 생각했지만 생각할수록 억울했다.

이제는 울컥 치밀어 오르는 화만큼이나 도대체 무엇이 문제였는지 궁금하기까지 하였다.

"지금 폐하께서는 어디에 계시는가?"

"이 시간의 폐하께서는 종종 자안궁에서 휴식을 취하십니다. 자안궁은 폐하와 마마만이 들어가실 수 있는 곳이니 가보시겠습니까?"

조 상궁의 말에 하현이 말없이 입술을 깨물었다.

그날 하현을 보던 차가운 설의 눈이 아직도 선명했다.

자안궁에 간다 한들 하현이 할 수 있는 일은 거의 없었다. 자칫 무안만 당하고 그와의 관계가 완전히 틀어질 수도 있었다.

하지만 그가 올 때까지 견디기에는 너무나 억울했다.

하현이 고개를 끄덕이자 조 상궁은 부지런히 움직이기 시작했다.

자안궁에서 차를 즐기고 있던 설이 미간을 좁혔다.

혼자서 멋대로 착각했다는 것은 알고 있다. 아무리 그래도 자신은 하현을 목적으로만 쓰고 버릴 생각 따위 해본 적이 없었다.

그런데 마음이 맞는 분을 황후로 맞이하라니…… 순간 뒤통수를 얻어맞은 기분이었다.

"가장 어려운 것이 사람 마음이라더니."

자신이 그녀에게 소홀히 한 것일까? 다른 건 몰라도 그건 아니었다. 누구보다도 우선으로 생각했고, 힘들어하지 않도록 그가 할 수 있는 한 모든 걸 해주려 하였다.

"아악! 머리 아파!"

황제의 체통과는 상관없이 머리를 벅벅 긁으며 설이 짜증을 냈다.

어려도 야무지고 부지런하였다. 잘한다며 칭찬을 해도 자만하기는커녕 부족하다며 몸을 낮췄다. 똑똑하고 깐깐해 보여도 어느 순간 상상외의 행동으로 미소를 짓게 하였다.

"지금 자리가 힘든가?"

하현을 곁에 두고 싶다.

이런 감정이 연모인지는 알 수 없었지만 그녀가 떠나는 모습은 생각하기 싫었다.

"황권을 되찾아올 생각만 해도 부족한 상황에 이게 무슨 짓이냐."

하현에 대한 생각을 지우듯 설이 고개를 저었다.

지금은 이런 생각을 할 때가 아니었다. 하현의 일은 얼마든지 나중에 생각해도 늦지 않은 문제였다.

"이곳에 들어오시면 아니 되십니다!"

설의 귀에 내관들이 막는 소리가 들려왔다. 높아지는 언성에 설이 자리에서 일어났다.

"무슨 일이냐?"

"저기, 귀비마마께서 폐하를 뵙고자······."

"자안궁은 후궁이 올 수 있는 곳이 아니라는 것을 알고 있사오나 제나라에서 좋은 차가 들어왔기에 폐하께 올리고 싶었나이다. 허락해 주시옵소서."

내관을 뚫고 들어온 란이 설을 향해 몸을 숙였다.

혼자만의 시간을 방해받은 것이 불편했는지 설의 눈이 날카로워졌다. 하지만 그의 얼굴에도 란의 표정은 부드럽고 화사했다.

"귀비를 제외한 모든 이들은 물러나라."

설의 말에 란의 입가에 미소가 감돌았다.

아무리 후궁에게 시선 하나 주지 않는 설이라도 그는 본디 마음이 여린 가예의 아들이었다. 정치적인 관계라 하더라도 설은 절대 여인에게 함부로 할 사람이 아니었다.

최근 하루가 멀다 하고 승경궁을 오고 가던 황제가 황후와 싸웠다는 이야기가 돌았다. 내심 설의 힘으로 황후가 된 하현이 란은 거슬렸다. 설에게 자신의 존재를 알리려면 지금이 기회였다.

앉으라는 설의 손짓에 미소를 지은 란이 몸을 숙였다.

설과 란의 주변을 은은한 차향이 부드럽게 감쌌다.

하지만 향과는 달리 설과 란의 분위기는 냉랭했다. 깍지를 긴 채 차갑게 보는 설을 란이 부드러운 미소로 바라보았다.

표정 하나 바뀌지 않는 모습에 설이 고개를 저었다.

"힘이라는 게 무섭긴 하구나. 예전에는 효가 너에게 관심이 없다는 것만으로도 울음을 터뜨리던 애였는데 말이다."

"지금의 저는 효가 아니라 폐하의 여인이니까요."

"짐이 황은을 내리지 않는 한 누구도 짐의 여인이 될 수는 없단다."

자르듯 단호히 말하는 설을 보던 란의 미소가 굳었다.

"그렇게 5년을 보내시겠다는 것입니까?"

황은을 5년 동안 입지 못한 후궁은 황명으로 모든 지위를 내려놓고 사가로 돌아갈 수 있었다. 또한 황은을 입지 못해 사가로 돌아간 여인은 황제가 정해주는 짝과 혼인 또한 할 수 있었다.

"그전에 마음이 닿으면 황은을 내릴 수도 있는 것이고."

"폐하께서는 명룡국을 책임지시는 분입니다. 어찌 후사를 그리 가볍게 여기시는 것입니까?"

"가볍게 여기지 않기에 아무도 품지 않는 거란다."

설의 말에 란의 말문이 닫혔다.

더할 나위 없이 좋은 향을 풍기는 차가 앞에 놓여 있었지만 설은 마시고 싶지 않았다.

편하게 자세를 바꾼 설이 란을 보며 느긋한 미소를 지었다.

"황제가 가지고 있는 것 중 가장 귀한 것이 바로 짐이란다. 짐이 안은 여인은 힘을 얻을 것이고, 짐이 힘을 실어주는 대신이 권력을 잡겠지. 늙으면 늙을수록 짐의 가치는 떨어질 것이나 짐은 아직 젊지 않으냐?"

"……"

"이 비싼 것을 왜 멋대로 소모하겠느냐. 천천히 짐에게 최고의 이득을 줄 수 있는 사람에게 주면 되는 것인데 말이다."

능글거리며 하는 말에 느껴지는 힘이 란을 압도하였다. 그 모습이 두려우면서도 심장을 떨리게 했다.

명룡국의 전부를 가진 존재, 홍희겸으로 하여금 무릎을 꿇고 고개를 숙이게 할 수 있는 유일한 존재의 모습이다. 지금은 아버지인 홍희겸에게 밀리고 있지만 앞으로의 설은 달라질 것이다. 반드시 황은을 입어야 한다. 무슨 수를 써서라도 설의 첫 사내아이는 자신이 낳아야 했다.

"제가 어찌하면 황은을 내려주실 것인지요?"

"뭘 어찌하겠느냐? 짐이 이 여인 저 여인에 눈이 뒤집혀 이리저리 품는 놈도 아니니…… 조금은 편안히 기다려 보는 것이 좋지 않겠느냐?"

"첫 황은을 저에게 주신다면 얼마든지 기다릴 수 있겠지요. 하지만 지금의 분위기로는 첫 황은은 황후마마께 내리실 것이 아닙니까?"

"뭐?"

느긋하던 설의 표정이 란의 말 한마디에 바뀌었다. 갑자기 바뀐 설의 반응에 란 또한 눈을 좁혔다.

잠깐의 정적, 원래대로 돌아온 설이 말도 안 된다는 듯 웃음을 터뜨렸다. 터뜨리는 웃음과는 다르게 란을 보는 눈은 차갑다 못해 날카로웠다.

"란아, 이리해서 짐에게 황은을 얻을 수 있겠느냐? 황은을 얻지도 못한 여인이 벌써 투기라니, 네 모습이 그다지 좋아 보이지 않는구나."

"폐하."

"란아, 짐이 너라면 말이다. 황은을 얻기 위해 사공을 움직이느니 조용히 기다릴 것이다. 네가 짐의 힘이 될 수 있다는 확신만 있다면 황은 따위 그리 어려운 것이 아니니…… 얌전히 기다리는 것도 방법이 될 수 있단다."

설의 말에 란의 얼굴이 창백해졌다. 은밀히 사공을 불러 설을 움직이려 하였다. 그렇기에 깊은 밤, 황궁의 내관으로 위장한 홍 사공이 귀비궁을 방문하였다.

아무도 모를 것이라 생각했는데 설은 알고 있었다.

설의 말에 곧잘 받아치던 란의 말문이 완전히 막혔다. 그런 란을 차갑게 보던 설이 멀지 않은 곳에서 느껴지는 시선에 고개를 돌렸다.

"아!"

짧게 탄식을 낸 설이 자리에서 벌떡 일어났다. 창백한 시선이 멀지 않은 곳에 고정되어 있다. 설의 변화에 같이 고개를 돌린 란이 자리에서 일어나 고개를 숙였다.

"황후마마."

란의 인사를 어색하게 받은 하현의 눈이 설에게로 향했다.

설을 바라보는 하현의 눈이 낯설었다. 설로서는 처음으로 느껴 보는 이질감이다.

란과는 다르게 계단을 내려온 설이 하현에게 단숨에 다가갔다. 하지만 그와는 반대로 하현이 몇 걸음 뒤로 물러났다.

"죄송합니다, 폐하."

굳은 표정과는 달리 하현의 목소리는 차분했다.

하지만 그런 그녀의 차분함이 설에게는 불안으로 다가왔다.

"황후."

"자안궁에 귀비가 있을 줄은 생각도 못 했습니다."

하현의 차가운 눈이 설에게서 고개를 숙이고 있는 귀비에게로 향했다. 하현의 시선에 란이 고개를 숙였다. 떨고 있는 몸과는 다르게 고개를 숙이고 있는 란의 입꼬리가 올라갔다.

설과의 이야기가 좋게 마무리되지 않은 것은 아쉬운 일이었지만, 자안궁에 귀비인 그녀가 들어왔다는 것을 황후가 알게 된 것은 생각지도 못한 성과였다.

황제와 황후만이 들어올 수 있는 곳에 귀비가 들어왔다. 이제 황후의 마음속에는 황제와 귀비 사이에 그녀가 모르는 관계가 있을 것이라 생각할 것이다.

"소첩 이만 물러나겠습니다."

인사를 끝낸 란이 몸을 숙인 채 걸음을 옮겼다.

그녀가 자안궁을 완전히 빠져나갈 때까지 기다리던 하현이 고개를 들어 설을 쳐다보았다.

설로서는 처음으로 보는 눈빛이었다.

"폐하께서는 참으로 어려운 분이십니다."

언제나 환한 미소로 재잘거리던 목소리는 어디로 가고 싸늘한 목소리로 말하는 그녀가 낯설었다.

"무슨 말을 하고 싶은 것이냐?"

당황한 것도 잠시, 미간을 찌푸린 설이 하현에게 되물었다. 란과 이야기하며 잠재웠던 울분이 다시 치밀었다.

지금 화가 난 사람은 하현이 아니라 설 자신이었다.

하현에게 저런 시선을 받을 필요도, 차가운 목소리로 힐난을 받을 이유도 없었다.

"무슨 말을 하고 싶은 것이냐 물었다."

"일주일 전, 제가 무슨 잘못을 했는지 모르겠습니다. 그날 폐하께서 화가 나신 것은 분명한데 저는 아무리 생각해도 폐하의 행동이 이해가 가지 않습니다."

영화국에서 데려올 때부터 하현이 쉽지 않은 성격이라는 것은 알고 있었다. 하지만 작정하고 목소리를 높이는 하현의 모습은 설의 생각보다도 어려웠다.

하지만 여기서 밀릴 수는 없었다. 이번 일의 잘잘못을 따지자면 설보다는 하현이 먼저였다.

"모르겠다면 생각해야지 왜 여기서 그런 서릿발 같은 눈으로 날 보고 있는 것이냐?"

"잘못한 게 없습니다."

전혀 예상하지 못한 하현의 대답에 설의 눈이 커졌다.

설의 반응에 하현이 떨리는 숨을 삼켰다.

궁인들에게 배운 황후는 절대 이런 행동을 해서는 안 된다. 황제의 말에 복종하며 몸을 숙이고 그가 원하는 대로 따르는 것이 황후가 지켜야 하는 태도였다.

하지만 이대로 무조건 참으며 살 수는 없었다. 이러려고 황후가 된 것은 아니었다.

"저는 그날 폐하께 어떤 잘못도 하지 않았습니다."

"아무 잘못도 하지 않았다?"

"그리고 잘못이라 함은 제가 아니라 폐하께서 하셨습니다."

하현의 입에서 나오는 말은 전부 그의 뒤통수를 때리는 것뿐이었다. 지금 앞에 있는 여인이 지금까지 그의 말이라면 항상 미소를 지어주던 하현이 맞는 것일까?

당황한 설이 말을 꺼내지 못하자, 잠시 숨을 내쉰 하현이 다시 입을 열었다.

"폐하와 황후만이 들어올 수 있는 자안궁에 귀비를 들이셨습니다. 황궁의 주인은 폐하이시지만 궁의 법도를 폐하께서 지키지 않으시면 또 누가 지킨단 말입니까?"

"하현아, 귀비의 일은 어쩔 수 없었다."

"폐하께서는 저를 제외한 여인들에게 모두 친절한 분이시지 않습니까? 어쩔 수 없었던 것이 아니라 귀비는 괜찮을 것이라 생각하셨기에 들인 것이 아니십니까?"

"뭐?"

진심으로 놀란 설이 컥컥 숨을 삼켰다. 승경궁에 발길을 끊은 사이 도대체 무슨 생각을 하고 있던 것인지 하현의 입에서 나오는 말이 설의 뒷목을 뻐근하게 만들었다.

울컥 치밀어 올랐던 울분은 연이어 나오는 말에 사라진 지 오래였다.

너무 놀라 버벅대는 설을 보던 하현이 치맛자락을 붙잡았다.

"아무런 잘못도 하지 않았으니 죄송하다는 말씀 또한 하지 않

꽃신

을 것입니다. 신륵사에 가면 폐하께 하루라도 빨리 정인이 나타나시라 기원하겠습니다. 이만 물러가겠습니다.”

말을 끝낸 하현이 몸을 돌려 문을 향해 걸음을 옮겼다.

그 순간 멍한 눈으로 있던 설이 등을 돌린 하현을 향해 성큼성큼 걸음을 옮겼다.

당황했던 시선은 온데간데없이 사라져 있었다.

그의 머리에 남아 있는 것이라고는 하현이 마지막으로 내뱉은 정인이라는 단어뿐이었다.

“아얏!”

하현의 팔을 잡은 설이 그녀를 거칠게 돌렸다. 찡그린 하현이 무언가를 말하려는 찰나, 설의 목소리가 나지막이 들렸다.

“왜 내가 화가 났는지 모른다고 했느냐?”

“아픕니다! 놓아주십시오!”

“왜 화가 났는지에 대한 내 대답이다.”

팔을 잡아당기는 설에 의해 하현이 휘청거리며 끌려갔다.

그의 품에 안긴 것도 잠시, 작게 열린 입으로 그가 침범해 들어왔다.

놀란 하현이 설을 밀어내려 했지만 그는 요지부동이었다.

어느새 허리를 휘감은 팔이 하현을 자신의 몸에 밀착시켰다.

몸에서 느껴지는 부드러운 여체를 느끼며 설이 욕심껏 그녀의 입안을 탐하였다. 입안으로 들어온 설의 혀가 놀란 하현의 혀를 휘감았다. 고른 치열을 쓸어내린 혀가 가쁘게 내쉬는 숨조차 삼킬 기세로 하현의 입술을 가지고 또 가졌다.

"하아! 하아!"

떨어질 줄 모르던 설이 떨어지자 하현이 가쁜 숨을 내쉬었다.

놀란 눈이 답을 요구하듯 설을 바라보고 있다.

토끼처럼 동그랗게 뜬 눈도, 숨을 들이마시느라 오르내리는 소담한 가슴도 모두 그의 시선을 사로잡았다.

"폐, 폐……."

"이게 내 대답이다. 이제는 네가 나에게 답을 줄 차례다."

"……."

"오래 기다리지 않을 것이다."

말을 끝낸 설이 하현을 내버려 둔 채 자안궁 밖으로 걸음을 옮겼다.

그가 사라진 자리, 놀란 하현이 오랫동안 그 자리에 서 있었다.

자안궁에서 황제와 황후가 언성을 높였다는 소문이 일었지만, 누구도 진실을 아는 사람이 없었기에 소문은 빠르게 묻혔다.

"좋은 일이라도 있으신 것입니까? 귀비께서는 요즘 참 좋아 보이십니다."

궁으로 찾아온 란을 향해 재인이 조롱 섞인 농담을 건네었다. 그녀의 조롱에도 란의 표정은 그대로였다.

"즐거울 리가 있겠습니까? 하지만 이미 황궁에 들어온 이상 참고 견디어야지요."

"참고 견디다니요! 무언가 대책을 생각해야지요! 이대로라면 사가로 내쫓기게 생겼단 말입니다!"

란의 말이 답답했는지 재인이 주먹으로 명치를 쳐댔다.

생각할수록 화가 나고 억울한 일이었다. 자존심도 다 버리면서까지 설에게 매달렸다. 딱 한 번만이라도 좋으니 황은을 내려달라며 몸을 숙였다.

그러한 노력의 대가는 설의 철저한 외면이었다.

이대로 잊힌 후궁이 되는 것은 아닐까? 창백해진 재인이 떨리는 손으로 앞의 차를 마셨다.

떨고 있는 재인을 바라보는 란이 부드러운 어조로 말했다.

"자칫 섣부른 행동은 폐하의 노여움만 살 뿐입니다."

"그래서 귀비께서는 들어갈 수 없는 자안궁을 들어가신 것입니까?"

재인의 말에 란의 눈이 매서워졌다.

설과 하현에게 인사를 마친 후, 둘에게 자리를 피해주기는 했지만 란은 자안궁을 나오는 대신 먼발치에서 둘을 지켜보고 있었다.

그때의 일이 떠오르자 자신도 모르게 꼭 쥔 주먹이 파르르 떨렸다.

"자안궁에서 보면 안 되는 모습을 보았지요."

믿을 수 없다는 듯 부정하는 눈이 란을 노려보았지만, 란의 눈에 떨림이라고는 전혀 없었다.

황후에게 마음을 주는 설을 볼 수 없었다. 그렇기에 란은 재인을 찾아왔다. 움직이기 참으로 쉽고 편한 패, 란에게 재인은 그런 존재였다.

"하지만 어쩌겠습니까? 황제 폐하께서 황후마마를 총애하시면 받아들이는 수밖에요. 그렇다고 멀쩡히 계신 황후마마께서 갑자기 사라지시는 것도…… 아니지 않습니까?"

란의 말에 재인의 눈이 좁아졌다.

말은 없었지만 바쁘게 오가는 시선 속에서 소리 없는 말이 오고 갔다.

한참을 재인과 시선을 마주하던 란이 탁자 위에 놓은 찻잔을 들었다. 란의 모습을 하나도 빠짐없이 바라보던 재인이 피식 코웃음을 터뜨렸다.

"혼자 고고한 척은 다 하시더니만 그게 귀비의 본래 모습은 아니었나 보군요."

"무슨 말을 하는 것인지는 모르겠습니다만, 전 그저 그런 일이 일어날 리가 없다고 말씀드린 것뿐입니다."

몸을 사리는 란을 보며 재인이 입꼬리를 올렸다.

"생각은 하되 저지를 배짱은 없다는 소리요?"

"무슨 말씀을 하시는 것인지 모르겠습니다, 재인."

"곧 신륵사에서 황제 폐하의 무사평안을 기원하는 제를 지낼 예정이지요? 같이하자 안 할 테니 안심하세요. 어차피 눈 덮인 산에서 길을 잃으면 그 뒤는 내가 신경 쓰지 않아도 알아서 해결되겠지요."

"……."

"상관은 없습니다만, 대신 황후의 일 이후로 황은을 내가 먼저 입게 되더라도 억울해하지는 마세요. 노력하는 사람에게 하늘이 복을 내리는 것은 당연한 것이 아니겠습니까?"

말을 끝낸 재인이 즐거운 듯 큰 소리로 웃음을 터뜨렸다. 그 모습을 보고 있던 란이 고개를 저으며 자리에서 일어났다. 어두운 표정의 란을 보며 재인의 입가에 더 진한 미소가 감돌았다.

얌전한 줄만 알았더니만 본색은 자신보다도 더 추악했다. 하지만 상관없었다.

어차피 빌미를 준 것은 귀비였다. 자칫 상황이 잘못되더라도 귀비가 시켜서 하게 되었다고 하면 그만이었다. 나쁘지 않은 계획이다. 아니, 해볼 만한 계획이었다.

"오늘은 이만 자리를 파하는 것이 좋겠습니다. 귀비께서도 돌아가셔서 좀 쉬세요. 안색이 좋지 않습니다."

재인의 말에 자리에서 일어나 있던 란이 몸을 돌렸다. 란이 밖으로 나가자 재인이 재미있다는 듯 크게 웃음을 터뜨렸다.

밖에서 재인의 웃음소리를 들으며 란이 입꼬리를 올렸다.

하지만 현재 그녀가 있는 곳은 재인의 궁, 다시 어두운 표정으로 바꾼 란이 천천히 자신의 궁을 향해 걸음을 옮겼다.

귀비의 모습을 보고 지나가는 궁인들이 몸을 숙였다. 부드러운 미소로 그들의 인사를 받은 란이 평소와 다름없는 모습으로 자신의 궁으로 돌아갔다.

"노력하는 사람에게 하늘이 복을 내린다?"

귀비궁의 문이 닫히자 란이 코웃음을 쳤다. 미소를 지은 란의 시선이 담 너머의 승경궁을 향하였다.

하늘이 점점 자신의 손을 들어주고 있었다.

뒤에 있는 상궁을 부른 란이 그녀의 귀에 작게 속삭였다.

"황궁 밖에서 아버지를 만날 수 있게 자리를 마련하게."

"네, 귀비마마."

"어서 움직여라. 신륵사의 예를 치르기 전에 일이 끝나야 한다."

란의 재촉에 상궁이 바쁘게 움직였다. 상궁의 모습이 완전히 사라질 때까지 서 있던 란이 쉬기 위해 자신의 방으로 걸어갔다. 그리고 그녀의 뒤에서 대기하고 있던 궁녀들이 소리 없이 따랐다.

'신륵사에서 황후가 길을 잃을 것이다. 명룡국 지리에 익숙하지 않으니 험한 산 깊은 곳에 위치한 신륵사에서 길을 찾기는 쉽지 않을 것이다.'

아마 재인이 생각한 것은 거기까지일 것이다. 나쁘지 않은 계획이다. 하지만 허술했다.

'수를 쓸 생각이라면 죽일 생각을 해야지.'

방으로 돌아온 란이 긴 숨을 내쉬었다. 설의 관심이 하현에게 쏠린 일에 걱정하던 것도 잠시, 하늘은 란에게 새로운 기회를 주었다.

가문에 소속되어 아무것도 못 하는 여인 따위는 되지 않을 것이다.

란이 원하는 것은 힘. 대륙의 최강인 명룡국을 다스리는 힘을 반드시 얻을 것이다.

"황후가 죽어도 재인의 탓, 죽지 않아도 재인의 탓이다."

가볍게 운을 띄우니 재인은 알아서 란의 뜻대로 움직였다.

순조롭게 진행되는 일에 란이 웃음을 터뜨렸다.

시간이 흐르고, 신륵사에 예를 지내러 가는 날이 되었다.

잘 다녀오라는 설의 말이 있었지만 얼굴은 볼 수 없었다. 그의 목소리를 듣는 것만으로도 입술이 타버릴 것 같이 뜨거웠다. 진정하려 했지만 붉게 달아오르는 뺨이 그녀의 의지와는 다르게 움직였다.

"신륵사에서 이상한 기원 따위 하지 마라. 그리고 돌아오는 대로 답을 들을 것이다."

신륵사로 출발하기 직전, 고개를 숙이고 있는 하현을 향해 설이 짓궂게 말하였다. 그의 물음에 하현이 고개를 들었지만, 얄밉게도 자기 할 말만 끝내고 설은 후궁을 향해 걸음을 옮겼다.

잊어버리려 노력할수록 그때의 일이 선명해졌다. 아무리 그녀기 남녀 관계에 대해 무지하더라도 설이 그녀에게 말하고자 하는 것이 무엇인지 모르지 않았다.

그럼에도 아직 어떻게 말해야 할지 막연했다. 언제나 생각하던 말을 거침없이 꺼냈건만 이번만큼은 그녀도 말문이 열리지 않았다.

"황후마마."

가마에 탈 준비를 하는 하현의 옆으로 곱게 차려입은 란이 가까이 다가왔다. 란을 보자 자안궁에서 설과 같이 있던 란의 모습이 뇌리를 스쳤다.

자신도 모르게 하현이 굳게 입을 다물었다.

"곧 출발한 것인데 어찌 온 것인가?"

"자안궁에서 있던 일에 사죄를 드리고자 오게 되었사옵니다."

"……무슨 말을 하고자 함인가?"

"폐하께서 자안궁으로 들어오라 하시어서 어쩔 수 없이 들어가게 되었습니다. 폐하의 명을 어찌 소첩이 거부할 수 있겠나이까. 하지만 소첩 생각이 짧았습니다. 죄송합니다, 황후마마."

자안궁에 스스로가 들어왔음에도 란은 설의 명이었다고 거짓을 말했다. 어차피 하현은 란이 어떻게 들어왔는지 알지 못할 것이다.

한 번 만들어진 틈이 단번에 메워질 수는 없었다. 고작 입맞춤 하나로 원래의 관계로 돌아올 리가 없었다. 지금이 기회, 어떻게든 만들어진 틈을 늘려야 했다.

"폐하의 명이었다니 귀비가 거절하기는 어려웠을 테지. 내 귀비의 상황을 이해하고 있네."

"마마, 감사하옵니다."

"하지만 귀비께서 진심으로 폐하를 위하신다면 자안궁에 들어가기 전에 한 번 더 생각했을 것이네. 폐하께서는 본인의 말씀만 내세우는 분이 아니시니 귀비께서 다시 아뢰었다면 자안궁으로 들어오라 억지를 부리지 않으셨을 것이야."

막힘없이 나오는 하현의 말에 란의 말문이 막혔다.

설이 데리고 온 황후는 영화국 출신의 미천한 계집으로 알고 있었다. 세상 물정 따위 모르는 계집, 달콤한 말로 속삭이면 얼마든지 넘어올 것이라 믿었다.

하지만 하현은 란이 생각하는 것보다 현명하고 판단하는 눈이 뛰어났다.

자안궁에 설이 불러들였든 란이 들어온 것이든 상관이 없었다. 중요한 것은 란이 자안궁에 들어가면서 설이 황궁의 법규를 가벼이 여긴 황제가 되었다는 것이다.

황제에게 틈이 생기게 되면 외척이 힘을 얻게 된다. 적어도 그녀가 황후로 있는 한, 그리고 설이 그녀에게 마음이 있는 한 란이나 재인이 설을 흔드는 모습은 보지 않을 것이다.

하현의 말에 한 방 먹은 듯 몸을 숙인 란이 꿈쩍도 하지 않았다.

그때 둘의 사이로 다가온 조 상궁이 몸을 숙였다.

"황후마마, 마차에 오르시옵소서. 출발하셔야 하옵니다."

조 상궁에게 고개를 끄덕인 하현이 란을 보며 입을 열었다.

"귀비께서 잘못했다 하시니 내 이번 일은 조용히 넘기겠네. 하지만 다음부터는 행실에 조신, 또 조신하시게."

"며, 명심하겠습니다, 황후마마."

쥐어짜듯 란에게서 작은 목소리가 흘러나왔다.

그녀를 보던 하현이 조 상궁의 도움을 얻어 마차에 올랐다.

황후의 마차가 사라질 때까지 핏발이 선 란의 눈이 오랫동안 머물렀다.

⊠

영화국의 산처럼 녹음이 푸른 모습과는 달랐지만 오랜만에 오르는 산에 하현은 설레었다.

"마마, 찬바람이 들어옵니다. 문을 닫으세요."

반대편에 앉아 있는 조 상궁의 말에 하현이 고개를 저었다. 조금 춥기는 해도 모처럼 맡는 바깥바람이 좋았다. 마차로 올라가기에는 험한 곳이라 타고 있는 아이 심하게 흔들리기는 했지만, 아직은 버틸 만했다.

"그런데 마차로 계속 올라갈 수 있는 것인가? 마차가 흔들리는 것만으로도 어려울 듯싶은데 가능한가?"

"이제 곧 마차에서 내려 말로 옮겨 타셔야 할 것이옵니다. 말로 한 시진을 더 올라가시면 신륵사에 도착합니다."

조 상궁의 말에 하현이 고개를 끄덕였다.

황후에 오른 후 처음으로 나와 보는 밖이다. 더군다나 언제나 같이 있던 설과도 떨어진 상황. 불안해서 그런 것인지는 몰라도 출발하면서부터 심장이 떨렸다.

하현의 손가락이 조심스럽게 입술을 쓸어내렸다. 입술에 손가락이 닿는 것만으로도 심장이 터질 듯 콩닥거렸다.

곧 있을 신륵사에서의 예를 생각해야 하건만 머릿속을 가득 채운 것은 설과 있던 일이었다. 처음으로 사내와 입맞춤을 하였다.

그때의 일이 지난 지도 수일이건만 기억을 떠올리면 떠올릴수록 선명해졌다.

설이 싫은 것은 아니었다. 아니, 도리어 그의 곁에 있으면서 처음으로 심장이 떨리는 것이 무엇인지 알게 되었다.

"자안궁 이후로 두 분 사이가 좋아지셔서 정말로 다행입니다, 황후마마."

조 상궁의 말에 하현이 고개를 갸웃했다.

"그렇게 보이는가?"

"소인은 황후마마를 모시기 전까지 폐하를 모셨습니다. 소인, 황제 폐하의 용안이 요즘처럼 편해 보이시는 것은 처음이옵니다. 황후마마께서도 전에 비해 아주 좋아지셨고요."

"그런가?"

최근 둘 사이에 무슨 일이 있었는지는 누구도 알지 못했다. 하지만 둘 사이에 있던 싸늘한 공기가 자안궁에서의 일을 기점으로 바뀌었다. 하현을 보며 설은 미소를 지었고, 설의 미소에 하현은 붉어진 얼굴로 시선을 외면하기 일쑤였다.

"후궁마마들을 대하실 때와 황후마마와 계실 때의 폐하의 용안이 확실히 다르다는 이야기를 내시감에게도 들었사옵니다. 이번 신륵사에서 예를 지내실 때 폐하의 무사평안뿐만이 아니라 폐하의 황은을 받을 수 있도록 기원해 보시지요?"

"조 상궁, 어찌 그런 말을…… 누가 들을까 부끄럽네!"

붉게 달아오른 뺨을 가리며 하현이 조 상궁의 시선을 외면하였다.

하지만 하현의 반응과는 달리 조 상궁의 입가에 옅은 미소가 감돌았다.

황제의 관심이 하현에게 있을 때 확실히 황은을 입는 것이 최선이었다. 재인이나 귀비나 황제의 황은을 얻기 위해 호시탐탐 기회를 보고 있었다.

하지만 황후의 자리에 있어도 욕심을 부리지 않고 최선을 다하는 하현이 조 상궁은 마음에 들었다. 배경 없는 하현이 황궁에서 자리를 잡기 위해서라면 그녀는 무엇이든 할 수 있었다.

그만하라는 하현에게 조 상궁이 더욱 재촉하려는 순간, 마차가 멈추고 밖에서 수행하던 궁인이 나지막이 말했다.

"황후마마, 지금부터는 말로 옮겨 타셔야 하옵니다. 마차에서 내리소서."

조 상궁의 부축을 받으며 마차에서 내려온 하현이 하얀 김을 뿜으며 주변을 둘러보았다.

영화국에서 살던 산만큼이나 험한 산세에 하현이 고개를 저었다.

"여기까지 마차로 올라오다니…… 올라오느라 힘들었겠소."

"마땅히 해야 할 일입니다. 황후마마께서는 신경 쓰지 않으셔도 되옵니다."

조 상궁의 말에 하현이 고개를 저었다.

"그러면 안 되는 것이네. 사람이 받은 것이 있다면 그만큼 베푸는 것이 맞는 일이지. 하지만 산속에서 무엇을 할 수 있는 것은 아니니 신륵사의 일이 끝난 후에 폐하께 말씀을 드리겠네."

사소한 일에도 가볍게 넘어가질 않는 하현을 보며 조 상궁이 고개를 숙였다. 궁인들의 도움을 받으며 하현은 준비되어 있는 말로 걸어갔다. 한 걸음 내디딜 때마다 보이는 꽃신의 모습에 하현의 입가에 작은 미소가 감돌았다.

예전 설이 그녀에게 사준 꽃신이다.

그가 그녀에게 처음으로 주었던 것.

설의 무사평안을 기원하는 길이니 기왕이면 그가 그녀에게 처음 선물한 꽃신을 신고 가고 싶었다. 꽃신을 보던 하현이 고개를 돌려 주변을 둘러보았다.

"조 상궁."

"네, 마마."

"언덕 너머에도 병사들이 따라온 것인가?"

"네?"

하현의 물음에 놀란 조 상궁이 고개를 든 찰나 너머의 병사들이 이쪽을 향해 화살을 쏘았다.

갑작스러운 공격에 궁인들이 비명을 질렀다. 놀란 조 상궁이 하현을 품에 안았다.

화살에 맞은 이들의 피가 바닥에 떨어지고, 황후를 지켜야 한다는 병사들의 목소리가 곳곳에 울려 퍼졌다.

'폐하!'

난장판의 한가운데서 하현이 입술을 깨물었다.

지신은 괜찮다며 서둘러 몸을 피하라고 말하려는 순간, 화살을 쏘는 병사들 사이에서 바위가 굴러 떨어졌다.

앞으로 굴러오는 바위를 보며 하얗게 질린 하현이 눈을 감았다.

무슨 정신으로 달렸는지 기억이 나지 않았다. 혼신을 다해 하현을 밀어낸 조 상궁 덕분에 굴러오는 바위를 피할 수 있었다. 하지만 바위를 피하려다 잘못 내디딘 발에 그만 언덕 아래로 떨어지고 말았다.

눈에 얼마나 미끄러졌는지는 알 수 없었다. 그렇게 많던 사람들조차 주변을 둘러보아도 보이지 않았다.

"그래도 다치지는 않았으니까."

소복이 내린 눈 덕분인지 몇 번이나 굴렀어도 다친 곳은 없었다. 의지할 곳도, 사람도 없는 상황에서 하현은 떨리는 숨을 내쉬었다.

영화국에서는 길을 잃어버리면 제융이 찾으러 왔지만, 지금은 철저히 혼자이다. 처음 보는 곳에 고립되었다는 사실에 무섭고 두려웠다. 떨리는 손에 애써 힘을 주며 하현은 깊게 숨을 들이마셨다.

하현의 눈이 신고 있는 꽃신을 향하였다. 흔들리던 눈이 꽃신을 보자 천천히 진정되었다.

"마냥 기다릴 수는 없어."

궁인들 앞에서 위엄을 갖추던 모습은 온데간데없었다. 숨을 내쉬며 주변을 둘러보는 하현은 명룡국 황후가 아니라 산에서 지냈던 이의 모습이었다.

동행한 궁인들만 산에 있는 상황이라면 그 자리에서 기다렸을 것이다. 하지만 산에는 따라온 궁인뿐만이 아니라 그들을 공격한 적도 같이 있었다. 누가 누구인지 알지 못하는 상황에서 마냥 기다릴 수는 없었다.

"주변에 동굴이 있을지도 모르겠어."

영화국과는 다르지만 결국은 산이다. 긴 숨을 내쉰 하현이 결심한 듯 굳게 입을 다물었다.

길게 늘어져 있는 긴 나뭇가지를 꺾은 하현이 걸어가려는 방향의 눈을 찌르며 앞으로 나갔다. 돌아온 곳으로 되돌아갈 수는 없었다. 하지만 처음 산을 오를 때 본 나무의 잎과 지금 보이는 잎의 모양이 달랐다.

산의 입구와 이곳의 온도와 환경이 다르다는 것이다. 고개를 들어 해의 위치를 본 하현이 대략 방향을 정하였다.

"신륵사에서 기원은 못 할 것 같아요, 폐하."

몸을 사로잡은 공포를 떨쳐 내듯 하현이 억지로 말을 꺼냈다. 듣는 사람은 아무도 없었지만 상관없었다.

"도움을 기다리는 것이 최선이지만 이런 상황에서는 어쩔 수 없으니까."

눈이 방향을 잃을 때마다 하현은 고개를 들어 해의 위치를 확인하였다. 영화국의 산에서 소연과 제융에게 배운 것. 그때는 당연하다고 생각하던 것이 지금은 어느 때보다 도움이 되었다.

"곧 돌아갈게요."

몸을 에는 추위와 싸우며 하현은 설을 생각하였다.

설의 곁에 있으면 심장이 뛰었다. 그의 곁에서 하나씩 배워 나갈수록 하현의 세상도 커져 갔다. 그녀가 느끼는 감정이 남녀의 연모인지는 알지 못했다. 하지만 홀로 고립되어 있는 이곳에서 하현이 원하는 것은 하나였다.

설이 내민 손을 잡은 것을 후회하지 않는다.

돌아갈 것이다. 자격이 없는 황후라면 노력해서 그 자격을 얻어 낼 것이다.

"이런 곳에서 죽으려고 영화국에서 온 게 아니란 말이야!"

울컥 치솟는 화에 하현이 신고 있는 꽃신으로 눈을 찼다.

"어?"

하현의 발에 차인 눈 밑으로 붉은 것이 눈에 보였다. 쌓인 눈에 색이 흐릿해지기는 했지만 분명 피였다. 놀란 하현의 손이 다른 곳에 쌓인 눈도 거둬냈다.

흥건히 쏟아진 것은 아니지만 몇 방울씩 떨어진 것이 눈에 보였다.

피를 본 하현의 얼굴이 창백해졌다.

적이 다친 것이라면 하현은 외면하고 떠나는 것이 맞았다. 하지만 그게 아니라면, 만약 다친 사람이 황궁의 궁인이나 조 상궁이라면……

떨어진 핏자국을 따라 하현이 조심스럽게 걸음을 옮겼다. 어느 정도 걸음을 옮기자 눈과 나무에 가려진 동굴이 시선에 들어왔다.

동굴 앞에 떨어진 핏방울을 본 하현이 주변을 살피며 안으로 들어갔다.

"아!"

떨고 있는 작은 몸은 하현과 비슷한 또래의 여인이었다. 하현을 따라온 궁인인 듯 하현이 입고 있는 화려한 의복과는 달리 무늬가 없고 수수하였다.

하얗게 질린 얼굴의 여인이 하현을 보며 몸을 움츠렸다.

"괜찮아요?"

하현의 물음에도 여인은 말이 없었다.

창백한 얼굴과는 다르게 팔에 보이는 긴 상흔에서 붉은 피가 흐르고 있었다.

처음 보는 모습인데도 어디선가 본 것 같은 얼굴이다. 아무리 기억을 되새겨도 기억이 나지 않았다. 하지만 지금은 기억을 되새길 때가 아니라 여인의 상처를 치료하는 것이 우선. 하현은 그녀에게 다가갔다.

하현이 한 걸음 가까이 다가가자 여인이 한 걸음 뒤로 물러났다. 경계하는 여인의 행동에 하현이 안심하라는 듯 손을 들었다.

"난…… 황후…… 가 아니고 신륵사로 가다가 이렇게 되었네요."

"……."

말을 못 하는 것인지 아니면 하현을 믿지 못하는 것인지 여인은 아무 말도 하지 않았다.

하현의 눈이 여인의 상처에 머물렀다. 심하지는 않았지만, 피가 계속 흐르고 있었다.

조심스럽게 그녀에게 다가간 하현이 최대한 침착한 목소리로 말했다.

"우선 치료를 하는 게 어때요?"

"……."

아무 대답 없이 물끄러미 바라보기만 하자 하현이 그 자리에서 조심스럽게 품에 넣어놓았던 것을 꺼냈다. 하얀 천을 걷어내자 잘 말린 약초 몇 뿌리와 눈에 젖은 풀이 모습을 보였다.

여인의 눈이 하현이 펼쳐 놓은 천을 물끄러미 보았다. 반응을 보이는 여인의 행동에 하현이 미소를 지었다.

"진통 효과가 있는 약초예요. 황궁…… 이 아니라 전에 우연히 눈에 보여서 미리 캐놓은 거예요. 그리고 이건 내려오다가 찾은 거예요. 지혈 효과가 있으니 도움이 될 거예요."

비슷한 또래의 여인을 만나서인지 하현의 목소리는 혼자 있을 때보다도 안정되어 있었다. 하현의 말을 믿을 수 없는 듯 여인의 눈이 불안하게 약초를 바라보았다.

여인이 보고 있는 걸 아는지 모르는지 하현이 부지런히 손을 움직였다.

약초의 배합이 끝나자 하현이 자신이 입고 있는 치마의 끝을 주저 없이 찢었다.

"아!"

하현이 치마를 찢자 내내 말이 없던 여인이 비명을 지르며 하현의 팔을 붙잡았다.

하지 말라는 여인의 눈빛에 하현은 고개를 갸웃했다. 하지만 곧 자신의 옷을 본 하현이 알겠다는 듯 미소를 지었다.

"귀한 옷이지만 지금 상황에서 아껴봤자 아무 도움이 되지 않아요. 비단이 연하고 얇으니까 상처를 묶기 적당해요. 어서 팔을 이쪽으로 보여줘요."

　다시 치마를 찢으려는 하현을 여인이 안 된다며 고개를 저었다. 마치 황후의 대례복을 아는 듯한 여인의 행동에 하현이 눈을 좁혔다. 하지만 그것도 잠시, 옷을 마저 찢은 하현이 여인을 바라보았다.

　"지금 지혈을 하지 않으면 체온이 내려가서 죽을 수도 있어요. 그러니까 어서 팔을 보여줘요."

　하현의 말에 여인의 눈이 커졌다.

　그녀가 가만히 있자 하현의 손이 부지런히 움직였다. 약초를 뭉쳐 상처 위에 올린 하현이 찢은 비단으로 상처를 묶었다.

　상처에 약초가 닿으면서 느껴지는 통증에 여인이 미간을 찌푸렸지만, 입술을 깨문 채 하현의 치료를 받아냈다.

　"이제 되었어요. 안 불편해요?"

　하현의 물음에 여인이 물끄러미 그녀를 바라보았다.

　하지만 곧 여인이 몸을 일으켰다. 그녀를 따라 일어난 하현이 미소를 지었다.

　"내 이름은 하현이에요."

　하현의 말에 입을 열려던 여인의 행동이 멈추었다. 무슨 연유인지 하현을 한동안 바라보던 여인의 입가에 알 수 없는 미소가 감돌았다. 재미난 장난을 치려는 어린아이 같은 표정으로 하현을 보던 여인이 벽에 손가락을 대고 글씨를 써 내려갔다.

　―은조

은조라는 글자에 하현이 고개를 갸웃했다.

이름조차 어디선가 들어본 듯하였다. 분명 한 번도 본 적이 없는 여인임에도 친근하게 느껴졌다. 그래도 혼자일 때보다는 은조라는 여인이 같이 있어주니 무서움이 덜했다.

"장담은 할 수 없지만, 우선은 산에서 내려가요."

앞장을 서며 하현이 손을 내밀었다.

하현의 손을 물끄러미 바라보던 여인이 조용히 그 손을 잡았다.

신륵사로 가던 도중 정체를 알 수 없는 무리에게 피습당했다는 보고에 설이 한걸음에 산으로 달려왔다. 사람을 보낼 테니 황궁에 계시라며 궁인들이 말렸지만 이 상황에서 황제의 체통은 아무 도움도 되지 않았다.

"폐하!"

설의 모습에 상황을 정리하던 병사와 궁인들이 몸을 숙였다. 그들의 인사를 넘기며 설이 다급히 물었다.

"어찌 되었느냐?"

"재인마마와 귀비마마께서는 무사하십니다. 하지만 황후마마께서……."

말을 흐리는 궁인의 행동에 설의 얼굴이 하얗게 질렸다. 핏줄이 도드라지도록 굳게 움켜잡은 주먹이 파르르 떨렸다.

"황후가…… 황후가 어찌 되었단 말이냐?"

"적을 피하시다가 그만…… 발을 헛디디셔서 언덕 아래로 떨어지셨습니다. 다급히 병사들을 보냈지만 아직도 황후마마를 모시지 못하였사옵니다. 그리고……."

"그리고? 또 무엇이 남아 있는 것이냐? 전부 말하라! 황후조차 제대로 지켜내지 못한 너희들이 또 무엇을 숨기려고 이리 뜸을 들인단 말이냐!"

"은조 아가씨께서 신륵사로 가는 행렬을 따라가셨다고 하옵니다. 수행하던 이의 말에 따르면 화살에 맞으신 아가씨께서도 언덕 밑으로 떨어지셨다고……."

궁인의 말에 설이 눈을 질끈 감았다. 온몸으로 한기가 스며드는 듯 흐르는 피조차도 차갑게 느껴졌다. 휘왕궁에 있어야 할 은조가 왜 신륵사로 따라갔는지는 알 수 없지만 둘이 위험하다는 말에 설의 몸이 떨렸다.

똑똑하고 현명한 이들이니 괜찮을 것이라며 수십 번도 더 되뇌었다. 하지만 그러지 않을지도 모른다는 불안이 그를 자꾸 흔들어댔다.

"지하야!"

뒤에 서 있던 지하가 설의 외침에 한쪽 무릎을 꿇고 몸을 숙였다. 언제나 여유롭던 설의 눈에 깃든 분노가 주변을 무겁게 짓눌렀다.

감히 황제의 하나뿐인 여동생과 황후를 위협하였다.

둘에게 조금이라도 상처가 생긴다면 누구의 짓이건 간에 절대로 용서하지 않을 것이다.

"위장군에게 전하라! 내가 산을 떠나기 전까지 그 누구도 이곳에서 나가지 못한다! 산을 포위해 빠져나가려는 모든 이를 전부 생포하라!"

"네, 폐하!"

설의 눈이 옆에 대기하고 있는 두 명의 장군에게로 향했다.

"그리고 좌장군과 우장군은 나와 함께 황후와 은조를 찾는다. 당장 준비하라!"

설의 선언에 몸을 숙이고 있던 궁인들과 병사들이 고개를 들었다.

설은 몸을 돌려 자신이 타고 온 말을 향해 걸었다.

"폐하, 소신들이 반드시 찾겠습니다! 그러니 이곳에 계시옵소서!"

설의 앞을 막으며 궁인들이 절대 안 된다며 몸을 숙였다. 하지만 이미 설은 마음을 굳힌 지 오래였다.

"황후와 은조에게 무슨 일이 생긴다면 그대들 또한 각오해야 할 것이다!"

얼음처럼 차갑고 날카로운 목소리에 말리던 이들의 목소리가 끊겼다. 한 명 한 명 그들을 노려보던 설이 말에 올랐다. 고삐를 쥔 손이 떨린다. 살을 파고들고 뼈를 에는 이런 날씨에 산을 헤매고 있을 하현과 은조를 생각하니 눈앞이 아득했다.

"그대들의 목숨이 붙어 있길 원한다면 무슨 수를 써서라도 황후와 은조를 찾아내라! 좌장군과 우장군은 나를 따르라!"

"네!"

하현이 떨어졌다는 방향으로 말을 몰며 설이 굳게 입을 다물었다.

누가 이런 짓을 꾸몄는지는 몰라도 이번만큼은 그냥 넘어갈 수 없었다. 반드시 원흉을 밝힐 것이다. 명룡국 황제의 사람을 건들면 어찌 되는지 만인 앞에서 반드시 보여줄 것이다.

설이 고삐를 잡은 손에 힘을 주었다.

"왜 아버지께서 그런 여인을 황후로 허락하셨는지 이해가 안 되어요."

신륵사의 예가 얼마 남지 않았을 무렵, 은조는 세운에게 이해할 수 없다는 듯 물었다. 그녀의 물음에 내리는 눈을 물끄러미 보던 세운이 빙긋 미소를 지었다.

"은조는 영화국 여인이 황후가 되는 것이 마음에 들지 않느냐?"

"어머니도 영화국 사람인데 그럴 리가 없잖아요. 하지만 굳이 황후의 준비도, 자질도 없는 여인을 세울 필요는 없잖아요. 냉정히 봤을 때 그 여인보다도 란 언니가 그 자리에 더 적합한걸요."

"자질과 준비라……."

은조의 말을 듣고 있던 세운이 말을 흐렸다. 여인이 정치에 관심을 가지는 것을 탐탁지 않아 하는 귀족들과는 달리 세운은 종종 은조에게 명룡국의 정치나 황궁의 일을 가르쳤다.

이유는 한 가지, 힘을 가진 황족이 귀족들에게 휘둘리는 것을 막기 위해서였다.

설에게 누가 된다며 나서지 않는 효와는 달리 은조는 종종 자신의 생각을 세운에게 말하였다.

"혹 안채에 머무는 하현이를 만나보았느냐?"

"직접 만나지는 않았지만 멀찍이서 보았습니다. 서툰 것이 너무나도 많은 여인이었습니다."

"아무것도 모르니 서툴 수밖에."

"심성이 착한 것만으로는 버틸 수 없는 자리이지 않습니까? 하물며 황후의 자리는 란 언니가 오르기로 한 자리잖아요."

"란이가 많이 서운해하더냐?"

"내색을 하지는 않았습니다만 그렇다고 괜찮아 보이지도 않았습니다. 란 언니의 성격을 아버지께서도 아시잖아요."

따뜻한 차가 담긴 잔을 세운에게 건네며 은조가 옆에 앉았다. 효를 낳은 후 5년 만에 가진 딸이라 세운과 가예는 물론 승하한 선제조차도 친딸처럼 어여삐 여긴 은조다. 그렇기에 은조는 자존심도 세고 성격도 호불호를 확실히 정할 정도로 강하였다.

은조가 건넨 찻잔을 받으며 세운이 미소를 지었다. 아무리 곁에 있어도 의중을 알 수 없는 세운의 모습에 은조가 한숨을 내쉬었다.

"아버지, 전 어머니가 아니에요."

"응? 뜬금없이 무슨 소리인 것이냐?"

"그렇게 웃으셔도 어머니와는 달리 아버지께서 무슨 생각을 하시는지 알 수 없다고요."

은조의 투정 아닌 투정에 세운이 웃음을 터뜨렸다.

속 시원히 말하지 않는 세운의 모습에 은조는 길게 한숨을 내쉬었다.

은조가 보는 란은 현명하고 단정한 여인이었다. 그렇기에 당연히 황후에는 그녀가 올라야 된다고 생각했다.

하지만 이상하게도 세운은 물론 가예 또한 란을 마음에 들지 않아 했다. 특히나 가예는 홍란과 가까이 어울리지 말라는 말까지 하였다.

"은조야, 이번 신륵사의 행렬을 몰래 따라가 보는 것이 어떻겠느냐?"

"네?"

생각지 못한 세운의 제안에 은조가 고개를 갸웃했다.

차를 한 모금 마신 세운이 그녀를 바라보았다.

"사람 보는 눈은 나보다도 뛰어난 네가 아니냐. 이번 기회에 란과 하현이를 비교해 보는 것도 나쁘지 않을 테지. 만약 란이가 황후의 자질에 어울리는 여인이라면 내 다시 생각을 해보마."

"걱정하지 마세요. 곧 멈출 거예요."

다친 은조가 신경 쓰이는지 하현이 달래듯 미소를 지어 보였다. 그녀의 미소에 은조가 말없이 고개를 끄덕였다. 갑작스럽게 만난 하현은 은조의 생각보다도 지금의 상황에 침착했다.

눈 덮인 험한 산에서 고립된 것이 무섭지도 않은 것인가. 당황하여 움직이지도 못하던 은조와는 달리 하현은 혼자서도 척척 산에서 움직였다.

하지만 아무 준비도 없이 여인 둘이서 산에서 내려가기란 쉬운 일이 아니었다.

설상가상으로 세차게 불어오는 거친 바람에 둘은 결국 나무와 언덕 사이에 있는 작은 동굴에서 몸을 피하고 있었다.

"눈보라가 그치는 대로 움직이면 될 것 같아요."

힘들면서도 은조를 살피는 하현을 물끄러미 바라보았다. 처음부터 이름과 신분을 밝혀도 될 일이었지만 은조는 자신을 숨겼다. 일부러 목소리가 나오지 않는 것처럼 행동하였다.

산에서 고립된 극한의 상황에서는 본색이 나오게 마련이다. 다친 데다가 말도 못 하는 여자아이를 이런 산속에서 책임져야 하는 상황이 만들어진다면 그녀가 어떻게 행동할지 궁금했다. 만약 하현이 황후의 자질이 아니라면 은조를 버리고 혼자 사는 방법을 택했을 것이다.

하지만 거친 숨을 내쉬며 힘들어해도 하현은 은조에게 싫은 내색조차 하지 않았다.

"황후마마."

은조의 목소리에 하현의 눈이 커졌다.

"말할 줄 알아요?"

하현의 물음에 은조가 물끄러미 바라보았다. 뚫어지게 바라보는 은조의 눈길에 하현이 부담스러운지 시선을 돌렸다.

그저 아버지 대의 인연으로 황후가 된 여인이라 생각했다. 심성이 나쁜 것은 아니지만 황후라는 자리에서 버티기에는 약한 여인이라 판단하였다. 하지만 막상 이런 상황에서 마주하니 은조의 판단과는 완전히 달랐다.

황후의 자질을 평가할 자격이 은조에게 있는 것은 아니었지만, 은조가 생각하는 황후의 기준에 하현은 제법 맞았다.

"황후마마께서는 무섭지 않으세요?"

"네?"

"안 무서우시냐고요."

담담한 얼굴로 안 무서우냐는 물음이 이상했지만, 이상하게도 답을 거부할 수 없는 힘이 느껴졌다. 말을 하지 않을 때도 느껴지던 익숙한 기분이 본격적으로 대화를 시작하자 더 진하게 느껴졌다.

은조의 물음에도 한동안 생각하던 하현이 이제야 알았다는 듯 짧게 탄성을 질렀다.

"아!"

"휘왕궁에서는 인사를 드리지 않았었죠. 그나저나 대답 안 해 주실 건가요?"

은조의 재촉에 잠시 고민하던 하현이 힘없이 눈 끝을 내렸다.

"산에서 살기는 했지만 이런 경우는 처음이라 좀 무서워요. 그래도 돌아가야죠. 폐하께서 많이 걱정하실 거예요."

"오라버니하고 좋아서 한 혼인이니잖아요. 그런데도 오라버니가 신경 쓰이세요?"

산에 고립되었다는 것을 잊어버린 것인지 은조의 말투는 담담했다. 당황하던 처음의 모습과는 전혀 다른 은조의 행동이 같은 사람인지 의심이 들 정도이다.

어차피 눈보라가 부는 터라 밖으로 나갈 수도 없었다. 그리고 사소한 대화라도 하니 두렵던 마음이 조금은 나아졌다. 본디 황후로 그녀를 대하는 것이 맞았지만, 어차피 이곳에는 은조와 그녀밖에 없었다. 지금 만큼은 편하게 그녀와 대화하고 싶었다.

"어떤 분인지는 아직 잘 모르겠지만, 폐하와의 혼인을 후회하지는 않아요. 역시나 어렵지만요."

사람의 마음이라는 것이 참으로 알 수 없었다. 황궁에서는 의심스럽던 감정이 험한 산에서 고립되자 선명해졌다.

설이 보고 싶었다. 이런 곳에서 누군지도 모르는 사람들에게 죽고 싶지 않았다.

황궁으로 돌아간다면 그가 내미는 손을 잡을 것이다.

그를 마음에 담을 것이다.

"더군다나 오늘도 본인이 하고 싶은 말만 하고 내 대답은 듣지도 않았다고요. 꼭 돌아가서 해야 할 말이 있어요."

시시각각 변하는 하현을 바라보던 은조가 피식 실소를 터뜨렸다. 은조의 실소에 정신을 차린 하현이 무안한 미소를 지었다.

가예부인의 관심으로 황후가 되신 분이니 어쩔 수 없지 않느냐며 눈물짓던 란의 모습이 뇌리에 스쳤다. 나쁜 분은 아니나 설의 관심을 독차지하는 모습이 부럽다고 서운하다며 란은 흐느꼈다.

연모하던 효와의 혼인도 이루어지지 않은 상태에서 설에게조차 외면당하는 모습을 보니 하현이 좋게 보이지 않았다. 직접 상대하고 느껴보라며 세운이 보내지 않았다면 하현에 대한 생각은 바뀌지 않았을 것이다.

그런데 막상 마주하니 란의 말과도, 그녀의 생각과도 또 다른 하현의 모습이 보였다.

"그래도 은조 아가씨와 같이 있으니 덜 무섭네요. 혼자 있었다면 여기까지 오지도 못했을 거예요."

"황후마마 덕분에 상처를 치료했어요. 제가 없어도 황후마마께서는 잘하셨을 거예요."

"그렇지 않아요! 혼자 있는 산은 무서워요. 아가씨께서 침착하게 계시니 저도 여기서 나갈 수 있겠다는 자신이 생겨요. 정말로 감사해요."

복잡한 은조의 눈이 하현을 물끄러미 바라보았다. 그녀의 눈에서 설의 분위기가 느껴지자 하현이 자신도 모르게 얼굴을 붉혔다. 시선을 피해 고개를 돌리던 하현이 무언가를 발견한 듯 자리에서 일어났다.

"어? 아가씨! 저기!"

하현의 부름에 은조의 눈이 앞으로 향했다. 병사 몇이 하현과 은조가 있는 동굴 앞을 두리번거리며 지나가고 있었다.

긴장하던 하현의 입가에 그제야 안도의 미소가 생겨났다.

"우리를 찾으러 왔나 봐요."

화사한 표정의 하현과는 달리 은조의 눈은 커질 대로 커져 있었다.

"말도…… 안 돼."

"무슨 소리를 하시는 거예요? 어서 불러야…… 읍."

당장에라도 나가서 병사를 부르려는 하현의 입을 은조가 틀어막았다. 왜 그러냐는 하현의 눈빛에 조용히 하라며 시선을 보낸 은조가 숨소리조차 죽였다.

믿을 수 없다는 듯 병사들의 얼굴을 뚫어지게 노려보았다.

"하!"

복잡하던 머릿속이 순식간에 정리되었다. 치미는 분노에 은조
가 헛웃음을 터뜨렸다.

은조의 반응에 하현이 물으려는 찰나, 그녀가 입을 열었다.

"황후마마, 조용히 들으세요. 저 사람들은 황궁의 병사가 아니
에요."

"하지만 저들은 황궁 병사의 옷을…… 그럼…….."

"우리를 공격한 자객들과 한패겠죠. 저들이 다른 곳으로 가면
움직여야겠어요."

은조의 말에 하현이 고개를 끄덕였다. 주변을 수색하던 병사들
이 다른 방향으로 걸어가자 하현과 은조가 조용히 동굴 밖으로 나
와 병사들과 다른 방향으로 걸음을 옮겼다.

치맛자락을 든 채 최대한 조용히 걸음을 옮기던 은조가 실수로
눈 속에 묻혀 있던 돌멩이를 발로 찼다.

"아!"

순간의 실수에 은조의 얼굴이 창백해졌다.

"저기다!"

소리를 들은 병사들의 고함이 멀지 않은 곳에서 들려왔다. 몸이
굳은 은조의 팔목을 하현이 붙잡았다.

"어서 가요!"

하현에게 끌려가듯 은조가 몸을 일으켰다. 여기서 잡히면 어떻

게 될지 모른다. 하현과 은조는 재빨리 걸음을 옮겼다. 하지만 긴 치마를 입은 둘이 병사의 걸음보다 빠를 수는 없었다.

순식간에 하현과 은조의 주변으로 다섯 명의 병사가 포위하였다. 황궁 병사의 옷을 입은 이들, 하지만 은조의 말대로 그들은 둘에게 몸을 숙이는 대신 들고 있는 무기로 위협하고 있었다.

"누가 황후인가?"

"……."

"뭐, 상관은 없다. 어차피 둘 다 죽이면 그만이다. 죽여라!"

죽이라는 말에 병사들이 천천히 은조와 하현에게 다가왔다. 코앞에서 느껴지는 죽음의 공포에 하현이 은조의 옷깃을 단단하게 붙잡았다.

하현에게 몸을 붙인 은조가 그녀에게 작게 속삭였다.

"황후마마, 절대 제 뒤에서 떨어지지 마세요."

"아가씨!"

"두 명까지는 어떻게 될 것 같은데 모르겠어요. 만약 제가 잘못 되면…… 마마는 도망가세요."

은조가 말을 끝내기 무섭게 병사가 그녀를 향해 검을 휘둘러왔다. 하현을 잡고 검을 피한 은조가 병사의 틈을 노려 오금을 발로 찼다. 검을 쥔 채 쓰러지려는 병사의 손을 잡은 은조가 가까이에 있는 병사를 향해 밀었다.

"악!"

같은 편의 검에 팔을 베인 병사가 비명을 질렀다. 그 짧은 틈에 은조가 하현을 끌고 병사의 포위에서 빠져나왔다. 하지만 놓칠 수 없다는 듯 나머지 병사들이 필사적으로 둘에게 달려들었다. 목으로 날아오는 검을 간신히 피한 은조가 휘청거리는 병사의 정강이를 힘껏 찼다.

중심을 잃고 흔들리는 병사의 목을 손으로 치려는 순간, 다른 방향의 병사가 은조를 향해 검을 찔러왔다.

피할 수 없는 상황에 은조가 눈을 질끈 감았다. 하지만 검이 은조의 몸을 찌르기 직전, 하현이 병사의 뒤통수를 커다란 돌로 힘껏 내리찍었다.

"컥!"

머리에서 흐르는 피가 새하얀 눈으로 스며들었다. 큰 돌을 들고 있던 하현이 떠는 손으로 돌을 떨어뜨렸다. 다친 사람을 치료하기는 했지만, 단 한 번도 누군가를 다치게 한 적은 없었다.

공포와 두려움에 몸이 떨렸다. 하지만 여기서 주저앉을 순 없었다.

쓰러져 있는 은조의 손을 잡은 하현이 눈물이 맺힌 채 단호히 말했다.

"어, 어서 가요, 아가씨."

하현의 말에 은조가 몸을 일으켰다. 그 순간, 은조의 곁에 쓰러져 있던 병사가 그녀의 발을 붙잡았다.

"아악!"

"아가씨!"

은조가 병사의 힘에 끌려가자 하현이 창백한 얼굴로 그녀의 손을 붙잡았다. 절대 놓칠 수 없다는 듯 하현이 은조를 잡은 손에 힘껏 힘을 주었다. 하지만 여자들의 힘으로 훈련을 받은 병사를 이

길 수는 없었다.

그 틈에 불시의 공격으로 쓰러져 있던 병사들이 하나둘 몸을 일으켰다. 다가오는 병사를 보며 은조가 소리를 질렀다.

"도망가세요!"

"안 돼요! 같이 가요!"

"이러다가 둘 다 죽어요!"

"싫어요!"

바로 앞까지 병사들이 다가오자 하현이 은조를 안았다. 은조의 발을 붙잡았던 병사가 검은 든 채 몸을 일으켰다. 병사가 들고 있는 검이 빛에 반사되어 번쩍거렸다.

더는 도망갈 방법도, 길도 보이지 않았다.

'폐하!'

죽을지도 모른다. 아니, 죽을 것이다.

죽음이 바로 앞에 오는 순간, 하현의 머리에 설이 스쳤다.

이룰 수 없는 소원이라는 것을 알면서도 이 순간 간절히도 설이 보고 싶었다.

그를 한 번만 볼 수 있다면, 단 한 번만 만날 수 있다면……

하늘 위로 올라간 검이 하현을 향해 떨어져 내렸다. 은조를 안은 하현이 눈을 질끈 감았다.

"컥!"

순간, 검이 몸을 가르는 대신 사내의 단말마가 들려왔다. 사내가 뿜은 피가 고개를 숙이고 있던 하현의 뺨에 흘러내렸다.

눈을 질끈 감았던 하현이 고개를 들었다.

"아……!"

날카로운 소리가 공기를 갈랐다. 동시에 그녀와 은조에게 무기를 휘두르던 병사 네 명이 바닥에 쓰러졌다.

고개를 돌려 뒤를 돌아본 하현의 눈에 그제야 맺혀 있던 눈물이 떨어졌다.

병사를 쓰러뜨린 활을 쏜 사내가 구르듯 말에서 내렸다. 걱정하는 이들을 뿌리친 사내가 구르듯 눈을 헤치고 달려왔다.

"하현아! 은조야!"

바로 앞까지 다가온 사내가 정신없이 하현과 은조를 살폈다.

흐르는 눈물에 가려 사내의 모습이 제대로 보이지 않았다. 소매로 눈물을 닦아낸 하현이 사내를 보며 그제야 미소를 지었다.

"폐…… 하……."

하현의 목소리에 안도의 숨을 내쉰 설이 그녀를 품에 안았다.

얼음장처럼 차가운 하현의 몸에 설이 입술을 깨물었다.

"괜찮다. 이제 괜찮아."

안도하는 사내의 품에서 그제야 하현이 긴장을 풀었다.

마음을 안정시키는 매화 향에 얼굴을 묻으며 하현이 울음을 터뜨렸다.

✦

부산히 움직이는 병사들 사이에서 은조는 쓰러져 있는 시신을 말없이 바라보고 있었다.

설의 화살에 목이 꿰뚫린 채 죽어 있는 자객이었다. 갑작스러운 공격에 눈조차 감을 새가 없었는지 뜬 눈이 앞에 있는 은조를 노려보고 있었다.

다른 여인들이라면 비명을 지르며 쓰러졌을 테지만 시신 앞에서도 그녀는 태연했다. 그녀를 모시러 온 시종들이 서둘러야 한다며 은조를 채근했지만, 시신을 살피는 그녀의 눈은 침착했다.

"음?"

시신의 주변에서 밝은 빛이 흘러나왔다. 반사되는 햇빛이 아니었다면 보지 못했을 터. 시종을 물린 은조가 몸을 숙였다.

"이건······."

붉은 실로 만든 매듭에 달려 있는 하얗고 둥근 옥, 그리고 그 안에 정교하게 새겨진 잉어 그림이 한눈에 봐도 고급스러운 장신구였다.

흔히 명룡국 귀족 사내들이 노리개처럼 겉옷에 다는 도아라는 장신구였다.

도아를 물끄러미 보던 은조의 입가에 불쾌한 미소가 감돌았다.

"재미있네."

자객들은 큰일을 맡게 되면 일을 준 의뢰인의 물건을 약점으로 받아간다. 전에 스치듯 세운에게 들었던 내용이었기에 혹여나 그런 물건이 떨어져 있을지도 모른다는 생각에 시신을 이리저리 살펴보았다.

결과는 상상 이상이었다.

도아를 주워 든 은조가 누군가를 찾듯 주변을 둘러보았다. 마침 설이 잠깐 자리를 비웠는지 두꺼운 장옷을 입은 하현의 모습이 보였다.

"황후마마."

은조의 목소리에 다른 곳을 보고 있던 하현이 고개를 돌렸다.

언제 왔는지 옅은 미소를 지으며 은조가 그녀를 바라보고 서 있었다. 뒤에 있던 궁인들에게 물러나라 명한 은조가 하현의 손에 들고 있던 도아를 건네었다.

하현이 처음 보는 장신구에 신기하여 도아를 들여다보려는 순간, 은조의 손이 하현의 손을 감쌌다.

"지금은 보지 마세요."

"아가씨."

"자세한 건 나중에 말씀드릴게요. 누구에게도, 오라버니도 안 돼요. 우선은 모르는 척 가지고 계세요. 아셨죠?"

은조의 말에 하현이 고개를 끄덕였다.

하현의 대답을 들은 은조가 말없이 잡고 있던 손을 놓았다.

한 걸음 뒤로 물러난 은조가 고개를 숙이자 하현의 시선이 등 뒤로 옮겨졌다.

"폐하."

환한 그녀의 미소에 설이 그제야 안도의 숨을 내쉬었다.

五章

마주 보다

설이 하현과 은조를 발견하자 산에 뿔뿔이 흩어져 있던 궁인과 병사들이 이들을 향해 몰려들었다. 추위에 하얗게 질려 있었지만 다행히 하현은 다친 곳은 없어 보였다.

"괜찮은 것이냐?"

이곳저곳 하현을 살피는 설의 눈에 걱정이 묻어나왔다. 설의 손을 자신의 뺨에 댄 하현이 촉촉한 눈으로 미소를 지었다. 눈가에 묻어 있는 눈물을 손가락으로 닦아내며 설이 그녀를 다독였다.

괜찮다는 듯 미소 짓고 있었지만 아직 진정이 되지 않은 듯 몸을 떨고 있었다. 두꺼운 장옷을 하현에게 걸쳐 준 설이 상처를 치료하고 온 은조를 쳐다보았다.

"아버지의 생각인 것이냐, 아니면 어머니이신 것이냐?"

설의 물음에 은조가 의뭉스러운 미소를 지었다.

"아버지의 생각이시고, 힘은 어머니께서 써주셨지요. 불만을 말하기 전에 눈으로 직접 보라고 하셨어요."

은조가 무엇을 말하는지 하현은 알 수 없었지만, 은조의 말을 알아차린 설이 묘한 미소를 지었다. 은조는 하현이 휘왕궁에서 머물 때도 황후의 일을 다시 생각해 보라며 설을 설득하기도 했었다. 그런 그녀에게 세운과 가예는 하현을 받아들이라는 말을 하는 대신 눈으로 직접 보게 하였다. 참으로 둘다운 방법이었다.

"그래서 수확은 있었느냐?"

수확이라는 말에 은조의 입가에 자신만만한 미소가 감돌았다. 은조의 시선이 설의 옆에 있는 하현에게로 향했다.

"황후마마, 제가 드린 건 잘 가지고 계시죠?"

하현이 대답하려는 찰나, 멀지 않은 곳에서 여인의 목소리가 들려왔다.

"황제 폐하! 황후마마!"

하현을 찾았다는 소식을 들었는지 재인과 란이 달려왔다.

"무사하셔서 다행입니다, 황후마마."

"봉변을 당하셨을까 진심으로 걱정했사옵니다. 이리 무사하신 것을 보니 이제야 마음이 놓입니다, 마마."

"그대들도 무사해서 다행이네."

괜찮다는 듯 미소를 지은 하현이 설을 바라보았다. 하지만 좀 전의 미소는 어디로 갔는지 둘을 보는 설의 표정은 차갑게 가라앉아 있었다.

"폐하?"

하현의 부름에 고개를 돌린 설이 물끄러미 그녀를 바라보았다. 차가운 바람에 빨갛게 달아오른 하현의 뺨을 손으로 감싼 설이 괜찮다는 듯 고개를 끄덕였다.

신륵사로 가는 일행을 공격했지만, 알아본 바로는 적들이 노린 것은 하현이었다. 황후를 죽여서 가장 큰 이득을 얻을 사람은 후궁인 재인과 란뿐이다. 차갑게 둘을 내려다보던 설이 눈을 감았다.

죽일 듯 살기가 맺혀 있던 설의 눈이 다시 원래대로 돌아왔다. 그리고 그때, 산을 포위하던 위장군이 보낸 사자가 설의 옆으로 다가왔다.

무릎을 꿇은 사자가 내민 서신을 받아 든 설이 날카로운 눈으로 빠르게 훑어 내렸다.

"생포한 적들에게서 상서령을 가리키는 증좌가 나왔다고 하는군. 어떻게 생각하느냐, 재인?"

설의 차가운 물음에 재인의 몸이 사시나무 떨듯 떨리기 시작했다.

"폐, 폐하, 무슨 말씀을…… 무슨 말씀을 하시는 것입니까?"

"짐이 말하는 것보다도 무슨 일인지는 그대가 더 잘 알고 있을 거라 생각하는데 말이다."

"폐, 폐하! 오해이십니다!"

"기왕 사람을 쓸 거라면 입이 무거운 자를 쓰지 그랬느냐? 증좌가 나오기 시작하니 상서령과 그대가 시켰다고 자복했다고 한다."

몸을 숙이고 있던 재인이 그대로 주저앉았다. 그런 재인을 보며 설은 차갑게 말을 내뱉었다.

"위장군은 재인과 상서령이 생각하는 것보다도 유능하단다. 고작 자객들의 자백 하나로 그대의 짓이라는 말을 꺼낼 이가 아니지."

설의 눈가에 스미는 살기가 재인을 압박하였다. 자신은 아니라며, 억울하다며 말해야 하건만 목소리조차 나오지 않았다.

눈앞의 황제가 황궁의 그와 같은 사람이란 말인가!

하지만 물러설 수 없었다. 여기서 죄를 자복해 버리면 남는 것은 결국 죽음뿐이었다.

"폐하, 억울합니다! 전 그런 짓을 하지 않았사옵니다! 정말로 억울하옵니다!"

"절대로 음해하지 않아서 자객들의 갑옷 안에 그대 가문의 문장이 수놓아져 있었단 말인가?"

설의 호통에 재인의 눈에 눈물이 글썽거렸다. 재인의 눈이 옆에 몸을 숙이고 있는 란에게로 쏠렸다. 란의 생각이 아니었다면 자신은 절대 사람을 시켜 그런 일을 저지르지 않았을 것이다.

무엇보다도 화살을 쏜 것은 자신이 보낸 수하가 맞았지만, 바위를 떨어뜨린 이들은 그녀가 시킨 것이 아니었다.

"폐하, 신첩이, 신첩이 투기에 눈이 멀어 해서는 안 되는 짓을 하였습니다. 하지만…… 하지만 이 모든 일을 계획한 사람은 귀비이옵니다. 귀비가 먼저 그리 하자 하였습……."

"왜 이 사람에게 누명을 씌우려고 하시는 것입니까, 재인?"

몸을 숙이고 있던 란이 목소리를 높였다. 아무것도 모른다는 표정의 란을 보며 재인이 눈을 부릅떴다.

"이번 기회에 황후를 없애자고 한 것이 귀비가 아니오! 폐하, 전 귀비의 충동에 당한 것이옵니다! 귀비가, 귀비의 짓이옵니다, 폐하!"

재인의 발악에 설의 눈이 란을 향했다. 오금이 저릴 정도로 차가운 시선임에도 그 시선을 받고 있는 란은 평온했다. 입꼬리를 올리며 미소를 지은 란이 다시 고개를 숙이며 말을 이었다.

"제가 이번 일에 동참하였다는 증좌가 있다면 죄를 인정하고 달게 벌을 받겠습니다. 하지만 하지도 않은 일에 대해 벌을 받을 수는 없습니다. 재인의 충동적인 모략에 넘어가지 마시옵소서, 폐하!"

"귀비! 네, 네 이년!"

"재인은 입을 다물어라."

"폐하!"

재인의 성격상 궁지에 몰린 그녀가 거짓말을 하고 있을 리가 없었다. 하지만 란의 말대로 귀비를 가리키는 증좌는 없었다. 결국 이번 일로 잡아들일 수 있는 사람은 재인뿐이었다.

"귀비가 이번 일과 연관이 있다는 증좌는 없었다! 네 잘못을 자백하기보다는 귀비를 끌어들일 생각부터 하고 있단 말이냐!"

설의 호통에 재인의 눈에 눈물이 치솟았다. 란이 제안한 일이었으나 그녀를 옭아맬 증좌는 나오지 않았다. 하지만 자신과 상서령은 이번 일의 책임을 면하지 못하게 되었다.

황후를 시해하려 한 죄에 대한 벌은 죽음뿐이었다.

"폐하, 잘못하였습니다! 신첩이 잠시 미쳤습니다! 살려주세요! 한 번만 살려주세요!"

"뭐 하고 있는 것이냐? 황후를 시해하려 한 죄인이다! 끌고 가라!"

"폐하! 잘못하였습니다!"

필사적으로 설의 다리에 재인이 매달렸다. 설의 호통에 달려온 병사들이 악착같이 매달려 있는 재인을 억지로 떼어냈다.

곱던 자태는 어디로 갔는지 헝클어진 머리와 눈물로 얼룩진 얼굴이 흉하였다. 병사들에게 끌려가던 재인이 이번에는 하현을 바라보았다.

"황후마마, 살려주세요! 살려주세요, 마마!"

처절한 재인의 얼굴을 보던 하현이 옆의 설을 바라보았다.

말 없는 하현의 시선에 설이 고개를 저었다.

순간의 충동에 저질렀어도 명룡국의 황후를 죽이려 하였다. 다친 사람이 없는 것은 다행이나 재인이 저지른 짓은 절대로 그냥 넘어갈 수 없는 일이었다.

"황후는 저 소리를 듣지 마라. 뭐 하는 것이냐! 당장 죄인을 끌고 가라!"

"네!"

설의 호통에 사색이 된 병사들이 재인을 끌고 갔다. 살려달라는 소리와 귀비에 대한 저주가 산속에 울려 퍼졌다. 재인의 고함이 사라지자 설이 무거운 한숨을 내쉬었다.

"귀비는 자리에서 일어나라."

"예, 폐하."

설의 말에 란이 자리에서 일어났다. 란을 바라보는 설의 눈에 복잡한 감정이 깃들었다.

그때 하현의 옆에서 상황을 보고 있던 온조가 설과 하현의 앞에 몸을 숙였다.

"폐하, 이만 귀비마마와 물러갈까 합니다. 허락해 주시겠습니까?"

팔을 다쳤어도 설을 바라보는 은조의 눈은 차분했다. 은조를 보던 설의 눈이 란을 바라보았다. 그의 시선에 은조 또한 란을 향해 눈을 돌렸다.

평소에는 볼 수 없던 시선으로 은조가 란을 보고 있었다.

"그럼 은조는 귀비와 먼저 내려가 있어라. 짐은 황후와 따로 할 이야기가 있다."

허락이 떨어지자 은조와 란이 자리에서 일어났다. 은조의 눈이 잠시 동안 설의 옆에 있는 하현에게 향했다. 하지만 곧 란을 향해 옅은 미소를 지은 은조가 설과 하현을 향해 몸을 숙였다.

"이만 가보겠습니다, 폐하."

몸을 숙인 은조가 란을 데리고 사라지자 설이 하현에게 손을 내밀었다.

내미는 설의 손을 잡으며 하현이 미소 지었다. 설의 손에서 느껴지는 체온이 하현을 안정시켰다.

"전 정말로 괜찮아요, 폐하."

험한 일을 겪었으면서도 평소와 다름없는 모습에 설은 안도의 한숨을 내쉬었다. 잡고 있는 손을 끌어 하현을 품에 안은 설이 여린 어깨에 얼굴을 묻었다.

"다시는 너 혼자 보내는 일 따위 하지 않을 것이다."

"폐하…… 괜찮아요. 아무 일도 없었는걸요."

"무슨 일이 생겼다면……."

어깨에 얼굴을 묻고 있던 설이 고개를 들었다. 자신을 바라보는 설의 눈빛이 낯설었다.

처음 보는 설의 시선에 무서웠으나 동시에 떨렸다. 그가 자신에게 보여주는 감정이 무엇인지 알지 못했다.

"네가 잘못되었다면 너와 함께한 그 누구도 살아남지 못했을 것이다."

무서운 눈임에도 겁나지 않았다. 도리어 설의 시선이 어느 때보다도 강하게 하현을 끌었다. 그가 곁에 있자 온몸을 옥죄던 두려움이 사라졌다.

목숨을 위협당하던 순간, 갈피를 못 잡던 마음이 방향을 잡았다.

"폐하께 정인이 생기시라는 기원을 하려 했는데 못 했어요."

"너……."

"그 대신 폐하께서 기다리신 대답을 드릴게요."

설의 뺨을 손으로 감싼 하현이 발꿈치를 들었다. 차가운 입술에 말캉한 입술이 짧게 닿았다가 떨어졌다.

놀란 설이 하현을 바라보자 홍조를 띤 그녀가 몸을 돌렸다.

"이만 내려가 볼게요."

충동적으로 저지르고 나니 얼굴이 화끈거렸다. 불시에 입술을 빼앗긴 설은 미소를 짓고 있었지만, 일을 저지른 하현은 그의 시선을 외면하었다.

도망가려는 하현의 허리를 팔로 감싼 설이 그녀를 번쩍 들어 올렸다.

갑작스럽게 바뀐 높이에 하현이 설의 어깨를 잡은 채 비명을 질렀다.

"폐하! 궁인들이 봅니다! 놔주세요!"

"싫다! 좀 더 이대로 있을 것이다!"

하현의 허리에 얼굴을 묻은 설이 체향을 깊이 들이마셨다. 하현의 향이 몸 안에 남은 불안을 사그라지게 하였다. 공중에 뜬 하현의 작은 발이 버둥거렸지만, 어차피 지금 그녀는 설의 품 안에 있었다.

놓치지 않을 것이다.

하늘 아래 함께할 여인.

그런 여인을 선택해야 한다면 설이 선택할 사람은 그녀뿐이었다.

부끄럽다며 풀어달라는 하현을 품에 안은 설이 안도의 웃음을 터뜨렸다.

"언니가 나에게 해준 말과는 다른 것 같아요."

란과 함께 내려가던 은조가 먼저 운을 뗐다. 그녀의 말에 란이 고개를 갸웃했다.

"무슨 말을 하는 거니?"

"황후마마요. 언니에게 들은 것과는 좀 다르더라고요. 뭐, 기분 탓일지도 모르지만요."

은조의 말에 란의 눈썹이 꿈틀댔다.

왜 저런 말을 꺼내는 것인가? 갑자기 느껴지는 불안감에 란이 입술을 깨물었다.

마음 같아서는 무슨 말을 하는 것이냐며 추궁하고 싶었지만, 상대는 설의 동생인 은조이다.

폭풍처럼 휘감는 감정을 애써 억누르며 란이 부드러운 어조로 말했다.

"보는 것과 느껴지는 것은 다르지."

"맞아요. 그리고 언니도 지금까지 내가 알던 사람과는 좀 다른 것 같아요."

은조의 말에 란의 걸음이 멈추었다.

은조의 말속에서 뼈가 느껴지는 것은 그녀만의 생각인 것인가? 그건 아니다.

란을 쳐다보는 은조의 눈에서 지금까지 보지 못한 적의가 느껴졌다. 설마 이곳에서 은조가 무엇을 본 것이 아닐까? 그럴 리가 없다. 설이 하현과 은조를 공격하던 자객이 죽었다는 보고를 듣자마자 사람을 시켜 사주한 이들을 모두 처리하라고 명령했다.

설령 의심이 생겨 알아보았더라도 설이 찾을 수 있는 것은 재인의 사람들로 꾸며놓은 시체뿐이다.

"난 예전이나 지금이나 똑같은걸. 뭐가 달라졌다고 그러니?"

외면하는 란의 모습에 은조가 미소를 지었다. 손바닥 위에서 사람을 가지고 놀 듯이 순한 얼굴 너머로 하는 짓이 추악했다.

멀지 않은 과거에 세운의 손을 잡고 홍희겸의 집을 방문하였었다. 홍희겸은 부지런히 사람들을 살피는 은조를 보며 호기심이 많다며 가볍게 넘겼지만, 실상은 은조의 뛰어난 기억력을 아는 세운이 시킨 일이었다.

병사의 얼굴을 외우는 것이 무슨 도움이 될까 싶었건만, 막상 닥치니 아주 유용하였다.

자객들 사이에 끼어 있는 병사들의 모습이 그때 보았던 이들과 같은 이들이었다.

'날 속여놓고는 참으로 태연하네요, 언니.'

당장에라도 덧씌워진 가면을 벗기고 싶은 것을 은조는 참았다.

평소였다면 직접 설의 앞에서 란의 행적을 밝힐 생각이었다. 도움을 준 하현에게 은혜를 갚을 겸, 그녀가 도아를 발견한 것처럼 설에게 말을 꺼낼 계획이었다.

하지만 하현의 앞에서 몸을 숙인 란의 표정을 보는 순간 은조는 생각을 접었다.

너무 쉽게 죄가 밝혀지는 것은 재미없다. 더군다나 하현을 바라보는 란의 눈에서 느껴지는 것이 투기라면 그길 이용하는 것이 최선이었다.

현재 란이 가장 눈엣가시로 여기는 사람.

그리고 란의 앞길을 가장 단단히 막고 있는 사람.

힘없는 황후라 불리는 하현이 직접 란의 죄를 밝힌다면 그녀의 존재는 단번에 황궁에서 두각을 나타내게 될 것이다.

"아니에요, 언니. 다친 팔도 아프고 힘들어서 그런지 자꾸 예민해지네요. 신경 쓰지 마요."

구렁이 담 넘어가듯 넘기는 은조의 모습에 란이 미간을 모았다. 하지만 곧 란은 미소를 지으며 넘겼다. 어차피 은조는 란의 말이라면 전부 믿는 어린아이다. 왠지 모르게 날이 서 있었지만 추운 날씨에 고립이 돼서 그런 것이라 넘어갔다.

"어서 가서 쉬어야겠다. 팔의 치료도 다시 받아야지."

란의 경계가 사라지자 그녀의 뒤에서 은조가 조용히 입꼬리를 올렸다.

"언니, 미안하지만 먼저 가셔야겠어요. 폐하께 말씀드릴 것이 있었는데 잊고 있었네요."

"전할 말?"

란이 다시 경계를 하자 은조가 별일 아니라는 듯 미소를 지었다.

"신륵사로 가는 일행에 몰래 들어간 거잖아요. 영화국 계집이야 그렇다 쳐도 폐하께는 죄송하다는 말씀을 드렸어야 했는데 경황이 없었어요. 갔다 올게요."

자기 할 말만 끝낸 은조가 다시 몸을 돌렸다.

하현을 '영화국 계집'이라 부르는 은조를 걱정할 필요는 없어

보였다.

더는 이 추운 곳에 란 또한 있고 싶지 않았다. 란은 마차로 걸음을 옮겼다.

⊠

주변 정리를 끝낸 설이 하현과 함께 황궁으로 돌아갈 준비를 할 때다.

조금 전 란과 같이 산 아래로 내려갔던 은조가 설과 하현의 앞에 갑작스럽게 나타났다. 놀란 하현이 무슨 일이냐며 물으려는 찰나, 뜬금없이 은조가 하현에게 말했다.

"황후마마, 오라버니의 첫 황은은 마마께서 받으세요."

"아가씨, 무슨 말을…… 궁인들이 듣습니다."

붉게 달아오른 하현이 주변을 둘러보며 목소리를 낮췄다. 하현의 만류에도 은조는 태연했다.

"황은을 받으신 후 제가 드린 것을 오라버니에게 보여드리세요."

"아가씨."

"시간 없어요. 아셨죠?"

은조의 재촉에 하현이 고개를 끄덕였다. 설과 똑같은 미소를 지은 은조가 이번에는 설에게 다가갔다.

"전 오라버니처럼 통찰력이 있거나 효 오라버니처럼 인내하지는 못해요. 하지만 오라버니에게는 없는 것이 저에게는 있죠. 그게 뭔지는 아시죠?"

은조의 말을 알아들은 설이 굳은 표정으로 고개를 끄덕였다.

"신륵사를 가던 길에 공격한 이들은 재인의 사람들이 맞을 거예요. 전 그들을 단 한 번도 본 적이 없거든요. 하지만 황후마마와 저를 공격한 이들은 한 번 본 적이 있어요."

한 번 본 사람의 얼굴을 은조는 절대 잊어버리지 않았다. 특이하다는 말로밖에 표현할 수 없지만 그 능력 덕분에 설은 물론 휘왕 또한 종종 도움을 받았다.

어서 말을 해보라는 설의 재촉에 은조가 하현을 바라보았다.

"폐하의 마음이 닿아 있는 분이 황후마마시라면 주저하지 마세요. 그럼 지금의 답을 황후마마께서 주실 거예요."

은조의 말이 무슨 의미인지 안 하현의 얼굴이 붉어졌다.

하현과 더 대화를 하고 싶었지만 우선 란을 속여야 했다. 란이 방심한 사이 설이 하현에게 황은을 내리면 끝. 란의 일그러진 표정을 생각하니 벌써부터 즐거웠다.

속 시원하게 하현에게 무엇을 주었는지 말하라는 설에게 미소를 지은 은조가 고개를 숙였다.

"그럼 귀비마마께서 기다리시니 전 이만 돌아가겠습니다."

말을 끝낸 은조가 종종걸음으로 둘 사이에서 멀어져 갔다.

"네가 이렇게 관여하지 않아도 내가 알아서 잘 한단 말이다."

"폐하!"

부끄러운 하현이 설의 입을 막았다. 하현의 만류에 투덜거리던 것을 멈춘 설이 하현에게 손을 내밀었다.

"무엇을 받았는지는 모르겠지만, 일단은 황궁으로 돌아가자."

설의 손을 잡은 하현이 고개를 끄덕였다.

하현이 미소를 짓자 설의 입가에도 미소가 감돌았다. 함께 걸어가던 걸음을 멈춘 설이 하현의 입술을 향해 얼굴을 숙였다.

벌써 세 번째. 하지만 입술과 입술이 닿을 때마다 느끼는 감정은 나날이 깊어졌다.

궁인들이 보고 있다는 것을 알고 있지만, 지금은 이대로 있고 싶었다. 설의 허리에 팔을 감으며 하현이 그를 받아들였다.

※

넓은 대전의 가장 상석에 황제와 황후가 자리하자 대기하던 병사들이 엉망이 된 상서령과 재인을 끌고 왔다.

독한 고신으로 엉망이 된 얼굴과 온몸의 상처로 인해 평소의 재인이라고는 생각하지 못할 정도로 처참하였다.

"죄인의 고개를 들게 하라."

옆에서 들려오는 서늘한 목소리에 하현의 눈이 설을 향했다.

엉망진창인 재인이 평소의 모습을 찾을 수 없는 것처럼 지금의 설도 평소의 그와는 완전히 달랐다.

힘이 들어간 미간에 굳게 다문 입, 단단히 쥔 주먹에 돋은 핏줄.

모습 하나하나에 범접할 수 없는 기운이 느껴졌다.

설의 명령에 병사들이 상서령과 재인의 미리카락을 잡고 억지로 고개를 들었다.

"죄인들이 죄를 자복하였는가?"

"폐하, 억울하······ 옵니다. 저는······ 귀비가 시켜······."

"아직도 죄를 자복한 것이 아닌가?"

설의 추궁에 병사들이 억울하다는 재인의 얼굴을 바닥에 찍었다. 대전 바닥이 이마에서 흐르는 피로 홍건해졌다.

재인의 얼굴이 바닥에 처박히자 그 모습을 보던 상서령이 두 발로 기어 설의 앞에 몸을 숙였다.

"죽을죄를 지었습니다, 폐하. 살려만 주시옵소서. 평생 황후마마께 몸을 숙이고 살겠나이다. 폐하, 살려주시옵소서!"

설에게 기어가려는 상서령을 병사들이 뒤로 끌고 왔다. 상서령이 흘린 피가 대전 바닥에 붉게 길을 만들었다.

살기 위해 몸부림치는 이들의 절규가 대전을 가득 채웠다. 자신을 죽이려 한 사람들이라는 것을 알면서도 재인과 상서령의 발악에 하현은 측은함을 느꼈다.

황궁이 무서운 곳이라는 것은 알고 있었지만, 지금처럼 피부에 와 닿을 정도로 냉혹하고 잔인하게 느껴진 것은 처음이다.

긴 소매 속에 가려진 주먹에 힘을 주며 하현은 떨리는 몸을 억지로 참았다. 자신이 무엇이라고 죽이려 한 것일까? 그리고 어쨌든 하현은 살아남았다. 그렇다면 살려줄 수도 있는 것이 아닐까?

"폐······."

자비를 내려달라며 말을 꺼내려는 순간, 설의 시선에 나오던 말문이 막혀 버렸다.

이미 그녀가 무슨 이야기를 꺼내려는지 알고 있다는 듯 설이 고개를 저었다.

'그런 부탁을 해서는 안 된다.'

말을 꺼내지는 않았지만 너머로 보이는 눈빛에서 단호한 거절이 느껴졌다.

자르듯 보여주는 시선에 밀을 끼내려던 하현이 고개를 숙였다.

누군가의 목숨을 거두는 일이 설에게도 내키는 일은 아닐 것이다. 하지만 황제라는 자리가, 만인의 주인이라는 자리에 앉아 있는 한 어쩔 수 없이 해야 하는 선택일지도 모른다.

자신만의 일방적인 감정에 설을 더 힘들게 할 수는 없었다. 그리고 그가 하고 있는 모든 일은 전부 하현을 위한 것이기도 했다.

그녀는 명룡국의 황후다.

하현이 신경 쓸 사람은 자신을 죽이려 한 재인이나 상서령이 아니었다. 바로 자신의 옆을 지켜주는 설이었다.

마음을 다잡은 하현이 설의 손을 붙잡았다. 하현의 손을 감싸며 설이 재인과 상서령을 바라보았다.

"상서령과 재인은 그대들의 의무와 책임을 저버리고 죄 없는 황후를 시해하려 하였다. 황후에게 해를 끼치고자 한 짓은 곧 나를 향한 반역이나 마찬가지. 용서할 수 없는 죄를 저질러 놓고 어찌 살기를 바란단 말인가?"

"폐하, 살려주시옵소서!"

묶여 있는 채로 몸부림을 치며 상서령이 바닥에 머리를 박았다.

"한 번만 자비를! 자비를 내려주시옵소서! 소신의, 제 여식의 죄는 죽어 마땅하나 한 번만 자비를 내려주시옵소서, 폐하! 황후마마!"

"그 입 다물라!"

구차하게 목숨을 구걸하는 상서령을 보며 설은 이맛살을 찌푸렸다.

어차피 저 둘이 자복을 했든 안 했든 상관없었다. 이미 하현의 목숨을 노린 증좌는 차고도 넘쳤다. 다만 대전으로 저들을 불러들인 이유는 한 가지였다.

설이 하현을 어떻게 여기는지, 어설프게 황후에게 적의를 드러내면 이렇게 된다는 것을 대신들에게 보여줄 생각이었다.

황제에게 황후는 자신과 같다는 것을.

"상서령과 재인을 참형한다."

"폐하!"

놀란 상서령이 비명을 질렀으나 설은 눈 하나 깜박하지 않았다.

듣는 사람조차 소름이 돋을 정도로 차가운 목소리로 말을 이었다.

"죄인의 머리는 도성 앞에 일주일 동안 효시하여 명룡국의 모든 이들에게 경계토록 하라."

설의 판결에 발악하던 재인이 거품을 물며 기절하였다. 살려달라는 상서령의 목소리가 애처로웠지만 누구도 그를 동정하는 사람은 없었다.

서둘러 처형하라는 설의 명령에 재인과 상서령이 병사들에게 끌려 나갔다.

차갑게 가라앉은 대전에서 하현의 손을 붙잡은 채 설이 나지막이 말했다.

"황후에게 적의를 품는 것은 짐에게 적의를 품는 것과 똑같은 일이다. 그대들은 그 사실을 절대 잊지 않아야 할 것이다."

서늘한 목소리가 칼을 품은 것같이 날카로웠다. 행여나 설과 눈이라도 마주칠까 대신들이 더욱 깊게 고개를 숙였다.

설의 옆에 있던 하현이 멀지 않은 곳에서 느껴지는 시선에 눈을 돌렸다.

하현을 보던 란의 시선이 손을 잡고 있는 설의 손으로 향했다. 모두가 하현과 설의 눈을 피하는 와중에 그녀만큼은 설과 하현의 손을 물끄러미 바라보고 있었다.

상석의 바로 아래, 란의 눈이 다시 하현에게로 향했다.

여유롭고 자비로운 눈은 어디에도 보이지 않았다.

하현을 향한 순수한 적의.

지금까지 가려져 있던 란의 모습이 대전에서 실체를 드러냈다.

그리고 그 순간, 거짓말처럼 황궁의 잔혹함에 몸을 떨고 있던 하현의 눈빛이 바뀌었다.

허리를 편 하현이 잡고 있는 설의 손에 힘을 주었고, 노려보는 란의 눈에 하현 또한 똑같은 눈으로 그녀를 보았다.

치열한 시선이 소리 없이 오가고, 하현의 눈빛에 결국 란이 고개를 숙였다.

상서령과 재인이 참형을 당하고, 둘의 목이 도성 앞에 걸렸다.

"부르셨습니까, 폐하?"

재인에 대한 처리가 끝나고 모든 대신이 나간 대전, 설의 명령으로 위장군 이현이 은밀히 대전에 들어왔다. 등을 보이며 서 있는 설에게 위장군이 한쪽 무릎을 꿇었다.

위장군의 기운이 뒤에서 느껴져도 권좌를 보는 설은 몸을 돌리지 않았다.

"짐은 그대가 오면 잔소리 한 바가지는 들을 줄 알고 있었는데 생각보다 조용하군."

"소신이 어찌 폐하께 그럴 수 있단 말입니까? 전 폐하의 명을 따를 뿐입니다."

"왜? 그대는 아버지의 귀이고 눈이지 않은가? 그리고 짐을 아주 못마땅하게 여기고 있고 말이지."

도발하는 설의 행동에 위장군은 입을 굳게 다물었다.

나라의 장군이 황제가 아닌 다른 사람에게 충성을 바치는 것이 잘못된 일이라는 것은 알고 있다. 하지만 변방의 일개 병사로 죽을 뻔한 자신을 위장군의 자리에까지 올려준 것은 휘왕이었다.

휘왕이 죽으라고 명령한다면 그는 얼마든지 죽을 수 있었다. 하지만 설의 명령에는 몸을 숙일 뿐 따를 생각이 없었다.

"……사공까지 잡을 수 있었습니다. 충분히 증좌가 있었는데 어찌 묻으신 것입니까?"

"무슨 증좌를 말하는 것인가?"

"이미 놓친 잔당들을 휘왕 전하께서 데리고 계신 것을 확인하였습니다. 그리고 사공을 옥죌 증거를 폐하께서 가시고 계신 것으로 알고 있습니다."

"아버지께서 그대에게 이야기했나?"

"휘왕 전하께서는 본인의 생각을 말씀하시는 분이 아니시지요. 다만 자객늘이 낭언히 가지고 있어야 할 것을 찾지 못했습니다. 그렇다면 단 한 가지, 폐하께서 그 물건을 가지고 계시다는 것이겠지요."

"무슨 물건을 말하는 것인가?"

"자객들은 고용한 자의 물건을 가지고 있지 않는 한 절대 움직이지 않는다는 것을 아시지 않습니까?"

위장군의 말에 설의 입가에 희미한 미소가 감돌았다.

고지식하지만 상황을 판단하고 움직이는 모습은 눈에 제법 들어왔다.

이제 그들의 손에 놀아줄 만큼 충분히 놀았다.

생각보다 늦었지만 이제는 슬슬 판을 짜야 할 때. 설의 입가에 즐거운 듯한 미소가 생겨났다.

"사공 하나 잡아서 무슨 재미가 있나? 사냥으로 한몫을 잡기 위해서는 몰이가 필요한 법이지."

나지막한 설의 말에 바닥을 보고 있던 위장군이 고개를 들었다.

귀족의 손바닥 위에서 허우적대던 설의 모습은 어디에도 없었다. 무슨 생각을 하는지 읽히지 않았다.

빙긋 미소를 짓는 모습이 휘왕의 그것과 무척이나 닮아 있었다.

"짐을 못마땅해하는 그대를 어디에 앉혀야 재미를 볼 수 있을까?”

“폐하.”

“짐의 능력이 부족하니 어쩌겠는가? 아버지의 사람이라도 끌어와야지.”

“…….”

“뭐, 그렇게 부려 먹다가 그대가 짐의 사람이 되면 더 좋고 말이지.”

유약한 황제라 귀족들의 손에 휘둘리다가 끝날 것이라 생각했다. 그렇기에 황제보다는 명룡국에 절대적으로 필요한 휘왕에게 몸을 숙였다. 하지만 이 순간 가볍게 어기던 황제가 처음으로 위장군을 압도하였다.

“그대가 마음껏 움직일 수 있는 자리를 줄 터이니 짐에게 불만이 있는 만큼 움직여라. 짐에게 간언을 할 정도의 힘을 키워보는 것도 재미나겠지.”

“폐하, 갑자기 저에게 어찌…….”

“아버지는 걱정하지 마라. 이런 재미난 일은 부자가 나누어야 더 재미있어지는 것이지.”

말을 끝낸 설이 벽을 향해 고개를 돌렸다. 그러자 기척을 숨긴 채 조용히 기다리던 내시감이 한 걸음 앞으로 나왔다.

내시감을 보던 설이 위장군에게는 시선조차 주지 않은 채 걸음을 옮겼다.

“며칠 안으로 사공이 재미난 짓을 벌일 것이다. 그 짓에 짐은 짐의 방식으로 즐겁게 답을 줄 생각이지.”

"……."

"그대가 어떻게 움직이든 상관하지 않겠다. 필요한 것은 충분히 줄 테니 마음껏 움직여라. 기대하겠다."

설이 나간 후 위장군이 몸을 일으켰다. 하지만 그것도 잠시, 힘이 빠졌는지 자리에 주저앉았다.

굳게 쥐고 있던 주먹을 펴자 땀이 흥건히 고여 있었다.

설이 한 일은 아무것도 없다. 그저 움직여 보라 말했을 뿐이다.

하지만 마치 휘왕을 보는 것처럼, 자신을 손바닥에 놓고 황제가 가지고 논 것 같은 기분이 들었다.

위장군이 지금까지 보아온 황제는 무능력하고 유약했다.

그게 설의 진짜 모습일 것이라 믿어 의심치 않았다.

하지만 그게 아니라면, 오랜 시간 동안 일부러 귀족들에게 자신을 내보이고 휘둘린 것이라면…….

주저앉아 있던 위장군의 눈에 빛이 돌아왔다.

며칠 후, 상서령의 자리에 사공의 측근이 임명되었다.

그리고 위장군 이현이 이례적으로 대장군 다음의 위치인 표기장군에 임명되었다.

공석이 된 상서령의 자리에 사공이 추천한 자가 올랐다. 하지만 채 한 달을 버티지 못하고 비리가 발각되어 지리에서 물러났다. 동시에 상서령과 연관되어 있던 이들 또한 옷을 벗거나 귀향을 떠나게 되었다.

벌을 받은 대신들의 삼분지 이가 사공의 연줄로 권력을 잡은 자들이었다. 예상외의 상황에 손쓸 틈도 없이 진노한 황제가 그들을 처리하였다. 그리고 그들이 만든 빈자리는 표기장군의 사람이나 전혀 듣지도 보지도 못하던 새로운 인사들로 채워지기 시작했다.

"귀비의 궁으로 가는 날이라고?"

서늘한 설의 물음에 말을 끝낸 내관이 깊게 고개를 숙였다. 내관을 보던 설의 입꼬리가 조용히 올라갔다.

공석인 상서령의 자리에 사공이 밀어붙인 이를 앉혔다. 화사한 웃음 속에 보이는 탐욕이 구역질이 날 정도로 강한 이였기에 흔드는 것은 어렵지 않았다. 거미줄처럼 사공의 사람들을 끌어들이며 비리를 저지르는 이에게 마음껏 움직이라며 은근히 힘을 실어주었다. 그리고 그의 만행이 정점을 찍었을 때, 주저 없이 표기장군 이현을 시켜 제거하였다.

'생각보다 빨리 움직이는군.'

삼분지 일이 자신의 욕심으로 사라져 버렸으니 지금쯤 입안이 쓸 터이다. 또한 불안한 사공에게는 분위기를 전환할 계기가 필요할 것이다.

황제가 황후보다도 귀비에게 먼저 황은을 내리는 것.

그만큼 효과적인 계기는 없었다.

"짐은 오늘 귀비의 궁이 아니라 황후에게 가는 것으로 알고 있었다만, 짐이 잘못 알고 있었던 것인가, 내시감?"

설의 물음에 내시감이 고개를 숙였다.

"소인 또한 오늘 폐하께서 승경궁으로 가시는 것으로 알고 있사옵니다. 소인의 불찰이옵니다."

설에게 고개를 숙인 내시감의 차가운 눈이 내관을 노려보았다.

"도대체 어찌 일을 이렇게 만든 것이냐! 분명 오늘은 승경궁으로 가시는 것이 맞거늘 어디서 수작을 부리고 있는 것이냐?"

"내시감, 그게 아니라 소인은 그저 윗분들이 주시는 대로……."

"네 이놈!"

한마디도 지지 않고 억울하다고 말하는 내관에게 내시감이 목소리를 높였다. 그때, 둘을 보던 설이 손을 들어 내시감을 말렸다.

"내관이 무슨 죄가 있겠느냐? 그저 내려오는 대로 받아왔겠지. 사공이 급하긴 급했구나. 황후와 귀비의 날을 바꾸어서라도 귀비에게 황은을 입게 할 생각이었다니 말이다."

"폐하."

"태사령에서 정한 후궁과의 길일. 아무리 짐이어도 하늘의 뜻이라는 것을 거스르기가 쉽지 않지. 어디서부터 바꾸었는지는 모르겠지만 사공이 제법 머리를 썼구나."

"폐하, 지금이라도 소인이 직접 제대로 된……."

"그럴 필요 없다. 사공이 불안한 마음에 멋대로 저지른 일에 정색하고 달려들 필요는 없지."

나지막이 터져 나오는 즐거운 듯한 웃음소리에 내시감과 내관이 고개를 깊게 숙였다. 입은 웃고 있었지만 설의 눈만큼은 다가가기 어렵게 느껴질 정도로 차가웠다.

사공은 노골적으로 설에게 싸움을 걸어왔다.

설이 귀비의 궁이 아닌 승경궁으로 향하게 된다면 기다렸다는 듯 사공은 황제가 하늘의 뜻을 저버렸다며 여론을 모을 것이다.

사공이 무모해질수록 설에게는 기회가 온다.

"승경궁으로 가겠다. 차비를 하여라."

"폐, 폐하, 하지만 오늘은……."

놀란 내관이 설을 만류하였지만 그는 태연했다.

영화국에서의 첫 만남. 거래로 시작된 관계였지만 이제는 자신의 세상에 그녀를 가두고 싶었다.

반달처럼 무난하면서도 은은한 여인. 이제는 참지 않을 것이다.

"하늘의 뜻에 황제가 따르는 것이 아니다. 하늘이 선택한 자가 황제라면 짐의 뜻이 곧 하늘의 뜻이겠지."

설은 사공에게 그 어떤 여지도 주지 않을 것이다.

명룡국의 주인은 사공도, 아버지인 휘왕도 아니었다.

선제가 승하하면서 설에게 넘긴 것. 명룡국의 작은 풀포기 하나, 작은 모래 한 줌조차 모두 자신의 것이었다.

승경궁으로 가는 설의 걸음이 가벼웠다.

六章

꽃물이 들다

"폐하?"

귀비의 궁으로 간다고 했던 설이 승경궁 안으로 들어오자 하현의 눈이 동그랗게 떠졌다.

분명 오늘은 란의 궁으로 가는 날이라 들었다. 그녀에게 설을 보내고 싶지는 않았지만 어쩔 수 없는 일이기에 마음이 무거워도 표현할 수 없었다.

설이 자신 외의 여인에게 시선을 주지 않았으면 좋겠다. 황제인 그를 홀로 독점하고 싶다는 마음을 먹으면 안 된다는 것을 알면서도, 절대 다른 여인에게 투기를 가지면 안 된다는 것을 배웠어도 마음만큼은 그게 생각처럼 되지 않았다.

침수 드시라는 조 상궁의 재촉에 자리옷으로 갈아입었다. 하지만 끊임없이 내리는 눈 때문인지, 아니면 점점 심란해지는 마음 때문인지 쉽사리 잠이 오지 않았다.

그러던 와중, 올 리 없는 설이 그녀의 앞에 나타나자 놀란 하현이 자리에서 일어났다.

"오늘은 귀비의 궁으로 가신다고 들었는데요? 어떻게 오신 거예요?"

"너와 있으려고."

"네?"

설의 말 한마디에 일일이 반응하는 하현의 모습에 설의 입꼬리가 올라갔다. 당황하는 팔을 잡아 가볍게 당기니 어린 여제가 설의 품에 담뿍 안겼다.

얇은 자리옷 너머로 나는 체향이 어느 때보다도 달콤했다. 이제 막 씻고 나왔는지 머리카락에 남아 있는 물기가 서늘했다. 하현의 긴 머리카락을 쓸어내리며 설이 고개를 숙였다.

"폐, 폐하!"

차가운 목에 얼굴을 묻고 숨을 들이마시니 몸에 열이 들끓었다.

처음인 그녀를 위해 억누르고 있었지만 역시나 참기 힘들었다. 황제의 황은이라거나 명룡국의 상황 따위, 지금만큼은 아무 생각도 나지 않았다.

"그때 미루었던 일 지금 하자."

"네? 무엇을 미루었……."

말을 하던 하현의 얼굴이 이내 터질 듯 붉어졌다.

달음박질을 치듯 심장이 제멋대로 쿵쾅대기 시작했다. 조용한 방 안, 크게 요동치는 심장 소리가 방을 가득 채울 것 같았다.

국혼의 첫날밤은 황후로서 해야 할 의무라고 생각했기에 뭣도 모르고 달려들었다.

하지만 지금은 그때와 달랐다.

무섭고 부끄럽고 떨렸지만 함께 있고 싶다는 설의 말을 거부하고 싶지 않았다.

마음으로 담은 정인, 그가 원하는 일이라면 그녀는 어떠한 일도 기쁘게 받아들일 수 있었다.

"폐하."

하현의 조심스러운 손이 설의 뺨을 감쌌다. 그에게서 느껴지는 열기가 그녀가 생각한 것보다도 뜨거웠다. 설의 곁에서 그녀는 많은 것을 받았다. 그에 비해 그녀는 그에게 해준 것은 아무것도 없었다.

그가 자신을 원한다.

"가지 마세요. 귀비에게…… 가지 마세요."

하현의 대답에 설이 짙은 미소를 지었다. 설은 하현을 가볍게 안아 들었다.

"앗!"

몸이 들리자 하현이 설의 목에 팔을 감았다. 더 없이 맑은 눈이 자신만을 바라보자 설이 만족스러운 웃음을 터뜨렸다.

허락을 받았으니 주저하지 않을 것이다.

"이제 놔주지 않을 것이다."

즐거워하는 설의 목소리를 듣자 하현의 얼굴이 화끈거렸다.

너무 헤프게 보인 것은 아닐까? 조금은 부끄럽다며 몸을 빼는 게 낫지 않았을까?

하지만 그를 원하면서도 피하고 싶지 않았다.

그의 말을 받아들이듯 설의 어깨에 얼굴을 묻으니 언제나 그녀를 흔들던 매화 향이 진하게 났다.

"폐하의 몸에서는 언제나 매화 향이 나요."

"그래? 너한테도 향이 나."

"무슨 향이요?"

수줍어하면서도 피하거나 밀어내지 않았다. 어설픈 내숭 따위 부리지 않는 그녀가 좋았다.

지금의 상황에 두려워하면서도 설을 잡고 있는 손을 놓지 않았다. 안겨 있는 몸이 떨리고 있었지만 그를 보는 눈만큼은 흔들리지 않았다.

"폐하, 무슨 향이 나는데요?"

미소를 짓기만 할 뿐 대답이 없자 그녀가 다시 물었다.

침상에 도착한 설이 안고 있는 하현을 내려놓았다. 단단히 여미어져 있던 자리옷의 앞섶이 안겨 있는 사이 살짝 풀려 있었다. 자리옷 사이로 보이는 살이 눈처럼 새하얗다.

"글쎄? 무슨 향이었더라?"

"네? 무슨…… 아앗! 폐하!"

자리옷 너머로 보이는 아담한 쇄골에 설이 입술을 묻었다. 소담하게 파인 쇄골에 얼굴을 묻고 입술로 훑으니 가느다란 신음 소리가 하현의 입에서 흘러나왔다.

처음으로 닿는 사내의 감촉에 반사적으로 하현이 설을 밀어내려 하였다. 하지만 그러한 반항은 허리와 팔을 잡아버리는 설의 행동에 의미 없는 저항이 되어버렸다.

쇄골에 묻고 있던 입술이 감싸고 있던 자리옷을 밀어내고 수려한 어깨에 입을 맞추었다.

어깨의 떨림이 입술로 전해졌다. 낯선 감각에 몸을 떨던 그녀가 설의 품에 안겨왔다.

벌어진 자리옷 사이로 소담한 가슴이 가쁘게 오르내리는 것이 눈에 들어온다.

"널 많이 아프게 할 거야."

"……폐하."

"지금이라도 무섭다면 멈추겠다. 하지만 그게 아니라면…… 너 또한 준비가 된 거라면 나에게 너를 다오."

나지막이 속삭이는 목소리가 하현을 부드럽게 다독였다. 설을 바라보던 눈에 깃들여져 있던 공포가 설의 목소리와 함께 사라졌다.

알 수 없는 감정이 마음 깊은 곳에서 벅차올랐다.

"이곳에 올 때부터 저는 폐하의 여인이었어요."

"하현아."

"그러니 지금만큼은 저에게만 폐하를 주세요. 황제이시기에 저 혼자만의 사내는 되실 수 없겠지만, 오늘만큼은 누구와도 나누지 않고 혼자만 가질게요. 그러니……."

몸을 일으킨 하현이 환한 미소를 지으며 설에게 입술을 맞추었다.

그 순간 아슬아슬하게 유지하고 있던 이성이 흔적도 없이 사라졌다.

상체를 일으킨 하현의 허리를 당긴 설이 마주하던 입술을 열고 단번에 들어왔다.

갈증을 해결하듯, 아니, 어쩌면 지금까지 억누르고 있던 갈망을 채우듯 하현의 입안으로 설이 거칠게 침입하였다. 상상한 것보다도 더 격하게 다가오는 설의 행동에 당황한 것도 잠시, 하현의 여린 팔이 대담하게 설을 감쌌다.

부끄러워하는 혀를 휘감고 내쉬는 숨을 전부 삼켜 버렸다. 입의 여린 살을 희롱하자 단단하면서도 매끈한 치열이 설의 혀를 자극하였다.

"폐…… 하."

가쁘게 내쉬는 숨의 열기조차도 설에게는 유혹의 몸짓으로밖에 보이지 않았다. 제 욕심껏 그녀의 입안을 침략하던 그가 붉게 달아오른 입술을 깊게 빨아들였다.

그의 행동 하나하나에 민감하게 반응하는 하현이 어느 때보다도 고왔다. 거듭된 입맞춤에 힘들어하면서도 설을 안고 있는 팔을 풀지 않았다. 부어오를 정도로 입술을 희롱하던 설이 그제야 입술을 떼었다.

뺨을 감싸던 그녀의 손이 핏줄이 도드라진 설의 목을 부드럽게 어루만졌다.

"하아! 하아!"

거듭된 입맞춤에 온몸에 팽팽히 머물던 긴장이 노곤하게 풀어졌다.

붉게 상기된 뺨이나 거듭 씹히고 깨물린 입술이, 몽롱한 눈에 가쁘게 내쉬는 숨이 모두 설에게는 놔주기 힘든 매혹이었다. 가느다란 목에 드는 복숭앗빛 꽃물이 한입 물면 향이 배어 나올 듯 향기로웠다.

"아앗!"

목에 느껴지는 입술의 열기에 하현의 입에서 작은 탄성이 흘러나왔다. 자리옷을 다급하게 잡아당기니 고운 어깨선이 시선 가득 들어온다. 혀로 희롱하던 가는 목에 입술을 깊게 묻으니 달콤한 체향이 설의 코를 간질였다.

명룡국의 차가운 한기가 맨살에 닿자 하현이 몸을 움츠렸다. 그와 동시에 태우듯 뜨거운 설의 입술이 기다렸다는 듯 소름이 돋은 그녀의 살에 자신의 흔적을 남기기 시작했다.

설의 흔적이 닿은 자리, 하얀 살에 꽃물이 서서히 스며들었다.

입고 있던 자리옷은 언제 벗겨졌는지 알 수 없었다. 아무것도 입지 않은 나신을 부끄러운 듯 팔로 가렸다. 하지만 그러한 작은 저항은 팔을 잡은 설에 의해 또 한 번 무산되었다.

"폐하, 보지 마세요."

"내 작은 반달."

속삭이는 설의 목소리에 하현의 눈이 커졌다. 마주하는 눈에 그 어떤 망설임도 없었다.

잠시 주저하듯 설의 시선을 외면하던 하현이 이윽고 용기를 내 입을 열었다.

"용포를…… 벗겨 드릴게요."

조용한 방에 울리는 달콤한 속삭임에 설이 몸을 일으켰다. 여전히 부끄러운 듯 팔로 가슴을 가리고 있던 하현이 용기를 내 용포의 매듭을 붙잡았다.

스르륵.

매듭 풀리는 소리가 방 안에 울렸다.

주저하듯 멈춘 하현이 고개를 들어 설을 바라보았다. 계속하라는 듯 눈을 반짝이는 설의 시선에 그녀가 다음 매듭에 손을 가져갔다.

처음으로 벗겨보는 사내의 옷이 어색하고 부끄러웠지만 하현의 손은 멈추지 않았다.

열기에 입이 바짝 말랐다. 떨리는 숨이 불안정하게 입 밖으로 흘러나왔다.

바닥에 용포가 떨어지고, 얇은 속옷 위로 하현의 손이 간지럽게 움직였다.

속옷의 매듭이 풀리고 설의 맨살에 하현의 손가락이 닿는 순간, 그나마 참고 있던 인내가 바닥을 드러냈다. 남아 있는 옷을 단숨에 벗어낸 설이 하현의 허리를 휘감았다.

품에 담뿍 안기는 여린 여체를 침상에 눕혔다. 눕히자마자 보이는 소담한 가슴에 설이 얼굴을 묻었다.

"아!"

입안에서 느껴지던 감각이 가슴에서 느껴지자 그녀는 몸을 떨었다. 아무것도 걸치지 않은 나신에서 느껴지는 부드러운 살의 느낌을 즐기며 설은 자신의 흔적을 그녀에게 남기기 시작했다. 가슴 위의 작은 꽃에서 시작된 열기가 몸을 휘감았다.

처음 맛보는 과실에 마음을 빼앗긴 듯 설의 혀가 가슴 위의 작은 꽃을 거침없이 유린하였다. 거침없이 휘감고 삼켜도 사라지지 않는 천상의 과실이 설의 열락에 불을 질렀다.

"아흑."

남아 있는 가슴을 그의 손이 힘껏 움켜잡았다. 목을 뒤로 젖힌 그녀가 눈을 질끈 감았다.

아무리 숨을 들이마시고 내쉬어도 부족한 숨은 채워지지 않았다. 몸 안에 가득 찬 열기를 어떻게 해야 할지 알 수 없었다. 어두운 방 안, 하현이 느끼는 것은 데일 듯한 열기에 휩싸인 설의 나신뿐이었다.

힘겹게 오르내리는 둔덕 사이에 그가 얼굴을 묻었다. 이를 세워 여린 살을 긁어내리니 입술을 깨물며 하현이 고개를 돌렸다.

그게 마음에 들지 않았는지 그녀의 턱을 잡은 설이 굳게 다물고 있는 입술을 열고 깊게 입술을 맞추었다. 약간의 틈도 없이 설은 하현의 몸에 다시 붉은 꽃물을 들였다.

촉촉이 젖은 눈이 자신을 향하자 설이 입술을 뗐다.

"폐, 폐하."

말할 기운조차 없는지 하현이 설을 바라보았다.

"어떻게 해야 할지…… 모르겠어요."

사내를 전혀 모르는 여인이 보여주는 표정이 그의 심장을 후려쳤다. 힘들어하는 것을 알면서도 멈추고 싶지 않았다.

땀이 송골송골 맺혀 있는 이마에 입술을 맞추고 솜털이 나 있는 그녀의 귀에 작게 속삭였다.

"잘하고 있어. 그냥 몸이 원하는 대로 맡겨봐."

"하지만…… 폐하만…… 아흑."

오므라져 있던 다리 사이로 설의 손이 들어왔다. 허벅지 안의 여린 살에 설의 손이 닿자 붉어진 하현이 고개를 저었다.

울 것 같은 얼굴로 안 된다는 시선을 보냈지만 그의 눈에는 아무것도 들어오지 않았다.

밤은 길었고, 자신의 아래에 갇혀 있는 여인은 매혹적이었다.

순백의 종이에 글씨를 써내려가듯 하현의 몸에 그가 자신을 각인시키기 시작하였다.

삼킬수록 달콤한 가슴의 꽃에 입술을 묻으며 설의 손이 다리의 여린 살에 닿았다.

누구의 손길도 닿지 않은 속살에 사내의 손이 닿자 하현이 진저리치듯 몸을 떨었다. 마른 땅에 물을 적시듯 여린 속살이 촉촉이 젖어들자 그가 하현의 다리를 벌렸다.

"흐읍…… 하악!"

숨을 참듯 입술을 깨물고 있던 하현이 나지막이 고통스러운 신음 소리를 냈다. 감당하기 벅찬 듯 고개를 뒤로 젖힌 하현의 눈가에 눈물이 한 방울 맺혔다.

천천히, 하지만 망설임 없이 그녀의 안으로 설이 들어갈수록 하현의 가는 허리가 휘었다.

제 욕심껏 분신을 하현에게 묻었지만, 고통스러워하는 모습에 설의 미간이 좁아졌다. 어린 그녀에게는 역시 무리인 것일까?

그때, 그를 바라보던 그녀가 힘겹게 미소를 지었다.

"괜찮아요, 폐하…… 정말로…… 괜찮아요."

벅찬 그를 받아들이면서도 보여주는 미소가 고왔다.

그저 여인의 몸에 자신의 분신을 묻었을 뿐인데도 바닥을 알 수 없는 전율이 그를 휘감았다. 자신만의 여인, 이제는 주저하지 않을 것이다.

눈가에 맺혀 있는 눈물에 입을 맞춘 설이 그녀의 다리를 붙잡았다. 그녀를 다독이듯 몸을 쓸어내리던 설이 천천히 움직이기 시작했다.

마음을 준 여인의 안에 자신을 묻은 느낌은 말로 표현하지 못할 정도로 아득했기에 설은 그대로 자신을 놓아버렸다. 그녀를 배려하며 움직이려던 생각은 자신을 묻는 순간 사라져 버렸다.

눈앞이 아득했다. 몸조차 제대로 가누기 어려운 폭풍이 휘몰아쳤다.

휘몰아치는 그의 어깨와 허리를 팔로 감싼 그녀에게서 고통과 열락이 섞인 신음이 흘러나왔다.

형용할 수 없는 쾌락이 그를, 그리고 품에 있는 그녀를 휘감았다. 아릿한 고통 속에서 밀려오는 열락에 하현의 숨소리가 점점 바뀌어갔다.

이 순간, 설과 혁연은 아무것도 필요 없었다.

단지 느껴지는 것은 상대의 체온과 그에게서 얻을 수 있는 쾌락뿐.

설의 목을 팔로 감싼 하현이 깊게 입을 맞추었다. 전신을 태우는 절정 속에서 설이 그녀의 몸을 팔로 감싼 채 자신을 쏟아내었다.

"하악!"

힘겹게 받아들이던 하복부에 가득 채워지는 이물감에 하현이 몸을 떨었다. 땀이 맺혀 있는 소담한 가슴에 얼굴을 묻은 설이 뜨거운 숨을 길게 내쉬었다.

설의 얼굴에서 흘러내리는 땀이 가쁘게 오르내리는 그녀의 가슴에 한 방울씩 떨어졌다.

그의 숨소리를 느끼며 하현이 긴장을 풀며 침상에 몸을 맡겼다. 가슴에 얼굴을 묻고 있던 설이 몸을 일으켰다.

흐트러진 머리카락이, 열기가 남아 있는 얼굴이, 지쳐서 늘어진 몸이 그 어느 때보다도, 세상의 그 누구보다도 고와 보였다.

눈이 멀고 심장이 뛰었다.

그녀의 몸 밖으로 나온 분신이 다시 그녀의 안에 있고 싶다며 자신의 존재를 알렸다.

하지만 본능에 따르는 대신 설은 하현의 입술에 짧게 입을 맞추었다.

"연모한다."

지쳐 있던 눈가가 설의 고백에 촉촉이 젖어들었다.

"연모해."

그녀의 기억에 각인시키듯 설이 연이어 연모한다고 귓가에 속삭였다.

처음 사내를 받아들인 몸이 이제는 쉬어야 한다며 하현을 재촉하였다. 무겁게 내려앉는 눈꺼풀이 아무리 노력해도 올라가지 않았다.

밀려오는 수마에 항복하는 대신, 하현이 마지막 기운으로 미소를 지었다.

"저도 연모해요."

그 말을 끝으로 잠에 빠진 하현을 품에 안으며 설이 여린 등을 손으로 쓰다듬었다.

전부를 나눈 사내의 품 안에서 그녀는 행복한 단잠에 빠져들었다.

언제나 잠에서 깰 때면 명룡국의 서늘한 날씨에 몸을 떨었다.

아무리 두꺼운 이불을 덮고 자도 이불을 비집고 들어오는 한기를 막을 수 없었기에 언제나 하현은 몸을 웅크리고 잠들었다.

달이 아직 밝게 떠 있는 깊은 밤, 하현이 감고 있던 눈을 떴다. 한밤중에 잠에서 깨었는데도 전혀 춥지 않았다. 도리어 아무것도 입지 않은 나신에서 느껴지는 열기에 하현의 얼굴에 홍조가 일었다.

고개를 드니 깊게 잠들어 있는 설이 보인다.

자유로운 손으로 뺨을 감싸니 잠들기 전에 느끼던 열기는 온데간데없이 사라지고 서늘한 기운만이 남아 있었다.

마음만을 나누었을 때와는 다른 감정이 그녀를 감쌌다. 전부를 함께하는 기분이 이런 것일까? 막연하던 기분이 함께하는 지금 어느 때보다도 또렷하게 느껴졌다.

"아앗!"

그가 깨지 않게 조심스럽게 일어나려 하던 하현의 행동은 온몸에 느껴지는 고통 때문에 무산이 되어버렸다. 하현의 비명 소리에 깊게 잠들어 있던 설이 눈을 떴다.

미간을 찌푸리는 설의 모습에 그녀가 당황하였다.

"폐하, 그러니까, 죄송해요. 조심히 일어난다는 게 그만······ 깍!"

반쯤 자리에서 일어나던 그녀의 팔을 잡은 그가 품으로 그녀를 끌어당겼다. 부끄럽다며 바둥대는 어깨와 허리를 팔로 감싼 설이 그녀의 가는 목에 얼굴을 묻었다. 목에 느껴지는 설의 숨소리가 간지러웠지만 밀어낼 수 없었다.

"아직 밤이 깊어. 더 자."

평소의 그였다면 하현에게 하는 말에도 신경 썼을 것이다. 초야를 치렀다는 것일까, 아니면 황제를 내려놓을 정도로 하현이 편하게 느껴진 것일까?

설의 편해진 말투에 하현이 고개를 저었다.

"그래도······ 용포라도 개어놓아야······ 자리옷도 바닥에 떨어져 있는걸요."

"바닥에 있는 옷들이 도망가는 것도 아니고, 그냥 둬."

"하지만······ 하앗!"

자신보다도 옷을 먼저 챙기려는 모습에 설의 입술이 삐뚜름해졌다. 하현의 몸 위로 올라온 그가 안 된다며 고개를 젓는 하현의 턱을 잡고 앙알대는 입술에 입을 맞추었다.

바동대던 몸짓이 입안의 열기에 점점 사그라졌다. 일어나야 한다며 밀어내던 팔이 어느새 목을 감고 설을 받아들이고 있었다. 연이어 씹히고 삼켜져 여린 입술이 한껏 부어 있었지만, 닿을 때마다 느껴지는 달콤한 감각에 쉽게 놔줄 수 없었다.

"하아! 용포는…… 그래도……."

"괜찮다니까."

"제가…… 안 괜찮아요! 자꾸 시선이 저쪽으로…… 용포는 폐하의 상징이잖아요. 그게 떨어져 있는 모습은 못 보겠어요."

엉켜 있던 혀를 간신히 떼어낸 하현이 항변하듯 손가락으로 바닥에 떨어진 용포를 가리켰다. 평소에도 고집이 센 것은 알고 있었지만 이런 상황에서까지 굽히지 않다니, 설은 자신도 모르게 길게 한숨을 내쉬었다.

'한숨을 쉬어봤자 뭐 하나.'

결국 하현에게 눈이 먼 자신이다. 운우지정보다도 바닥에 떨어진 용포가 더 신경 쓰인다고 하니 어쩌겠는가. 결국 하현을 잡고 있던 설이 팔을 풀었다.

"용포만 정리하는 거다?"

따뜻한 침상에서 그녀를 보내는 것이 마음에 들지 않는지 설이 그녀에게 엄포를 놓았다.

마치 어리광부리듯 투정을 하는 그의 말투에 하현이 미소를 지었다.

"자리옷도 가져올⋯⋯."

"이리 와!"

"아니에요! 용포만 정리할게요!"

잡으려는 설의 팔을 피해 하현이 아무것도 걸치지 않은 채 쪼르르 침상에서 내려왔다.

도망치듯 내려왔지만 설에게 알몸을 그대로 보이고 있으니 터질 듯 얼굴이 붉어졌다. 마음 같아서는 보지 말라고 말하고 싶었지만, 그녀의 마음은 아는지 모르는지 옆으로 누운 설이 단 한 순간도 그녀에게서 시선을 떼지 않았다.

어깨 옆으로 길게 내려오는 머리카락을 귀 뒤로 넘기며 하현이 떨어진 용포를 집어 들었다. 그저 시선을 받고 있는 것만으로도 심장이 뛰었다.

그의 시선을 피하듯 용포를 정리하던 하현이 살짝 옆으로 몸을 돌렸다. 용포를 정리하는 손이 자꾸 미끄러졌다.

탁자에 깨끗이 접어놓은 용포를 내려놓은 그녀의 시선에 흐트러져 있는 옷가지가 눈에 들어왔다.

'접어놓을까?'

흐트러져 있는 모습이 거슬려 자리옷으로 한 걸음 가는 순간, 누워 있던 설이 몸을 일으켰다. 그 짧은 사이, 의도를 간파한 설이 일어나자 기겁한 하현이 쪼르르 침상으로 달려갔다.

"폐하! 그게 아니라요! 아악!"

끌려가듯 어정쩡한 자세로 하현이 침상에 앉자 허리에 팔을 감은 설이 차가워진 살에 얼굴을 묻었다.

"차가워졌어."

설의 말에 괜찮다는 말을 꺼내려던 그녀는 허리에 느껴지는 감촉에 숨을 삼켰다.

앉아 있는 하현을 팔로 감싼 그가 천천히 그녀의 몸에 짧게 입술을 맞추기 시작했다.

"하아."

허리에서 시작된 입맞춤은 설이 몸을 일으키면서 점점 위로 올라왔다. 부드러운 등을 이를 세워 살짝 긁자 그녀의 입에서 더운 숨이 흘러나왔다. 침상의 이불에 가려져 있던 소담한 가슴을 움켜쥐자 애처로운 신음이 작게 들려왔다.

그녀의 뒤에 앉은 채로 흔적을 남기고 있던 설의 시선이 창밖으로 향했다. 설의 움직임이 멈추자 그에게 갇혀 있던 하현이 그가 보는 방향으로 눈을 돌렸다.

닫힌 창 너머로 은은한 달빛과 눈이 같이 내리고 있었다.

"달이 떴는데도 눈이 오네요?"

"음. 하현이니까."

"하현이요?"

"반달을 하현이라고 하잖아. 이런 날에 한 번 정도는 반달이 아니라 네 이름으로 불러보고 싶었다. 명룡국에서 달을 마음껏 볼 수 있을 때가 바로 지금이거든."

"네?"

하얀 솜털이 보이는 뒷목을 입술로 누르며 설이 하현의 가슴을 손으로 감쌌다. 손에 가득 잡히지는 않았지만, 그녀만의 감촉이 녹아들 듯 부드러웠다. 낯선 감촉에 하현의 목이 빨개질 정도로 붉어졌지만 그 모습마저도 고와 보였다.

붉어진 어깨에 얼굴을 묻으며 설이 나지막이 속삭였다.

"명룡국에서 유일하게 달하고 눈을 같이 볼 수 있을 때야. 명룡국에서 초승달이나 보름달을 보기는 힘들지만 하현달은 보기 쉬워. 눈이 내려도 하현달은 잘 뜨거든."

"신기…… 해요."

나신에 새겨지듯 설의 촉감이 닿을 때마다 그녀의 입에서 더운 숨이 흘러나왔다.

잠을 자는 동안 가라앉아 있던 열망이 그에게 맞춰 다시 제 모습을 드러내기 시작했다.

가슴을 쥐고 있는 설의 손 위로 하현이 자신의 손을 겹쳤다.

"폐하에게…… 제가 그런 존재가 되었으면…… 좋겠어요."

하현의 고백에 설의 행동이 멈추었다. 그가 움직임을 멈추자 뒤돌아 있던 그녀가 설을 향해 몸을 돌렸다.

자신은 내세울 것이라고는 하나도 없었다.

그녀가 설에게 줄 수 있는 것이라고는 그녀 자신뿐, 그럼에도 하현은 설이 자신만을 봐주기를 간절히 바랐다.

"내리는 눈 속에서도 환하게 떠 있는 반달처럼 폐하 곁에서 빛이 되는 존재가 되었으면 좋겠어요."

하현의 고백에 설의 눈이 커졌다.

부끄러웠지만 그녀는 설의 눈을 피하지 않았다. 마음을 말로 전하는 일은 언제나 힘들었지만, 지금 이 순간 설이 자신의 마음을 알아줬으면 하는 바람이었다.

"물론…… 아직 많이 부족하지만요."

"아니, 안 부족해."

설이 하현을 안으며 즐거운 웃음을 터뜨렸다.

몸에 닿은 하현의 온기도, 수줍게 보여주는 고백도 전부 좋았다.

"넌 내가 잘못된 생각을 하고 있으면 거침없이 잘못되었다고 말해줄 것이다. 반면에 내가 옳은 생각하고 있다면 넌 누구보다도 믿음을 주겠지."

"……폐하."

"넌 충분히 잘하고 있어. 그러니 마음껏 기댈 수 있어."

설의 고백에 하현의 눈가가 붉어졌다.

눈 내리는 밤에 떠 있는 반달보다 더 은은한 미소가 그녀의 입가에 생겨났다.

가늘고 여린 손가락이 설의 입술을 쓸었다. 그녀의 손가락에 입술을 맞추며 설이 하현을 안았다.

하늘 아래 오직 그만이 누릴 수 있는 것.

침상 위에 하현을 눕히자 긴 머리기락이 하얀 침상에 흐트러졌다.

품 안의 작은 달을 내려다보며 설이 미소 지었다.

마주하는 시선에 더는 말이 필요하지 않았다.

가는 팔을 들어 그를 안으며 하현이 설의 귀에 작게 속삭였다.

"연모해요. 진심으로 연모해요, 폐하."

전부를 보여주는 그녀에게 그 또한 진심으로 마음을 열었다.

막연히 갈망하던 달이 품 안에 들어오자, 황제가 비로소 만족스러운 미소를 지었다.

침상에서 나온 붉은 흔적이 황후가 황제의 첫 황은을 입었다는 사실을 보여줬다.

하지만 아침이 되고 당연히 나와야 할 황제가 승경궁에서 나오질 않자 조용하던 황궁에 슬그머니 파란이 일기 시작했다.

참다 못한 홍희겸이 자신의 집으로 귀족들을 모이게 하였다. 커다란 탁자에 둘러앉은 이들사이에서 빠른 말이 오고 갔다.

"벌써 닷새째요! 왜 아무도 나서지 않는 것이오!"

사공의 옆에 앉아 있던 중서령이 목소리를 높였다. 하지만 그의 목소리와 다르게 모인 이들의 표정은 시큰둥했다.

"폐하께서 정무를 등한시하신 채 승경궁에 계신 지 벌써 그렇게 지났단 말이오! 귀비마마의 길일에 황후마마께 가신 것도 있을 수 없는 일이지만 이런 식으로 귀비마마를 욕보이시는 것도 있어서는 안 되는 일이란 말이오!"

"하지만 중서령, 지금까지 어느 여인에게도 황은을 내리신 적이 없으신 폐하입니다. 비록 귀비마마가 아니신 것은 안타까운 일이나 이제부터라도 기회를 만들면 되는 것이 아닙니까?"

중서령의 반응이 요란스럽다는 듯 태상이 미간을 찌푸렸다. 태상의 반응에 화가 난 중서령이 입을 열려는 찰나, 태상의 옆에 있던 황제와 궁중의 봉양을 책임지는 정위가 입을 열었다.

"어차피 황제 폐하께서는 대신들의 말을 완전히 무시할 수는 없을 것입니다. 이번의 황은은 우리가 예상하지 못한 부분이기는 하지만 폐하의 일시적인 투정일 것이라 생각합니다."

정위의 말에 홍희겸의 눈썹이 꿈틀댔다. 홍희겸의 반응을 눈치챈 것인지 중서령이 목소리를 높였다.

"정위, 그런 문제가 아니란 말이오! 지금 폐하의 행동은 여느 때와는 다르단 말이오!"

"누구나 투정은 부릴 수 있지요. 그 투정이 길어진다면 나서야겠지만 이제 겨우 닷새입니다. 지금 섣불리 나서면 폐하의 권위에 대신들이 과한 간섭을 하는 것으로 오해받을 수 있습니다. 황은은 폐하만의 권위시니까요."

하나씩 차근차근 짚어내는 정위의 말에 다른 이들이 동조하기 시작하였다.

울컥 치미는 화에 그들에게 그만두라 외치고 싶었지만, 안타깝게도 정위의 말은 틀린 것이 아니었다. 의자의 팔걸이를 움켜쥐며 홍희겸은 화를 삼켰다.

황제가 할 수 있는 일은 없다는 것을 알면서도 목에 스치는 서늘한 기운이 사라지지 않았다.

정위나 태상의 말대로 설은 종종 마음처럼 되지 않는 상황에 투정 아닌 투정을 부렸다. 하지만 그것도 잠시, 결국 그는 사공의 요구를 들어줬다.

'단순한 투정이라 생각해야 한단 말인가?'

신륵사 이후로 황제의 행동이 점점 공격적으로 바뀌고 있었다.

무언가 자꾸 놓치는 기분이 들었다. 투정으로 넘기기에는 목에 걸린 가시처럼 넘어가지 않았다.

하지만 이 분위기로는 설을 압박할 수 없었다. 측근이라 부를 수 있는 이들조차 겨우 황은이지 않느냐며 넘어가자고 말하고 있다.

이대로는 귀족을 움직일 수 없었다.

쓴 입맛을 억누르듯 입술을 깨물고 있을 때, 밖에서 시종의 목소리가 들려왔다.

"들어와라."

문이 열리고 몸을 숙인 시종이 잰걸음으로 사공에게 품에 안고 있던 서신을 조심스럽게 내밀었다. 서신을 펼친 사공이 말없이 내용을 뚫어지게 바라보았다.

서신을 보는 사공의 눈썹이 꿈틀댔다. 그의 반응을 지켜보던 이들이 무슨 일이냐 질문하려는 순간, 굳게 닫혀 있던 입이 열렸다.

"폐하께서 조만간 나를 태위로 올리시고 태상을 광록훈의 위치에 봉한다는 황지를 내릴 것이라 하오. 승경궁에 계셔도 정무를 완전히 놓지는 않으신 듯하오."

사공의 말에 앉아 있던 이들이 반색하며 웃음을 터뜨렸다.

"그것 보십시오. 결국 폐하께서는 사공, 아니, 태위의 말을 거스를 수 없다 하지 않았습니까? 태위라니! 삼공 중 으뜸인 자리가 아닙니까! 감축드리옵니다!"

곳곳에서 감축드린다는 말이 오고 갔다. 아직 황제는 자신들의 편이라며 안심해도 된다는 말까지 나왔다. 사공이 태위가 되었으니 조만간 황제가 귀비에게도 황은을 내릴 것이라는 이야기도 오 갔다.

그들의 축하를 담담히 받으며 홍희겸이 미소를 지었다. 하지만 귀족들이 떠난 후 홍희겸은 이맛살을 찌푸렸다.

홀로 남은 방 안에서 홍희겸의 시선이 서신으로 향하였다.

황제가 정한 인사를 손으로 천천히 훑어 내리던 그가 불쾌한 듯 토해냈다.

"전부 명예직이다."

선제 때 태위이던 표비영이 반역을 저지른 후 태위는 겉만 반지르르한 허울뿐인 자리가 되었다. 심지어 광록흔 또한 태위와 별다른 바 없는 자리다. 둘 이외의 인사도 대부분 명예직이거나 영향력이 없었다.

위로 올라가기만 했을 뿐 할 수 있는 것이 전혀 없었다.

힘을 주려는 것일까? 그게 아니라면…….

"밖에 누구 있느냐?"

홍희겸의 목소리에 밖에서 대기하던 시종이 안으로 들어왔다.

"지난번 내가 지시한 일은 처리하였느냐?"

"네, 사공. 이미 황궁 곳곳에 배치하였습니다."

"사소한 것이라도 상관없다. 조금이라도 이상한 분위기가 느껴지면 바로 보고하라 하여라."

"네!"

사공의 말에 고개를 숙인 시종의 발걸음이 빨라졌다.

단순한 투정인지, 아니면 생각이 있는 것인지 알아보면 그만이다.

황궁 곳곳에 사공의 사람이 있는 한 설은 아무것도 할 수 없었다.

허리를 세운 채 꼿꼿이 앉아 있는 사공의 입가에 비틀린 미소가
지어졌다.

"정말로 안 나가셔도 돼요?"

용포가 아닌 편한 자리옷으로 정무를 보던 설이 고개를 돌렸다.
설의 눈이 향하는 곳엔 하얀 자리옷을 입은 하현이 걱정스러운 눈
으로 바라보고 있었다. 손을 들어 여린 뺨을 어루만지자, 작은 손
이 설의 손을 감쌌다.

"왜, 불편해?"

벌써 닷새째, 함께 있던 시간만큼이나 설의 말투는 편하게 바뀌
어 있었다. 그의 물음에 화들짝 놀란 하현이 고개를 저었다.

"그럴 리가요! 하지만 여기서 정무를 보시면 대신들이 무슨 소
리를 할지……."

"무슨 소리를 하기는…… 머리 굴리느라 말할 시간도 없을걸."

말을 끝낸 설이 하현을 향해 팔을 벌렸다. 설의 행동에 쪼르르
달려온 그녀가 품 안에 담뿍 안겼다. 승경궁에서 머무는 동안 설
은 어느 때보다도 편안히 보내고 있었다.

눈만 맞으면 자리옷을 벗기고 마음껏 서로를 탐하였다. 밝은 낮에 안기는 것에 부끄러워하면서도 하현은 설의 손길을 피하지 않았다. 때로는 그녀가 먼저 설에게 다가와 그의 혼을 빼놓기도 했다.

목에 입술을 묻고 향을 듬뿍 들이마시니 전보다도 달콤해진 체향이 그를 유혹하였다.

"내 반달이 나날이 고와지니 놔주기 싫다."

설의 말에 그녀가 미소를 지었다.

보면 볼수록 눈이 멀어버릴 것 같다. 품 안에서 마음껏 욕심을 채워도 부족했다.

붉게 달아오른 뺨에 입술을 맞춘 설이 하현을 안았다. 어깨에 얼굴을 묻은 하현의 등을 쓸어내리며 설이 물었다.

"그나저나 언제 보여줄 거야? 기다리고 있는데 말이지."

"네? 뭐가요?"

품에 안겨 있는 하현이 모르겠다는 듯 고개를 갸웃했다. 그녀의 모습에 설이 짓궂은 미소를 지었다.

"황은이 부족했나 보다. 은조가 준 물건도 까먹은 걸 보니."

"아, 맞다!"

놀란 하현이 설의 품에서 고개를 들었다. 어느새 빠져나온 하현이 침상 옆에 있는 서랍장으로 쪼르르 달려갔다. 하얀 천에 싸놓은 것을 꺼낸 하현이 설에게 다시 돌아왔다. 옆에 앉으려는 하현을 끌어 설이 자신의 다리 위에 그녀를 앉혔다.

얼굴이 붉게 달아올랐어도 설이 하라는 대로 앉은 하현이 그의 목에 얼굴을 묻었다.

여린 등을 쓸어내리며 설이 천을 풀었다.

붉은 실로 만든 매듭에 달린 하얀 옥, 그리고 그 안에 새겨진 작은 잉어.

신륵사에서 은조가 그녀에게 건넸던 도아였다.

"여인의 노리개처럼 명룡국 사내들이 허리띠에 다는 장신구가 이 도아라는 거다. 잉어는 출세와 부귀영화를 상징하는데, 특히 귀족들이 하얀 옥에 잉어를 새긴 도아를 선호하지."

설의 품에 안겨 있던 하현이 고개를 들어 그를 바라보았다.

맑은 눈동자에 새삼 심장이 뛰었다.

그가 지켜야 할 작은 달.

그녀와 자신을 위해 이제는 싸워야 한다.

"자객들은 누군가를 암살하는 일을 맡게 되면 신용을 위해 그 사람의 몸에 있는 물건을 받아간다. 도아는 자객들이 주로 받아가는 물건 중 하나지."

"이 도아가 상서령의 것이었다면 은조 아가씨는 제가 아니라 폐하께 드렸을 거예요. 결국 이건 상서령이 아니라 다른 사람의 도아겠네요?"

똑 뿌러지는 하현의 말에 설이 미소를 지었다. 여린 등을 다독이며 설이 나지막이 말했다.

"이 도아는 내가 효에게 준 거란다. 그리고 효는 이걸 란에게 주었지."

"네?"

동그란 눈으로 쳐다보는 하현을 다시 품에 안았다. 그녀의 체온을 느끼며 설이 눈을 감았다.

"사공의 생신에 뭘 사야 할지 모르겠다며 란이 효에게 물건을 골라달라고 부탁했다. 그때가 란이 열 살 때인 것 같은데…… 아무튼 란의 부탁에 효는 나에게 도와달라며 왔었지. 효 녀석, 책 읽는 건 좋아해도 그런 면에서는 아니었거든."

"그럼 이번 일이 상서령뿐만이 아니라 사공도 연류가 되어 있다는 말씀이신가요?"

"사공뿐만이 아니라 귀비도 연관되었을 것이다."

하나를 알려주면 그 이상의 것을 알았다. 본인은 항상 부족하다고 말했지만 노력하는 그녀답게 하나씩 익혀 나갔다. 자신의 선택은 틀리지 않았다. 거칠던 원석이 어느새 빛을 가득 품은 보옥으로 변해가고 있었다.

"황궁의 장인이 만든 도아이니…… 제 것이 아니라며 발뺌하지는 못할 것이다."

말을 끝낸 그가 고개를 숙여 품에 있는 하현을 바라보았다.

준비가 끝나면 승경궁을 나가야 하지만 지금만큼은 그녀의 곁에서 마음 편히 있고 싶었다.

"폐하. 그런데 왜 은조 아가씨는 저에게 이 도아를 주신 거죠? 아가씨께서 직접 폐하를 드려도 되었을 텐데요?"

"은조 그 녀석이 말수는 없어도 실제로는 장난기가 심하고 남에게 당하는 걸 절대로 못 참는 성격이란다. 굳이 물어보지 않아도 뻔하지. 란이 자신을 다치게 한 벌을 쉽게 내리고 싶지 않은 거다. 그리고 너에게 받은 은혜가 있으니 란의 약점을 준 것이겠지."

생각지 못한 은조의 배려에 하현의 눈이 커졌다.

설의 연모를 받으면서 하현의 주변에도 힘이 될 사람들이 생겨나기 시작했다. 왠지 모를 감정이 가슴을 벅차오르게 했다.

설의 체온을 느끼며 하현은 눈을 감았다.

품에 안겨 있는 하현의 머리카락을 귀 뒤로 넘겨주며 설이 입을 열었다.

"앞으로도 더 힘들어질 것이다. 지금과는 비교도 안 될 정도로 진흙탕일 거야. 그래도 같이 가자."

만인의 주인. 그 자리가 깨끗하지 않다는 말이 하현의 마음속에 와 닿았다.

더럽고 추악해도 피할 수 없는 길.

그 길을 함께하자며 설이 손을 내밀었다.

"폐하께서 가시는 길이라면 황후인 저도 당연히 가야죠. 오지 말라고 하셔도 갈 거예요. 같이 가요, 폐하."

그녀다운 당돌한 고백에 설이 웃음을 터뜨렸다.

그러곤 품에 하현을 안으며 그녀의 안에서 안식을 얻었다.

상서령의 세력을 정리한 설은 공격적으로 정무를 처리하기 시작하였다.

지금의 상황을 기다린 것처럼 표기장군 이현을 중심으로 눈여겨본 인사들을 중앙에 배치했다. 홍희겸의 세력은 여전했지만, 과거와는 달리 점차 황제의 세력이 생겨났다.

"고해주게."

황제의 집무실 앞에서 홍희겸은 깊게 숨을 들이마셨다.

사람들을 곳곳에 배치해 황제와 황후를 지켜보게 했지만 수확은 없었다. 언제나 침수는 승경궁에서 들고 있었지만 그 외에는 달라진 점이 없었다.

그럼에도 불안한 기운은 좀처럼 가시지 않았다.

"폐하, 태위께서 드셨사옵니다."

"들라 하라."

굳게 닫혀 있던 집무실이 열리자 설의 양옆으로 가득 쌓여 있는 문서가 그를 맞이하였다.

경악할 양에 놀란 홍희겸은 차마 들어갈 생각조차 하지 못하였다. 발 디딜 틈도 없는 장계더미 사이에서 걸어나온 설이 홍희겸을 바라보았다.

"거기서 뭐 하는가? 안으로 들어오라."

고개를 숙여 인사한 홍희겸이 안으로 들어갔다. 미리 준비한 듯 마련된 탁자에 따뜻한 김이 오르는 찻잔이 두 잔 놓여 있다.

설이 자리에 앉자 홍희겸이 반대편에 앉았다.

"편하게 앉으시오. 그저 가벼운 대화를 하자고 부른 것이니. 태위는 짐에게 장인이지 않소."

부드러운 미소를 짓는 설을 홍희겸이 고요한 시선으로 바라보았다. 전과 다름없는 모습이지만 다가오는 느낌이 확실히 달랐다.

고작 황후와 관계가 좋다고 저런 분위기를 풍길 수는 없었다.

분명 홍희겸이 알지 못하는 무언가를 황제는 가지고 있었다.

차를 마시는 설을 물끄러미 바라보던 홍희겸이 먼저 입을 열었다.

"최근 폐하께서 용체조차 돌보지 아니하신 채 정무에 매진하고 계시다는 말을 들었나이다."

"상서령 사건 이후로 정국이 혼란스럽지 않소. 그리고 짐은 아직 젊으니 걱정할 필요 없소."

"폐하의 용체는 폐하만의 것이 아니옵니다. 폐하는 명룡국 그 자체이시옵니다. 정무도 중요하지만 때로는 쉬시는 것도 중요하다고 생각하옵니다."

"귀비의 궁에서 말이오?"

설의 말에 태위의 눈이 지그시 그를 향하였다. 감정을 알 수 없는 깊은 눈이 오랫동안 설을 바라보았다. 그런 홍희겸의 시선을 설이 조용히 받아냈다.

"후궁이기는 하지만 란 또한 폐하의 부인이옵니다. 황후마마처럼 말입니다."

"내가 언제 부인이 아니라고 했는가?"

"폐하의 황은 한 번이면 누구보다도 활짝 필 아이입니다. 현명하고 지혜로우니 황은을 베풀어주시옵소서."

"태위, 누가 보면 내가 일부러 란을 외면하고 있는 것으로 알겠소. 아하하하!"

찻잔을 내려놓은 설이 크게 웃음을 터뜨렸다. 하지만 설을 보는 홍희겸의 표정은 그대로였다.

오늘에야말로 황제의 의중을 반드시 알아낼 것이다.

"태위."

"말씀하시옵소서."

"황제에게 외척은 힘이 될 수도 있지만 위협이 될 수도 있지. 안 그렇소?"

선의 말에 홍희겸의 눈이 날카로워졌다. 홍희겸과 시선을 마주하며 설이 비릿한 미소를 지었다.

태위에게 줄 수 있는 것은 모조리 내주었다. 이제는 그에게 준 것을 되찾아올 차례. 더는 황제인 양 날뛰는 그를 가만두지 않을 것이다.

"폐하, 그게 무슨 말씀이신지……?"

"최근 사람을 시켜 알아보니 꽤 재미있는 내용이 있더군."

옆에 쌓여 있는 장계 중 하나를 꺼낸 설이 그에게 내밀었다.

종이를 받아 든 홍희겸이 눈썹을 꿈틀댔다. 진정하려 했지만 창백한 얼굴에 흔들리는 눈이 지금의 상태를 보여주었다.

하지만 한참 장계를 보던 홍희겸이 아무렇지도 않은 듯 미소를 지었다.

"폐하, 당최 무슨 말씀을 하시는 것인지 소인은 모르겠습니다."

"무슨 말인지 모른다? 그럼 짐이 말해주는 수밖에 없겠군."

"……."

"명룡국은 기후가 척박한 대신 약초의 질은 어느 곳보다도 좋다고 하오. 선제께서는 그 좋은 약초가 타국이 아닌 명룡국의 백성들에게 쓰이기를 바라셨지. 그런데 최근 그 약초들이 명룡국이 아니라 표국으로 빠져나간다는 보고가 있었소."

"……."

"곳간이 제법 두둑해졌겠군. 안 그렇소?"

"소인을 음해하는 세력이 퍼뜨린 일입니다. 소인, 굳이 그렇게 하지 않아도 이미 충분한 재물을 가지고 있습니다. 무엇이 아쉬워서 소인이 그러한 일을 저지른단 말입니까."

"사병을 키우기 위함도 있을 것이고, 따르는 대신을 회유하기 위한 재물이 필요한 것일지도 모르고 말이지. 그게 아니면……."

"……."

"황후를 제거하기 위한 자객을 고용하기 위함일지도 모르고 말이야."

단단히 무장하고 있던 홍희겸의 굳은 표정이 무너졌다.

언제 조사를 한 것인지 설은 홍희겸의 모든 것을 알고 있는 것처럼 보였다.

란에게 황은을 내려달라는 승부를 보려고 들어온 황궁이 독이 되어 홍희겸의 목을 졸랐다.

억울하다며 폐하가 잘못 안 것이라 배짱을 부려야 한다.

하지만 말문이 열리지 않았다.

창백한 홍희겸과는 달리 여유로운 설은 입꼬리를 올렸다.

"귀비를 부인으로 대할지 인질로 대할지는 태위의 행동에 따라 달라질 것이오."

"소인은 폐하의 힘이 되고자 함이지 정적이 되고자 함이 아니옵니다."

나오지 않는 목소리를 쥐어짜며 홍희겸이 반박하였다.

처음으로 설에게 밀리고 있는 상황을 그는 받아들일 수 없었다. 지금까지 홍희겸이 하자는 대로 움직이던 어린 황제였다. 겨우 휘왕의 힘으로 황제가 된 설에게 그가 밀릴 수는 없는 일이었다.

"예전에 란이 생신 선물로 준 도아는 잘 가지고 있소?"

뜬금없는 설의 물음에 홍희겸이 고개를 갸웃했다. 뜬금없이 도아로 화제를 바꾸는 것이 이상했다.

"무, 무슨 말씀을 하시는 것입니까?"

"최근 황후가 도아를 하나 주웠지. 신륵사에서 말이야."

홍희겸의 팔이 뚝 의자에서 떨어졌다.

진정하려 했지만 떨리는 몸이 답을 하지 않아도 죄를 자복하고 있었다.

"폐, 폐하……."

"짐이 그 도아를 대전에 들고 가게 하지 마라."

"소, 소인은…… 그것이……."

탁자에서 내려온 홍희겸이 설 앞에 무릎을 꿇었다. 차가운 눈으로 그를 노려보던 설이 자리에서 일어났다.

"더는 그대와 대신들의 입에서 귀비에게 황은을 입게 해달라는 소리를 듣고 싶지 않다. 무슨 의미인지 알겠는가?"

"조심하겠습니다, 폐하."

"란을 인질로 만들지 마라. 선제 때부터 그대가 세운 공이 아니었다면 이런 자비는 내리지 않았을 것이다."

설의 냉정한 일갈에 홍희겸이 머리를 박고 몸을 숙였다.

몸은 숙이고 있어도 어떤 표정일지 눈에 선했다. 당장에라도 황후의 시해 혐의로 처벌하고 싶은 것을 설은 억지로 참았다.

홍희겸을 처벌한다고 황권을 되찾는 것은 아니었다. 홍희겸과 연결된 귀족 모두를 뿌리 뽑아야 설이 원하는 결과를 얻을 수 있었다.

"이만 물러가라."

설의 말에 무릎을 꿇고 있던 홍희겸이 몸을 일으켰다. 고개를 숙인 채 비틀거리며 나가는 홍희겸을 설은 차가운 눈으로 바라보았다.

문이 닫히고 홀로 남은 설의 눈이 태위가 몸을 숙이고 있던 바닥으로 향하였다.

몇 방울의 핏자국.

홍희겸이 입술을 깨물면서 흘렸을 핏방울을 보며 설의 눈이 차갑게 가라앉았다.

집무실을 나온 홍희겸의 몸이 휘청거렸다.

그 모습에 대기하고 있던 이들이 그에게 다가왔다.

"태위, 괜찮으십니까?"

부축하려는 이들을 막은 홍희겸이 설이 있는 방향으로 고개를 돌렸다.

핏줄이 터진 눈가가 붉게 물들어 있었다.

"감히……."

질끈 깨문 입술에서 흐르는 피가 턱으로 흘러내렸다.

황제가 제 주제도 모르고 홍희겸을 압박하였다. 지금까지 황제의 자리에 있을 수 있는 이유는 단 한 가지, 바로 그가 설을 황제로 받아들였기 때문이다.

'내 오늘의 모욕을 절대 잊지 않을 것이다.'

부들부들 떠는 손을 굳게 쥐며 홍희겸은 이를 갈았다.

"태위!"

"당장…… 귀비마마께 가야겠다."

노려보던 홍희겸이 비틀거리는 몸으로 걸음을 옮겼다.

이대로 황제에게 당할 수는 없었다. 반드시 본때를 보여줄 것이다.

⊠

늦은 저녁, 설의 집무실에 온 하현이 내시감을 향해 미소를 지었다.

"고해주시겠습니까?"

조 상궁에게는 편하게 말하더라도 나이가 있는 내시감에게는 아직까지도 하대를 하기 힘들었다. 황후임에도 조심스럽게 말하는 하현에게 내시감 또한 진심으로 고개를 숙였다.

"황제 폐하, 황후마마께서 납시셨사옵니다."

내시감의 말에도 집무실은 조용했다.

굳게 닫힌 문 앞에서 하현이 떨리는 숨을 내쉬었다.

낮에 태위와 마찰이 있었다는 이야기를 들었다. 무슨 대화를 나

눈 것인지 눈에 핏발이 선 태위가 도망치듯 집무실을 나왔다는 수
군거림도 들려왔다. 설이 올 때까지 승경궁에서 기다리는 것이 맞
았으나 밤이 늦어도 그가 오지 않으니 자꾸 걱정되었다.

"폐하, 황후마마께서 드시었사옵니다."

내시감이 다시 고하였으나 집무실은 여전히 조용했다.

아무리 내시감이 아뢰어도 안에서 아무 소리도 들리지 않자 하
현의 눈이 흔들렸다. 오늘 하루 집무실에서 설은 나온 적이 없다
고 하였다. 무엇보다도 설은 원하지 않으면 들어오지 말라는 말을
할망정 대답이 없는 사람은 아니었다.

"폐하, 들어가겠습니다!"

말을 끝내기도 전에 하현이 닫혀 있는 문을 열었다.

집무실의 문을 열자 보이는 것은 설의 모습이 아니라 산처럼 쌓
여 있는 문서였다.

사람 하나 제대로 들어가지 못할 정도로 이리저리 쌓여 있는 모
습에 하현의 입이 떡 벌어졌다. 발 하나 디딜 자리 없이 흩어진 문
서들이 불길했다.

"세상에…… 폐하! 폐하!"

긴 치마를 붙잡은 채 하현이 다급히 안으로 들어갔다.

하현이 다급히 들어가자 내시감이 따라 들어왔다. 하지만 무슨
연유에서인지 집무실을 빠르게 훑은 내시감은 미소를 지은 채 밖
으로 나와 문을 닫았다.

도대체 이게 무슨 상황이란 말인가. 더군다나 아무리 하현이 불
러도 안에 있어야 할 설은 대답이 없었다. 아닐 것이라 생각하고

는 있었지만 그래도 한 번 시작된 불길함은 점점 더 심해졌다.

"폐하! 황제 폐하!"

두려움에 몸이 떨렸다. 혹시라도 무슨 일이 있는 것은 아닐까 초조함만이 가득했다.

설은 어디에 있는 것일까? 한참을 둘러보자 쌓여 있는 문서 사이로 책상에 얼굴을 묻은 채 설이 쓰러져 있었다.

"폐하!"

비명을 지른 하현이 치맛자락에 문서가 쓰러지는 것도 모른 채 설에게 달려갔다.

겉으로는 아무 이상도 없었지만 미동도 없는 설의 모습이 불안했다. 조심스럽게 다가간 하현이 설을 흔들었다.

"폐, 폐하?"

"……."

설이 미동조차 없자 하현의 얼굴이 점점 창백해졌다.

"폐하, 놀리지 마세요."

"……."

"일어나 보세요, 폐하! 저 무섭단 말이에요!"

당황한 하현이 있는 힘껏 설의 등을 주먹으로 쳤다.

"폐하!"

"악!"

미동도 않던 설이 얼굴을 찡그리며 몸을 일으켰다. 황궁 내에서 설을 때릴 사람은 아무도 없었다. 누가 감히 황제인 그를 깨운단 말인가. 더군다나 때린 것이 누구인지 맞은 등이 화끈거렸다.

"무슨 일이냐? 한창 잘 자고 있…… 응?"

몽롱한 설의 눈에 눈물이 가득 고여 있는 하현이 들어왔다.

두어 번 눈을 깜박인 설이 고개를 숙여 하현을 바라보았다. 이 시각에, 더군다나 집무실에 그녀가 있을 리가 없다. 하지만 눈을 비벼도, 감았다가 떠도 그녀는 사라지지 않았다.

"꿈인가? 아악!"

상황을 파악하기도 전에 하현의 주먹이 사정없이 설을 패기 시작했다.

모처럼 꿀 같은 단잠을 자고 있었던 것뿐이다. 한두 대야 애교로 맞는다고 쳐도 숨 쉴 틈도 없이 때려대니 억울한 것을 떠나 맞는 곳이 따가웠다.

"왜? 왜!"

"아무 말도 없으시고! 다치신 줄 알고 얼마나 놀랐는데! 너무하세요! 진짜 무슨 일이라도 생긴 줄 알고 놀랐단 말이에요!"

"짐이…… 아니, 내가 한번 잠이 들면 좀처럼 깨지를 못한…… 악! 그만 때려라! 아프단 말이다!"

가는 손목을 잡으며 설이 하현을 붙잡았다. 그렇게 때렸는데도 분이 안 풀리는지 하현이 잡힌 손목을 풀기 위해 몸부림을 쳤다. 하지만 지금 놓아주면 계속 두들겨 맞을 것이다. 그녀가 진정할 때까지 설이 손목을 붙잡은 상태로 기다렸다.

잠시 후, 몸부림을 멈춘 하현이 원망하는 눈으로 설을 바라보았다.

콩닥콩닥.

이미 초야도 치른 사이건만 함께 있을수록 심장이 떨렸다. 모두가 황제로 바라보는 황궁에서 유일하게 설 그 자체만으로 봐주는 하현에게 눈을 뗄 수가 없었다.

"아픕니다. 놓아주세요."

"아!"

하현의 말에 손목을 놓아주려던 설의 몸이 멈추었다. 무슨 일인가 싶어 물으려는 찰나, 설이 하현을 바라보았다. 그를 걱정했다는 하현의 말이 그를 단번에 흔들었다.

자신의 앞에서 화를 내는 하현이 좋았다.

손을 놔주는 대신 설이 하현을 품에 안았다.

"아얏!"

"놔주기 싫다."

"폐하, 좀 전의 일은 제가 잘못하였습니다. 혹여 폐하께서 다치셨을까 봐……."

"연모한다."

설의 말에 하현의 몸이 굳었다. 항상 들었던 고백이지만 들을 때마다 그녀는 심장이 떨렸다. 무언가 답을 해야 할 것 같은데 떨리는 심장이, 굳어버린 입술이 좀처럼 생각대로 움직이지 않았다. 굳어 있는 하현의 이마에 설이 짧게 입술을 맞췄다.

"네가 나날이 고와지니 놔주기 싫다. 놔주지 않을 것이다."

속사포처럼 쏟아지는 고백에 하현의 얼굴이 붉게 달아올랐다. 설의 품에 안겨 있던 하현의 입가에 환한 미소가 생겼다.

"저도 연모합니다, 폐하."

전부를 주고받은 하현은 자신의 마음을 숨기지 않았다. 누군가에게 받는 연모가 이렇게 사람의 마음을 홀리게 할 것이라고는 생각하지 못했다.

홀리는 것이라 해도 상관없었다. 하현이라면 그가 할 수 있는 전부를 줘도 아깝지 않았다.

품에 안은 채 가는 목에 얼굴을 묻으니 그녀 특유의 달콤한 체향이 그를 간질였다.

좀 더 이대로 있고 싶었다. 여리지만 강단 있는 그녀의 품에서 마음 편히 쉬고 싶었다.

하지만 지금의 황궁에서 그렇게 쉬기는 어려웠다. 사방이 태위가 심어놓은 사람들로 가득했다. 태위에게 하현과 자신이 한 이야기를 알리고 싶지 않았다.

"하현아, 나가자."

"네?"

생각지 못한 말에 하현이 고개를 갸웃했다.

하지만 설은 이미 마음을 굳힌 후였다.

"이곳에서는 하고 싶은 이야기도 쉬이 하기 힘들구나. 나가야겠다."

밤이 늦었으니 밖에 나가시면 안 된다는 말은 꺼낼 수조차 없었다.

언제 나갔는지 설이 밖에 있는 내시감을 닦달하는 소리가 들려왔다.

반 시진 후, 설은 하현과 함께 황궁을 나왔다.

262 꽃신

쌓인 눈으로도 만족할 수 없었는지 또다시 소복이 눈이 내렸다.

이렇게 깊은 밤에 나와도 되는 것일까? 하지만 걱정하는 하현과는 달리 설은 연신 싱글벙글이었다.

"폐하, 괜찮을까요?"

"뭐가?"

하현의 물음에 걸어가던 설이 그녀를 바라보았다.

물끄러미 바라보는 시선에 하현의 얼굴이 붉게 달아올랐다.

늦은 밤에 이렇게 단둘이 나와도 되는 것일까? 머리로는 안 된다고 생각하면서도 심장이 두근거렸다. 영화국에서 처음 설을 만났을 때의 담담하던 감정은 어디로 다 가버린 것일까?

추운 명룡국이었지만 그 추위조차 느낄 수 없었다.

"황궁에서 몰래 나오신 거잖아요. 물론 내시감이 알고는 있지만, 괜찮을까요?"

"당연하지. 난 황제인걸."

공식적인 자리에서 설은 언제나 '짐'이라는 말을 썼지만 하현 앞에서는 언제나 '나'라고 말했다. 왜 그런지는 알 수 없었지만 자신을 다른 사람과는 다르게 여겨주는 그의 사소한 배려가 좋았다.

"그래도 걱정할 거예요. 지극정성으로 폐하를 모시는 사람들이잖아요. 더군다나 아무 호위도 없이 나오셨잖아요."

진심으로 걱정하는 하현의 표정이 귀여웠다.

자신도 모르게 설이 하현을 붙잡고 있는 손에 힘을 주었다. 손에 느껴지는 온기가 좋았다.

지하 말고도 주변에는 둘을 지키는 호위들이 곳곳에 깔려 있었다. 어지간한 자객들이 오지 않는 한 둘의 주변은 안전했다. 무엇보다도 설은 명룡국의 투신이라 불리던 진세운의 아들이다. 황제로서의 교육보다도 먼저 세운에게 몸을 지키는 것부터 배운 그다.

하지만 굳이 그런 사실을 하현에게 말하고 싶지 않았다. 설만의 욕심이기는 했지만, 지금은 하현의 관심을 혼자만의 것으로 가지고 싶었다.

손을 잡고 걸어가던 설이 걸음을 멈추었다.

"왜, 왜요?"

같이 걸음을 멈춘 하현이 설을 바라보았다.

혼자만이 존재하던 마음에 다른 사람이 들어왔다.

나쁘지 않았다. 아니, 이상할 정도로 설레었다. 보듬고 아껴도 부족하게 느껴졌다.

하늘 아래 유일하게 마음을 준 여인, 곁이 있는 것만으로도 심장이 주체할 수 없이 뛰었다.

한참을 바라보던 설이 하현의 머리에 씌워져 있는 머리쓰개를 다시 반듯하게 고쳐 주었다.

"머리쓰개가 삐뚤어졌다."

"아! 죄송해요. 제가 할게요."

"죄송할 게 뭐 있느냐? 그럴 수도 있는 거지."

설에게서 나오는 매화 향에 홀리는 기분이었다. 사내에게서 나는 향이 이렇게도 매혹적일 수 있을까? 그러면 안 된다고 생각하면서도 하현은 설에게 한 걸음 더 다가갔다.

그의 몸에서 나는 매화 향이 참 좋았다. 좀 더 가까이서 그의 향을 맡고 싶었다.

하지만 그 순간, 바로 앞에 있는 설의 모습에 하현의 심장이 내려앉았다.

"폐하, 이건 말이죠. 그러니까……."

하현의 변명에 설이 입꼬리를 올렸다.

보기 좋은 미소.

미소에 홀린 듯 그에게서 시선을 뗄 수 없었다.

"늦게 가면 또 한 소리 들을 거다. 어서 가자."

한 소리 들을 것이라는 설의 말에 정신을 차린 하현이 그의 손을 붙잡았다.

"그런데 폐하, 어디 가시는 건가요?"

"휘왕궁."

"네?"

동그랗게 변한 하현의 눈이 설에게 멈추었다. 황궁에 있을 때와 지금의 그가 다르게 느껴졌다.

설의 손을 잡고 있던 하현이 떨리는 숨을 조용히 내쉬었다. 하현이 그에게 가까이 다가왔다. 바로 옆에서 느껴지는 하현의 체온에 설의 입가엔 미소가 감돌았다.

"아!"

잡고 있던 손을 놓고 팔짱을 낀 설이 말없이 그녀를 이끌었다.

간신히 진정시켜 놓은 심장이 다시 쿵쾅대기 시작했다.

처음으로 나란히 걷는 걸음이지만, 둘의 모습은 어색하지 않았다.

쨍그랑!

"마마!"

방으로 들어온 상궁이 눈앞에 펼쳐진 전경에 숨을 삼켰다.

깨진 화병에서 나온 물이 바닥을 적시고, 단정히 정리되어 있던 서책들 또한 바닥에 굴러다니고 있었다. 엉망진창인 바닥의 한가운데서 몸을 떨던 란이 서슬 퍼런 눈으로 닫힌 창문을 노려보고 있었다.

승경궁에서 7일을 머물던 황제가 밖으로 나왔다. 첫 황은도 모자라 그의 총애가 황후에게 가 있다는 것을 보여주듯 설은 노골적으로 하현을 아꼈다.

정무를 처리하다가도 황후의 손을 잡고 궁안을 함께 걸었다. 언제나 대동하는 내시감이나 지하조차 떼놓은 채 황후만을 데리고 다니니 그 모습이 무척이나 보기 좋다는 말이 궁인들에게서 점점 퍼져 나갔다.

그것까지는 어떻게든 참고 견딜 수 있었다.

하지만 오늘 저녁, 설이 하현만을 데리고 휘왕궁으로 갔다는 말에 란은 그대로 폭발하고 말았다.

"마마, 다치십니다. 방을 치울 터이니……."

"나가 있어라!"

"……마마."

"나가라 하였다!"

차가운 목소리에 만류하던 상궁이 고개를 숙이고 밖으로 나갔다.

하나도 마음대로 되는 것이 없었다. 첫 황은은 황후가 받을 것이라 예상했다. 그렇기에 자신에게 먼저 순서를 주겠다는 홍희겸의 말에 코웃음을 치기까지 한 란이다.

하지만 황은을 내린 하현을 휘왕궁으로 데려살 줄은 상상조치 하지 못했다.

설에게 휘왕궁은 단순히 유년 시절을 보낸 곳이 아니라 황제의 짐을 내려놓고 마음 편히 그를 맡길 수 있는 안식처였다. 그런 휘왕궁에 하현을 데리고 갔다는 것은 황후를 자신의 하나뿐인 부인으로 받아들인다는 의미였다.

울컥 치미는 분노에 다른 화병을 붙잡은 란이 그것을 바닥에 집어 던졌다.

"가문의 중심이 되려는 생각 전에 폐하의 총애부터 받으시지요."

설과의 대담에서 져버린 날, 독이 단단히 오른 홍희겸이 란을 보며 코웃음을 터뜨렸다. 그의 조롱에 간신히 감추고 있던 분노가 결국 모습을 드러냈다.

하지만 그녀의 분노에 웃음을 터뜨리던 홍희겸이 란에게 작은 나무 상자를 내밀었다.

상자를 열자 보이는 약병에 란의 눈이 홍희겸에게 향하였다.

"황은을 내릴 마음이 없다면 이쪽에서 도와주면 그만이지요. 황제의 차에 타세요. 황궁 곳곳에 마마께서 사람을 심어놓았다는 것은 알고 있습니다. 그들 중 하나에게 시키면 일은 깔끔해지겠지요."

"폐하의 억지 황은을 받으라는 것입니까?"

"지금의 귀비마마는 궁녀보다도 가치가 없습니다. 외면당하는 것이 귀비마마만이면 신경 쓰지 않겠지만, 그게 소인에게까지 영향이 오는 것이라면 방관할 수 없는 일이지요."

홍희겸의 말을 되새기며 상자를 꺼낸 란이 문을 열었다.

손가락 크기만의 작은 유리병.

홍희겸이 직접 구해온 것이니 효과는 걱정하지 않아도 될 것이다.

상자 앞의 병을 움켜쥐며 란이 입술을 깨물었다.

"폐하께서 먼저 시작하신 일입니다."

설이 황제로서의 이상이 있다면 란에게도 꿈꿔오던 목표가 있었다.

가문에 이용당하고 버려지는 여인 따위, 되지 않을 것이다.

황제의 총애도, 가문의 힘도 모두 자신의 것.

반드시 그렇게 되게 만들 것이다.

휘왕과 부인에게 아뢰겠다는 궁의 시종을 막은 설이 하현을 이끌고 안채로 들어갔다. 닫혀 있는 문을 열고 들어가자 멀지 않은 곳에서 젊은 사내의 목소리가 들려왔다. 휘왕궁에 머무는 동안 종종 듣던 목소리, 설의 바로 아랫동생인 효의 목소리였다.

옆에서 느껴지는 시선에 설이 그녀를 끌었다.

"다 왔다. 어서 가자."

설의 말에 하현이 고개를 끄덕였다.

가까이 갈수록 희미하게 들려오던 효의 목소리가 점점 또렷이 들려왔다. 대화를 하기보다는 책을 읽어 내리는 것 같은 말투에 하현이 설을 바라보았다.

밝은 방 안, 여인의 그림자와 효로 추정되는 사내의 그림자가 보인다.

"최근 어머니께서 눈이 많이 안 좋아지셔서 말이다. 책을 무척이나 좋아하시는데 자꾸 눈이 안 좋아지시니 효가 대신 읽어드리고 있는 거란다. 내가 못 하고 있는 걸 챙기는 착한 동생이지."

"아……."

"효에게는 미안하지만 저 시간을 좀 방해해야겠다. 어머니, 설이 왔습니다."

휘왕궁에 왔기 때문일까? 평소보다도 설의 목소리는 격양되어 있었다. 책을 읽던 효의 목소리가 멈추고 문이 열리면서 가예가 모습을 드러냈다.

설을 보는 가예의 입가에 미소가 감돌았다. 미소를 짓는 모습이 설과 똑같았다.

"황제 폐하, 황후마마, 언제 오신 것입니까? 또 이 어미 몰래 들어오신 것입니까?"

"온다고 말했으면 이 추운 날씨에 나와 계셨을 것이 아닙니까? 그리고 어머니, 오늘은 몰래 황궁을 빠져나온 것입니다. 자꾸 폐하라고 부르실 것입니까?"

고개를 숙이는 효에게 손을 흔든 설이 가예에게 투정을 부렸다. 설이 황제로서 힘이 들거나 말하기 어려운 일이 생길 때마다 황궁을 몰래 빠져나온다는 것을 알고 있었다.

하지만 힘든 일이 생겼다고 하기에는 설의 표정이 어느 때보다도 좋았다. 가예의 시선이 설의 옆에 서 있는 하현에게 향했다.

"황후마마께서도 황후로 오신 것이 아니신지요?"

갑작스러운 가예의 물음에 하현의 눈이 설을 향했다. 잠시 눈을 맞춰 설을 바라보던 하현이 가예에게 고개를 끄덕였다.

"폐하께서 그렇게 오신 것이라면 저도 같은 생각으로 왔습니다. 그러니 편히 대하세요, 어머니."

부끄러워하면서도 야무지게 대답하는 하현의 모습에 가예의 눈이 곱게 휘었다.

"황후마마께도, 아니, 하현이에게도 알려주고 오지 그랬느냐?"

언제나 극진하게 폐하라 부르는 가예였지만 설이 황궁을 몰래 빠져나온 날만큼은 그를 편하게 대하였다. 달라진 가예의 말투에 설이 미소를 지었다.

"할 이야기가 있어서 무작정 데리고 왔습니다. 황궁에서 하기에는 듣는 귀가 너무 많아서요."

상서령이 죽은 후 태위가 본격적으로 움직이고 있다는 말을 세운에게서 들었다. 설의 의중을 파악하기 위해 태위가 심어놓은 이들이 많을 터, 하고 싶은 말조차도 주변을 봐가면서 해야 하는 설의 모습에 안타까운 가예가 눈 끝을 내렸다.

"가군께서 미리 준비를 해놓으라 하기에 조만간 네가 올 것 같더구나. 하지만 이렇게 빨리 올 줄은 몰랐단다."

"아버지께서요?"

가예와 대화하는 와중에도 설은 하현의 손을 꼭 붙잡고 있었다. 가예와 효의 앞이라 부끄러운 하현이 손을 빼려 했지만, 그는 꿈쩍도 하지 않았다.

부끄러워하는 하현과는 달리 그 모습이 보기 좋은 가예가 고개를 끄덕였다.

"아버지는 어디까지 앞서 보는 것인지 모르겠습니다. 도대체가…… 혹시 또 다른 말은 없으셨습니까?"

설의 물음에 가예가 대답하는 대신 효를 바라보았다.

"날이 춥구나. 폐하와 마마를 안내해 드려라. 내가 직접 해드렸으면 좋겠지만 아무래도 가군께서 찾으실 것 같구나."

가예의 말에 효가 고개를 숙였다.

효가 먼저 계단을 내려가고, 설을 따라 계단을 내려가는 하현에게 가예가 고개를 숙였다.

"영화국의 집만큼은 아니겠지만 편히 쉬렴."

황궁의 어려운 격식을 잠시 접어둔 가예의 배려에 하현이 고개를 숙였다.

둘이 완전히 사라질 때까지 자리를 지키고 있던 가예가 편안한 미소를 지으며 방 안으로 들어갔다.

하현을 배려해서인지 효가 안내한 곳은 어릴 때 설이 머물던 곳이 아닌 안채의 깊숙한 곳에 마련되어 있는 작은 궁이었다. 석 달을 휘왕궁에서 머물렀지만 처음 보는 궁의 모습에 하현이 입을 벌렸다.

"이런 곳은 처음 봐요."

"어머니께서 이곳을 내주실 줄은 몰랐다. 나도 여기는 들어오기 어려운 곳이었거든."

설의 말에 하현이 고개를 돌렸다. 이리저리 둘러보던 설이 하현을 보며 빙긋 미소를 지었다.

휘왕궁으로 온 그는 황궁에 있을 때와는 다르게 편해 보였다. 한결 표정이 나은 설을 바라보니 그녀 또한 편해졌다.

"이곳이 그렇게 특별한가요?"

그녀의 물음에 미소를 지은 그가 손을 내밀었다.

설은 누구에게도 쉽게 손을 내미는 분이 아니라는 말을 조 상궁에게 들었다. 그러나 하현이 아는 설은 언제나 먼저 손을 내밀었다.

"이리 와봐."

손을 잡자마자 기다렸다는 듯 설이 그녀를 끌었다. 가예의 배려인지 걸어가는 내내 누구도 보이지 않았다. 둘밖에 없는 조용한 궁 안, 설과 하현의 걸음 소리만이 주변을 울렸다.

"와!"

눈앞에 보이는 모습에 하현의 눈이 커졌다.

넓게 뻗은 궁 앞으로 소복이 내린 눈이 쌓였다. 발자국 하나도 찍히지 않은 새하얀 눈밭이 마치 새하얀 꽃이 핀 것처럼 화사했다. 조용하다 못해 고요한 궁 앞에서 설이 계단에 하현을 앉혔다.

"종종 아버지와 어머니께서 이곳에서 시간을 보내신단다. 누구의 간섭도 받지 않고 마음속 얘기를 마음껏 하시지. 특히 어머니께서 좋아하시는 곳이라 나도 거의 들어와 보지 못한 곳이란다."

"그런 곳이라면 머물 수 없어요! 어머니께서 좋아하시는 곳이라니…… 당장에라도 일어나야……!"

일어나려는 그녀를 설이 꼭 붙잡았다. 이곳에 올 때마다 설이 본 것은 가예와 세운이 이 자리에서 대화하는 모습이었다. 그때는 별것이 아니라고 생각하던 것이 하현과 같이 오니 다가오는 느낌이 달랐다.

"어머니의 배려로 온 거잖아. 설마 그걸 저버리겠다는 거야?"

설의 말에 일어나려는 그녀의 몸짓이 멈추었다. 고민하던 눈동자가 결국 어쩔 수 없다고 생각했는지 설의 옆에 다시 앉았다.

소리 없이 내리는 눈처럼 고요한 시간이 둘 사이에 흘러갔다.

굳이 말을 꺼내지 않아도, 같이 있는 것만으로도 마음이 편해졌다. 황궁에서는 느낄 수 없던 여유가 이곳에서는 당연한 것처럼 느껴졌다. 앞을 바라보던 설의 눈이 하현을 향했다.

이제 그녀가 없는 삶은 생각하고 싶지 않았다.

가볍게 시작한 제안은 어느새 설의 인생을 좌지우지할 평생의 선택으로 바뀌어 있었다.

"난 너와 황궁에서 이렇게 지내고 싶다."

"폐하?"

"황제와 황후도 좋지만 종종 부인과 가군으로 둘만의 시간을 보내고 싶단다. 싸울 때도 있겠지만, 그럴 때는 이렇게 둘이서 대화하면서 푸는 것도 재미있을 것 같고 말이지. 네가 부인으로 있어주면 그렇게 살 수 있을 것 같아."

부인이라는 단어에 하현의 심장이 조금씩 뛰기 시작했다.

평생을 부부로서 함께하자는 말이 꿈처럼 아득했다. 하지만 마주 잡고 있는 손이, 서로를 바라보는 시선이 꿈이 아니라 현실이라는 걸 알려주었다.

설의 손을 자신의 뺨에 갖다 댄 하현이 촉촉이 젖은 눈으로 미소 지었다.

"폐하의 곁에 있으면 자주 다툴 것 같아요."

하현의 대답에 설이 미간을 찌푸렸다. 그럴 리가 없다는 표정으로 설이 말하려는 찰나, 작게 하현이 남은 말을 마저 하였다.

"그래도 폐하의 곁에 있을게요. 폐하의 부인으로 오래오래 같이 있고 싶어요."

하현의 허락에 설의 입가에 짙은 미소가 감돌았다.

하현의 어깨를 감싼 설이 고개를 숙였다. 언제나처럼 다가오는 그의 입술에 하현이 입술을 열었다.

수줍어하는 혀를 휘감은 설이 그녀만이 주는 감촉을 즐겼다. 내쉬는 숨 하나까지 모두 자신의 것인 것처럼 힘겹게 내쉬는 숨을 설이 모두 삼켰다.

고른 치열을 쓸어내리기도, 붉게 달아오른 입술을 살짝 깨물기도 하였다.

다디단 과실을 아껴서 맛보는 것처럼 하현이 지쳐서 몸을 기대올 때까지 설은 마음껏 하현과의 입맞춤을 즐겼다.

"하아, 하아."

지친 하현이 어깨를 잡은 채 기대자 그제야 그가 멋대로 약탈을 해대던 입술을 뗐다.

터질 듯 붉게 달아오른 얼굴도, 어깨와 몸에 닿는 설의 체온도 느껴지지 않았다.

마주하는 시선에서 느껴지는 감정이 폭발하듯 마음 안에 퍼져 나갔다.

열기를 띤 입술이 자신의 것이 아닌 양 달아올랐다.

가쁜 숨이 멈추자 미소를 띤 설이 다시 그녀의 입술로 다가왔다.

약탈자처럼 다가오던 처음과는 달리 그녀에게 양해를 구하듯 부드럽게 다가왔다.

하현은 살포시 눈을 감았다.

밀어내는 대신 하현의 가는 팔이 설의 허리를 감쌌다.

꿈 같은 시간이 현실로 다가왔다.

창으로 비치는 햇빛에 하현의 눈썹이 꿈틀댔다.

어젯밤 늦게 잠들었기에 오늘만큼은 따뜻한 이불 안에서 조금 더 있고 싶었다. 하지만 한번 거슬리기 시작한 햇빛은 결국 하현을 잠자리에서 일어나게 하였다. 잘 떠지지 않는 눈을 비비며 하현이 옆에서 잠든 설을 물끄러미 바라보았다.

희미한 매화 향이 앉아 있는 그녀의 코를 간질였다. 잠시나마 황제라는 책임을 내려놓은 설은 거침없이 하현에게 마음을 고백하였다.

"아!"

어제의 일을 생각하자 하현의 얼굴이 붉게 달아올랐다. 달아오를 대로 달아오른 얼굴이 뜨거워지자 하현이 손으로 뺨을 감쌌다.

하지만 그녀의 상황을 아는지 모르는지 옆으로 잠든 설은 평온했다. 손으로 볼을 치며 고개를 젓던 하현이 물끄러미 설을 바라보았다.

그는 처음 모습 그대로였다.

달라진 것은 마음뿐.

이제는 그를 몰래 바라보는 것만으로도 심장이 떨리고 머리에 열이 차올랐다.

물끄러미 설을 바라보던 하현이 주변을 두리번거리며 마른침을 삼켰다.

"괜찮겠지?"

무릎걸음으로 조심스럽게 다가간 하현의 손가락이 설의 이마에 내려온 머리카락을 위로 올렸다. 머리카락에 가려져 있던 얼굴이 보이자 하현의 심장 고동이 더 빨라졌다.

잠자리를 같이한 가군이어도 여전히 그의 몸을 만지는 것이 떨렸다.

입술을 굳게 깨문 하현의 손이 설의 얼굴을 쓸어내리기 시작했다.

주름이 잡혀 있는 미간을 지나 혈관이 느껴지는 관자놀이를 어루만졌다. 혹시라도 그가 깰지도 모른다는 두려움에 하현의 손가락이 미세하게 떨렸다.

잡티 하나 없는 설의 뺨을 손으로 감싼 하현이 길게 한숨을 내쉬었다.

"무슨 사내 피부가 이렇게 좋아."

마치 손이 미끄러질 것 같이 뺨의 감촉이 부드러웠다. 하현의 손가락이 설의 뺨을 조심스럽게 어루만졌다. 설의 뺨을 어루만지던 하현이 문득 생각이 났는지 다른 손으로 자신의 뺨을 똑같이 감쌌다.

"후우."

같은 뺨인데도 감촉부터가 완전히 달랐다.

"난 너와 황궁에서 이렇게 지내고 싶다."

그의 손을 잡은 후부터 하현의 세상은 새롭게 열렸다. 해도 그만, 안 해도 그만이라 생각하던 혼인이 그녀에게 가장 귀한 것을 만들어주었다.

"행복해요, 폐하."

속삭이듯 하현의 입에서 작은 목소리가 흘러나왔다.

"제가 이렇게 행복해도 되는 걸까요?"

그 순간, 깊게 잠들어 있던 설이 눈을 떴다. 놀란 하현이 자신도 모르게 손으로 입을 막았지만 이미 늦은 뒤였다. 앉아 있는 하현의 팔을 설이 끌었다.

"폐하, 그러니까 이건 말이죠. 아앗!"

졸지에 설의 품 안에 얼굴을 묻게 된 하현이 비명을 질렀다.

"당연히 행복해도 되지. 뭘 그런 걸로 고민하는 것이냐?"

잠에 취해 있었지만 설의 목소리는 어느 때보다도 또렷했다. 혼잣말을 들킨 하현이 설에게서 도망가려 했지만 하현을 붙잡은 설은 꿈쩍도 하지 않았다.

"폐하, 그것이…… 우선은 아침이니 일어나셔야……."

"조금만 더 이대로 자자. 그리고 이제는 행복하지 않아도 나에게서 못 도망간다."

"……."

"황후로서도, 부인으로서도 난 네가 마음에 드니 이대로 꼭 안고 있을 것이다. 설마 내가 가군인 것이 싫은 것이냐?"

"설마요, 폐하! 그게……."

아니라며 펄쩍 뛰는 하현의 입술에 설이 입을 맞추었다.

설의 입맞춤에 하현이 닫고 있던 입을 작게 열었다. 그녀의 허락에 들어온 설이 느긋하게 자신의 흔적을 곳곳에 남기기 시작했다.

그를 위한 배려인지, 스스로 편한 자세를 잡기 위함인지 하현이 설의 어깨를 손으로 잡았다. 하현이 숨을 쉴 수 있게 입술을 뗀 것도 잠시, 가쁘게 내쉬는 입술을 설이 살짝 깨물었다.

"아얏!"

홍조를 띤 하현의 얼굴은 볼수록 설의 마음을 흔들었다.

"부인."

일어나야 한다며 빠져나오려던 하현이 설의 목소리에 그대로 멈추었다. 터질 듯 붉어진 얼굴에 크게 뜬 눈이 믿을 수 없다는 듯 그를 향했다.

물끄러미 바라보던 설의 눈이 곱게 휘었다. 떨어져 있는 하현을 품으로 끌고 온 그가 작은 머리에 얼굴을 묻었다.

"답답하겠지만 이대로 있어다오. 진가의 사내들은 아침잠이 많아서 말이다. 조금만 더 자고 일어나마."

부드럽게 다독이는 목소리가 밀어내는 하현의 움직임을 막았다.

얇은 자리옷 너머로 느껴지는 설의 감촉에 바쁘게 뛰던 심장이 멈춰 버릴 것 같았다.

깊게 잠든 설과는 달리 하현의 정신은 맑다 못해 또렷했다.

고르게 내쉬는 숨소리가 그녀의 머리와 귀를 간질였다. 팔뚝에서 느껴지는 설의 심장 고동이 생생하게 느껴졌다.

몸속의 피라는 피는 모두 머리로 쏠리는 기분이었지만, 하현은 밀어내는 대신 설의 팔에 자신의 손을 감쌌다.

'가군.'

어색한 단어가 하현의 입안에서 머물렀다.

아직은 입 밖으로 내뱉을 수 없는 호칭이지만, 생각하는 것만으로도 마음이 벅차올랐다.

설의 품에 몸을 맡기며 하현이 눈을 감았다.

"황궁으로 정말 안 돌아갈 생각이세요?"

세운과 가예와 식사를 끝낸 둘은 휘왕궁을 걷고 있었다.

"뭐, 내가 며칠 비웠다고 일이 터질 황궁도 아니고, 천천히 돌아가도 돼. 그리고……."

"그리고요?"

설이 말끝을 흐리자 하현이 다시 물었다. 동그란 눈으로 바라보는 하현의 뺨을 손으로 가볍게 만진 설이 화사한 미소를 지었다.

그가 자신의 물음을 미소로 적당히 넘기려는 것 같았지만, 저렇게 웃을 때의 설을 보면 궁금한 것을 더 물어볼 자신이 없었다. 결국 그에게 질문하는 대신 하현은 앞의 전경으로 시선을 옮겼다.

그의 의도를 알아채고 넘어가 주는 하현이 고맙고 대견하여 설은 자신도 모르게 그녀의 뺨에 짧게 입술을 맞추었다.

"폐하, 다른 사람들이 보면 어쩌시려고!"

"내 부인한테 내가 그러는데 누가 뭐라고 하겠어? 그리고 황제인 나에게 뭐라 할 사람은 이곳에도 거의 없으니 걱정하지 마렴. 아무튼 넌 잔걱정이 많다니까. 내가 그렇게 못 미더워?"

"아니요! 설마요!"

격하게 고개를 젓는 그녀를 보며 설이 웃음을 터뜨렸다.

하현을 데리고 휘왕궁으로 온 순간, 눈치 좋은 태위와 란은 설의 의도를 깨달았을 것이다.

설은 하현을 하나뿐인 부인으로 마음먹었다.

란이나 태위가 아무리 술수를 부려도 설은 그들에게 단 하나도 내어주지 않을 것이다.

황제의 관심이 힘없는 황후에게로 향하였다.

설이 선택했으니 이제는 대신들이 선택할 차례였다. 원치 않아도 그들은 황후와 란 중 한 명을 선택해야 할 것이다.

그리고 설은 하현과 함께 있으면서 그들에게 선택할 시간을 주면 그만이었다.

"명룡국의 혼인 상징인 매화잠을 사줄까, 아니면 영화국의 혼인 상징인 가락지가 나을까?"

"네?"

"제대로 된 정표를 준 적이 없지 않으냐? 자, 말해보아라. 무엇을 사줄까?"

싱글벙글 웃고 있는 설의 입과 짓궂은 눈매가 또 하현을 놀리고 있었다. 뻔히 보이는 설의 의도에 하현이 눈을 새치름하게 떴다.

"기왕 사주실 거면 아주아주 비싼 꽃신을 사주세요."

"응? 꽃신은 오래 못 가서 안 좋다며?"

"낡으면 새로 사달라고 하면 되죠! 그게 또 낡으면 더 좋은 걸로 사달라고 할 거예요! 제가 혼인한 분은 무려 명룡국의 폐하시잖아요."

당당한 하현의 말에 이번에는 설의 눈이 커졌다. 직접적으로 말한 것은 아니었으나 지금 하현은 설에게 부인으로 곁에 있겠다는 말을 한 것이다.

언제나 솔직하게 마음을 말해주는 그녀가 좋았다.

그녀가 곁에 있는 한 설은 무엇이든 할 자신이 있었다.

"그래, 어디 한번 아주아주 비싼 꽃신이 어떤 건지 나가보자꾸나."

말을 끝낸 설이 몸을 돌리려는 찰나, 어느새 다가온 하현이 그를 잡았다.

왜 그러느냐는 설의 시선에 미소를 지은 하현이 손을 내밀었다.

"안 잡아주세요?"

"응?"

"언제나 잡아주셨잖아요. 잡아주세요. 그냥 가시면 따라가지 않을 거예요."

그제야 그녀가 말하고자 하는 의미를 깨달은 설이 웃음을 터뜨렸다.

한 걸음 다가온 설이 하현의 손을 굳게 잡았다.

하현의 입가에 미소가 생겨났다.

두근대던 심장에 따뜻한 감정이 물밀 듯이 들어왔다.

같이 있는 것만으로도 좋았다. 상대를 향한 연모가 꽃물이 들듯 마음에 적셔들었다.

七章

절벽 끝의 꽃

휘왕궁에서 돌아온 이후 황제의 총애가 어린 황후에게 완전히 기울었다는 소문이 돌기 시작했다. 그리고 그 소문이 사실이라는 것을 증명하듯 황제가 황후만을 데리고 궁안을 걷거나 다과를 하는 모습을 보였다.

그리고 내내 궁에 있던 란이 승경궁을 찾아왔다.

"마마와 이렇게 차를 마셔보기는 처음인 것 같습니다."

란의 말에 하현이 조용히 미소를 지었다. 그녀의 등장이 달갑지는 않았지만 피할 수도 없었다. 좋은 차가 들어왔다며 자리를 마련한 란에게 하현이 조용히 답하였다.

"재인의 일이 있던 후 자리를 마련하지 못한 나의 탓이네. 귀비도 힘들었을 것인데 미처 생각할 겨를이 없었군."

하현의 하대에 란의 눈에 서늘한 기운이 스쳐 갔다. 한번 치밀어 오른 화는 쉽게 가라앉질 않았다. 시선을 피하며 분노로 떨리는 몸을 숨기듯 란이 힘껏 주먹을 쥐었다.

황제의 총애를 한 몸에 받게 되자 란을 대하는 하현의 태도가 달라졌다. 황후라 귀비에게 하대를 하는 것은 당연한 일이지만, 란의 눈에는 하현의 행동이 전부 거슬렸다.

하지만 지금은 몸을 숙여야 할 때. 란이 살기를 감추듯 고개를 숙여 보였다.

"실은 마마께 부탁드릴 것이 있어서 찾아왔습니다."

고개를 든 란의 표정이 어느 때보다도 슬퍼 보였다.

하시만 후궁이기에, 아니면 신륵사에서 자신을 죽이려 한 홍희겸의 딸이기에 이런 느낌이 드는 것일지도 모른다.

슬픈 란의 표정 안에서 하현이 느낀 것은 분노, 그리고 시기였다.

"말하게."

"폐하와의 자리를…… 차 한 잔이라도 올릴 수 있게 자리를 마련해 주십시오."

생각지 못한 란의 말에 하현의 눈이 커졌다.

놀란 나머지 말문조차 막혀 버렸다. 지금 자신이 들은 것이 맞는지 고개를 돌려 조 상궁을 바라보았다. 하지만 평소와는 달리 조 상궁이 그녀의 시선을 외면한 채 하얗게 질려 있었다.

"황후마마께 드릴 말씀이 아니라는 것은 알고 있습니다. 하지만 저 또한 방법이 없기에 마마께 부탁드리는 것입니다. 도와주십시오.”

“…….”

황궁에 처음 들어왔을 때의 하현이라면 뭣도 모르고 도와주겠다며 손을 내밀었을 것이다. 하지만 재인의 일을 겪고, 설에게 아낌없는 애정을 받으면서 하현도 자신의 자리를 깨닫기 시작하였다. 어설픈 도움은 독일 뿐이다. 설에게 독이 될 일이라면 차라리 그녀가 전부를 감당하는 길을 선택할 것이다.

무엇보다도 어쭙잖은 아량으로 란에게 설을 빼앗기고 싶지 않았다. 이제야 부부로서 전부를 나누는 사이가 되었다. 여인의 이기적인 욕심이어도 어쩔 수 없었다.

하현은 누구와도 설을 나눌 생각이 없었다.

“귀비의 부탁이 날 곤혹스럽게 만들고 있다는 것을 아는가?”

“지금 신첩을 도와주실 수 있는 분은 마마뿐이십니다. 신첩이 주제도 모르고 행동하여 폐하의 노여움을 샀습니다.”

“귀비.”

“폐하의 황은을 바라는 것이 아닙니다. 그저 신첩의 잘못한 행동을 뉘우칠 기회만 주시기 바랍니다. 신첩, 많은 것을 바라지 않습니다.”

설의 총애 외에는 아무것도 없는 하현에게 몸을 숙이고 싶지 않았다. 하지만 지금의 란은 절박했다. 설의 곁에서 힘을 얻기 위해 가치도 없는 재인에게도 몸을 숙인 그녀였다.

만인이 몸을 숙이는 황제. 그의 곁에서 머물며 그 힘을 얻을 수만 있다면 란은 얼마든지, 그 누구에게도 자신을 굽히고 기다릴 수 있었다.

하지만 란이 미처 생각하지 못한 것이 있었다. 그녀가 생각하는 것보다도 하현은 사람을 판단하는 눈이 빨랐다. 그리고 지금 란이 다른 의도로 말을 걸었다는 것을 단번에 깨달았다.

"귀비와 차를 마시며 이야기한들 폐하께서 마음을 푸실 것이라 생각하지 않네."

"황후마마, 폐하의 노여움만 푸실 수 있다면 전 어떤 선택이든지 할 수 있습니다. 그러니……."

"그럼 가문을 포기하게."

하현의 말에 란의 눈이 커졌다. 담담한 눈이 란을 지그시 바라보았다.

홍희겸과 란이 자신을 죽이려 했다는 이야기를 듣고 하현은 생각하고 또 생각했다.

그리고 그녀 나름의 결론을 내렸다.

"무슨 말씀을 하시는 것입니까?"

"가문의 모든 것을 포기하고 귀비로만 지내겠다면 내 부족하지만 폐하께 말씀드리겠네. 내가 말한들 결국 정하시는 것은 폐하이시지만, 가문을 포기한 귀비를 폐하께서 끝까지 외면하지는 않으실 것이라 생각하네. 가문을 포기하게. 그럼 내 기꺼이 귀비를 돕겠네."

신륵사의 일이 홍희겸 독단으로 이루어진 일이라면 란만큼은 다르게 보는 것이 맞았다.

만약 그녀가 아무런 연관이 없다면 가문을 포기하게 함으로써 그녀를 지키는 것이 올바른 행동이었다.

하현에게는 확신이 있었다.

만약 홍희겸이 독자적으로 저지른 일이라면 란은 하현에게 무릎을 꿇고 잘못했다며 몸을 숙일 것이다.

하지만 둘이 같이 저지른 일이라면…….

"황은을 받으셨다고 신첩에게 이런 모욕을 주시는 깃입니까?"

낮은 목소리에 깃들어져 있는 분노가 하현을 오싹하게 하였다. 란의 분노 어린 시선을 받은 하현이 고개를 세웠다.

부드러운 눈 안에 감춰져 있던 란의 본성이 모습을 드러냈다.

"황제의 총애를 얻으셨다고 저에게 모든 권리를 버리라 명하시는 것입니까? 마마께서 그러실 자격이나 힘이 있으신 것입니까?"

차가운 란의 눈을 바라보며 하현이 미간을 좁혔다.

황후의 자리에 앉아 있어도 하현은 누구에게도 몸을 세우거나 권위를 내세운 적이 없다. 하지만 신륵사의 일이 둘의 소행이라면, 란이 죽이려는 것이 그녀라면 하현도 질 수는 없었다.

"폐하의 여인인 그대가 가문을 포기하는 일이 그렇게 어려운 것이란 말인가?"

한 치의 흐트러짐도 없는 하현의 말에 결국 란이 폭발했다.

"제가 황후마마와 똑같다고 생각하십니까? 잘못 생각하셨습니다! 전 황후마마와 다릅니다!"

"다르긴 무엇이 다른가? 결국 귀비도 황제 폐하의 여인이시잖아요?"

멀지 않은 곳에서 들려오는 새로운 목소리에 하현이 눈을 돌렸다. 언제 들어왔는지 화사하게 차려입은 은조가 둘에게로 걸어오고 있었다.

생각지 못한 은조의 등장에 란의 얼굴은 창백해졌고, 하현의 눈은 동그랗게 변하였다.

화사한 표정으로 둘 사이에 끼어든 은조가 몸을 숙였다.

"말도 없이 들어온 것을 용서해 주세요, 황후마마."

"은조 아가씨가 여길 어떻게……?"

하현의 물음에 은조가 말없이 미소를 지었다. 하지만 그것도 잠시, 차가워진 눈으로 란을 바라보았다.

"귀비마마, 아무리 감정이 격해지셨다 한들 황후마마의 면전입니다. 어찌 몸을 세우고 황후마마를 내려다보실 수 있단 말입니까? 몸을 낮추시지요."

은조의 경고에 당황한 란이 고개를 숙였다. 하지만 란의 표정은 구겨질 대로 구겨져 있었다.

그런 란의 모습에 은조가 입꼬리를 올렸다.

신륵사에서 돌아온 날 이후로 은조는 란의 부름이나 서신에 단한 번도 답을 하지 않았다. 어차피 끊을 사람이라면 서둘러 정리하는 것이 은조의 방식. 더군다나 은조의 달라진 반응에 란이 신경을 쓰는 사이, 설이 하현에게 황은을 내렸다.

겉으로는 괜찮다며 여유로운 모습을 보였지만, 궁에서 물건을 던지며 패악을 부린 일은 이미 퍼질 대로 퍼져 있었다.

일이 아주 재미있게 흘러가고 있었다. 란의 구겨진 표정을 보니 마음속에 남아 있던 앙금이 조금은 풀리는 기분이었다.

"귀비마마께서도 폐하의 성정을 아시잖아요. 유유낙낙, 될 대로 되라는 식으로 행동하시는 것 같아도 한 번 아닌 것은 아니신 분이지요."

"하지만 가문을 버리라는 말은 황후마마께서 하실 말씀이 아니지요."

"이유가 있어서 그런 것일지도 모르잖아요? 갑자기 가문을 포기하라 하실 리가 없잖아요."

은조의 말에 란의 눈이 날카로워졌다. 은조를 향해 있던 란의 시선이 답을 구하듯 하현에게 향하였다.

하지만 하현의 눈에서는 그 어떤 것도 얻을 수 없었다.

목에 걸린 모래처럼 껄끄러운 기분이 란을 감쌌다.

홍희겸은 아무것도 알려준 것이 없었다. 걸릴 것이 없는 상황이건만 자꾸 신경이 쓰였다.

"무슨 말씀을 하시는 것입니까?"

더는 안 되겠다고 생각했는지 은조와 란의 사이를 막으며 하현이 조 상궁을 불렀다.

"귀비, 오늘은 이만 물러나게. 조 상궁은 귀비를 모셔다 드려라."

고개를 숙이고 있던 조 상궁이 란의 옆으로 다가왔다. 부들부들 몸을 떨며 하현과 은조를 보던 란이 몸을 돌렸다.

란의 기척이 사라지자 하현이 은조를 보았다.

"언제 왔어요?"

휘왕궁에서 머무는 사이 은조와 가까워진 하현이 자리에서 일어나려 했다. 하현을 다시 앉힌 은조가 반대편에 자리를 잡았다.

그사이 궁인들이 새로운 차로 바꾸어 둘 앞에 놓았다.

"효 오라버니를 따라 입궁하였습니다. 황제 폐하와 무슨 밀담이라도 나누려는 것인지 밖에서 기다리라고 하시더라고요. 그래서 기다리는 대신 승경궁으로 왔습니다."

"좋지 않은 모습을 보였네요."

"재미있는 모습이던데요?"

좀 전의 기세는 어디로 가고 은조의 말에 하현이 얼굴을 붉혔다.

"하지만 마마의 제안은 좀 의외였어요. 가문을 포기하라고 하실 줄은 몰랐거든요."

"그건 말이에요, 그러니까……."

"제대로 하신 거예요. 저 또한 마마께서 귀비를 그렇게까지 상대하실 줄 몰랐으니 귀비도 마마께 당황했을 거예요."

은조의 칭찬에 하현이 무안한 듯 미소를 지었다.

"시늉이라도 가문을 포기하길 바랐어요. 하지만……."

"힘을 위하는 이가 그렇게 쉽게 자신의 기반을 포기할 리가 없죠. 도리어 이걸로 확실해진 거예요. 남을 충동질하여 제 욕심을 채우던 이가 이를 드러냈으니 황후마마께서도 조심하세요."

담담한 목소리였지만 그 안에서 느껴지는 마음은 배려였다.

아무도 없던 명룡국에서 설을 만나고, 그와 함께하면서 새로운 인연들이 만들어졌다.

그들에게서 받는 배려가 하현을 더욱 강하게 하였다.

고개를 끄덕이며 하현이 미소를 지었다.

※

조 상궁의 안내를 받은 채 걸어가던 란이 돌연 걸음을 멈추었다.

떠는 몸을 감추듯 란이 질끈 주먹을 쥐었다.

궁을 나오는 문 앞에서 멈춘 그녀가 차가운 눈으로 조 상궁을 노려보았다.

"조 상궁."

"네, 귀비마마."

황궁에 만들어놓은 수많은 자신의 패.

그들 중 가장 쓸모가 있는 패는 하현이 휘왕궁에 가 있는 동안 끌어들인 조 상궁이었다.

"난 기다리는 것을 좋아하지 않네."

"귀, 귀비마마."

조 상궁을 보던 눈이 문으로 향하였다. 건방진 황후가 총애 하나만을 믿고 멋대로 행동하였다.

불길하다. 더 큰일이 생기기 전에 준비를 끝내놓아야 했다.

"서두르는 것이 좋을 것이네. 내가 나설 때까지 그대가 움직이지 않으면 그대의 오라버니가 어떻게 될지 나 또한 짐작할 수 없으니."

"마마."

놀란 조 상궁의 눈이 란을 향했다.

하지만 이미 란은 조 상궁을 지나쳐 승경궁 밖으로 나간 뒤였다.

떨리는 눈으로 란을 바라보던 조 상궁은 결국 아래로 고개를 떨어뜨렸다.

"언제 끝낼 건데?"

시큰둥한 설의 눈이 부지런히 놀리고 있는 하현의 손으로 향했다. 내명부의 전반적인 관리를 하는 황후였기에 설만큼이나 하현이 처리해야 하는 일도 상당했다.

더군다나 황은을 입은 후로는 단단해진 입지만큼이나 해야 할 일 또한 늘어났다.

확인한 문서에 황후의 인을 찍은 하현이 다음 것을 집어 들었다.

"이제 이것만 보면 끝나요. 조금만 기다려 주세…… 아앗!"

"졸려. 그만 봐."

뒤에서 하현을 껴안으며 설이 툴툴댔다. 졸지에 양팔까지 잡혀 버린 하현이 안 된다며 그의 팔을 풀려 하였다. 하지만 그녀가 반항하면 할수록 뒤에서 안은 설은 더 힘을 주었다.

"폐하, 놔주세요. 내일 아침까지 모두 끝내야 하는 거란 말이에요."

"내일 일찍 일어나서 하면 되잖아. 그만 자자."

하현의 작은 어깨에 턱을 기대며 설이 투정을 부렸다. 처음에는 설의 투정에 적잖이 당황했지만, 이제는 설이 하현을 아는 만큼이나 그녀도 그를 알았다.

오랫동안 알고 지냈다는 귀비도, 하루에 몇 번씩 인사를 하는 대신들에게도 설은 가볍게 넘길지언정 편하게 대하지 않았다.

명룡국의 주인이자 만인의 황제인 그가 긴장을 놓고 편하게 지내는 순간은 승경궁에서 그녀와 머물 때뿐. 그 사실이 하현에게는 묘한 떨림으로 다가왔다.

하지만 떨림은 떨림일 뿐, 황후로서 해야 할 일은 꼭 해놓아야 했다.

"폐하께서는 언제나 하시는 일이니 벌써 끝내셨겠지만 저는 아니라고요. 금방 볼게요. 그러니까…… 까악!"

좀처럼 꼬임에 넘어오지 않자 설이 하현을 안아 들었다. 몸이 붕 뜨자 놀란 하현이 설의 목을 팔로 감았다.

토끼처럼 크게 뜬 눈이 그만을 바라보자 그제야 설이 웃음을 터뜨렸다.

"자러 가자!"

"폐하, 내려, 내려주세요! 다른 이가 봅니다!"

"황제와 황후가 침수를 드는데 누가 본단 말이냐? 만일 보게 된다면 후계 걱정은 안 해도 된다며 좋아할 것이다. 결정적으로…… 내려놓으면 저거 본다며 도망갈 거잖아?"

속마음을 간파당한 하현의 말문이 닫혔다. 꿀 먹은 벙어리처럼 말을 못 하는 하현을 안은 채 설이 침상으로 걸어갔다. 치마 사이로 보이는 그녀의 발이 작고 새하얗다. 저렇게 작은 발로 어떻게 걸어 다니는지 궁금할 정도이다.

놓아달라며 바동거리면서도 설에게 안긴 것이 싫지 않은지 하현이 몸을 기댔다. 품에 닿는 여린 몸체의 느낌이 부드러웠다.

깨끗이 정돈된 침상에 몸이 닿자 서늘한 기운에 하현은 몸을 떨었다. 하지만 그것도 잠시, 하현의 위로 올라온 설의 온기에 한기가 아스라이 사라졌다.

안 된다며 당차게 말할 때는 언제고 붉어진 하현을 보며 설이 빙긋 웃었다.

"내 부인은 비거울 정도로 부지런하고 대단할 정도로 책임감이 많아."

"폐하, 그게…… 폐하의 황은을 받은 후로 게을러졌다는 말을 들을 수는 없잖아요."

"귀비에게 가문을 포기하라는 야무진 말도 할 줄 알고."

하얀 이마에 입술을 갖다 대니 차가운 한기가 느껴졌다. 그런 게 아니라며 당황하는 모습이 유난히 고와 보여 설이 미소를 지었다.

"폐하, 그건요…… 혹 제 행동이 거슬리셨다면……."

"난 하라는 대로만 하는 바보 부인은 싫어."

코끝에 입술을 맞춘 설이 하현의 목에 얼굴을 묻었다. 붉게 달아오른 목에 얼굴을 묻으니 달콤한 체향이 설의 코끝에 감돌았다.

무거운 황제의 짐도, 머리 아프게 하는 사공과의 관계도 그녀와 함께하는 순간에는 전부 잊을 수 있었다.

"다만 나를 좀 더 봐줬으면 좋겠는데 말이야."

"당연하죠! 저에게는 폐하뿐인걸요!"

억울한지 설의 품에 안겨 있는 하현이 목소리를 높였다. 그녀의 작은 반항에 목에서 얼굴을 든 설이 그녀가 좀 전까지 앉아 있던 탁자를 가리켰다. 탁자에 가득 쌓여 있는 문서의 모습에 하현이 설을 보던 눈동자를 또르르 옆으로 돌렸다.

"그게 말이에요, 폐하. 어쨌든 저건 아침까지 해야 하니까요. 그리고 하다 보니 곧 끝날 것 같아서…… 죄송해요."

점점 황후로서의 모습을 보여준다는 평과는 다르게 설 앞에서의 그녀는 언제나 똑같았다. 순응하며 몸을 숙이기만 하는 여인은 싫다. 그렇다고 자기주장만 내세우며 주변의 이야기에 귀를 닫는 여인도 싫다.

황후의 자리에 있어도 하현은 영화국에서 만났을 때와 달라지지 않았다. 그렇기에 누구보다도 그녀에게 빠져들었다.

"넌 황제의 하나뿐인 정실인 황후잖아. 네 권리를 지킬 수 있는 일이면 무엇이든 해. 잘하고 있어."

"폐하."

수줍어하는 눈 끝에 입술을 맞추며 설이 즐거운 미소를 지었다.

필요에 의해서 데리고 왔다고 생각했다. 하지만 그때부터 그는 그녀에게 끌렸는지도 몰랐다.

"잘못한 건 아니지만 그래도 신경 쓰는 것 같으니까 벌을 내려 볼까?"

무슨 소리냐는 듯 눈을 동그랗게 뜬 순간 짓궂은 미소를 지은 설이 그녀에게 다가왔다.

풀어지는 자리옷 사이로 차가운 바람이 스며들었다. 하지만 그러한 한기를 느낄 틈도 없이 열기로 뜨거워진 손이 여린 살을 거칠게 감쌌다.

열기에 전염되듯 하현에게서 더운 숨이 흘러나왔다. 설의 목과 뺨을 손으로 감싸며 그녀가 먼저 그에게 입술을 맞추었다.

간지러워하는 웃음소리가 사내의 이성을 흔들었다. 벗겨진 자리옷이 침상에 제멋대로 흐트러졌다. 설을 자신에게 각인시키듯 하현이 그에게 전부를 내보였다. 그녀의 허락에 화답하듯 설이 자신을 새겼다.

차가운 명룡국의 바람을 느낄 겨를도 없이 휘감는 열기가 상대의 체온을 채웠다.

둘에게는 짧은 밤이 그날도 속절없이 흘러갔다.

란이 그렇게 무안을 당한 후, 예상외로 조용한 시간이 흘러갔다.

곧바로 무슨 일을 저지를 것같이 굴던 란은 자신의 궁에서 한 발자국도 나오지 않았고, 설은 여전히 바빴지만 침수만큼은 언제나 승경궁에서 들었다.

"황후마마, 탕약을 드셔야 할 시간이옵니다."

아프지 않아도 황후는 하루에 세 번 태의가 지은 약을 마셔야 했다. 아픈 곳 없이 먹는 약이 부담스럽게 느껴졌지만, 그렇다고 지금까지 계속 해오던 일에 고집을 부릴 수는 없었다.

약을 들여오라고 말한 하현이 문득 조 상궁의 굳은 표정에 고개를 갸웃했다.

"소 상궁, 무슨 안 좋은 일이라도 있는 것인가? 요즘 안색이 좋지 않네."

"아, 아니옵니다, 황후마마. 별일 없사옵니다."

하현의 물음에 얼버무리듯 조 상궁이 말을 삼켰다.

무언가 숨기고 있는 듯한 모습이었지만 하현은 조용히 말문을 닫았다. 아무도 없던 황궁에서 이렇게까지 지낼 수 있는 것은 조 상궁의 도움이 무엇보다도 컸다. 그녀에게 무슨 일이 있다면 할 수 있는 한 도움이 되고 싶었다.

"도움이 필요하다면 언제든지 말하게. 내 능력은 부족하지만 도와줄 수 있는 일이라면 언제든지 도와주겠네."

언제나 미소로 답해주는 하현의 모습에 안색이 한층 더 어두워진 조 상궁이 고개를 깊이 숙였다.

문이 열리고, 탕약을 들고 온 궁녀가 몸을 숙였다.

탕약에서 나오는 향이 방을 고요히 채웠다. 탕약 그릇이 놓인 쟁반이 바닥에 내려지고, 대기하던 궁녀가 혹여 탕약에 들어 있을지도 모를 독을 찾기 위해 은수저를 넣었다 꺼냈다.

은수저가 변색 없이 나오고, 마지막으로 조 상궁의 반대편에 있는 궁녀가 독이 없다는 것을 확인하기 위해 탕약을 조금 떠서 입에 넣으려 하였다.

그때 탕약이 들어온 이후 내내 인상을 찌푸리고 있던 하현이 손을 들었다.

"탕약을 마시지 말거라."

하현의 말에 탕약이 담겨 있는 수저를 든 궁녀의 손이 멈추었다. 하지만 그것을 아는지 모르는지 상석에 앉아 있는 하현이 탕약을 먹으려는 궁녀에게 말했다.

"독은 아니지만 여인에게는 좋지 않은 약초가 섞여 있구나. 먹지 않는 것이 좋을 것 같구나."

하현의 말에 놀란 궁녀가 들고 있던 수저를 바닥에 떨어뜨렸다. 수저에 담겨 있던 탕약이 바닥에 떨어졌다.

방의 분위기가 순식간에 차갑게 가라앉았다.

감히 황후가 마시는 탕약에 넣어서는 안 되는 것을 넣었다.

누구 하나 움직이지 못할 정적이 방을 깊게 누르고 있을 때, 상석에 앉아 있던 하현이 몸을 일으켰다. 궁녀조차 꺼림칙하여 다가가지 않는 탕약 그릇 앞에 선 하현이 손가락으로 그것을 찍어 향을 맡았다.

살짝 찌푸린 미간에 옅은 분노가 어렸다.

탕약 그릇 옆에 접혀 있는 천에 약을 닦아내며 하현이 조 상궁을 바라보았다.

평소라면 궁녀를 추궁하거나 지금의 일에 분노했을 그녀가 아무런 말을 하지 않고 있었다.

숙인 고개에 떨고 있는 몸만이 이번 일을 누가 꾸몄는지 보여주고 있을 뿐이었다.

놀란 눈으로 조 상궁을 보고 있던 하현이 몸을 일으켰다.

"방을 정리해라. 그리고……."

탕약 그릇을 든 하현이 방 안의 화분에 약을 부었다.

빈 그릇을 가까이 있는 궁녀에게 내밀자 고개를 숙이며 그것을 받아 드나.

"나는 탕약을 마셨다. 만약 내가 마시지 않았다는 말이 조금이라도 새어 나가면 그때는 이곳에 있는 그대들부터 책임을 면하지 못하게 될 것이다."

"네, 마마."

"조 상궁을 제외하고 모두 나가 있어라. 내가 들어오라는 말을 할 때까지 아무도 들어오지 말거라."

하현의 말에 빠르게 방을 정리한 궁녀들이 서둘러 밖으로 나갔다. 궁녀들이 나갈 때까지도 조 상궁의 숙인 고개는 들리지 않았다. 둘밖에 없는 방 안, 하현이 조 상궁 앞에 조용히 앉았다.

"죽, 죽여주시옵소서, 황후마마."

몸을 떨던 조 상궁이 결국 바닥에 머리를 박은 채 오열하였다. 오열하는 조 상궁의 손을 그녀가 조용히 붙잡았다.

누가 탕약에 장난을 쳤는지는 묻지 않아도 알 수 있었다.

황후와 귀비.

둘의 싸움에 애꿎은 사람들이 휘말리기 시작했다. 누구보다도 조 상궁은 하현의 곁에서 그녀만을 생각해 주던 사람이다. 조 상궁에게까지 뻗친 귀비의 마수에 하현은 눈썹을 찌푸렸다.

"조 상궁이 나에게 원한이 있어서 이런 일을 저질렀다고는 생각하지 않네."

"황후마마, 그냥 죽여주시옵소서. 죽을죄를 지었나이다."

"탕약 안에 든 것은 여인이 아이를 가질 수 없게 하는 약초다. 내가 짐작한 것이 맞는가?"

"소인의 불찰입니다. 소인의 오라비가 겁도 없이 황궁의 물품을 빼돌려 사사로이 이득을 챙겼사옵니다. 죄를 시인하고 벌을 받는 것이 당연한 일이오나 잠시잠깐 화를 피하고자…… 잘못하였습니다, 황후마마."

좀처럼 몸을 들지 못하는 조 상궁을 보며 하현이 입술을 깨물었다.

영화국에서 종종 기녀들이 아이를 갖는 것을 피하기 위해 소연에게 약을 사갔다. 기녀들에게 그런 약초를 팔지 말라는 하현에게 소연은 그녀들에게도 자신을 지킬 권리가 있다고 말하였다.

그때 맡은 약초의 향을 명룡국에서, 자신이 먹을 탕약에서 맡을 줄은 생각지도 못했다.

"황궁은…… 아니, 귀비는 정말로 무서운 사람이군."

온갖 더러운 일을 꾸미면서도 정작 자신의 손에는 아무것도 묻히지 않는다.

언제나 모든 일에 란은 연관이 되어 있으면서도 그녀를 가리키는 증좌는 단 하나도 없었다.

설은 그녀에게 움츠러들지 말라고 하였다. 황제의 하나뿐인 정실이니 할 수 있는 한 자신의 권리를 지키라고 하였다.

"난 조 상궁의 오라버니를 지키지는 못하오."

"황후마마!"

"하지만 죄를 줄일 수는 있겠지. 내가 여기까지 올 수 있었던 것은 모두 그대의 덕이니 난 절대 조 상궁을 잃을 수 없네."

그녀의 말에 고개를 일으키던 조 상궁이 다시 몸을 숙였다. 천둥벌거숭이같이 아무것도 모르던 어인이 인제부터인가 황후로서 자각하기 시작했다.

해를 끼치려 한 자신의 죄를 하현은 일말의 주저도 없이 묻어버렸다. 그녀를 거짓으로 대한 자신을 황후는 여전히 신뢰하였다.

"이번 일은 내가 알아서 처리할 것이니, 귀비에게는 내가 약을 먹고 있는 것으로 전하게."

"소인의 죄이니…… 소인의 불찰이니…… 목숨을 거두시어 귀비에게 경고의 의미로……."

"죽는다고 모든 일이 해결되지는 않지. 그런 식으로 해결하다 보면 결국 남는 것은 아무것도 없네. 나에게 미안한 마음이 있다면 오래오래 내 곁에 있게. 그게 조 상궁이 나에게 사죄하는 방법이네."

좀처럼 일어나지 않는 조 상궁을 일으킨 하현이 빙긋 미소를 지었다.

그녀의 미소에 조 상궁이 고개를 떨어뜨렸다.

폭풍 전야의 고요.

설이 사공을 상대로 힘을 키우는 것처럼 하현 또한 차근차근 자신의 힘을 만들어가기 시작하였다.

설이 걱정하는 것이 내키지 않았는지 하현은 란에 대한 일은 하나도 꺼내지 않았다. 하지만 하현이 말하지 않아도 설은 내명부가 어떻게 돌아가는지 전부 듣고 있었다.

넓디넓은 대전.

설의 앞에서 대신들이 치열하게 국정을 논하고 있었다. 그들이 하는 이야기 중 필요한 것을 귀에 담고, 버려야 할 것은 넘기며 설이 권좌에 몸을 맡기고 있었다.

산에서 약초만을 알던 여인이 점점 황후의 면모를 보이기 시작했다.

강하게 눌러야 할 상대에게는 몸을 숙이지 않았고, 자비가 필요한 이는 죄를 묻지 않고 조용히 처리하려고 하였다.

'감히 후궁 주제에 황후에게 그딴 걸 먹이려 하다니.'

약초와 약에 해박하지 않았다면 하현은 술수를 쓴 탕약을 마셨을 것이다. 생각만 해도 눈앞이 아찔하고 손이 떨렸다.

그녀를 마음에 담은 순간부터 설은 자신의 결심을 확고히 굳혔다. 더 이상의 후궁은 필요 없다. 설이 황제로 있는 동안 그의 곁에 있을 여인은 그녀밖에 없었다.

당장에라도 홍희겸과 란을 잡아들이고 싶었지만 하현이 철저히 이번 일을 숨기고 있었다. 도리어 보란 듯이 란이 보내고 있는 탕약을 먹고 있다는 소문까지 만들어내고 있었다.

"폐하! 폐하!"

"아, 듣고 있다. 계속 고하라."

설의 허락에 말을 하던 광록흔이 태위를 흘낏 쳐다보았다. 태위와 시선을 마주하며 광록흔이 조심스럽게 입을 열었다.

"폐하, 황후마마께 황은을 내리셨으니 이제는 귀비마마께도……."

"아! 광록흔은 말을 잘 꺼냈다."

광록흔의 말을 자른 설이 대신들을 보며 빙긋 입 꼬리를 올렸다.

"황은을 입은 황후가 자신의 자리에서 제 일을 다하니 걱정이 없다. 황후가 없을 시에는 휘왕궁의 어머니께서 내명부를 관리하셨지만 이제는 황후가 있으니 그녀에게 내명부의 모든 권한을 맡기려 한다."

설의 선언에 대전이 술렁댔다.

하지만 그들을 보는 설은 태연했다.

걱정하지 않아도 알아서 잘하는 하현에게 그가 해줄 수 있는 일은 힘을 실어주는 것이었다.

"폐하, 그것은……."

"내명부는 황후의 소관이니 그녀가 책봉되었을 때부터 당연히 그리 했어야 하는 일이었다. 상서령과 재인이 황후에게 해를 끼치려 한 일도 결국 그녀가 자신의 권리를 얻지 못했기에 일어난 일. 이제는 그 자격이 충분하니 그대들은 나의 뜻에 따라주기를 바란다."

말을 끝낸 설이 답을 기다리듯 대신들을 천천히 내려다보았다. 은근슬쩍 귀비에게 황은을 내리도록 유도하려 한 광록흔과 태위의 계획이 흔들렸다. 설이 도아의 일을 대전으로 끌어오지 않았기에 은근슬쩍 일을 꾸며보려 했건만, 시작도 하기 전에 설에게 막혀 버렸다.

다시 움직여 보라는 태위의 시선에 광록흔이 다시 말을 꺼내려는 찰나, 대사농 위겸과 표기장군 이현의 추천으로 관직에 오른 이들이 입을 열었다.

"현명하신 결정이시옵니다. 본디 황후마마께서 책봉되시자마자 맡으실 책임이자 의무였습니다. 소인들은 폐하의 결정에 무조건 따르겠습니다."

대사농의 행동에 광록흔과 태위의 표정이 어두워졌다. 황후가 권한을 받게 되면 귀비에 대한 이야기를 꺼낼 수 없게 된다. 하지만 이미 분위기는 하현이 내명부의 모든 권한을 받는 것으로 굳어진 후였다.

이 상황에서 물러나 버리면 란은 버린 패나 다름없게 된다. 원하는 상황이 만들어지지 않는다면 최대한 하나라도 더 패는 살려놓는 것이 맞았다.

크게 결심을 한 홍희겸이 고개를 든 순간 설과 눈이 마주쳤다.

설에게서는 익숙하지만 처음 느껴보는 살기가 방심하던 홍희겸을 휘감았다.

'저놈은 휘왕이 아니다.'

그럼에도 생각하고 있던 말조차 기억이 나지 않았다.

홍희겸의 생애에 유일하게 몸을 낮춘 사내.

무슨 수를 써도 휘왕 진세운은 이길 수 없었다. 그렇기에 홍희겸은 그에게 이를 세우는 대신 피하는 것을 선택했다.

그렇지만 진세운과는 달리 아들인 설은 홍희겸에게 쉬운 사내였다. 설의 곁에서 오랜 시간 수많은 이득과 권력을 얻었다. 홍희겸의 혀에 원하는 것을 내어주는 사내. 홍희겸에게 진설은 그런 사내였다.

하지만 지금 이 순간, 홍희겸을 내려다보는 사내는 그가 알던 이가 아닌 듯했다. 마치 네 계획 따위, 전부 알고 있다는 듯 바라보는 시선에 홍희겸은 자신도 모르게 설의 눈을 외면하였다.

홍희겸이 물러나자 설이 양옆에 서 있는 대신들을 쭉 둘러보았다. 하헌에게 힘을 실어준 것처럼 이제 설도 힘을 가져야 할 때였다.

지금부터 그가 터뜨릴 일이 얼마나 큰 파문을 일으킬지는 가늠이 되지 않았다. 하지만 설이 힘을 가진 황제가 되려면 한 번은 선택해야 할 일이었다.

'내키지는 않지만……'

마지막의 마지막까지 하고 싶지 않던 일이다. 되도록 피하고 싶던 결심이다.

그럼에도 다른 방법이 없었다.

"한 가지 더 그대들에게 해야 할 이야기가 있다."

설에게서 나오는 말에 고개를 숙이고 있던 대신들이 믿을 수 없다는 눈으로 그를 바라봤다. 심지어 설의 기세에 주눅이 들어 있던 홍희겸조차 입을 벌린 채 놀란 시선으로 그를 노려보고 있었다.

말을 끝낸 설이 대전을 나왔다.

투명한 물에 한 방울 떨어진 먹물처럼 설이 대전에서 내린 명은 황궁을 넘어 도성을 발칵 뒤집어놓았다.

안내하겠다는 시종조차 물린 채 홍희겸은 세운이 있는 곳으로 부지런히 걸음을 옮겼다. 대전에서 설이 터뜨린 일은 순식간에 황궁은 물론 도성을 발칵 뒤십었다.

황제의 권위를 사사로이 여기고 권력을 남용한 죄.

휘왕의 모든 직위를 박탈하고 청궁으로 유배를 보내겠다.

아버지여도 공과 사는 분명히 하겠다는 설의 엄포에 태위는 물론 표기장군 이현조차 안 된다는 말을 꺼낼 수 없었다.

"하하하!"

걸음이 가까워질수록 휘왕의 웃음소리가 바람에 실려 들려왔다. 졸지에 모든 직위를 박탈당한 채 청궁으로 쫓겨날 상황인데도 그는 여전히 느긋했다.

아뢰겠다는 시종을 말린 홍희겸이 다급하게 문을 열었다. 넓은 정원 가운데에 있는 정자에서 세운이 가예의 무릎에 머리를 기댄 채 이런저런 이야기를 하고 있었다. 그런 그의 머리카락을 손가락으로 쓸어 넘기며 가예가 이야기에 귀를 기울이고 있었다.

명룡국을 좌지우지할 힘과 능력을 가지고 있었지만 세운은 어떤 것에도 관심을 가지지 않았다. 그가 유일하게 마음을 주고 최선을 다하는 것은 부인인 가예뿐이었다.

"아! 태위께서 오셨어요."

홍희겸을 발견한 가예가 세운을 일으키려 하였다. 가예의 재촉에 누워 있던 세운이 눈동자를 굴려 몸을 숙이고 있는 홍희겸을 보았다. 가예에게 보여준 표정은 온데간데없이 사라지고 홍희겸을 바라보는 눈에는 짜증과 피곤함이 가득했다.

일어나려는 가예를 말리려는 듯 세운이 그녀의 옷자락을 붙잡았다.

"어서 일어나세요. 태위 앞에서 이러시면 안 돼요."

"당신도 같이 들을래? 어차피 들을 내용이야 뻔하니 말이야."

"가군!"

세운의 말에 가예는 새치름한 표정으로 그를 보았다. 말없이 바라보는 가예의 시선에 세운이 긴 한숨을 내쉬며 몸을 일으켰다. 세운이 몸을 일으키자 가예가 홍희겸에게 자리를 권하였다. 차를 가져오겠다며 가예가 사라지고, 귀찮은 표정을 한 세운이 홍희겸의 반대편에 앉았다.

"오늘따라 이곳을 방문하는 이들이 많군. 뭐가 그렇게들 궁금해서 하나씩 오는 건가?"

"청궁으로 쫓겨나시게 되셨는데 어찌 그리 느긋하신 것입니까?"

"쫓겨난다……. 그 쥐방울이 이제야 제 노릇을 하겠다는데 내가 왜 화를 내야 한단 말인가?"

한숨이 나올 정도로 느긋한 세운의 태도에 홍희겸이 속으로 분통을 터뜨렸다.

지금은 저런 반응이 나올 때가 아니었다. 명룡국의 권력 기반을 가진 둘에게 설이 검을 휘둘렀다.

울분을 터뜨리고 싶은 것을 억지로 참으며 홍희겸이 천천히 말을 계속하였다.

"폐하이시기 전에 전하의 아드님이십니다. 아들이 아버지에게 적의를 드러내는 일이 어찌 제 노릇이라 하시는 것입니까? 이대로 가만히 당하실 것입니까?"

분노하는 홍희겸을 보며 세운은 빙긋 입꼬리를 올렸다. 그 모습이 흡사 대전에서 본 설과 똑같아서 자신도 모르게 홍희겸이 고개를 돌렸다.

잠깐의 정적, 차를 들고 온 가예가 둘의 앞에 잔을 놓았다. 이야기를 나누라는 그녀에게 미소를 지은 세운이 김이 나는 차를 한 모금 마셨다. 진즉 움직이라며 등을 떠밀어도 꿈쩍도 안 하던 설이 이제야 모두에게 자신의 존재를 드러내기 시작했다.

"나보고 나서라는 것인가?"

"황제 폐하께서 잘못된 길로 가시려 한다면 그것을 막으실 분은 전하밖에 없으십니다!"

"막아야 한다……."

탁자를 손가락으로 톡톡 치며 세운이 나지막이 중얼거렸다. 피가 바짝 졸아들 정도로 느긋한 그를 보며 홍희겸이 마른 입술을 질끈 깨물었다.

설이 던져 대는 말들이 하루가 멀다 하고 명룡국을 뒤흔들어 놓았다. 돌이 떨어진 강물에 일어나는 파문처럼 누군가는 살아남고 누군가는 옷을 벗고 자리에서 물러났다. 종잡기 어려운 상황 속에서 언제나 승자는 황제인 설이었고, 가장 큰 피해자는 홍희겸이었다.

사분지 일도 안 되던 설의 힘이 절반을 넘어서고 있었다. 무능하고 유약하던 이가 작정하고 칼을 뽑으니 언제부터인가 태위가 의견을 내도 묵살되는 경우가 비일비재하게 생기기 시작하였다.

권력에서 밀리면 결국 아무것도 남지 않는다. 불안한 홍희겸이 답을 요구하듯 세운을 쳐다보았다.

"태위, 나는 말이오. 그러니까 내가 만약 설 그 아이였다면 말이야."

"……."

"제일 먼저 했을 일은 휘왕을 제거하는 일이었겠지."

"저, 전하?"

"그리고 그다음이 태위 그대였을 것이고. 뭘, 놀라는가? 황제가 권좌에 오르면 제일 먼저 해야 하는 일이 귀족들에게 빼앗긴 힘부터 수습하는 것이지 않은가?"

세운이나 설의 앞에 서면 말이 입 밖으로 나오지 않았다. 특히나 세운은 여유로운 모습으로 사람의 복줄을 잡고 흔들어댔다.

대전에서 간신히 참고 있던 몸이 다시 떨리기 시작했다. 세운을 흔들기 위해 온 걸음에 역으로 자신이 흔들리고 있었다.

"뭘 그렇게 두려워하는가? 내가 설이었다면 그렇게 했을 거란 말일세."

"폐하께서는…… 전하께서는 소인을 죽이고 싶으신 것입니까?"

"무서운 소리를 하는군. 죽으라고 죽을 태위도 아니지 않나? 알아서 잘하면서 앓는 소리나 해대기는. 자네도 늙었구먼. 쯧쯧."

혀를 찬 세운이 의자에 몸을 기댔다.

설이 권좌에 오르면 세운은 물러날 생각이었다.

아버지인 그를 배려하느라 주저하는 설을 보며 세운은 일부러 자리에 남아 그를 흔들었다. 힘이 없는 아들을 조롱하며 억울하면 움직여 보라고 도발하였다.

설이 직접 자신을 권력의 중심에서 밀어내기를 바라며, 하루라도 빨리 자신의 뜻을 알아차리라며 설을 흔들고 도발하였다. 하지만 아버지라는 것 때문인지 설은 세운의 의도를 알면서도 행동으로 옮기지 않았다.

한데 이제야 마음을 먹었다는 것일까? 꽤 무례한 방법으로 도와달라는 설의 행동에 세운은 웃음이 났다.

"이 나이에 권력을 지키자며 나서는 꼴도 꽤 웃기는 일이 아닌가?"

"지금까지 전하께서 이뤄놓으신 것을 황제 폐하께서 모두 부정하시는 행동이란 말입니다! 그런데 어찌 그냥 넘기려고 하시는 것입니까?"

"남들이 부러워할 만큼 권력도 가져봤고, 아슬아슬한 정치놀음도 충분히 해보았고, 현명한 부인에 제 식대로 잘 살아가는 자식도 보았으니 난 충분히 즐겼네. 이 정도면 내 인생도 재미나게 살았지."

"휘왕 전하!"

"권력의 단맛에 정신을 놓으면 그때부터는 힘이 아니라 독이 되는 것. 그대에게 지금의 권력은 힘인가, 아니면 독인 것인가?"

세운의 물음에 홍희겸의 말문이 막혔다. 무심한 눈으로 홍희겸을 보던 세운이 자리에서 일어났다.

"권력의 독이 몸 안으로 스미는 기분이 들면 털어버리는 것도 좋은 방법이지. 무슨 생각으로 왔는지는 알겠지만, 난 내 안에 독이 스미는 걸 좋아하지 않아서 말이야. 돌아가게."

"진하! 다시 한 번만 고려해 주십시오!"

"기왕 온 김에 저기서 기다리고 있는 다른 놈들도 같이 데려가게. 도대체가 말이야, 이제는 쉴 생각인데 왜 자꾸 날 귀찮게 하느냐 말이다. 그대가 나가는 대로 문 단단히 걸어 잠글 테니 감히 들어올 생각 따위 하지 말라고 하게."

말을 끝낸 세운이 뒤도 돌아보지 않고 정원을 나갔다.

세운을 잡으려던 홍희겸이 자리에 주저앉고 말았다.

권력의 단맛이 독인지 힘인지는 그에게 중요하지 않았다.

휘왕 진세운이 자리에서 물러났다. 그리고 그 힘이 아들이자 황제인 진설에게로 옮겨갔다. 권력이 약해져 간다. 이대로라면 권력에서 밀려나는 것은 시간문제였다.

"그 아비에 그 아들이라는 것인가!"

결국 피는 피였다. 휘왕에게 설은 아들이니 저렇게 나올 수 있는 것이다.

하지만 자신은?

이번 상황에서 무너지면 홍희겸의 목숨은 없는 것이나 마찬가지였다.

"내가 어떻게 올라온 자리인데!"

몸을 숙이고 피를 묻히며 여기까지 올라왔다.

권력의 단맛이 독이어도 상관없었다.

힘이 없는 자신은 살아도 산 것이 아니다. 만인이 몸을 굽히고 받드는 존재, 그게 홍희겸이 힘을 추구하는 삶의 목적이었다.

"난 당신과는 달라."

지킬 것이다.

어설픈 황제에게 전부를 빼앗기지 않을 것이다.

홍희겸은 힘껏 주먹을 쥔 채 휘왕이 빠져나간 자리를 노려보았다.

"서운하지 않아요?"

홍희겸을 보낸 세운을 뒤따라온 가예가 옆에 앉으며 물었다. 그녀의 물음에 세운이 빙긋 미소를 지어 보였다.

"안 듣는다더니 다 듣고 있었나 보네?"

"들어도 된다면서요."

가예의 대답에 세운이 웃음을 터뜨렸다. 나이를 먹었지만 여전히 풍겨 나오는 진한 매화 향이 세운의 코를 간질였다. 권력이나 힘은 시간이 흐르면 결국 그의 곁을 떠날 것이다. 하지만 그의 옆에 있는 여인은 마지막 순간까지 그의 곁에 있을 것이다.

팔을 끌자 가예가 조용히 세운의 품으로 파고들었다. 부드러운 등을 손으로 쓸어내리며 세운이 낮게 말했다.

"이제 왕의 부인으로 대접받지 못할 텐데 어찌하나?"

"가군이 왕이셔서 얻은 지위일 뿐이에요. 그 덕분에 부족함 없이 편히 살았지만 솔직히 부담스러운 것도 있었어요. 전 아주 홀가분해요."

휘어지는 눈매가 여전히 곱다.

더 큰 권력을 가질 수 있었지만 욕심이 나지 않은 것은 어쩌면 함께 걸어준 이 여인이 있었기에 가능한 일이라 생각했다.

시간이 바람이 부는 것처럼 순식간에 흘러갔다.

이제야 명롱국이라는 무거운 짐에서 벗어났다.

"기왕 귀향 가는 거, 애들은 버리고 둘이서 갈까? 효나 은조나 알아서 잘할 애들이니 걱정할 필요 없잖아?"

"누가 보면 놀러 가는 줄 알겠어요."

"청궁에서 일주일 정도 지내다가 영화국으로 가자. 말이 귀향이지, 내가 청궁에 처박혀 있을지 아니면 돌아다닐지 관심도 안 가질걸. 관심을 가질 때도 아니고 말이야."

의도적이긴 해도 결국은 설에 의해 모든 것을 내려놓는 것이다.

서운해할 것이라는 생각과는 달리 세운의 표정은 아주 후련해 보였다.

세운의 품에 얼굴을 묻으며 가예가 작게 속삭였다.

"고생하셨어요."

가예의 말에 세운이 편안한 미소를 지었다.

사흘 후, 모든 것을 내려놓은 세운과 가예가 청궁으로 가는 마차에 몸을 실었다.

✶

어두운 밤. 자안궁의 앞에 선 하현이 긴 숨을 내쉬었다.

세운과 가예가 청궁으로 떠났다는 보고를 듣고 난 후에도 설은 별다른 모습을 보이지 않았다. 언제나처럼 정무를 처리하고 조만간 있을 천고제의 상황을 태상에게 보고받으며 평소와 똑같은 일상을 보냈다.

궁인들에게서 설이 괜찮다는 보고를 들었어도 하현의 마음은 편하지가 않았다.

부모를 청궁으로 귀향 보냈는데 어찌 괜찮을 수 있단 말인가. 그에게 몸을 숙이는 백성 앞에 태연해야 할 황제였기에, 그리고 현재 태위와 치열하게 대립하는 상황이기에 설은 억지로 참고 있는 것이라 생각했다.

그러던 중 설이 자안궁에 있다는 말을 들은 하현은 자신도 모르게 걸음을 옮겼다.

"고해주게."

그녀의 말에 고개를 숙인 내시감이 낮게 아뢰었다.

혼자 있고 싶어 하는 그를 찾아온 것이 잘한 일인지는 알 수 없었다. 하지만 홀로 고통을 참고 있을 그를 보고 싶지 않았다. 이제 그녀는 설의 부인이다. 지금의 상황이 설에게 고통이라면 그걸 나눌 사람은 부인인 그녀뿐이었다.

내시감의 말이 끝나자 안으로 들어오라는 설의 나지막한 목소리가 들려왔다.

평소보다 가라앉은 목소리. 설이 느끼고 있을 감정에 하현이 입술을 깨물었다.

방으로 들어간 하현의 코끝에 술 냄새가 미약하게 스쳤다. 탁자 위에 놓여있는 술병이 하현이 생각한 것보다도 수가 많았다.

"밤도 늦었는데 먼저 자지 그랬어."

많이 흐트러진 모습은 아니었지만, 그래도 술기운이 있는 듯 얼굴이 붉어진 설이 하현을 보며 힘없이 미소를 지었다. 설에게 다가간 하현이 말없이 그를 품에 안았다.

매달리듯 품에 안긴 설이 치밀어 오르는 감정을 가라앉히듯 하현의 어깨에 얼굴을 묻었다.

숨이 흐트러지지도, 힘들다며 무거운 숨을 내쉬지도 않았다.

그럼에도 말 한마디 꺼내기 힘들었다. 설을 달래듯 하현의 손이 그의 등을 쓸어내렸다.

"어머니는 언제나 조용한 분이셨어. 본인이 하신 일임에도 자신은 한 게 없다며 몸을 낮추는 분이셨지. 그에 비해 아버지는 어머니와 달랐어. 제멋대로에 심심할 때마다 잔소리에, 감당이 안 되는 일을 던져 놓고 해결을 보라고 하지를 않나, 가만히 있는 대신들을 충동질해 일을 만들어놓기 다반사였어. 스스로 물러날 수 있으면서도 부득부득 밀어내라며 재촉이나 해대고 말이야."

"⋯⋯폐하."

"그래도 이런 식으로는 하고 싶지 않았어. 아버지를 밀어내는 아들 따위, 되고 싶지 않았어."

터지려는 것을 억지로 누르며 나오는 목소리가 고통스러웠다. 차라리 아프다며 소리치고 오열하는 것이 더 나을 것 같았다. 하지만 설은 지독히 담담하게 참아내고 있었다.

"한 번 정도는 아들 말 좀 듣지. 제멋대로 사는 인간 같으니."

세운을 귀향 보내는 선택을 하기까지 설이 느꼈을 고뇌가 느껴졌다. 세운에게 서운한 말을 쏟아내고 있어도 결국은 스스로에 대한 자책으로 이어졌다.

"낮에 효 도련님과 은조 아가씨가 왔다 가셨어요. 청궁으로 가시기 직전까지 아버님이나 어머님이나 아주 편안해 보이셨다고 이야기해 주었어요. 그리고 아버님의 서찰을 전해주었어요."

하현에게 몸을 기대고 있던 설이 하현이 내미는 서신을 받아 들었다.

—네 마음대로 해라.

짧게 쓰여 있는 문장을 보던 설이 피식 자조적인 웃음을 터뜨렸다.

가예와는 다른 세운만의 애정 방식. 거칠고 배려는 없었지만 그 나름대로의 표현 방식이다.

아무리 노력해도 그는 언제나 한 걸음 앞서서 설을 기다리고 있었다. 네가 생각한 방법 말고도 길은 얼마든지 있다며 왜 그것을 보지 못하느냐는, 세운은 시샘이자 동경의 대상이었다.

언제나 앞에 있던 그가 갑자기 사라져 버리니 지독한 공허감이 밀려왔다.

"진짜 제멋대로라니까."

손으로 눈을 가리며 설이 고개를 숙였다. 그런 그를 하현이 말 없이 품에 안았다.

작은 손으로 등을 토닥이며 하현이 설의 어깨에 얼굴을 묻었다.

"곧 다시 보실 수 있을 거예요. 두 분 모두 괜찮다고 하시잖아요. 괜찮아요, 폐하. 괜찮아요."

작은 목소리가 속삭이듯 설을 위로하였다.

혼자서 견뎌내야 한다고 생각했다. 자신의 손으로 아버지를 밀어냈으니 마땅히 혼자서 감당해야 할 일이라 여겼다. 그런데 그의 생각보다도 감당해야 할 짐이 무거웠다.

술로도 어떻게 할 수 없는 공허함에 허덕일 때 하현이 그에게 다가왔다. 누구도 다가오지 못하던 진심에 단숨에 다가온 여인은 힘들어하는 그에게 괜찮다며 위로하였다.

"네가 있어서 다행이다."

설의 말에 하현의 입가에 조용한 미소가 감돌았다.

"저도 폐하가 계셔서 다행이에요."

야무지게 되받아치는 말에 설의 입가에 그제야 힘없는 미소가 생겨났다.

어리광을 부리는 것은 오늘뿐이다.

내일부터는 다시 아무렇지도 않은 모습으로 태위를 상대하고, 생각해 오던 일을 하나씩 끝낼 것이다. 모든 일이 끝나면 지금 손을 놓은 전부를 다시 원래대로 되돌려 놓을 것이다.

무거운 숨을 내쉬며 설이 하현에게 자신을 맡겼다.

※

하루가 시작되고, 하현의 앞에 조 상궁이 떨리는 손으로 탕약을 놓았다.

벌써 일주일째 하현은 모든 탕약을 조용히 처리하였다. 그리고 조 상궁은 빈 탕약 그릇을 가지고 귀비를 찾아갔다.

다행히 하현이 탕약을 마시지는 않았지만 매번 먹지 못하는 탕약을 바치는 조 상궁의 마음은 무거웠다.

"황후마마, 탕약을······."

채 말을 잇지 못하고 조 상궁이 얼굴을 떨어뜨렸다. 한참을 탕약을 보던 하현이 고개를 들었다. 탕약을 먹는다는 거짓 소문을 낼 때부터 하현은 나서서 해명하는 대신 조용히 상황을 주시하였다.

언제부터인가 황후가 아이를 갖지 못한다는 소문이 조금씩 들려오기 시작했다.

문제의 소문이 어디서부터 들려오는지는 굳이 찾지 않아도 알 수 있었다.

"조 상궁, 탕약을 들고 따라오게."

말을 끝낸 하현이 몸을 일으켰다. 갑작스러운 그녀의 행동에 당황한 것도 잠시, 조 상궁이 하현의 뒤를 따랐다.

승경궁 밖으로 나온 하현이 고개를 들어 하늘을 바라보았다.

천천히 내리기 시작한 눈이 바닥에 소복이 쌓이기 시작하였다.

자신이 황후로서 제 역할을 하고 있는지는 알 수 없었다.

하지만 하나만큼은 자신할 수 있었다. 설에게, 그리고 자신에게 해가 되는 사람이라면 가만두지 않을 것이다.

※

갑작스러운 황후의 방문에 당황한 것도 잠시, 란이 부드러운 미소를 지으며 고개를 숙였다.

"어인 일로 이 누추한 곳까지 방문하신 것입니까, 황후마마?"

귀비의 모습에 하현이 부드러운 미소를 지어 보였다. 하현의 미소에 억지 미소를 짓고 있던 란의 입꼬리가 살짝 굳었다.

그지 웃고 있을 뿐인데도 알 수 없는 불안이 란을 감쌌다.

그리고 그 불안은 하현이 란의 앞에 탕약을 내려놓으면서 현실이 되어버렸다.

"황후마마, 이게 무엇인지요?"

"최근 탕약이 바뀌었는데 마시면 마실수록 몸이 가벼워지고 효과가 아주 좋네. 그러던 중 내 문득 귀비 생각이 나더군. 나에게 맞춰진 탕약이라고는 하나 여인에게 좋은 것이 들어 있는 것이니 귀비께서도 한번 드셔보라 가져왔네."

하현의 말에 란의 얼굴이 그대로 굳어버렸다.

황후의 탕약에 무엇이 들어 있는지 누구보다도 잘 알고 있는 그녀이다. 떨리는 눈이 조 상궁을 향했지만 그녀는 하현의 뒤에 서서 고개를 숙이고 있을 뿐이었다.

굳은 입꼬리를 억지로 움직이며 란이 입을 열었다.

"어찌 귀비인 제가 황후마마의 탕약을 마실 수 있겠습니까? 마마의 배려에 소첩은 그저 감사할 따름이옵니다."

"아니네. 이제 궁에는 자네와 나뿐이지 않은가? 지난번 일도 그렇고 내 마음이 편하지 않았네. 마시게나."

"황후마마, 어찌……."

"마시게."

한 치의 양보도 없는 하현의 태도에 란의 시선이 탕약으로 향했다. 안 된다는 눈으로 다시 하현을 바라보았지만 그녀는 요지부동이었다.

사시나무처럼 떠는 손이 힘겹게 탕약을 받아 들었다.

"내가 탕약에 술수라도 부렸다고 생각하는가? 어찌 그리 주저하는 것인가?"

무슨 일이 있어도 앞의 탕약을 먹을 순 없다. 하지만 하현의 앞에서 그녀의 말을 거부할 수도 없었다.

"아니…… 옵니다. 어찌 제가……."

탕약 그릇을 받아 들었어도 차마 마실 수가 없었다.

이걸 마시면 란이 갈구하는 힘도, 황제의 후계를 가져 기반을 마련하겠다는 꿈도 꿀 수 없게 된다. 하지만 지금 이걸 거부하면 자신이 무슨 짓을 했는지 황후가 알게 된다.

입술 끝에 그릇이 닿았지만 도저히 마실 수가 없었다.

쨍그랑!

결국 란은 들고 있던 탕약 그릇을 떨어뜨렸다.

떨어뜨린 고개에 떠는 몸이 말하지 않아도 죄를 자복한 것이나 마찬가지였다.

"남에게 술수를 쓰는 사람은 그대로 되돌아오는 법이지."

"……."

"폐하께 가문을 포기한다는 말을 드리지 않았다면 난 이번 일을 절대 그냥 넘기지 않았을 것이네."

하현의 말에 란이 입술을 깨물었다.

지난밤, 설 앞에서 란이 무릎을 꿇었다. 약해지는 태위의 권력만큼이나 란의 입지도 점점 위태로워지고 있었다.

가문을 포기할 터이니 잠시라도 용안을 뵙게 해달라는 란에게 결국 설이 기회를 주었다. 오늘 저녁, 자리를 마련해 줄 터이니 차를 같이 마셔주겠다는 허락을 하였다.

가문을 포기하겠다는 말까지 한 란을 더 추궁할 생각은 없었지만 이번 일만큼은 확실히 그녀에게 경고를 주고 싶었다.

"사람을 살리는 데 쓰는 약초로 술수를 부리지 말게. 내 그대가 준 탕약을 먹지 않았기에, 그리고 그대의 술수에 다친 사람이 아무도 없기에 이 탕약을 그대에게 억지로 먹이지 않은 것이네."

"자, 잘못하였습니다, 화, 황후마마."

"황궁의 물품을 빼돌린 조 상궁의 오라버니는 그에 맞는 처벌을 받을 것이네. 하지만 그건 폐하께서 처리하실 일이지 귀비가 관여할 일이 아니네. 나의 사람을 그런 방법으로 휘두르려 하지 말게."

"주, 죽을죄를 지었습니다, 황후마마."

질끈 피가 배어 나올 정도로 입술을 깨문 란이 힘겹게 말을 꺼냈다.

반성까지는 기대하지 않았어도 최소한 몸을 숙이기를 바랐다. 하지만 하현의 눈에 보이는 귀비는 본인의 일에 억울해하기만 할 뿐 잘못을 반성하는 기미가 없었다. 결국 소리 없이 한숨을 내쉬며 하현이 낮게 말했다.

"다시 한 번 내 사람을 흔들거나 술수를 부릴 시에는 이 정도로 끝나지 않을 것이네. 그때는 탕약을 마시라 권하지 않고 직접 그대에게 먹일 것이니 내가 지켜보고 있다는 것을 잊지 말게나."

말을 끝낸 하현이 자리에서 일어났다.

"오늘 있을 폐하와의 대담은 막지 않을 것이나, 이후 내 허락이 있기 전까지는 궁에서 근신하게."

하현이 나가자 귀비를 복잡한 눈으로 바라보던 조 상궁이 그 뒤를 따랐다. 하현이 완전히 나간 뒤 고개를 숙이고 있던 란이 바닥에 떨어져 있는 그릇을 힘껏 던졌다.

굳게 닫힌 문에 닿은 그릇이 날카로운 소리를 내며 산산조각이

났다.

"망할 영화국 계집."

란의 눈에서 투명한 눈물이 얼굴을 타고 흘러내렸다.

분노로 갈리는 이에 깨물린 입술에서 가늘게 피가 흘러내렸다.

"죽여 버릴 거야."

태위의 딸로서 이런 치욕은 처음이다. 심지어 태위조차도 그녀에게 이런 모욕감을 준 적이 없었다. 휘감는 분노가 란의 이성을 제멋대로 집어삼켰다.

절대로 용서하지 않을 것이다.

황제의 총애만 믿고 안하무인으로 나대는 계집 따위, 절대 가만두지 않을 것이다.

손톱이 파고든 손에서 한 방울씩 피가 떨어졌다.

태위를 상대하는 일 말고도 설에게는 처리해야 할 일이 산더미였다. 선제 때 휘왕이 넓혀놓은 영토와 관련된 일은 산더미였고, 그 후의 처리는 고스란히 설이 맡아야 할 일 중 하나가 되었다.

"폐하, 귀비마마께서 드셨사옵니다."

귀비가 들었다는 말에 설의 눈이 닫혀 있는 창을 향했다.

차라도 함께 마시고 싶다며 몸을 숙이는 란에게 설은 저녁에 집무실로 오라는 말을 하였다. 정무를 처리한 지 얼마 되지도 않았는데 벌써 해가 저문 것을 보며 설은 미간을 잔뜩 좁혔다.

"들어오라."

사람의 마음이란 참으로 간사하였다.

만약 란이 아니라 하현이 왔다면 힘든 정무의 피곤함도 사라졌을을 것이다.

현재 태위와 대립하기 때문일까, 아니면 자신이 귀하게 여기는 하현에게 수를 쓰려 했기 때문일까?

아무리 낮은 모습으로 고개를 숙이고 있어도 그녀를 마주하기 불편했다.

"일어나라."

설의 말에 란이 자리에서 일어났다. 일어난 란이 고개를 돌리자, 대기하고 있던 궁녀가 탁자에 가져온 것을 놓았다.

가리고 있던 천을 걷어내자 옅은 김이 나오는 찻주전자와 찻잔이 모습을 드러냈다.

"집에서 좋은 차가 들어왔기에 폐하께 대접하고자 가져왔습니다."

차를 따르려는 궁녀를 내보낸 란이 직접 차를 잔에 나누어 따랐다. 손으로 턱을 괸 채 설은 잔에 채워지는 차를 바라보았다.

무슨 연유에서인지 차를 바라보는 설의 입가가 잔뜩 굳어져 있었다.

"드세요, 폐하."

부드러운 미소를 지은 란을 보던 설이 다시 차를 바라보았다.

시간이 흐르면서 사람의 관계는 변해갔다. 어릴 때부터 함께 지내던 란과 이렇게 대립할 것이라고는 생각하지 않았다. 무섭기는 했지만 언제나 날카로운 조언을 해주던 태위와 대립할 것이라는 생각도 해본 적이 없었다.

어릴 때부터 짊어지게 된 황제의 길.

힘들고 어려울 것이라 했다. 지키는 것보다도 잃을 것이 더 많을 것이라 큰아버지인 선제는 말씀하셨다. 시시각각 목숨을 거는 선택을 해야 할 것이라며, 그 모든 깃을 견뎌내는 것이 황제가 갖춰야 할 덕목이라 하셨다.

차를 보며 마음을 굳힌 설이 잔을 들어 차를 마셨다.

'이제 되었다!'

설이 차를 마시자 란의 입가에 환한 미소가 감돌았다. 홍희겸이 애써 구해다 준 최음제다. 억지 황은을 원하지는 않았지만 더 이상 란은 그런 것을 가릴 처지가 아니었다.

차를 마신 설이 잔을 내려놓으며 그녀를 바라보았다.

마시자마자 효과가 나는 것인지 허리를 세우며 앉아 있던 설이 팔 받침에 몸을 기댔다.

"란아, 가문이 포기한다는 이야기는……."

"폐하."

설의 눈에서 힘이 풀리자 란이 가까이 다가갔다. 바로 옆에서 몸을 숙인 란의 손이 설의 뺨을 감쌌다. 후궁이 된 이후로 처음으로 닿은 그다. 흐릿한 정신에 설이 고개를 젓자 가까이 다가간 란이 설을 안았다.

"괜찮아요, 폐하."

언제나 설은 그녀에게 오라버니였다.

그랬던 것이 만인의 앞에 당당히 서 있는 설을 보는 순간 바뀌었다.

"정무에 피곤하신 거예요. 그냥 저에게 맡기세요."

그의 곁에 있을 수만 있다면, 아버지를 포함한 모든 이의 앞에 그렇게 있을 수만 있다면…….

억지 황은이기에 내키지 않을 것이라 생각했다.

하지만 막상 흐트러진 설의 모습을 보니 심장이 떨려왔다.

뺨을 감싸고 있던 손이 턱을 쓸고 목을 어루만졌다. 눈을 감고 쓰러져 있는 설에게 조심스럽게 입술을 맞추었다.

입에서 느껴지는 뜨거운 숨소리가 란의 목을 간질였다.

가는 팔을 들어 설의 목을 껴안은 란이 그의 귀에 속삭였다.

"저도 이러고 싶지 않았어요, 폐하."

"그럼 하지 마라."

그 순간 흐릿하던 목소리가 또렷이 바뀌었다. 바뀐 목소리에 란이 몸을 떼려 하였다. 하지만 그러한 반항은 란의 허리를 휘감은 설에 의해 막혀 버렸다. 서로가 서로를 보고 있었지만 마주하는 감정은 달랐다. 흐릿하던 눈동자는 어느새 사라지고 란을 바라보는 눈빛은 차가웠다.

당혹스러운 란의 눈이 탁자에 있는 차를 바라보았다. 분명 믿을 수 있는 약이라고 하였다. 천금을 주고 산 약이라 한 모금 마시는 것만으로도 효과가 나타날 것이라 하였다.

"황제의 자리라 사소한 행동에도 귀족들에게는 빌미가 될 수 있단다. 그렇기에 황태자가 되었을 때 내가 가장 먼저 배운 것은 제왕학도, 정치도 아닌 약이었다."

"……이건…… 폐하!"

"난 황후처럼 약을 만들거나 약초에 지식이 있지는 않다. 하지만 약의 내성과 향을 맡을 줄은 알지. 선제께서 오랫동안, 그리고 가장 자세히 배우게 한 것이 그것이었다. 꼭 이렇게까지 해야 했느냐?"

설의 말에 몸부림을 치던 란이 멈추었다.

당황스러워하던 시선이 어느새 원망으로 바뀌어 있었다.

"폐하께서 저에게 기회조차 주지 않으셨지 않습니까?"

"란아."

"감정 없이 시작한 것은 황후나 저나 마찬가지였습니다. 하지만 폐하께서는 황후마마에게만 모든 기회를 주셨습니다. 황제께서 이런 결과를 만드신 것입니다. 황후로 세운 여인이기에 그랬습니까? 내키지 않는 귀비라 곁도 내어주시지 않은 것입니까?"

차갑게 나오는 목소리에서 들리는 절규가 설을 흔들었다.

만인이 우러러보는 황제도 결국 사람일 뿐이다. 적어도 설에게 황제는 번거롭지만 해야 하는 의무일 뿐 그 이상도 이하도 아닌 존재였다.

힘이라는 존재에 자신을 거는 란을 설은 이해할 수 없었다.

"모르겠다."

"……."

"마음이 향한 곳이 황후였다. 황후였기에 그녀를 아낀 것이 아니라 내가 귀하게 여기는 그 사람이 황후였을 뿐이다."

"그럼 저는 무엇이었습니까?"

흔들림 없는 란의 눈이 설을 꿰뚫듯 노려보았다.

그녀의 시선을 받은 설이 무거운 숨을 내쉬었다.

란이 무슨 대답을 원하는지 알고 있다. 그녀가 원하는 대답을 하게 된다면 사태는 극으로 가지 않을 것이다.

하지만 설은 그럴 수 없었다.

사람의 마음을 그런 식으로 이용할 수 없었다.

"귀한 동생."

설의 대답에 독으로 버티고 있던 란의 몸에서 힘이 빠졌다.

그런 그녀를 바라보며 설이 말을 마무리하였다.

"정치적 상황에 희생되지 않도록 지켜야 할 내 동생. 황제의 후궁이 아니라 똑똑하고 현명하게 자신의 삶을 살아가게 도와줘야 할 여동생."

란의 눈에서 간신히 참고 있던 것이 천천히 흘러내렸다.

5년 뒤 란을 궁 밖으로 나가게 하겠다던 설의 말은 단순히 나온 것이 아니었다.

처음부터 황궁에 란의 자리는 없었다.

황후를 받아들이고 후궁을 얻었지만, 애초부터 설은 황후 외에 누구도 받아들일 생각이 없었던 것이다.

설의 팔을 떼어낸 란이 몇 걸음 뒤로 물러났다.

"그건 절 도와주시는 게 아니에요."

"란아, 그만하자. 아직 늦지 않았다."

자리에서 일어난 설이 한 걸음 다가갔다. 하지만 란은 두 걸음 물러났다.

"여인으로서도 힘으로서도 폐하께서는 절 모욕하셨어요."

"란아."

"절 위하실 생각이었다면 처음부터 절 황후로 선택해야 했어요! 절 위하실 거였다면 첫 황은을 저에게 주어야 했어요! 절 위하실 생각이었다면 황후를…… 신륵사에서 숙이게 두어야 했어요!"

"그만해라!"

표독스러운 란의 외침에 결국 설이 목소리를 높였다.

얼굴을 적신 눈물을 손으로 닦아낸 란이 설의 앞에 고개를 숙였다.

"가문을 포기하지 않을 것입니다."

"란아!"

"무모하다고 생각하시는 그 일, 반드시 이루어보겠습니다. 폐하의 곁에 누가 있게 될지…… 그게 아니라면……."

말끝을 흐린 란이 설을 향해 미소를 지었다.

유난히 화사한 미소에 깃들어 있는 독이 설을 오싹하게 만들었다.

우아하게 몸을 숙였던 란이 설의 집무실을 빠져나갔다.

괜찮으시냐며 묻는 상궁을 지나쳐 방으로 들어가니 앉아 있던 홍희겸이 자리에서 일어났다. 어떻게 되었느냐 물어보는 시선에 란이 자조적인 미소를 지었다.

란의 표정에 홍희겸이 눈을 감았다.

"황제는 우리를 죽일 거예요."

"그러니 황은을 받았어야 하는 것이다. 그런 거 하나 제대로 하지 못해서 무슨 힘을 얻겠다는 것이냐?"

"아무런 효과도 없더군요, 그 약."

란의 말에 홍희겸의 눈이 커졌다. 고개를 젓는 홍희겸을 보던 란의 눈이 창으로 향했다. 끝없이 내리는 눈이 란은 지독하게도 싫었다.

유일하게 마음에 든 것은 명룡국의 황궁뿐. 하지만 이제 이곳도 싫었다.

싫다면 바꾸면 그만. 이제는 겁날 것이 없었다.

"어떡해야 하는 것이냐! 이대로라면…… 이대로라면 우리 가문은!"

"꼭 황제의 밑에서 힘을 추구할 필요는 없겠지요."

그녀의 말에 놀란 홍희겸이 고개를 들었다.

마주 보는 부녀의 눈이 빠르게 오고 갔다. 잠시 후, 란을 보는 홍희겸의 입가에 미소가 감돌았다.

"그래, 꼭 진씨가 황제일 필요는 없겠지."

미소를 짓는 홍희겸과 달리 란의 눈은 차가웠다.

이제 어떤 결과가 기다려도 상관없었다. 설이 처음부터 모든 걸 결정해놓고 시작한 것이라면, 이번에는 란이 결정하고 시작할 것이다.

"곧 천고제가 있을 예정이지요?"

란의 말에 홍희겸이 고개를 끄덕였다.

"하늘에 황제의 정당성을 밝히는 의례인 만큼 엉망이 된다면 꽤 볼 만해지겠지요. 황제의 정당성이 무너진다면……."

말끝을 흐리는 란을 보며 홍희겸이 웃음을 터뜨렸다. 그를 보는 란의 눈이 어두워졌다.

입안이 썼다. 이렇게 극으로 일을 몰아가고 싶지는 않았다.

설이 그녀에게 손을 내밀었다면, 하현이 있는 그 자리에 그녀를 세웠더라면 이런 일은 일어나지 않았을 것이다.

설이 먼저 란의 손을 놓았다. 이제 그 대가를 치러야 할 때였다.

"어떻게 될지 한번 해보는 것도 나쁘지 않겠죠."

황제든 황후든 누가 어떻게 되든 상관없었다.

딱 한 번, 견고한 둘 사이를 파고들면 일은 끝날 것이다.

'폐하의 곁에 내가 있게 될지 아니면…… 폐하께서 앉아 계신 권좌에 내가 앉게 될지…….'

홍희겸을 외면하며 란이 눈을 감았다.

⊠

설과의 대화가 어그러지고 한 달이 지났다.

귀비에게 분노한 황제는 그날 이후로 란이 있는 궁 쪽으로는 쳐다보지도 않았다.

황제의 노여움을 산 귀비는 궁에서 철저히 고립되었다.

"준비하신 물건은 가져오셨습니까?"

란의 말에 고개를 끄덕인 홍희겸이 품에서 물건을 꺼내었다.

작은 병을 받아 든 란이 다짐을 받듯 홍희겸을 쳐다보았다. 말 없는 란의 물음에 홍희겸이 입을 열었다.

"제나라에서 어렵게 구해온 것이다. 무색무취무미라 어디에 넣어도 흔적이 남지 않는다고 한다. 곧바로 효과가 나타나지는 않지만 확실하게 목숨을 끊을 수 있다고 한다. 그런데…… 진정 이걸 황제에게 먹일 것이냐?"

"목소리가 너무 높아요, 아버지."

란의 말에 홍희겸이 입을 다물었다. 병에 담겨 있는 액체를 바라보며 란이 미소를 지었다. 황제가 내민 손을 스스로 뿌리쳤다.

더는 이용하고 버릴 패가 없다. 그렇다면 결국 스스로가 나서야 한다.

"어차피 황제는 우리가 움직일 것이라는 걸 알고 있지요. 다만 언제 어떻게 움직일지 모를 뿐이지 않습니까?"

란의 말에 홍희겸이 고개를 끄덕였다.

홍희겸을 보는 란의 눈에 서슬 퍼런 살기가 맺혔다.

단 한 번도 그녀가 원한 것을 가지지 못한 적이 없었다. 그녀가 원하는 것을 내놓지 않으려 한다면 빼앗으면 그뿐.

자신이 가져야 할 것을 영화국 계집에게 빼앗겼다.

"천고제에 이걸 사용하면 황제 폐하께서 하실 수 있는 선택은 두 가지뿐이지요."

"독차를 마시거나, 그게 아니면……."

"마시지 않기 위해선 천고제를 중단시키겠죠. 천고제를 제대로 치르지 못하는 게 황제에게 얼마나 치명적인지는 아버지도 잘 아시잖아요."

란의 말에 홍희겸의 입가에 미소가 감돌았다.

정당성을 잃은 황제는 귀족들의 먹이로 전락한다. 하늘의 인정을 받지 않은 황제를 귀족이나 백성들은 절대 인정하지 않았다.

힘을 잃을 황제를 주무르는 것은 아이를 다루는 깃보다도 쉽다. 설이 마음에 안 들면 홍희겸이 직접 황위에 오르면 그만이었다.

"무엇을 선택해도 황제는 모든 것을 잃게 되겠구나."

홍희겸의 말을 들으며 란이 쥐고 있는 병을 흔들었다.

병에 든 독약이 모든 일의 시작이 될 것이다.

"천고제를 기점으로 바빠지실 거예요. 부지런히 준비해 주세요."

"걱정하지 마라. 내일부터 당장 움직일 것이니."

홍희겸의 말에 란이 서늘한 눈으로 입꼬리를 올렸다.

그녀의 손을 놓은 황제도, 앞길을 막아버린 황후도 용서할 수 없었다.

후회하게 만들 것이다.

이 싸움에서 승리할 사람은 자신뿐, 힘을 얻게 될 사람도 자신일 뿐이었다.

"폐하, 표기장군의 보고입니다."

지하의 말에 물끄러미 창밖을 보던 설이 손을 내밀었다. 그의 손에 지하가 가져온 것을 내밀었다. 그에게서 받아 든 장계를 보던 설이 길게 한숨을 내쉬었다.

"애초에 접을 거라고는 생각하지 않았지만, 빌미를 주자마자 기다렸다는 듯이 달려들 줄은 몰랐구나."

"폐하."

"이현은 준비가 끝났고, 대사농은?"

"삼 일 안으로 마무리한다고 전하셨습니다."

생각한 대로 이루어지는 계획을 들으며 설이 의자에 몸을 기댔다. 마음먹은 대로 일을 진행시키면서도 입이 썼다. 태위 가문과는 어릴 때부터 인연을 맺은 곳이다. 대립할 때도 있었지만 태위의 힘으로 황권을 안정시킨 과거도 있었다.

더 많은 권력, 압도적인 힘을 추구하지 않았다면 설도 이렇게까지는 하지 않을 것이다.

탁자를 손가락으로 톡톡 치던 설이 내시감을 쳐다보았다. 답을 요구하는 그의 시선에 내시감이 몸을 숙였다.

"황궁의 궁인 중 귀비마마의 손길이 닿은 이들은 내일 안으로 정리가 끝날 것입니다. 죄의 무게가 가벼운 이들은 출궁을 시킬 것이오나 가벼이 넘어가기 어려운 자들은 그에 맞게 처리하겠습니다."

내시감에게 황궁 안에 태위와 란이 은밀히 심어놓은 궁인을 하나도 남김없이 처리하라 명하였다. 거미줄처럼 엮여 있는 그들을 단번에 잡아들일 수는 없었지만 연관된 자를 실토하면 죄의 무게를 가볍게 해주겠다는 제안에 연루된 자들은 살기 위해 자신이 알고 있는 모든 정보를 실토하였다.

"태위를 충동질하였으니 귀비가 할 일은 모두 끝났다."

황제의 권위에 도전하는 일은 목숨을 걸어야 할 일이다.

하지만 신중한 태위는 좀처럼 행동으로 옮기지 않을 것이다. 그렇지만 힘을 갈구하는 딸이 그를 충동질한다면, 죄를 지질렀음에도 귀비의 자리를 지키고 있는 딸이 아버지에게 더 큰 힘을 가져 보자며 흔들어댄다면 아직 여력이 남아 있는 태위는 분명 힘을 모을 것이다.

"이제는 황후와 짐에게 이를 드러낸 대가를 치러야지."

설의 말에 내시감과 지하가 고개를 숙였다.

그들을 보며 설이 입꼬리를 올렸다.

여동생으로만 여기던 란이지만 결국 그녀가 설을 향해 이를 드러냈다.

아무리 아끼던 동생이었어도 황제에게 적의를 드러낸 그녀를 계속 곁에 둘 생각은 없었다.

"란과 태위의 적의가 황후에게서 짐에게 향하게 만들었으니 이제 준비는 끝났다."

설의 말에 듣고 있던 지하와 내시감이 고개를 들어 그를 바라보았다.

자리에서 일어난 설이 미소를 지으며 입을 열었다.

"귀비의 폐위가 끝나고 천고제가 끝나는 대로 움직일 것이다. 힘들겠지만 천고제까지는 무사히 치를 수 있도록 만반의 준비를 하라고 전하거라."

말을 끝낸 설이 자리에서 일어났다.

지금쯤 준비를 끝낸 하현이 그를 기다리고 있을 것이다.

황제인 그가 하루빨리 자리를 잡아야 하현이 좀 더 편해질 것이다.

황궁 안에서 유일하게 마음을 터놓고 지친 몸을 편안히 맡길 수 있는 존재.

그녀를 생각하는 것만으로도 설의 입가에 미소가 감돌았다.

✦

가리지 않은 어깨가 달빛에 수줍게 모습을 드러냈다. 가녀린 여체가 사내의 손길에 가늘게 떨렸다. 품에 안긴 채 바라보는 여인의 눈이 유난히 맑았다. 열기에 상기된 눈 끝에 입술을 맞추자 갇혀 있는 나신이 부끄럽다며 움츠러들었다.

"하아."

여인이 내쉬는 숨이 사내의 귀를 간질이자 굵은 팔이 가는 허리를 잡고 틈도 없이 밀착했다. 어둠 속이라고는 하지만 나신에 그대로 닿는 사내의 몸은 아직 생소하고 부끄러웠다.

"달다."

설의 다리에 앉아 있는 하현이 미소를 지었다.

서늘한 하현의 목을 설의 입술이 쓸어내리자 까르르 간지러운 웃음소리가 흘러나왔다. 설에게 멈추지 말라는 듯 하현의 손가락이 그의 턱을 쓸어내렸다.

하현의 등을 쓸어내리던 그의 손이 미끄러지듯 유려한 어깨를 지나 소담한 가슴을 움켜잡았다. 그의 손길에 따라 가쁜 숨을 내쉬는 가슴의 모양이 바뀌었다.

"폐…… 하."

고개로 뒤로 빼며 하현이 더운 숨을 내쉬었다. 앉아 있는 그녀를 침상에 눕힌 설이 가는 팔을 잡고 위로 올렸다. 팔을 잡힌 채로 품에 갇혀 있는 하현을 보며 설이 미소를 지었다.

달빛에 보이는 나신이 흠 하나 없이 완벽했다. 그가 원할 때마다 품에 안아도 질리지 않는 꽃, 언제나 그녀의 전부를 가지고 또 가질 수 있음에도 그에게 하현은 대신할 수 없는 매혹이었다.

"흐읏."

그의 입술이 오뚝한 코를 지나 달아오른 그녀의 입술에 닿았다. 수줍어하는 입술을 벌리고 간지러워하는 혀를 휘감았다. 숨과 숨이 엉키는 소리만큼이나 서로를 탐하는 손길이 분주했다.

"하앗."

피가 배일 정도로 아랫입술을 깨문 설이 하현의 치열을 혀로 쓸었다. 그에게 지지 않겠다는 듯 하현이 설의 입술을 살짝 깨물었다. 생각지 못한 그녀의 장난에 설이 미간을 모았다. 그의 모습에 그녀의 입에서 삭은 웃음소리가 들려왔다.

하현의 웃음소리는 언제나 듣기 좋았다. 하얀 살에 얼굴을 묻고 그녀의 웃음소리를 듣고 있으면 세상을 다 가진 기분이었다. 가슴을 어루만지던 손으로 허리를 휘감은 그가 가쁘게 오르내리는 둔

덕에 얼굴을 묻었다.

"흐읍."

소담한 가슴 끝에 있는 작은 꽃을 물자 짧은 탄성이 그녀에게서 흘러나왔다. 안 된다며 비트는 허리를 잡은 그가 혀를 굴려 희롱하였다. 세상에서 가장 향기로운 것이 사람인 듯 함께하고 있는 이 순간이 숨이 막힐 정도로 달콤하였다.

한입 베어 물면 어떻게 반응할까. 이를 세워 가슴을 살짝 깨물자 하현이 아프다며 설의 등을 쳐댔다.

"아파요!"

약간의 자극에도 민감하게 반응하는 그녀가 귀여웠다. 하지 말라는 입을 입술로 막으며 설의 손이 편편한 배를 쓸어내렸다. 달아오를 대로 달아오른 분신은 어서 그녀에게 자신을 묻으라며 재촉하고 있었지만 아직 견딜 수 있었다.

가는 허리를 어루만진 손이 오므라져 있는 허벅지를 천천히 애무하였다. 언제나 그의 손길이 닿던 곳임에도 부끄러운지 하현이 다리를 오므렸다.

안 된다며 고개를 젓는 그녀를 달래듯 입술을 맞춘 설의 손이 누구에게도 허락하지 않은 은밀한 곳에 닿았다.

"하웃."

은밀한 여성에 손가락 하나가 침범해 들어오자 하현의 허리가 휘었다. 세상에서 가장 부드러운 곳에 닿은 손가락이 거침없이 여린 내벽을 애무해 갔다. 생소한 침입에 그녀의 내벽이 있는 힘껏 설의 손가락을 압박하였다.

알 수 없는 쾌감이 둘을 잠식해 갔다. 몸을 비틀어도, 허리를 휘어도 놔줄 수 없다는 듯 팔로 허리를 휘감은 그의 손이 그녀의 여성을 촉촉이 적셨다.

입에서 흘러나오는 신음 소리가 어색한 듯 하현이 설의 어깨에 얼굴을 묻었다. 하지만 그것만으로는 소리를 막을 수 없는지 가냘픈 신음이 그의 인내를 자극하였다.

간신히 참고 있던 분신이 이제는 때가 되지 않았느냐며 그를 채근하였다. 하현의 다리를 벌려 자리를 만든 설이 천천히 안으로 들어갔다.

"하악!"

설이 안으로 들어갈수록 하현의 신음 소리가 커졌다. 언제나 시작은 고통이었기에 입술을 질끈 물며 그녀가 고개를 돌렸다.

고개를 돌리며 보이는 하얀 목에 그가 입술을 묻었다. 아득해지는 정신을 억지로 추스르며 하현이 설에게 미소를 보였다.

"괜찮아요…… 폐하."

찡그린 것이 미안한지 수줍게 사과하는 모습이 어느 모습보다도 아찔하였다.

그 모습에 간신히 잡고 있던 이성을 그대로 놓아버렸다.

어깨를 잡고 있던 팔을 머리 위로 올리고 멋대로 씹어 붉게 달아오른 입술에 깊게 입을 맞췄다. 휘어 있는 허리에 팔을 감아 몸에 밀착시킨 그가 그녀의 안에서 마음껏 움직이기 시작하였다.

고통스러워하던 여린 목소리가 어느새 그녀조차 알지 못하는 신음으로 바뀌었다. 언제나 자제하던 설과는 다른 거친 숨소리에 그녀의 숨소리가 섞여 들어갔다.

상대의 존재 외에는 아무것도 느껴지지 않는 혼돈 속에서 서로를 향해 미소를 지었다.

서로의 숨소리조차 탐하듯 닿아 있는 입술이 격하게 부딪쳤다. 가빠지는 숨만큼이나 절정의 순간 또한 빠르게 다가왔다.

절정의 끝에서 설이 자신을 그녀에게 풀어놓았다. 자신의 몸 안으로 들어오는 설의 정을 받아내며 하현이 설의 품으로 안겨들었다.

거친 정사의 끝, 힘들어하면서도 미소 짓는 그녀의 모습에 설이 미소를 지었다.

새하얀 등을 쓸어내린 설이 그녀에게 짧게 입술을 맞췄다.

몸을 돌려 옆으로 눕는 설에게 안겨들며 하현이 그의 체온에 자신을 맡겼다.

단잠을 자던 하현이 잠에서 깼는지 눈을 찡그렸다. 품에 있는 하현의 등을 토닥이던 설이 나지막이 속삭였다.

"아직 밤이다. 더 자렴."

어루만지듯 보듬어주는 그의 손길이 좋았다. 격렬한 정사 후 잠든 터라 여전히 나신이었지만 조금만 더 가까이 그의 품에 있고 싶었다. 하현이 품으로 파고들자 설이 미소를 지으며 그녀를 끌어당겼다.

탄탄한 설의 가슴에 얼굴을 기대자 약간은 빠른 심장의 울림이 느껴졌다. 가슴에 얼굴을 기대고 있던 하현이 고개를 들어 설을 바라보았다.

아무것도 모른다는 표정으로 바라보는 모습이 진정하고 있는 그를 다시 흔들었다. 충분히 그녀의 품에서 만족을 했어도 저런 모습으로 자신을 바라보면 그도 모르게 자제가 풀렸다.

제멋대로인 그를 받아내느라 기진해 있다는 것을 알면서도 지금은 진짜 위험했다.

"그렇게 보지 마."

"제가 뭘 또 어떻게 봤다고…… 까악!"

억울하다며 따지려는 하현의 몸을 돌린 설이 그 위에서 짓궂게 내려다보았다.

그의 시선에 하현이 눈을 좁혔다.

"제가 보는 게 문제가 아니라 이건 폐하께서 너무하신 거예요. 어떻게 조금 전까지 그러셨으면 또 하시려는 거예요?"

하현을 침상에 눕힌 설이 입꼬리를 올렸다.

미소를 지은 채 투덜거리는 하현의 가슴 굴곡에 설이 얼굴을 묻었다.

피부에 얼굴을 묻고 향을 들이마시니 달콤한 살 내음이 설의 코를 간질였다.

그냥 모르는 척 다시 안아버리고 싶다. 하지만 지쳐 있는 그녀를 그대로 안으면 이번에야말로 지쳐서 까무러칠지도 모른다. 치밀어 오르는 욕구를 억누르며 설이 하현의 살결을 그대로 즐겼다.

"하고 싶은 만큼 충분히 했어도 또 하고 싶어지는 게 젊은 사내란다. 일주일 내내 같이 있었으면서 왜 모른 척하는 거지?"

"폐하!"

초야 후 일주일을 함께 있던 일을 꺼내자 부끄러워진 하현이 설을 밀었다. 밀어내는 하현의 손길에 설이 하현의 허리를 감은 팔에 힘을 주었다. 설이 꿈쩍도 하지 않자 짧게 한숨을 쉰 하현이 가는 손가락으로 설의 머리카락을 쓸어내렸다.

설이 하현의 손길을 느끼며 편안한 숨을 내쉬었다.

그녀의 앞에서만 무방비가 되어버리는 설을 보며 하현이 조용히 미소를 지었다.

한동안 말없이 몸을 맡기고 있던 그가 입을 열었다.

"미안하다."

"갑자기 무엇이 미안하다고 하세요?"

"귀비 말이다. 너에게 그렇게까지 못된 짓을 했는데도 그냥 넘겼잖아. 원래대로라면 목숨을 거두어야 하는 일인데 말이다."

설의 목소리에서 희미한 분노가 느껴졌다. 그의 화를 가라앉히듯 하현의 손가락이 설을 부드럽게 쓸어내렸다. 하현에게서 나는 달콤한 향에 몸을 맡긴 설이 나지막이 말했다.

"지금 란을 쳐내면 태위가 몸을 사리게 된다. 권력을 놓으니 군사를 움직일 사람이라 한꺼번에 쳐낼 생각이거든. 하지만 목숨을 걸어야 하는 일이기에 태위를 충동질할 사람이 필요했지. 그게 귀비다."

"폐하?"

설이 무엇을 말하는지 알아챈 하현의 안색이 창백해졌다.

"귀비가 충동질했으니 곧 태위가 움직일 것이다. 귀비의 처벌을 일부러 미룬 것이지만 황후인 너에게는 해서는 안 되는 일이었지. 말은 안 했어도 서운했겠지."

품에 얼굴을 묻고 있던 설이 답을 구하듯 고개를 들었다. 설의 물음에 하현이 눈을 내렸다. 란의 술수에 목숨을 잃을 뻔하기도, 아이를 가질 수 없는 몸이 될 뻔도 하였다.

시시각각 목숨을 위협하는 란을 하현은 곁에 두고 싶지 않았다.

하지만 란을 정리할 수 있는 사람은 하현이 아니라 황제인 설이었다. 란에 대한 처벌을 미루는 것이 서운했지만, 그에게 따로 생각이 있을 것이라 생각한 하현은 속상한 마음을 참아내며 기다렸다.

"조금…… 아니요. 많이 서운했어요. 솔직히 어떨 때는 폐하께서…… 폐하가 아니셨으면 하는 때도 있는걸요."

좀처럼 나오지 않는 하현의 투정에 얼굴을 묻고 있던 설이 고개를 들었다.

"이 자리가 쓸데없이 따질 게 많지?"

설의 물음에 하현이 말없이 고개를 끄덕였다.

그녀는 절대 속마음을 숨기지 않았다. 편하게 자신의 생각을 말했고, 아닌 건 아니라며 투정을 부리기도 했다.

자리에서 일어난 설이 하현의 팔을 소심스럽게 끌었다. 그의 품에 폭 안긴 하현이 눈을 감았다. 안겨 있는 하현의 등을 토닥토닥 두드리며 설이 나지막이 말했다.

"조만간 란을 정리할 것이다. 그리고……"

설이 말을 흐리자 하현이 눈을 떠 그를 바라보았다.

하현의 이마에 입술을 맞춘 설이 조용히 미소 지었다.

"내 평생에 더 이상의 후궁은 없어."

그의 말이 먹먹하게 다가왔다.

어떤 여인이든 원하면 가질 수 있는 황제의 자리.

하지만 설은 후궁을 두지 않는다는 말로써 그녀만을 곁에 두겠다는 약속을 하였다.

설의 고백에 하현의 눈이 흐릿해졌다. 언제나 마음속으로만 바라오던 소원을 그가 이루어주었다.

울음을 터뜨리는 대신 하현이 설의 품으로 파고들었다.

설이 울먹이는 하현을 조용히 다독였다.

무릎을 꿇고 황제의 명을 받던 란의 고개가 올라갔다.

믿을 수 없다는듯 눈이 황지를 읽어 내리는 대신에게 고정되어 있다.

대신의 입에서 황후를 신륵사에서 시해하려 한 혐의와 그녀에게 먹이면 안 되는 약초를 먹이려 한 일이 끊임없이 나오고 있었다.

"그 죄가 참혹하여 목숨을 거두는 것이 옳은 도리이나 귀비를 아끼는 황후의 자비를 생각하여 홍란의 지위만을 박탈한다. 천고제가 있기 전까지 모든 준비를 마치고 사가로 나……."

"누가 감히 날 폐위시킨다는 것인가! 누가!"

흥분한 란이 몸을 일으켰으나 옆에 있던 병사들이 그녀의 어깨를 잡고 아래로 눌렀다.

사내들의 우악스러운 힘에 란이 자리에 주저앉았다.

믿을 수 없는 현실에 란의 눈에서 눈물이 흘러내렸다.

설이나 하현이나 조용히 넘어갈 것이라 생각하지 않았지만 자신을 폐위시킬 것이라고는 꿈에도 생각하지 않았다. 아무리 힘이 줄었어도 태위의 영향력은 무시할 수 없었다. 태위가 아직 멀쩡히 제자리에 있는데도 란을 폐위시키는 것이라면 생각할 수 있는 답은 하나였다.

"태위인 아버지를 무시하고도, 힘이 될 수 있는 저를 외면하고도 폐하께서 모든 것을 얻으실 수 있으실 것이라 믿으시는 것입니까! 이러실 수는 없습니다!"

"사가로 나갈 준비가 끝날 때까지 죄인은 궁에서 한 발자국도 나갈 수 없다."

"놔라! 누가 날 가둔단 말이냐! 누가!"

발악하며 움직이는 란의 눈에 멀리서 그녀를 보고 있는 하현이 보였다.

순간 란의 눈에서 불꽃이 일었다. 분노로 떨리는 몸이 하현을 향해 돌아섰다.

"이대로 무너질 것 같습니까?"

예상외의 처절한 발악에 잡고 있는 병사들이 손에 힘을 주었다. 란이 해코지라도 할까 싶은 마음에 조 상궁이 뒤쪽으로 시선을 보내자 대기하던 병사들이 하현의 앞을 막았다.

"언제까지 황제의 뒤에서 모든 걸 얻을 거라 기대하지 마세요! 내 당신만큼은! 황후 당신만큼은 지옥으로 보낼 테니! 너만 아니었으면! 너만 아니었으면!"

"뭐 하는 것이냐? 어서 죄인을 데려가지 않고!"

대신의 채근에 병사들이 란을 끌고 갔다. 그녀가 끌려가고 문이 닫힐 때까지 란의 저주는 계속되었다.

들을 것이 못 되니 이만 궁으로 돌아가자는 조 상궁의 말에 상황을 보던 하현이 몸을 돌렸다.

천고제 다음 날로 폐위된 귀비가 사가로 나가는 것으로 마무리되었다.

귀비의 일이 처리되자 기다렸다는 듯 황제는 더 이상의 후궁은 받아들이지 않겠다고 선언하였다.

대신에게 휘둘리던 황제가 점차 제자리를 찾기 시작하였다.

황제의 치세가 안정적으로 변해가자 대신들과 백성들 사이에서 황제의 곁을 묵묵히 지켜온 영화국에서 온 황후에 대한 칭찬이 조금씩 생겨나기 시작하였다.

황제의 정당성을 증명하는 천고제의 기일이 다가오고,

천고제가 열리는 날, 준비를 끝낸 란이 마지막으로 하현을 찾아왔다.

八章

손을 놓다

명룡국에서 천고제가 지니고 있는 의미는 특별하였다.

5년에 한 번 황제가 직접 하늘에 자신의 정당성을 증명하고 명룡국의 영원한 번영을 기원하는 의례를 지낸다. 사소한 의례였으나 지금까지 천고제를 제대로 치러내지 못한 황제의 말로는 비참했다. 단순한 미신일지 모르나 천고제 자체에 귀족과 백성이 가지는 의미는 상당했기에 설 또한 이번 의례 준비에 만전을 기하고 있었다.

사가로 쫓겨나기 전 마지막 인사를 드리러 란이 찾아왔다는 소리에 조 상궁이 하현을 말렸다.

"중요한 의례입니다. 부정 타실 수 있으니 홍란을 보시지 마옵소서."

홍란이 왔다는 말을 듣는 순간부터 이상하게 하현의 심장이 뛰었다.

하현 또한 홍란을 만나고 싶지 않았지만 지금만큼은 만나야 된다는 생각이 들었다.

"들여보내게. 그리고 조 상궁은 나가 있게."

"황후마마, 어차피 내일이면 황궁을 나갈 죄인입니다. 만나지 마시옵소서."

"금방 끝날 것이네. 나가 있게."

하현의 고집에 고개를 숙인 조 상궁이 밖으로 나갔다. 잠시 후, 하얀 소복을 입은 홍란이 하현의 앞에 무릎을 꿇었다. 사가로 나갈 때까지 머물던 궁에 연금되어 있었지만 하현에게 사죄의 인사를 드리게 해달라며 궁이 떠나가라 패악을 부렸다는 이야기를 들었다.

"길게 이야기하고 싶지는 않네. 무슨 일인가?"

하현이 더 이상 신경 쓰는 모습을 보여주고 싶지 않았는지 란의 발악에도 설은 꿈쩍도 하지 않았다.

하지만 딸의 마지막 소원을 들어달라며 태위가 물조차 마시지 않은 채 황궁 앞에 무릎을 꿇고 있자 대신들이 설을 설득하였다. 곧 있을 천고제에 태위가 저렇게 있으면 위신이 떨어질지도 모른다는 그들의 성화에 결국 설이 한 발짝 물러났다.

"황제 폐하께서는 황후마마에게만큼은 모습을 보이지 말라는 엄명을 내리셨지요. 황제 폐하의 말씀이라면 죽는시늉도 하시는 황후마마이시니 기대를 하지 않았건만, 이리 기회를 주시다니 다시 한 번 황송하옵니다."

비꼬는 란의 말에 하현의 눈이 꿈틀댔다.

역시 괜히 만나겠다고 한 것일까? 사죄를 하는 태도라기에는 지독히도 당당했다.

"그대가 자초한 일이네. 사가에 돌아가서도 몸가짐을 자중하시게. 내가 그대에게 해줄 수 있는 말은 그것뿐이네."

하현의 충고에 무릎을 꿇은 란이 고개를 들었다.

힘을 추구하고자 설의 후궁으로 들어왔다. 마음 없이 후궁으로 들어왔지만 그녀는 최선을 다할 생각이었다.

그랬던 모든 것이 하현 때문에 어그러졌다.

이제 란이 지켜야 할 것은 아무것도 남아 있지 않았다.

"천고제의 마지막 단계에서 폐하께서 명룡국의 평안을 기원하는 차를 마시지요."

뜬금없는 란의 말에 하현의 눈이 좁아졌다.

이미 천고제 준비는 모두 끝났다. 몇 번이나 확인하고 준비하였다.

란이 말하는 차도 준비를 끝낸 채 잘 보관되어 있었다.

"무슨 이야기를 하는 것인가?"

"황후마마께서는 제가 심어놓은 황궁 내의 궁인들을 골라내셨지요. 하나 폐하나 마마께서는 모두 가려내셨다고 생각하시겠지만 알 수 없는 것이 또 인생이지요."

"무엇을 말하고 있는 것이냐 물었네!"

"황후마마, 곧 의례가 시작되옵니다. 서둘러 경안궁으로 가셔야 하옵니다."

조 상궁의 목소리를 들은 하현이 란을 노려보았다.

무릎을 꿇고 있던 란이 몸을 일으켜 하현에게 가까이 다가왔다.

굳어 있는 하현의 귀에 작게 속삭인 란이 몇 걸음 뒤로 물러났다.

"천고제를 망친 황제는 귀족들에게 재미난 먹이가 되지요."

"……이러고도 살기를 바라는가?"

"죽을 목숨이라면 끝을 보는 것도 재미있겠지요. 또 어쩌면 저에게 전화위복이 될지도 모르는 일이 아니겠습니까?"

"황후마마, 서둘러 경안궁으로 가셔야 하옵니다."

조 상궁의 재촉에 하현이 란을 노려보았다.

평온한 그녀는 몇 걸음 물러나 하현에게 몸을 숙여 보였다.

"황후마마께서는 어찌하시겠습니까? 천고제를 멈춰서 폐하의 정당성을 망치시겠습니까, 아니면…… 아무것도 모르시는 폐하께서 그 차를 드시는 모습을 보시겠습니까? 지금 바꾸시려 해도 바꿀 수 있는 것은 아무것도 없습니다, 황후마마."

"조 상궁!"

하현의 외침에 밖에서 대기하고 있던 조 상궁이 안으로 들어왔다.

창백한 하현의 얼굴에 조 상궁의 눈이 무릎을 꿇고 있는 란을 향했다.

"홍란을 다시 연금하라. 폐하께는 말씀드릴 것이니 내일이 지나도 절대 황궁 밖으로 나가지 못하게 하게! 경안궁으로 가겠다!"

말을 마친 하현이 다급한 걸음으로 승경궁을 나왔다. 달라진 하현의 행동에 조 상궁이 란을 노려보았지만 정작 시선을 받고 있는 그녀는 태연했다.

하현의 명령에 방 안으로 들어온 병사들이 란을 우악스럽게 잡아끌었다.

지금 천고제를 바꾸고 싶어도 할 수 있는 것은 아무것도 없다.

하현 때문에 란은 모든 것을 잃었다.

그렇다면 이번에는 그녀가 잃을 차례였다.

병사들에게 끌려가는 란의 입가에 미소가 감돌았다.

실제 설이 천고제 직전에 마시는 것은 차라기보다는 약에 가까웠다.

열 가지 이상의 한약이 들어갔기에 냄새도 독하고 먹기도 힘들었다. 심지어 차를 완성하자마자 상자에 넣고 봉인했기에 천고제의 마지막까지 누구도 그것을 건들 수 없었다.

"폐하께서 마실 그 차에 독을 넣었어요. 아무 맛도 향도 없는 것이라 폐하께서도 눈치채지 못하실 거예요."

단순히 천고제를 망칠 생각으로 란이 거짓말을 꾸미는 것일지도 모른다.

하지만 그게 아니라면, 란의 말대로 차 안에 독이 섞여 있는 것이라면 상황은 더 끔찍했다.

조 상궁을 시켜 어떻게든 봉인된 차를 바꿔보려 했지만 황후인 하현의 힘으로도 그것은 무리였다. 이미 봉합된 차는 경안궁 안에 보관되어 있었다.

"황후마마."

조 상궁의 말에 하현이 눈을 감았다.

더는 시간을 지체할 수 없었다. 서둘러 의례에 참여하셔야 한다며 내관들이 재촉하고 있었다.

하현이 떨리는 손을 억지로 붙잡았다.

어떻게 해야 하는 것일까?

천고제를 중단시키면 설이 지금까지 힘들게 쌓아놓은 힘은 순식간에 사라져 버린다. 기회를 잡았다는 듯 태위의 사람들이 설의 모든 것을 빼앗아갈 것이다.

그렇다고 눈앞에서 설이 독차를 마시는 모습을 볼 순 없었다. 하늘이 무너져도 그 모습만큼은 볼 수 없었다.

"황후마마, 이만 의례에 들어가셔야 하옵니다."

내관의 재촉에 하현이 답을 정하지 못한 채 눈을 감았다.

한참을 말없이 서 있던 하현이 입술을 깨물었다.

답을 구할 수 없던 순간, 전혀 생각하지 못하던 생각이 뇌리를 스쳤다.

"아……."

"황후마마?"

"방법이…… 생각났다."

하현이 짓는 미소가 조 상궁에게 미묘한 느낌을 주었다. 마치 모든 것을 놓아버린 것 같은 기분. 불길한 기분에 조 상궁이 말을 꺼내려는 찰나, 하현의 눈이 그녀를 바라보았다.

시선과 시선이 마주했다. 지금까지 느끼던 불길함이 좀 더 진하게 다가왔다.

재촉하는 내관에게 잠깐이면 된다는 말을 전한 하현이 조 상궁의 앞까지 다가왔다.

"황후마마."

미소를 짓는 하현의 모습이 곧 사라질 것처럼 흔들렸다.

"조 상궁, 자네가 해주어야 할 일이 있네."

조 상궁에게 가까이 다가간 하현이 귓속말로 조용히 속삭였다. 하현의 이야기에 놀란 조 상궁이 안 된다며 고개를 저었지만, 하현은 편안했다.

그녀의 환한 미소조차 조 상궁에게는 불길함으로 다가왔다. 차라리 천고제를 중단시키자며 조 상궁이 잡으려는 순간, 그녀가 몸을 돌렸다.

"이만 들어가세."

하현의 말에 내관이 고개를 숙이며 안내했다.

안색이 어두운 조 상궁에게 걱정하지 말라는 듯 입꼬리를 올린 하현이 열린 문으로 걸음을 옮겼다.

경안궁의 문이 열리자 수많은 대신들이 일렬로 늘어서 있었다.

그리고 그들의 앞에 흑색의 의례복을 입은 설이 하현을 향해 몸을 돌리고 있었다.

하현의 등장에 미소를 지은 설이 그녀에게 손을 내밀었다.

그녀가 연모하는 사내.

그가 노력하여 이루어낸 것을 빼앗으려 하는 무리에게 그 어떤 여지도 주지 않을 것이다.

자신은 명룡국의 황후였다.

그녀에게 새 세상을 열어준 황제를 지켜낼 것이다.

계단을 오른 하현이 설의 손을 붙잡았다.

⚜

의례는 차근차근 진행되었다.

해가 떠오르는 동쪽에 황제가 서자 그 반대편에 황후가 마주 섰다.

문무백관이 황제와 황후에게 사배를 하자 황제와 황후의 뒤에 있던 내관이 둘이 들고 온 규를 내밀었다.

규를 받아 든 황제와 황후가 중앙으로 걸어나오고, 사배를 마친 문무백관이 둘을 향해 다시 절을 올렸다.

예를 지내던 하현이 고개를 돌리자 그녀의 시선을 느낀 설이 다독이듯 미소를 지었다.

그 모습을 그녀가 세세히, 그리고 천천히 눈에 담았다.

'폐하.'

미소를 지을 때의 설은 눈 끝이 살짝 내려갔다. 소리 내어 웃지는 않아도 끝이 올라가는 입꼬리가 언제나 편안하게 다가왔다. 손을 들어 뺨을 만지면 부드러운 감촉에 따뜻한 온기가 항상 그녀의 심장을 떨리게 했다.

황후는 이런 것이라며 강요하는 대신 자신의 생각을 말하고 그녀에게 생각할 수 있는 길을 만들어주었다. 그가 만들어주는 길 위에서, 그의 세상 아래에서 지낸 1년이 그녀에게는 새로운 경험이자 행복이었다.

짧은 시간이었지만, 그녀는 제법 그가 어떤 사람인지 많이 알고 있다는 생각이 들었다.

'차에 독이 없었으면 좋겠어요.'

단순한 란의 장난이기를 바란다.

천고제를 멈추기 위해 그녀가 술수를 부린 것이기를 원했다.

아무 일도 없이 의례가 끝나기만을 바란다.

의례가 진행되는 내내 하현의 눈은 줄곧 설에게 향해 있었다.

얼마든지 바라볼 수 있을 때 마음속에 그를 담고 싶었다.

'조금만 더 빨리 만났더라면……'

1년만 더 빨리, 아니, 한 달만이라도, 하루만 더 그녀에게 시간이 주어진다면…….

어쩔 수 없다는 것을 알면서도 그녀의 마음에 자꾸 미련이 생겼다.

그와 있는 시간이 너무 짧았다. 기억을 되새기며 그를 영원히 마음에 담고 싶어도 그녀에게 허락된 시간은 이제 얼마 남아 있지 않았다.

영원히 끝나지 않을 것 같던 의례의 끝이 조금씩 보이기 시작했다.

봉인되어 있던 상자가 열리고, 그 안에서 청옥으로 만든 잔이 꺼내졌다.

평생 오지 않았으면 하는 순간이 바로 앞으로 다가왔다.

마지막이 될 수 있는 차를 보면 무서울 것이라 생각했다.

그런데 무섭지도 떨리지도 않았다. 그녀 스스로가 놀랄 정도로 평온했다.

"폐하, 신첩이 그 잔을 대신 받아도 되겠습니까?"

그녀의 말에 설이 고개를 갸웃했다. 언제나 천고제의 마지막은 황제가 잔에 담긴 차를 마시는 것으로 끝났다.

그런데 평온하게 이어지던 천고제의 끝에 하현이 나섰다.

설이 알지 못하는 무언가가 있는 것일까? 하지만 그의 눈에 보이는 하현은 어느 때보다도 평온했다.

주저하는 설을 보며 하현은 미소를 지었다.

"천고제의 잔은 폐하께서 받으시는 것이 법도이지만 황후 또한 가능하다 들었습니다. 황후인 신첩에게는 처음으로 있는 천고제이니 허락하신다면 신첩이 차를 마셔도 되겠습니까?"

하현의 물음에 설이 차를 들고 있는 대신을 바라보았다.

"폐하 대신 황후마마께서 드셔도 무방하옵니다."

대신의 말에 미소를 지은 설이 고개를 끄덕였다. 설에게 가 있던 차가 하현의 앞으로 옮겨졌다.

상자에 봉인되어 있어 차갑게 식어 있었지만, 검붉은 차에서 나는 향은 유난히 강했다. 향을 맡는 것에는 날카로운 그녀이지만, 앞에 놓인 차에서는 독초의 향은 맡아지지 않았다.

란의 말이 거짓이기를 바란다.

이 차를 마시고도 아무 일이 없기를 진심으로 바라고 또 바랐다.

하지만 그게 아니라면, 그렇다면 설이 독차를 먹고 쓰러지는 모습을 보느니 자신이 대신 마시리라.

'폐하, 살고 싶어요.'

죽고 싶지 않았다. 무척이나 행복한 이 순간에 삶의 끈을 놓고 싶지 않았다.

천고제를 중지시킬 필요도, 설이 독차를 마시는 모습을 보지 않아도 될 유일한 방법.

하현이 생각할 수 있는 방법은 이것뿐이었다. 그리고 그걸 할 수 있는 사람은 그녀뿐이었다.

설에게 미소를 지어 보이던 하현이 고개를 돌려 태위 홍희겸을 보았다.

그녀의 돌발 행동에 당황한 홍희겸의 안색이 창백해졌다. 설에게 보였던 부드러운 미소는 온데간데없이 하현의 차가운 눈이 오랫동안 그에게 고정되었다.

하현의 시선이 홍희겸에게 향하자 설이 고개를 돌렸다.

설의 시선에 얼굴이 창백해진 홍희겸이 도망치듯 고개를 숙였다.

그 순간, 정체를 알 수 없는 불안감이 설을 감쌌다. 자신이 알지 못하는 무언가가 분명 있었다.

이상한 기분이 든 설이 하현을 말리려는 순간, 하현이 잔에 든 차를 마셨다.

식은 차였기에 하현은 단숨에 잔을 비워냈다.

천고제가 무사히 치러지자 모든 이들이 만세를 부르며 환호하였다.

의례가 끝났다.

※

"쿨럭!"

바닥에 떨어지는 붉은 것이 꿈처럼 막연해 보였다.

막연한 불안감이 현실로 다가온다. 천고제가 끝나고 경안궁을 나오자 하현의 몸이 휘청했다.

"황후마마!"

조 상궁의 비명이 주변을 울렸다. 그녀와 함께 걸어가던 설의 걸음이 멈추었다.

환한 미소로 새처럼 재잘대던 작은 입에서 흘러내리는 것이 피일 리가 없었다.

"하현아?"

설을 붙잡고 있던 손에서 힘이 빠져나간다. 쓰러지는 몸은 무언가가 사라져 버린 사람의 것 같았다.

그렇게 무너지는 하현을 설이 품에 안았다.

하현을 안고 있는 설의 몸이 떨린다. 언제나 그에게 따뜻한 온기를 주던 작은 몸체가 유난히 차갑게 느껴졌다. 하얗던 얼굴이 평소보다 더 창백했다.

"폐…… 하."

입술을 타고 흘러내리는 굵은 핏줄기가 설의 손으로 떨어져 내렸다.

공포로 온몸이 떨렸다. 품에 안겨 있는 여인은 금방이라도 자신을 떠날 듯 위태로워 보였다.

이럴 리가 없다. 이런 일이 일어날 리가 없다.

"어, 어서 태의를…… 태의를……. 무엇들 하느냐! 어서 태의를 데려오란 말이다!"

소리치는 설을 하현의 손이 붙잡았다.

설을 바라보는 하현의 표정이 공포로 떠는 설과는 다르게 편안했다.

사태를 직감한 궁인들이 빠르게 움직였다. 설의 떠는 손이 차갑게 식어가는 하현의 뺨을 감쌌다.

차가워지는 뺨에 닿는 설의 온기가 무척이나 좋았다. 괜찮다며, 아무 일도 없을 거라며 다독이는 설의 목소리를 들으며 하현이 숨을 참았다.

하지만 그녀의 의지와는 다르게 입에서 흘러나오는 피는 그 양을 더해갔다.

"폐하…… 컥! 괜찮…… 아요. 그러니…… 굴럭!"

"말을 아껴라. 태의가 오고 있다."

"무탈하시고…… 마음…… 쓰지 마세요."

"그런 말 필요 없다! 괜찮을 것이다! 내가, 내가 아무 일도 없게 할 것이란 말이다!"

설의 눈가에 고인 것이 안겨 있는 하현의 뺨에 떨어졌다.

힘겹게 손을 들어 설에게 가져가니 그가 다급히 그녀의 손을 자신의 뺨에 닿게 하였다.

설이 자신을 위해 울고 있었다. 설의 뺨에서 떨림이 느껴졌다.

그의 곁에서 이렇게 죽을 수 있다면 죽는 것도 나쁘지 않았다.

"폐하의 손을…… 잡은 것이 제 생애에…… 가장 잘한 일 같아요."

굵은 핏줄기가 입 밖으로 흘러나왔다. 입가에서 떨어지는 핏방울이 눈 위에 꽃이 피듯 흐드러졌다.

조금만 더 설을 보고 싶다. 아주 조금만 더 그를 눈에, 마음에 담고 싶다. 아직 하고 싶은 말이 많이 남아 있었다.

하지만 차가워지는 피만큼이나 굳어가는 몸이 말을 듣지 않았다.

생애의 마지막 기력을 짜내며 하현이 설에게 지어 보일 수 있는 가장 환한 미소를 지었다.

"폐하, 안녕히……."

뺨을 감싸고 있던 여인의 손이 쌓인 눈에 힘없이 떨어졌다.

사내의 시간이 멈추었다.

숨소리조차 함부로 내쉴 수 없을 정도로 내려앉은 끔찍한 정적 속에서 축 늘어진 여인을 품에 안았다.

"아……."

꽉 막혀 버린 듯 숨을 쉴 수 없었다.

"아아악!"

설의 절규가 궁궐 안에 무섭게 울려 퍼졌다.

⚹

다급히 달려온 태의가 살핀 황후의 상황은 심각했다.

상황이 상황인 만큼 태의가 설의 허락 없이 하현에게 다가갔다. 하얗게 질린 얼굴에 입에서 흘러내리는 피가 심상치 않았다.

평소였다면 만들어놓은 환을 먹여 독을 토해내게 했을 것이다. 하지만 현재 하현은 의식조차 없었다. 망극하게도 손을 뻗어 맥을 짚으니 미약하게나마 뛰는 것이 느껴졌다.

"살려야 한다."

설이 핏발 선 눈으로 힘겹게 말하였다. 그의 명에 태의가 무거운 표정으로 고개를 숙였다. 장침을 들어 혈을 찍으니 검붉은 피가 흘러나왔다.

하현의 몸에서 나오는 검붉은 피에 설이 입술을 질끈 깨물었다.

온몸의 공포가 설을 끊임없이 흔들어댔지만 미약하게 남은 이성 하나로 터지려는 분노를 붙잡았다.

"무슨 일이 있어도 살려야 한다."

설의 낮은 목소리에 태의의 분주한 손이 설의 품에 안겨 있는 하현의 이곳저곳을 진맥하였다. 잠시 후, 태의가 품에 넣어둔 작은 약병을 꺼냈다.

단단히 막은 입구를 연 태의가 하현의 입가에 조심스럽게 약을 흘려보냈다.

하지만 의식을 잃은 하현이기에 입 옆으로 약이 모두 쏟아져 내릴 뿐이었다.

"이리 다오."

태의에게서 빼앗듯 약을 가져간 설이 하현의 입을 벌렸다. 입안에 고여 있는 피 때문에 약이 제대로 들어가지 않자 설이 하현의 입에 입을 맞췄다.

"황제 폐하! 그러시면 아니 되옵니다!"

"폐하!"

내시감과 주변의 만류에도 하현의 입에서 피를 빨아낸 설이 바닥에 피를 뱉어냈다. 다시 피를 빨아내려는 그의 행동에 내시감이 저지하려 하자 설의 눈이 서늘해졌다.

"말리는 이는 지위 고하를 막론하고 목을 베어버리겠다."

설의 말에 말리던 이들의 목소리가 멈추었다. 하현의 입안의 피를 모두 없애듯 설이 같은 행동을 두세 번 반복하였다.

피의 비릿함도, 피와 함께 있을 독도 상관이 없었다. 태의가 건넨 것만 하현이 먹을 수 있다면 설은 무슨 일이든 할 수 있었다.

남아 있는 피를 모두 뱉어낸 후 설이 입술에 묻은 피까지 손으로 닦아냈다.

그러고는 들고 있던 약병에 든 약을 삼키지는 않고 입에 머금었다.

태의가 건넨 것이 무슨 약인지는 알지 못했다. 하지만 지금 숨이 약해지는 하현을 되돌릴 수 있다면 어떻게든 먹여야 했다.

살짝 벌어진 입에 천천히 약을 흘려 넣었다. 아주 조금씩이지만 설이 건네는 약을 하현이 받아들였다. 조금씩 약을 먹인 설이 답을 구하듯 태의를 바라보았다.

하현의 상태를 보던 태의가 고개를 숙였다.

"이제 궁으로 모셔도 될 듯합니다."

태의의 말이 끝나자마자 설이 하현을 안아 들었다. 거리가 먼 승경궁 대신 성화궁으로 향하자 궁인들의 움직임이 분주해졌다.

준비된 침상에 하현을 눕힌 설이 목의 맥부터 짚어보았다.

작게 뛰는 맥이 사라져 버릴 듯 희미했다. 하지만 꺼질 듯 약해지던 좀 전과는 달리 다행히도 그 상태를 유지하고 있었다.

곧바로 들어온 태의가 조심스럽게 맥을 짚고 침을 놓았다. 그 모습을 설은 한순간도 놓치지 않았다. 숨조차 제대로 내쉴 수 없는 무거운 분위기가 계속되고, 얼굴에 맺힌 땀을 닦아낸 태의가 한 걸음 물러나 몸을 숙였다.

"우선 독은 해독된 듯합니다. 다만 몸이 많이 상하셨습니다. 소인의 좁은 소견으로 단언할 수는 없으나 우선 황후마마께서 깨어나셔야 위기를 넘기신 것으로 볼 수 있을 것 같습니다."

태의의 말에 설이 하현의 손을 감쌌다. 따뜻한 방에 들어왔어도 그녀의 손은 여전히 차가웠다. 눈 속에 떨어지던 하현의 손이 아직도 눈에 선하다.

끊어질 듯 작은 숨소리가 설을 두렵게 하였다.

"독은…… 어떤 것이었느냐?"

"황후마마께서 드신 독은 제나라의 황족들이 쓰는 독입니다.

아무런 맛도, 향도 나지 않기에 제나라는 물론 타국의 황궁에서도 자주 이용되는 독입니다."

"제나라의 독이 어떻게 명룡국 황궁 안에 있는 것인가?"

"소신 많은 것을 알지는 못하나 암암리에 제나라의 황족들이 만금을 받고 독을 거래한다는 이야기를 들었사옵니다. 해독제는 제나라의 직계 황족들만이 만드는 법을 배운다 들었사옵니다."

태의에게 이야기를 듣는 설의 눈이 점점 차가워졌다.

분명 하현은 그 차에 독이 있다는 것을 알고 마셨다. 제나라의 독이라는 것을 알았는지는 알 수 없지만 적어도 하나 확실한 것은 설이 마셔야 할 것을 그녀가 대신 마셨다는 것이다.

누군가 황제에게 독이 든 차를 먹이려 하였다. 이건 명백한 반역이다.

"그럼 그대가 건넨 것은 무엇이지?"

"폐하께서 황태자로 즉위하시기 전 휘왕 전하께서 똑같은 독에 중독되신 적이 있습니다. 때마침 제나라의 황제께서 같이 참석한 자리였기에 전하께서는 곧바로 해독이 되셨습니다."

"제나라의 황제와 아버지의 사이가 돈독하다는 것은 알고 있다."

"명룡국과 제나라는 군신의 관계가 아니라 형제 관계이니 당연히 제나라의 보물을 함께 나눌 자격이 있다고 하시면서 제의 황제께서 해독제를 만드는 법을 직접 알려주셨습니다. 그 이후로 선제께서는 태의에게만 그 방법을 익히도록 하셨습니다."

태의의 목소리가 막연하게 들려왔다.

해독제가 있다는 것은 다행이었지만, 하현은 정신을 차리지 못했다.

황족들만이 쓰는 독이라면 얼마나 독하다는 것인가? 이대로 깨어나지 못하면 하현은 어찌 되는 것일까?

설이 아무 말도 없자 태의가 몸을 숙였다.

"소신의 불찰이옵니다. 독약이 발현하는 시기는 느리지만 그만큼 효과가 강한 독입니다. 소인을 죽여주시옵소서!"

태의의 절규조차 꿈을 꾸는 것처럼 아득하게 들려왔다. 차라리 지금 겪고 있는 모든 일이 꿈이기를 바랐다. 하지만 부정하고 싶어도 손에 느껴지는 하현의 몸은 차가웠다.

그 차를 마실 사람은 자신이었다.

"마음…… 쓰지 마세요."

이제야 그녀가 왜 그런 말을 했는지 알 수 있었다.

아무것도 모른 채 그녀에게 독차를 마시라고 한 자신이 한심했다.

결국 그녀를 죽인 것은 설의 무능력이었다. 설의 방심이 이런 결과를 가져왔다.

"그대가 아니었다면 황후는 죽었을 것이다. 그러니 이번에도 황후를 살려라."

"반드시 그리 할 것입니다, 폐하."

태의의 말을 들은 설의 손이 하현의 뺨에 닿았다. 차가운 뺨이 그녀의 것이라고는 생각되지 않았다. 독은 해독되었으니 일어날 것이다. 설보다도 강한 그녀가 아니었던가. 곧 아무렇지 않은 모습으로 깨어날 것이다.

말없이 한참 하현을 어루만지던 설이 자리에서 일어났다. 하지만 일어나자마자 설의 몸이 휘청거렸다. 그 모습에 옆에 있던 지하가 다가왔다.

"폐하!"

"괜찮다. 아무것도 아니다."

하현은 살기 위해 싸우고 있다. 그러니 설도 자신을 추슬러야 했다.

그가 주인으로 있는 황궁 안에서 황후를 죽이려 한 무리가 멀쩡히 살아 있다.

누가 먹였는지, 왜 먹였는지는 궁금하지 않았다. 제대로 된 증좌만 없을 뿐 이런 짓을 저지를 사람은 하나였다.

태의에게 단단히 다짐을 받은 설이 방 밖으로 나왔다.

눈물범벅인 조 상궁이 설의 앞에 무릎을 꿇었다. 황후의 상태에 절망한 이들이 터뜨리는 울음이 꼭 하현의 죽음을 예고하는 것 같아 불쾌했다.

"앞으로 성화궁에서 울음을 터뜨리면 누구든 그 목을 베겠다!"

소름 끼치도록 차가운 설의 목소리에 울음을 터뜨리던 이들이 숨을 삼켰다. 단 한 번도 본 적이 없는 설의 차가운 모습에 주변은 순식간에 싸늘해졌다.

어느 때보다도 설은 냉정했고 이성적이었다.

하현이 깨어나지 않을지도 모른다는 두려움과 강한 그녀이기에 곧 정신을 차릴 것이라는 희망이 치열하게 대립하였다. 마음 같아서는 모든 것을 잊고 그녀가 깨어날 때까지 곁을 지키고 싶었다.

하지만 그래서는 안 된다.

"조 상궁은 나를 따라오라."

황제가 마셔야 할 차를 황후가 마셨다. 그리고 차를 마신 황후는 살아만 있을 뿐 목숨이 위태로운 상황이었다.

하현이 설 대신 차를 마신 일은 그들에게도 예상외의 일이었을 것이다.

다음의 상황을 생각해야 한다. 동시에 하현에게 독을 마시게 한 놈들을 어찌 처리할 것인지도 생각해야 했다.

떨리는 몸을 억지로 참으며 설이 떨어지지 않는 걸음을 옮겼다.

홍희겸의 말에 란의 눈썹이 꿈틀댔다.

"황후가, 황후가 마셨단 말입니까?"

란의 물음에 홍희겸이 고개를 끄덕였다. 생각지 못한 일에 당황했는지 궁인이 가져온 차가운 물을 홍희겸이 단숨에 들이켰다.

홍희겸을 물끄러미 보던 란이 황후가 머물고 있는 성화궁이 있는 방향으로 고개를 돌렸다. 일부러 차에 독약을 넣었다는 말을 흘렸다. 그렇게 한다면 하현이 천고제를 막을 것이라 생각했다.

천고제가 중단되면 란은 하현을 천고제를 엉망으로 만든 장본
인으로 몰아 폐위시키자고 할 생각이었다.

"바보군요, 황후는……."

황후가 그렇게 움직일 것이라고는 생각조차 하지 않았다.

"어떻게 해독을 한 것인지는 모르겠지만 목숨은 건졌다고 한
다. 하지만 정신을 차려야 확실히 고비를 넘긴 걸 알 수 있다고 하
더구나."

홍희겸의 말에 란이 입술을 깨물었다.

황제가 마실 차를 황후가 대신 마셨다고 달라지는 것은 없다.
다만 굳건해지던 황제에게 틈이 생겼을 뿐. 이제는 다시 홍희겸이
권력을 잡고 란이 되돌아오는 것만 생각하면 된다.

그런데 그걸 알면서도 왠지 모르게 마음 한구석이 불편하였다.

'나는 무엇을 기대한 것인가?'

원하는 대로 일이 진행되고 있다.

그런데도 설 대신 독차를 마셨다는 하현의 행동이 목에 든 모래
처럼 거칠었다.

만약 란이 황후였다면 그런 선택을 할 수 있었을까?

아니다. 란은 그렇게 할 수 없다.

"란아! 란아!"

홍희겸의 부름에 상념에 젖어 있던 란이 눈을 돌렸다. 그녀의
행동에 홍희겸이 눈을 좁혔다.

"이런 중요한 때에 무슨 생각을 하고 있는 것이냐?"

날카로운 홍희겸의 말에 란이 고개를 저었다.

이미 저지른 일이다. 순간의 감정에 약해져 일을 그르치면 결국 위험해지는 것은 란이었다.

이제 그녀가 선택할 길은 하나였다.

"황후가 마셨다면 일을 크게 벌일 필요가 없겠어요."

"무슨 말을 하는 것이냐?"

"원래 아버지께서는 절 황후로 세워서 황제의 외척으로 힘을 얻으려고 했던 것이잖아요."

"처음으로 되돌아가는 것이다?"

"여유롭고 모든 것을 놓은 것처럼 보이는 황제여도 그분은 현실적이죠. 깨어나지 않는 황후라는 위험을 안고 있으니 저희와 손잡는 것을 택하실 분이에요."

란의 말에 홍희겸의 눈이 차갑게 가라앉았다.

처음부터 황제의 자리를 노리고 해놓은 준비다. 그런데 황제 대신 황후가 독차를 마시자 란은 한 걸음 물러나자고 한다.

란의 말이 틀린 것은 아니다. 황제의 자리에 도전하면 죽음뿐이지만, 란을 황후로 세우고 권력을 가진다면 그것 또한 나쁜 것은 아니었다.

입맛이 쓰지만 우선은 상황을 보아야 할 때. 홍희겸은 란의 말에 고개를 끄덕였다.

"내일부터 움직일 것이다. 당장 널 황후로 만들 수는 없겠지만, 조만간 귀족들을 움직일 것이다. 황후가 깨어나기 힘들다 하였으니…… 이제 그 자리는 네 것이다."

홍희겸의 말에 란이 미소를 지었다.

모든 말을 끝낸 홍희겸이 밖으로 나가자 미소를 짓고 있던 란의 표정이 바뀌었다.

설이 죽어도 상관없다는 마음으로 차에 독을 탔다.

그녀의 진심을 무시한 설은 그러한 벌을 받아도 상관없다 생각했다.

그리고 하현에게는 설이 무너지는 고통을 느껴보라며 일부러 사실대로 알려주었다.

란이 생각한 하현은 천고제를 막고 설을 살릴 사람이었으니까.

힘을 잃고 무능한 황제로 휘둘리는 설을 보고도 하현이 당당할 수 있는지 궁금했다.

하지만 란의 예상과는 달리 하현은 천고제를 중단시키지도, 설에게 독차를 먹게 하지도 않았다. 스스로가 독차를 마심으로써 하현은 설도, 황제의 지위도 지켜냈다.

란은 그렇게 할 수 없었다. 설이 아니라 예전에 연모하던 효였어도 그렇게까지 해줄 수는 없었다.

"멍청한 여자 같으니."

하현과 자신은 맞지 않았다.

정체를 알 수 없는 감정이 란의 마음을 흔들었다.

깨물고 있는 입술에서 피가 배어 나올 정도로 란이 입을 다물었다.

"차에 독이 들어 있다는 말씀은 하지 않으셨습니다. 다만 홍란과 태위가 천고제를 망치려 한다는 말씀만 하셨습니다."

사흘이 지나도 하현은 좀처럼 깨어나지 않았다. 얼음장처럼 차
갑던 피부에는 조금씩 열기가 돌아오고는 있었지만, 닫힌 눈만큼
은 어떤 방법을 써도 뜨여지지 않았다.

온기를 전해주듯 그녀의 손을 자신의 손으로 감쌌다.

약한 숨소리만이 조용한 방 안에 낮게 들려왔다.

"언제까지 기다리게 할 거야?"

평소였다면 그의 물음에 약간의 주저도 없이 그런 게 아니라며
손사래를 쳤을 것이다. 맑은 눈을 동그랗게 뜨고 왜 자꾸 자신을
놀리느냐며 작은 투정을 부렸을 것이다.

어두운 표정의 설과는 달리 그녀의 표정은 자고 있는 것처럼 평
온했다.

"네가 곁에 없으니까 길이 보이지 않아. 어떡해야 할지 모르겠어."

"……."

"전부 무너뜨리고 싶다."

독차를 마시게 한 태의도, 눈을 굴리며 새로운 욕심만 부리는
귀족들도 전부 보고 싶지 않았다. 무소불위의 권력을 가진 존재가
황제라면 지금만큼은 그 힘으로 모든 것을 뒤엎어 버리고 싶었다.

하지만 그럴 수 없었다.

"마마의 세상을 폐하께서 열어주셨으니 이번에는 폐하를 마마
께서 지키실 차례라 하셨습니다. 절대 후회하지 않으신다며……

어느 때보다도 마음이 홀가분하다 하셨습니다."

천고제의 상황과 하현이 남긴 말을 듣자 어떻게 된 일인지 보지
않아도 눈에 선했다. 란은 하현이 천고제를 중지시킬 것이라 생각
하고 진실을 말했을 것이다.

하지만 설이 아는 하현이라면 그에게 피해를 줄 천고제의 중지가
아니라 직접 그 독을 먹었을 것이다. 그리고 그 결과가 눈앞에 있었
다.

하현이 무슨 생각으로 그렇게 행동했는지 알기에 더더욱 자신
을 다잡아야 했다.

뺨을 어루만지고 있던 손이 하얀 이마를 쓸어내리고 마른 입술
을 손가락으로 어루만졌다.

"며칠 후면 영화국의 부모님이 올 거야."

하현이 깨어나지 않자 설은 영화국으로 사람을 보냈다. 마침 세
운도 함께 있다는 보고였기에 같이 모셔오라 명하였다. 비보가 비
보인 만큼 며칠 안으로 황궁에 도착하실 것이다.

그리고 지금의 모습을 보며 절망하실 것이다.

"그때까지 깨어났으면 싶지만 역시 어렵겠지?"

대답 없는 물음이 설의 입에서 계속되었다.

한 번만이라도 그의 물음에 대답을 해주기를 바랐다. 딱 한 번
만이라도 하현의 목소리를 들을 수만 있다면 그는 무슨 일이든 할
수 있을 것 같았다.

하지만 아무리 기다려도 그녀에게서는 어떤 말도 나오지 않

았다.

손을 붙잡은 채 하현을 지켜보던 설이 고개를 숙였다.

마른 입술에 입술을 맞추니 미약한 숨이 설의 입가를 간질였다.

정신을 잃고 있는 그녀의 숨소리조차 자신을 놓아버릴 정도로 아늑했다.

"황후로서 힘들었을 테니까…… 조금만 기다릴 테니까…… 힘들고 초조하지만 기다려 볼게. 그 대신 내가 지치기 전에 깨어나. 깨어나서 왜 이렇게 주저앉아 있느냐며 혼이라도 내. 나한테 쓴소리할 사람은 너밖에 없잖아."

하현이 깨어나지 못할 것이라는 생각은 이제 하지 않는다.

힘들어하는 것도 오늘까지일 뿐.

이곳을 나가면 설은 다시 황제로 돌아갈 것이다.

그리고 기다렸다는 듯 움직이는 그들에게 더는 주저 없이 검을 꺼내 들 것이다.

"네가 깨어나면 모든 게 정리되어 있을 거야. 그러니까……."

"……."

"오늘만 이렇게 곁에 있을게. 피곤하겠지만…… 조금만 내 투정 좀 들어줘."

충혈된 설의 눈에 투명한 것이 가득 고였다.

하지만 그걸 터뜨리는 대신 숨을 들이마시는 것으로 참아냈다.

하현은 죽지 않았다. 그러니 울 이유도, 울어야 할 필요도 없었다.

둘만이 있는 고요한 방, 설이 조심스럽게 하현의 옆에 누웠다.

얼음장처럼 차가운 그녀를 품에 안으며 설이 피곤한 눈을 감았다.

⊠

하현의 모습에 소연이 몸을 비틀댔다.

그런 그녀를 굳은 표정의 제융이 붙잡았다.

1년 만에 본 제융과 소연이지만 하현의 감긴 눈은 떠지지 않았다. 안고 있는 제융의 손을 푼 소연이 하현에게 천천히 다가갔다.

침상에 걸터앉은 소연이 떨리는 손으로 하현의 얼굴을 어루만졌다.

미약한 온기가 느껴지긴 하지만, 살아 있다는 느낌은 거의 들지 않았다.

"숨을 쉬고 있다면 죽은 게 아니야."

소연의 말에 제융이 무거운 숨을 내쉬었다.

힘든 자리라는 것을 알면서도 황후의 자리를 선택한 딸이다. 힘들고 어려울 것이라는 걸 알기에 걱정했지만 다행히 설과 세운이 보내는 서신에서 제법 잘하고 있다는 말을 들으며 안심하고 있었다.

그런데 황제를 노린 독을 대신 먹었다고 한다.

하현의 곁으로 다가간 제융이 손을 붙잡았다. 미약하게 들리는 숨소리가 끊어질 듯 약했다.

"난 내 딸을 약하게 키우지 않았어."

제융의 말에 소연이 그를 물끄러미 바라보았다. 하현을 바라보던 제융이 소연과 눈을 마주쳤다. 오랫동안 시선을 교환한 소연이 서 있는 설을 바라보았다.

범인(凡人)도 힘든 것이 바로 혼인 이후의 생활이다. 그런데 황후라니, 막연하다 못해 감당이 되질 않았다. 그렇기에 소연은 하현이 명룡국으로 간다는 것을 악착같이 반대했다.

그런 그녀에게 설은 조건을 내세웠다. 그 조건을 받아들인 수연은 하현을 명룡국으로 보냈다.

"영화국에서 폐하가 저희와 약속한 것을 기억하십니까?"

약속이라는 말에 설의 안색이 굳어졌다.

하현이 위험하면 언제든지 영화국으로 보내겠다.

황제의 이름으로 직접 둘에게 약속한 내용이다.

"이제라도 그 약속을 지켜달라고 하면, 폐하께서는 그렇게 해줄 수 있으십니까?"

소연의 물음에 설의 안색이 창백해졌다.

그때는 하현의 존재가 필요했기에 그런 약속을 제융과 소연에게 할 수 있었다.

하지만 이제는 그럴 수 없었다.

필요하고 불필요하고의 문제가 아니었다. 이제 그녀는 자신의 하나뿐인 부인이자 그의 유일한 세상이었다.

"보낼 수 없습니다."

"황제의 이름으로 하신 약속을 저버리겠다는 것입니까?"

도를 넘는 소연의 물음에 제융이 그 정도만 하라며 눈짓을 보냈다. 하지만 그의 시선을 모르는 것인지, 아니면 알면서도 외면하는 것인지 소연은 설에게 대답을 재촉하였다.

"독에 중독되어 정신을 잃고 있는 이 상황이 바로 그때 폐하께서 약속하신 상황이 아닙니까?"

핵심을 찌르는 소연의 물음에 설이 숨을 삼켰다.

하현이 정신을 차리지 못하고 있는 상황 자체가 그에게는 시련이자 고통이었다. 그럼에도 버틸 수 있는 것은 정신을 잃고 있어도 바로 그의 옆에 하현이 있기 때문이었다.

하현이 영화국으로 돌아간다.

생각도 할 수 없고, 그런 상상조차 해본 적이 없다.

"차라리 약속을 저버린 황제가 되겠습니다. 하현을 황궁에서 내보낼 수 없습니다."

"해독이 되어도 평생을 깨어나지 못하는 사람도 있습니다."

"이제 하현이 없으면 제가 살지 못합니다."

"지금의 제 딸은 폐하께 아무런 도움도 되지 못합니다."

"곁에 있어주는 것만으로도 저에게는 빛이자 길입니다."

속사포처럼 쏟아지는 소연의 물음에 설이 답하였다.

"저에게서 하현이를 빼앗아가지 말아주십시오. 이 사람은 저와 평생을 같이할 사람입니다."

약간의 주저도 느껴지지 않는 단호한 말에 차가운 표정을 유지하던 소연의 안색이 달라졌다.

아무리 서신을 보내와도 걱정이 되는 것은 어쩔 수 없었다.

자신의 하나뿐인 딸.

괜찮다고 했어도 소연은 믿지 않았다. 귀족의 수단으로 이용당한 경험 때문인지 개인적인 필요로 하현을 데리고 가는 설이 탐탁지 않았다.

그런데 지금 의식조차 없는 딸 앞에서 설의 진심을 들었다.

흔들리지 않는 눈에, 떨림조차 느낄 수 없는 단호한 말에 그가 하현을 어떻게 생각하는지 알 수 있었다.

소연의 눈이 설에게서 제융에게로 향했다.

그녀를 달래듯 제융이 소연의 어깨를 팔로 감쌌다.

"이 아이의 곁에는 제가 있겠습니다. 폐하께서는 폐하의 일을 하세요."

소연의 말에 안도한 설이 고개를 숙였다.

하지만 그녀의 말은 그걸로 끝나지 않았다.

"대신 제 딸이 깨어날 때까지 아무것도 바뀌지 않는다면 전 무슨 수를 써서라도 이 아이를 영화국으로 데려갈 것입니다. 그때는 폐하께서 제 목을 거두신다고 하셔도 물러나지 않겠습니다."

소연의 말에 설이 고개를 끄덕였다.

설의 대답에 소연이 무거운 한숨을 내쉬었다. 떨림이 가라앉은 손이 하현의 차가운 뺨을 쓸어내렸다.

많은 것을 준 딸은 아니지만 그래도 약하게 키우지는 않았다.

설이 나가고 제융과 소연이 하현의 자리를 지켰다.

일주일이 되어도 황후에게서 차도가 없자 기다렸다는 듯 홍희겸이 움직이기 시작했다.

"내명부는 한시도 비울 수 없는 자리이옵니다. 황후마마께서 깨어나지 못하시는 지금, 내명부를 다스릴 분은 귀비마마뿐이옵니다. 비록 귀비마마께서 지으신 죄는 무거우나 한시도 궁에서 나오시지 않은 채 본인의 죄를 뉘우치고 계시니 넓으신 아량으로 기회를 주시옵소서, 폐하."

정위의 간언에 설이 피곤한 미간을 손으로 눌렀다.

황후가 독에 중독된 후 황제는 무기력해졌다. 밤만 되면 성화궁에서 죽은 듯이 머물고 있을 뿐, 황제는 모든 정무를 대신들에게 일임하고 철저히 방관자가 되었다.

황제가 자신을 놓아버리자 이때가 기회라는 듯 태위가 잃은 것을 되찾기 위해 대신들을 선동했다.

정위의 말에도 설이 아무런 대답이 없자 태위의 시선이 광록흔에게로 향하였다. 기다렸다는 듯 한 걸음 나선 광록흔이 몸을 숙였다.

"귀비 홍란이 지은 죄가 크기는 하오나 죄를 뉘우치고 있고 황후마마의 쾌유를 위한 치성을 매일 드리고 있다고 하옵니다. 그러니 넓으신 아량으로 한 번만 더 귀비 홍란에게 기회를 주시는 것이 어떠하시겠습니까?"

정위와 광록흔의 말에 대신들의 분위기가 흔들렸다. 하지만 미간을 누르고 있던 설의 표정은 여전히 무심했다. 귀비를 복권시키자는 의미가 무엇인지는 누구보다도 설이 더 잘 알고 있었다.

하지만 귀하게 여기던 황후의 상태 때문인지 그는 대신들의 목소리에도 어떤 관심도 가지지 않았다.

결국 답답한 표정으로 상황을 보고 있던 이현이 앞으로 나왔다.

"이제 겨우 일주일이 지났습니다. 황후마마께서 드신 독은 모두 해독되었고 연치 또한 높지 않으시기에 조만간 일어나실 것입니다. 그런데 어찌 망극하게도 죄인 홍란의 복권부터 이야기를 꺼낼 수 있단 말입니까!"

"그럼 이대로 내명부를 비워두자는 것이오?"

"그렇다고 황후마마께 드려서는 안 되는 약을 드린 죄인을 원래의 자리에 복권하자는 말을 꺼낼 수는 없소! 황후마마께서 어려우시다면 황후마마께서 책봉되시기 전처럼 가예부인께서 당분간 내명부를 맡으셔도 될 문제요!"

대전에 고성이 끝없이 오고 갔다. 한 치의 양보도 없이 자신의 주장을 내세우는 가운데 결국 미간을 찌푸린 설이 손을 들었다. 설의 행동에 격하게 오가던 고성이 멈췄다.

"오늘은 이만하겠다. 모두 물러가라."

"폐하!"

아무 대답도 하지 않은 채 자리를 물리는 설의 모습에 이현이 절규하였다.

설의 앞에 무릎을 꿇은 이현이 바닥에 머리를 박았다.

"황후마마께서는 깨어나실 것입니다! 강한 분이시니 일어나실 것이란 말입니다! 그런데 어찌 폐하께서는 자신을 놓으신 것입니까! 진정 이들에게 다시 기회를 주실 것이란 말입니까!"

"표기장군, 말을 조심하시오!"

이현의 말에 홍희겸이 분노하여 목소리를 높였다.

하지만 홍희겸이 목소리를 높일수록 이현 또한 소리를 높였다.

결국 이현의 간언에 설이 폭발하였다.

"표기장군 이현을 사흘 동안 옥에 가둔다!"

"폐하!"

"같이 갇히고자 하는 자는 이 자리에서 목소리를 높여라! 원하는 만큼 가둬줄 테니 말이다!"

설이 더는 듣고 싶지 않다는 듯 권좌에 몸을 맡긴 채 눈을 감았다.

설의 행동에 홍희겸은 눈짓으로 다른 이들을 막았다. 병사에게 끌려가면서도 이현의 간언은 계속되었다.

이현이 완전히 사라지자 대신들을 내보낸 홍희겸이 고개를 숙였다.

숙이고 있던 고개를 드는 순간 홍희겸과 설의 눈이 중간에서 만났다.

방금 전까지도 무기력하고 무심하던 눈에 살기가 가득 맺혀 있었다.

"폐하?"

좀 전까지 홍희겸에게 보이던 설의 살기가 사라졌다. 언제 그랬냐는 듯 무심한 눈으로 홍희겸을 바라보고 있었다.

"무슨 일인가?"

자신이 잘못 본 것일까? 고개를 저은 그가 다시 설을 보았지만 달라진 것은 없었다.

"아니옵니다, 폐하. 이만 물러나겠습니다."

자신이 잘못 본 것이라 판단한 그가 뒷걸음질로 대전을 빠져나갔다.

설이 무심한 눈을 다시 감았다가 떴다.

어두웠던 눈에 살기가 맺히며 빛이 돌아왔다. 홍희겸이 고개를 숙이며 대전을 빠져나갈 때까지 설의 차가운 눈은 오랫동안 그를 향해 있었다.

⊠

대신들이 나간 후 밖으로 나온 설이 어디론가 걸음을 옮겼다.

황궁 안임에도 어디론가 이동하는 설의 발걸음은 조심스러웠다. 더군다나 그에게 무슨 명령을 받았는지 그와 함께 이동하는 내관들조차 연신 주변을 둘러보며 경계하였다.

설의 모습이 보이자 주변을 경계하던 병사들이 고개를 숙였다.

굳게 닫힌 문이 열리고, 설이 문 안으로 들어갔다.

연못이 있는 아담한 궁에 마련된 자리에 제융이 앉아 있었다.

연못을 물끄러미 보던 제융의 눈이 설에게 향했다.

제융과 설만이 있는 곳에서 황제라는 지위는 아무 소용 없었다. 그저 하현의 아버지이고, 설에게는 장인일 뿐이다.

물끄러미 연못을 보던 제융의 시선이 설에게 향하자 그가 고개를 숙였다.

"황제께서는 쉽게 고개를 숙이시면 안 됩니다."

자리에서 일어난 제융이 설에게 고개를 숙였다. 볼수록 느끼는 것이지만 세운과는 달라도 너무 달랐다. 지금의 모습을 세운이 본다면 황제의 체면이고 권위를 떠나 뒤통수부터 후려쳤을 것이다.

하지만 세운은 청궁에 남아 홍희겸에게 붙으려는 귀족들을 막고 있었다. 현재 황궁에 있는 것은 제융과 소연뿐이었다.

"황제의 권위는 이런 자리에서 필요한 게 아니니까요."

황제라는 짐을 잠깐이나마 내려놓은 설은 세운이기보다는 가예와 비슷하게 느껴졌다.

제융이 자리를 권하자 설이 고개를 끄덕이며 앉았다.

홍희겸을 바라보던 무심한 눈은 어디에도 없었다. 침착한 눈에 깃든 분노가 궁인들에게 우연히 들었던 것과는 달랐다.

"황후를 잃은 황제가 모든 걸 놓았다는 말을 들었습니다만, 제가 생각한 모습과는 다르군요."

"실망…… 하셨습니까?"

"실망했다며 폐하에게 화를 내보았자 제 딸이 깨어나는 것은 아니니까요."

제융의 말에 설이 굳게 입을 다물었다.

일주일이 지나도 하현은 손가락 하나 움직이지 않았다. 하현이 깨어나지 못할 것이라는 의심은 추호도 하지 않는다. 하지만 흐르는 시간만큼 초조해지는 것은 사실이었다.

하지만 지금의 초조함을 드러내는 대신 설은 몸을 숨기고 감정을 참아냈다.

굳게 다문 채 설이 아무 말도 하지 않자 제융이 먼저 말을 꺼냈다.

"하현이는 야무져 보여도 어수룩한 모습을 가지고 있지요. 그런 주제에 자기가 할 수 있는 한도에서 불안할 정도로 최선을 다하죠. 그 아이의 고집에 저나 그 사람이 손을 들 때가 많이 있었습니다."

"그게 좋았습니다. 하현이는 절 황제가 아니라 설로 봤으니까요. 그 고집으로 저에게 많은 것을 가르쳐 주었습니다. 그래서 마음에 담았습니다. 스스럼없이 다가오는 그 아이가 좋았습니다."

그래도 좋다는 설의 모습에 제융이 미소를 지었다.

"그 아이라면 폐하 대신 독차를 마셔도 당연히 자신이 해야 하는 일이라며 받아들였겠지요. 하현이가 그런 선택을 했을 때는 그만한 각오가 있었을 것입니다."

부모이기 때문일까? 상황을 들은 것만으로도 제융은 전부를 보고 있었다.

제융에게 고개를 들 수 없었다. 설의 곁에 있었기에 하현이 저렇게 된 것이다.

"죄송합니다."

고개를 들지 못하는 설을 물끄러미 보던 제융이 눈을 감았다 다시 떴다.

철부지인 딸이 황후 노릇을 제대로 해낼지 걱정했다. 하지만 종종 들려오는 소식과 곳곳에서 궁인들의 이야기를 들으니 그의 걱정과는 달리 제법 잘해내고 있었다.

기왕 잘하고 있다면 되도록 무사히 지냈다면 좋았을 것을.

하지만 하현이 독차를 마신 것이 네 탓이라며 설을 몰아세울 수도 없었다.

"죽이는 것이 최고의 형벌은 아닙니다. 때로는 살아 있는 것이 죽는 것보다도 고통일 때가 있지요."

생각지 못한 제융의 말에 설이 고개를 들었다.

침착한 제융의 눈이 설을 고요히 바라보고 있었다. 모든 것을 내려놓고 은둔했지만, 그 또한 황제로서 배움을 받은 자였다. 그에게서 나오는 특유의 분위기가 설을 압박하였다.

"폐하께서 그 아이에게 미안한 마음이 드신다면 이번 일을 꾸민 자들에게 벌을 쉽게 내리지 마십시오."

언제나 담담하던 제융의 눈에서 짙은 분노가 느껴졌다.

제융의 눈을 그대로 받아들이던 설이 고개를 끄덕였다.

"쉽게 목을 거두지 않을 것입니다. 이를 드러낸 만큼 대가를 치르게 할 것입니다."

설의 확답을 들은 제융의 입가에 그제야 희미한 미소가 감돌았다.

일주일이 열흘이 되고 한 달이 되어갔다.

그럼에도 깊게 잠이 든 황후는 좀처럼 깨어나지 않았다.

시간이 빠르게 흘러갔다.

긴 잠을 자듯 하현은 깨어나지 않았다. 시간이 흐름에 따라 하현의 몸은 점점 말라갔다.

"이대로 사라질까 봐 무섭다."

잡고 있는 손에 뼈밖에 잡히지 않았다. 잔뜩 여리고 작은 여체가 하루가 다르게 마르고 작아졌다. 하현과 함께 있는 지금의 순간이 설에게는 유일하게 안정을 취할 수 있는 시간이었다.

"대신들이…… 란을 다시 귀비로 복권시키자는 말을 꺼내고 있어. 네가 깨어나지 못할 거라고 생각하나 봐."

하현이 쓰러지고 난 이후부터 설은 깨어나지 않는 그녀에게 말을 걸기 시작하였다.

그런 설의 행동에 황궁의 궁인들은 황제가 황후를 잃고 정신을 놓았다며 수군댔다. 그리고 소문에 힘입어 태위가 본격적으로 움직이기 시작하였다.

아무도 없는 방 안, 하현의 손을 꼭 잡은 채로 설이 말을 이었다.

"대신들은 태위가 란이를 귀비로 복권시켜 외척으로 다시 힘을 얻고 싶어 하는 줄 알아."

"……."

"태위는 무기력한 황제 밑에 있을 사람이 아닌데 말이야."

만약 태위가 곁에 있었다면 설의 말에 기겁했을 것이다. 란도 모르는 태위의 현재 심중을 설은 단번에 꿰뚫어 보고 있었다.

황제가 황후를 잃고 엉망진창이 되었다. 모든 정무를 무시했고, 대신들의 충언에도 눈썹 하나 움직이지 않았다. 태위가 하라는 대로 따랐고, 그의 사람들이 하자는 대로 움직여 주었다.

이제 한 달, 하현이 깨어나든 깨어나지 않든 선택을 해야 할 시간이 왔다.

그때 궁의 창문에서 미약한 기척이 느껴졌다. 방문 앞에는 내시감과 지하가 지키고 있는 상황, 그렇다면 창문의 아래서 몸을 숨긴 채 귀를 열고 있는 사람은 태위가 심어놓은 궁인일 것이다.

하현의 손을 잡고 있던 설의 입가에 비릿한 미소가 감돌았다.

그녀가 쓰러진 지 한 달, 설은 눈을 감고 귀를 막았다. 태위가 안심하고 마음껏 움직일 수 있게 설은 나서는 대신 몸을 숙이고 모른 척하였다.

황제를 염탐할 궁인을 심을 정도로 기세가 등등해진 태위를 생각하며 설이 입술을 깨물었다. 황제의 꿈을 꾸기 시작한 태위답게 나날이 하는 짓이 대담해졌다.

"때로는 살아 있는 것이 죽는 것보다도 고통일 때가 있지요."

제융이 한 말을 곱씹으며 설이 눈을 감았다.

울컥 분노가 치솟았지만 설은 악착같이 참아냈다. 반드시 이 모욕의 대가를 받아낼 것이다.

하지만 그러기 위해서 한 가지 해야 할 일이 있었다.

"오늘이 마지막이야. 이제 너한테 못 와."

설의 눈에 눈물이 고였다. 잠들어 있는 하현에게 모진 소리 따위 하고 싶지 않았다.

하지만 태위를 속이기 위해서라면, 어느 때보다도 침착하게 기회를 기다리는 란을 방심시키기 위해서라면 한 번은 해야 할 일이었다.

그저 말을 하고 있는 것임에도 심장이 아팠다. 보듬고 아껴도 부족한 상황에 그녀에게 상처를 주고 있었다.

"나도 지쳤어. 너만 보고 내내 기다리는 짓 따위 하기 싫어."

주먹을 움켜쥐고 있는 손에서 한 방울씩 피가 떨어지기 시작했다.

어쩔 수 없이 하고 있는 말이지만 한마디 한마디가 비수가 되어 설의 심장을 찔러댔다. 피가 배어 나오도록 입술을 깨물던 설이 독한 말과는 다르게 조심스러운 손으로 하현의 뺨을 쓸어내렸다.

"서운해두 어쩔 수 없어. 난 황제고 언제까지 너만 보면서 살아갈 수는 없어."

"……."

"그러니까…… 이젠 어떻게 되든 상관없어. 다시는 이곳에 오지 않을 것이다."

말을 끝낸 설이 자리에서 일어났다. 눈가에 고인 눈물과 손의 피를 닦아낸 그가 아무렇지도 않은 모습으로 문을 열었다. 문을 열자 설의 모진 말을 듣고 있던 내시감과 지하가 믿을 수 없다는 눈으로 설을 바라보았다.

조금 전까지는 하현에게 애틋한 말을 건네던 그다. 그랬던 것이 순식간에 돌변하였다.

무슨 일이냐며 지하가 물으려는 순간, 설이 그를 막았다. 아무것도 묻지 말라는 설의 눈에 지하가 몸을 숙였다.

"홍란에게 가겠다."

설의 말에 놀란 내시감이 고개를 들었다.

귀비의 궁으로 걸음을 옮기는 설의 눈이 지독히도 차가웠다.

설이 궁 앞에 와 있다는 말에 란이 미소를 지었다.

드디어 설의 마음을 잡았다.

실제로 그가 할 수 있는 대안은 거의 없었다. 진즉 그녀를 복권시켜야 했던 것. 이제라도 마음을 잡았다면 다행이다.

궁녀들은 채근하여 단장을 마치고 나오니 설이 밖에 서 있었다.

"폐하, 어찌 들어오시지 않고 여기에 계시는 것입니까?"

"네가 원하는 자리에 앉으면, 단도직입적으로 짐의 옆에 있게 된다면 말이다. 넌 짐에게 무엇을 줄 수 있느냐?"

설의 물음에 란의 눈이 커졌다.

그것도 잠시, 정신을 차린 란이 설에게 미소를 지었다.

"폐하께서 저에게 허락하신 만큼 힘이 되어드릴 것입니다."

"아버지와 손을 잡고 짐에게 이를 드러낸 네가 말이냐?"

설의 물음에 란이 미간을 좁혔다.

황후가 깨어나지 않으면서 설이 점점 자신을 놓고 있다는 소문이 흉흉했다. 하지만 란의 눈에 보이는 설은 무너지고 있는 모습과는 거리가 멀었다.

자신이 모르는 무언가가 있었다. 하지만 그 생각을 미처 끝내기도 전에 설이 입을 열었다.

"귀비 정도로 네 마음이 차겠느냐?"

"네?"

설의 물음에 란이 고개를 들었다.

그 순간 태위가 궁 안으로 들어왔다. 늦은 밤, 갑자기 나타난 홍희겸의 모습에 란이 눈을 좁혔다.

"짐이 불렀다. 중요한 이야기이니 부녀가 같이 듣는 것이 낫겠지."

그의 말에 홍희겸은 고개를 갸웃했다. 한 달 내내 무심하고 무능하던 황제의 모습은 없었다. 마치 대전에서 빠져나올 때 설이 홍희겸에게 보여주던 그 눈빛과 똑같았다.

자신이 황제에게 속고 있는 것은 아닐까? 혹시나 하는 마음에 란을 쳐다보았지만 그녀 또한 아무것도 모르는 표정이었다.

부지런히 시선을 오가는 둘을 보는 설의 눈이 차갑게 굳었다.

"널 황후로 세울 것이다. 그 정도 자리는 줘야 너와 태위가 짐에게 힘이 되겠지."

"진심이십니까?"

"황후의 자리가 거짓으로 거래할 수 있는 자리던가? 대신 짐 또한 그대들이 얼마나 내어주는지 지켜보겠다."

설의 말에 란이 환한 미소를 지었다.

그의 말을 전부 믿을 수는 없지만 어찌 되었든 설이 그녀에게 황후의 자리를 주겠다는 말은 변함이 없었다.

설이 몸을 돌려 궁을 나서자 한걸음에 내려온 란이 그에게 고개를 숙였다.

하지만 란에 비해 몸을 숙이고 있는 태위의 표정은 좋지 않았다.

이제 조금만 더 밀어버리면 황제의 권위를 완진히 무너뜨릴 수 있었다. 하지만 황제는 무너지는 대신 란에게 달콤한 제안을 하였다.

아무것도 모르는 란은 황후라는 이름에 넘어갔지만 자신은 아니었다.

'이런 일이 또 일어나지 말라는 법은 없다.'

황제의 마음에 따라 귀족은 죽을 수도, 권력을 가지고 승승장구할 수도 있다.

자신에게는 힘이 있다. 힘이 있으면서도 황제라는 이유만으로 어리고 무능한 놈에게 머리를 숙여야 한다.

'내가 황제가 되어버리면 그만이다.'

설이 정무를 외면하면서부터, 잃어버린 권력을 다시 찾아올 때부터 먹은 마음이다. 이제 황제에게 휘둘리는 귀족 따위는 되지 않을 것이다.

고개를 숙인 채 설을 노려보는 태위의 눈에 살기가 가득하였다.

홍란의 황후 책봉이 결정되자 황궁에는 일대 파란이 일었다.

누가 황후가 되어도 상관없다는 듯 황궁을 뒤집어놓은 설은 정작 모든 일에 귀찮아했다.

설의 결정에 화가 난 휘왕이 목소리를 높이며 분노하였지만, 그런 그를 궁에 다시 연금시키는 것으로 설은 자신의 의견을 고수하였다.

그런 상황에서도 황후 책봉식은 차근차근 진행되었고, 오늘 바로 그녀가 황후로 책봉되는 날이었다.

"참으로 오래 기다렸다."

붉은 대례복을 입은 란이 앞에 놓인 면경을 바라보며 나지막이 말했다. 그녀의 말에 뒤에서 대기하고 있던 상궁이 몸을 숙였다.

"마마의 복이십니다."

상궁의 말에 란이 미소를 지었다.

이제야 모든 것이 원래대로 잡혀갔다. 황후의 책봉식이 끝나고 시작해야 할 것이 산더미였지만 우선은 지금의 상황에 란은 만족하였다.

"그나저나 봉황관은 왜 오지 않는 것인가?"

붉은 대례복과 황후의 상징인 봉황관.

그 두 개를 갖춘 다음에나 책봉식을 할 수 있다.

하지만 시간이 지나도 봉황관은 오지 않았다. 모든 준비를 끝낸 란의 미간이 불만으로 찡그려졌다.

"어서 가져오라 하게! 무엇이 마음에 걸려 꾸물대느냐 말이야!"

초조해서 그런 것인지 상궁에게 말하는 란의 목소리에 짜증이 묻어났다.

그녀의 반응에 상궁이 상황을 파악하기 위해 밖으로 나갔다. 그 사이에 감정을 추스르며 란이 헝클어진 옷매무새와 머리카락을 다듬었다.

"멍청한 여자."

처음 설 대신 독차를 먹었다는 소리에 란은 한동안 아무 말도 할 수 없었다. 하지만 흐르는 시간만큼 히현이 깨어나지 못하고 기회가 점점 란에게로 흘러오자 그녀는 마음에 남아 있던 불쾌한 감정을 접었다.

"난 당신과는 달라."

황후에 책봉되자마자 모든 것을 바꿀 것이다. 당장은 반발이 있겠지만 이제 그녀는 명룡국의 황후다. 힘으로 밀어붙인다면 모든 것이 자신의 손에 들어올 것이다.

"황제도 명룡국도 전부 내 것이다."

그러기 위해서 오늘의 책봉식은 어느 때보다도 중요했다.

황후의 책봉식, 그것만 끝나면 이제 란의 세상이었다.

"귀비마마, 들어가겠습니다."

치장을 마친 란이 들어오라고 하자 조금 전에 나갔던 상궁이 안으로 들어왔다.

"봉황관은 책봉식에서 폐하가 직접 마마의 머리에 씌워주시고 싶다고 말씀하셨습니다. 시간이 되었으니 일어나시지요."

상궁의 말에 란이 자리에서 일어났다.

마음 한구석에 미묘하게 남아 있던 설에 대한 의심을 접어두었다. 하지만 몇 걸음 걷다 말고 란이 고개를 숙이고 있는 상궁에게 나지막이 말했다.

"내가 말한 처리는?"

"황후마마의 책봉식이 거행되는 동안 이루어질 것입니다. 믿을 수 있는 자들이니 확실히 처리할 것입니다."

황금빛 미래. 오랫동안 꿈꿔오던 미래가 현실이 되어 란의 앞에 열리고 있었다. 그리고 그 현실에 위협이 될 만한 것은 그 무엇도 남겨놓지 않을 것이다.

"확실히 성화궁의 계집을 처리하라 하게. 정신을 놓은 계집이니 목을 날려도 누구도 알지 못할 것이야."

하현에 대한 자비나 배려는 없었다.

하나밖에 없는 황후의 자리. 그 자리를 굳건히 지키기 위해서 하현은 죽어야 했다.

"걱정하지 마시옵소서, 황후마마."

상궁의 말에 입꼬리를 올린 란이 천천히 방을 나왔다.

밖으로 나오자 봉황이 수놓인 붉은 휘장이 늘어져 있는 거대한 연이 모습을 드러냈다.

"연에 오르소서."

휘장과 대치되는 청옥의 주렴을 걷어내자 란의 입가에 드디어 환한 미소가 감돌았다.

하현만 확실히 처리되고 책봉식만 완벽하게 치러진다면 이제 자신이 걱정할 일은 없을 것이다.

슬거운 미소를 지으며 란이 연에 몸을 실었다.

終章

함께 걷는 길

황후 책봉식으로 비어버린 성화궁 안으로 내관의 옷을 입은 자들이 빠른 걸음으로 들어갔다. 입고 있는 것은 내관의 복장이지만, 그들의 손에는 여지없이 날카로운 무기가 들려 있었다.

그들을 막는 궁인들과 내관을 베어 넘기며 들어간 이들이 입고 있던 내관의 복장을 벗었다. 그러곤 품에 넣어놓은 복면을 뒤집어쓰고 주변을 바라보았다.

"황후의 목만 치면 된다. 서둘러라!"

"네!"

낮게 대답한 이들이 빠르게 움직이기 시작했다. 갑작스러운 자객의 침입에 성화궁에 있던 이들 사이에서 비명이 터져 나왔다. 막아야 한다는 고함과 자객의 공격을 받은 이들이 쓰러지는 것으로 성화궁은 난장판이 되었다.

마치 미리 본 것처럼 자객들의 움직임이 하현이 누워 있는 방으로 향하였다.

양쪽의 자객들이 주변을 살피고, 명령을 받은 자객이 문 앞에서 검을 쳐들었다.

그 순간, 닫혀 있는 문에서 튀어나온 검이 자객의 몸을 꿰뚫었다. 몸을 꿰뚫은 검이 빠지고 문이 열렸다. 생각지도 못한 상황에 자객들이 주춤대는 사이, 피가 묻은 지하의 검이 다시 움직였다.

안으로 들어오려던 자객의 팔이 지하의 검에 잘려 나갔다. 팔이 잘린 자객이 지르는 고함이 방 안을 가득 울렸다.

그 순간, 굳게 닫혀 있던 문이 열리며 병사들이 자객을 포위하였다. 황후가 누워 있는 침상에도 열 명의 호위가 무기를 겨눈 채 자객을 노려보고 있었다.

"단 한 명의 자객도 살려두지 마라!"

"네!"

지하의 말이 끝나자 병사들이 자객들을 향해 무기를 휘둘렀다.

"황후를 죽여라!"

갑작스러운 상황에 당황한 것도 잠시, 대열을 정비한 자객들이 병사를 향해 공격하기 시작하였다.

무기가 엉키고 비명이 섞여 들어갔다. 쓰러지는 사람들이 흘리는 피가 방을 채웠다.

같은 시각, 연에서 내린 란은 백팔 개의 계단을 오르고 있었다.

한 계단 한 계단 오르면 오를수록 느껴지는 감정에 란의 눈이 붉어졌다.

얼마나 기다려 온 순간인가? 가득 차오르는 희열에 란의 몸이 떨렸다.

한걸음 한걸음 계단을 오르던 란의 걸음이 어느 순간 멈추었다.

'대례복이 아니다?'

설이 입고 있는 것은 대례복이 아니라 칠흑에 자수 무늬 하나도 없는 옷이었다. 걸음을 멈춘 란이 믿을 수 없다는 듯 눈을 감았다가 떴지만 설의 옷은 바뀌지 않았다.

마치 망자를 반기는 것 같은 옷에 란의 걸음이 멈추었다.

무엇이 잘못된 것은 아닐까? 불안한 시선이 홍희겸을 향했지만 그는 괜찮다는 듯 란에게 어서 올라가라며 눈짓을 보냈다.

란의 걸음이 멈추자 설이 몇 걸음 앞으로 나와 손을 내밀었다.

어서 올라오라는 듯 재촉하는 설의 손짓에 란이 다시 걸음을 옮겼다.

마음속에 퍼지는 의심을 지우며 올라가던 란의 걸음이 또 멈추고 말았다.

'휘왕? 가예부인?'

분명 휘왕 진세운은 설과 대립하다 청궁에 다시 연금된 상태였다. 그런데 지금 있을 수 없는 두 사람이 효, 은조와 함께 자리하고 있다.

‘무언가가 있다?’

막연한 불안감이 란을 휘감았지만, 이미 책봉식은 시작된 상태이다. 고개를 돌려 홍희겸을 바라보니 자신을 믿으라는 듯 란에게서 올라가라는 시선을 보내고 있었다.

불안한 눈으로 홍희겸을 보던 란이 알겠다는 듯 고개를 끄덕였다.

이윽고 마지막 계단을 오른 란이 설이 내민 손을 잡았다.

"란아."

나지막이 부르는 설의 목소리에 란이 고개를 돌렸다.

"폐하."

바라보는 란의 시선에 설이 미소를 지었다. 기분 탓인가? 바라보는 설의 시선이 차갑고 두려웠다. 모든 것을 외면하고 폐인이 된 황제라고 하기에는 지금의 시선은 너무나도 위험하게 느껴졌다.

"곧 끝날 것이다. 힘들어도 조금만 참으렴."

끝날 것이라는 말에 묘한 이질감이 느껴졌다. 하지만 이제 물러설 곳은 없었다.

설의 손에 힘을 주며 란이 미소를 지었다.

"참을 수 있습니다. 이제 전 폐하의 황후니까요."

란의 말에 설이 비릿한 미소를 지었다.

책봉식의 단계가 하나씩 이루어지고, 마지막 단계인 합환주가 담겨 있는 두 개의 잔이 둘의 앞에 모습을 드러냈다.

두 개의 잔에 다른 색깔의 차가 담겨 있었다. 설의 잔에 담겨 있는 투명한 차와는 다르게 검붉고 향 또한 강하였다. 자신의 앞에 놓인 차를 몇 번이고 확인하고 또 확인하였다.

천고제 직전, 연금되었던 궁에서 몰래 빠져나온 란이 직접 자신의 눈으로 보았던 차였다.

"아악!"

그 순간 자신도 모르게 짧은 비명을 지르며 란이 한 걸음 물러났다. 더 이상 커질 수 없는 눈이 설을 향하였다.

란에 비해 설의 눈은 평온했다. 잔을 든 설이 합환주를 단숨에 들이켰다.

잔을 내려놓은 그가 란에게 부드럽게 말하였다.

"뭐 하고 있는 것이냐? 모두가 기다리고 있지 않느냐?"

설의 물음에 란의 시선이 합환주가 담겨 있어야 할 잔으로 향하였다.

이 잔에 든 것만 마시면 그녀는 황후가 될 수 있었다.

그걸 알면서도 란은 잔을 잡을 수도, 마실 수도 없었다.

설의 잔에 들어 있던 합환주와는 달리 란의 잔에는 합환주가 들어 있지 않았다.

잔에 든 것은……

하현이 설 대신 마신 차였다.

"뭐 하고 있느냐?"

떨고 있는 란을 보며 설이 나지막이 말했다. 답을 구하듯 란의 눈이 설을 향했다.

란의 시선에 설이 입꼬리를 올렸다.

"설마 저 안에 또 뭐가 들어 있기야 하겠느냐?"

"저건 합환주가 아닙니다. 어찌 황후마마께서 드신 독차와 똑같은 것을……."

"시험이자 믿음이다."

합환주를 마시지 않은 채 낮은 목소리로 대화하는 황후와 황제를 보며 대신들이 술렁거렸다. 그들의 술렁거림이야 무시하면 그만, 선이 턱을 든 채 오만한 표정으로 란을 바라보았다.

"짐의 황후라면, 짐에게 힘을 줄 수 있는 능력 있는 황후라면 당연히 짐 대신 목숨을 걸 수도 있어야 하지 않느냐?"

"전의 황후마마께는 이런 시험 따위 하지 않으셨습니다!"

"그녀는 스스로 증명하지 않았느냐? 그리고 지금 성화궁에 누워 있지 않은가?"

설의 말에 란이 말문이 막힌 듯 힘겹게 숨을 내쉬었다.

물론 그녀가 마실 합환주에 독이 들어 있지는 않을 것이다. 하지만 또한 없다고 장담할 수도 없는 일이었다.

마실 수밖에 없다. 이걸 마시지 않으면 바로 앞에 놓인 황후의 자리는 사라진다. 떨리는 손이 차가 들어 있는 잔을 들었다.

이 차만 마시면 모든 것이 끝난다.

대신들은 새 황후의 책봉을 축하할 것이고, 그녀는 명실공히 명룡국의 황후가 될 것이다.

하지만 신짜 독이 있는 자라면…….

차를 보며 란이 움직이지 않자 설이 낮게 속삭였다.

"향도 없고 맛도 없으니 그렇게 봐서는 알지 못한다."

설의 말에 란이 숨을 삼켰다. 고요한 설의 눈이 어서 차를 마시라며 그녀를 채근하고 있었다.

눈에 핏줄이 돋은 란이 굳은 표정으로 잔을 받아 들었다.

어차피 아무것도 들어 있지 않은 차다. 이번만 잘 넘기면 그녀의 승리다.

란의 입가에 찻잔이 닿았다.

쨍그랑.

잔을 떨어뜨린 란이 바닥에 주저앉았다. 떨어뜨린 고개가 좀처럼 올라가지 않았다.

"네가 그 차를 마실 리가 없지."

싸늘한 눈으로 란을 보던 설이 아래에 정렬해 있는 대신들을 바라보았다.

그러고는 뒤에 대기하고 있는 내시감을 바라보았다.

"그자를 데리고 오라."

설의 명령에 내시감이 어디론가 시선을 보냈다.

잠시 후, 내관들이 데려온 자를 본 홍희겸의 얼굴이 창백해졌다. 주저앉은 란과 홍희겸을 연이어 바라보던 설의 입가에 잔인한 미소가 생겼다.

란을 보던 그대로 홍희겸을 바라보며 설이 말을 이었다.

"성화궁에 있는 황후가 마신 독은 제나라의 것으로 황족만이 다룰 수 있다고 하더군. 친히 제나라의 황제께서 도움을 주셔서 명룡국으로 독을 건넨 자를 잡아낼 수 있었다."

낭랑한 설의 목소리가 주변을 울렸다.

하나라도 놓칠세라 대신들이 설의 목소리에 귀를 기울였다.

"명룡국과 전쟁을 하느니 원흉 하나 넘기는 것이 제나라에도 좋은 일이었을 테지."

책봉식은 모두의 머리에서 사라진 지 오래였다. 모두의 시선이 묶인 채 끌려오는 제나라의 황족에게로 향했다.

고개를 숙이고 있던 란의 눈이 옆에 무릎을 꿇고 있는 제나라 황족에게로 향했다.

그리고 둘의 앞, 설이 오만한 눈으로 그들을 내려다보았다.

몸을 숙인 설이 제나라의 황족을 향해 나지막이 속삭였다.

"짐과 한 거래를 잊지 않았을 것이다."

설의 말에 제나라의 황족이 고개를 끄덕였다. 황족의 눈이 아래쪽에 있는 홍희겸을 향했다.

"홍희겸이 쓸 곳이 있다며 독을 구해달라고 하였습니다. 어디에 쓸 거냐고 물으니 그건 자신이 알아서 한다고 하였습니다."

"무슨 말도 안 되는 거짓을 말하는 것이냐!"

"며칠 후 귀비께서 몇 가지 약이 필요하다고 하여 추가로 구해드리기도 했습니다. 독을 건네면서 받은 금궤와 문서를 드리겠습니다. 원하시는 것은 모두 드릴 것이니 살려만 주십시오. 제가 준비한 독은 모두 홍희겸에게 주었습니다."

제나라 황족의 실토에 홍희겸이 폭발하였다. 주변의 만류에도 설에게 달려간 그가 목소리를 높였다.

"폐하! 기어코 소인을 버리시겠다는 것입니까!"

홍희겸의 외침에 설이 턱을 들었다. 황후 자리만을 생각하는 란과는 다르게 홍희겸이 다른 마음을 먹고 있다는 것을 알고 있었다.

다른 짓을 꾸며놓고는 아무것도 모른다는 표정이 가증스러웠다.

"어차피 시작은 그대가 하지 않았는가?"

홍희겸과 설의 시선이 중간에서 만났다. 이를 갈며 설을 노려보던 홍희겸이 고개를 들었다.

턱을 든 홍희겸이 팔을 들었다. 그 순간, 무기를 든 병사들이 둘러쌌다. 갑작스러운 병사들에 대신들과 궁인들에게서 비명이 터져 나왔다.

하지만 목에 검이 겨눠진 휘왕이나 설은 눈썹 하나 꿈틀거리지 않았다.

그들이 겁을 먹어 가만히 있는 것이라 생각한 홍희겸이 크게 웃음을 터뜨렸다.

"황제, 내 적당히 하라고 얼마나 많이 간언하였소? 그냥 내가 주는 대로 누리다가 가시면 편했을 것을…… 쯧쯧."

혀를 차는 홍희겸을 보며 설이 비릿한 미소를 지었다. 목에 검이 겨누어져 있어도 태연한 설이 뭔가 의심스럽기는 했지만, 지금의 상황은 홍희겸에게 유리했다.

"홍 태위."

"이제 난 태위가 아니다! 바로 오늘 너를 죽이고 이 명룡국의 진정한 황제가 나라는 것을 증명하겠다!"

"……."

"참으로 오래 기다렸다. 곧 나머지 군사들이 황궁에 들이닥치면 모든 일이 끝날 것이다."

말이 끝나기가 무섭게 웅성거리는 소리가 궁 밖에서 들려왔다.

준비해 놓았던 군사들이 오자 홍희겸이 웃음을 터뜨렸다.

"이제라도 무릎을 꿇고 목숨을 빌어라. 또 아는가, 짐이 널 가엾게 여겨 목숨만은 살려줄지."

"짐이라……. 독이나 자객으로 술수를 쓰는 놈을 어찌 하늘이 황제로 정하겠는가? 그저 쓸데없는 꿈을 꾸는 흉적일 뿐이지. 황제와 황후를 시해하려 하였다! 뭣들 하고 있는가? 어서 죄인을 끌어내라!"

설의 명령에 홍희겸이 코웃음을 터뜨렸다.

"당장 황제의 목을 베라!"

홍희겸의 명에 병사들이 검을 드는 순간, 문이 열리며 이현이 모습을 드러냈다. 이현의 모습에 당황한 홍희겸과 병사들이 주춤하는 사이, 설의 손이 목에 검을 겨누고 있던 병사에게로 향했다.

언제 검을 빼앗겼는지, 그리고 언제 목이 베였는지도 느낄 수 없었다.

병사의 검을 빼앗은 설의 손이 두어 번 움직이자 양옆에 있던 병사들의 목과 심장에서 피가 뿜어져 나왔다. 설의 반격에 홍희겸이 당황한 사이, 이현을 보며 설이 소리쳤다.

"표기장군 이현은 흉적들을 처리하라!"

"단 한 명의 죄인도 놓쳐서도 안 된다!"

이현의 명령이 끝나자 담과 지붕에서 나타난 병사들이 홍희겸과 바란군을 향해 활을 겨누었다. 순식간에 반전된 상황에 홍희겸이 검을 들었다.

"황제다! 황제만 죽이면 된다!"

달려드는 병사를 죽인 설이 세운과 가예가 있는 방향을 보았다.

이미 자신의 목을 겨누고 있던 병사를 해치웠는지 태연한 표정의 세운이 턱으로 홍희겸을 가리켰다.

확실히 처리해라.

말하지 않아도 세운이 말하고자 하는 바를 설은 바로 알아챘다.

고개를 끄덕인 설이 병사들을 향해 독려하였다.

"홍희겸의 병사는 이곳에 있는 것이 전부다! 모두 처리하라!"

검을 잡은 설이 홍희겸의 뒤로 숨은 란을 보았다. 모든 것을 들켰다는 공포와 설을 향한 원망에 란의 눈에 눈물이 가득 맺혀 있었다.

란을 보던 시선을 돌려 전투가 벌어지고 있는 장소를 날카로운 눈으로 바라보았다. 난전 속에서도 굳건히 자리를 지키고 있는 설의 모습에 황제를 지키던 병사들의 사기가 순식간에 올라갔다.

앞을 막는 병사를 베어내며 홍희겸이 고개를 들어 올렸다.

다섯 계단 위, 반드시 죽여야 하는 설이 있다.

"황제!"

검을 든 홍희겸이 설에게 달려왔다.

홍희겸의 검이 보임에도 설은 그를 보고 있을 뿐 손 하나 꿈쩍하지 않았다.

설의 비웃음에 홍희겸은 잡고 있던 검을 들어 있는 힘껏 내려쳤다.

"커억!"

고개를 내리니 심장을 꿰뚫고 나온 검이 보인다. 이제 조금만 힘을 주고 내려치면 황제가 될 수 있다. 하지만 더는 손에 힘이 들어가지 않았다.

"황, 황…… 커억!"

또 다른 검이 몸을 꿰뚫었다.

바로 앞에 그가 꿈꾸던 자리가 있었다.

손에 힘을 주고 한 번만 휘두를 수 있다면, 황제라는 이름의 저 애송이만 죽으면 모든 것이 자신의 것이었다.

"너 따위 흉수를 상대로 짐이 검을 휘두를 필요는 없지."

"너…… 이, 이……!"

몸을 관통한 검을 붙잡은 홍희겸이 힘겹게 고개를 돌렸다.

그의 등을 찌르고 있던 지하가 힘껏 검을 뺐다.

검이 빠지면서 피가 뿜어져 나왔다. 설을 내려치려던 홍희겸의 검이 바닥에 떨어졌다.

"아버지!"

병사에게 잡힌 란의 절규가 난전 속에서 울렸다.

이대로 끝낼 수는 없다. 아직 움직일 수 있다.

마지막 힘을 쥐어짜며 홍희겸이 설에게 걸어갔다. 닿을 듯 말 듯 홍희겸의 손이 설의 목 근처까지 다가갔다.

하지만 그러하던 그의 움직임은 지하의 검이 목을 꿰뚫는 것으로 완전히 멈추었다.

설을 보던 시선이 하늘로 향하였다.

황제가 되기 더없이 좋은 날이었다.

하늘을 보던 시선이 땅으로 내려앉았다. 몸에서 흘러나오는 피가 바닥에 고였다.

무언가를 움켜잡듯 피 웅덩이를 손으로 긁어내린 홍희겸의 움직임이 잠시 후 완전히 멈추었다.

주범인 홍희겸이 쓰러지자 역모가 빠르게 정리되었다.

"홍희겸의 시신을 일곱 조각으로 나눈 후 도성으로 들어오는 문 앞에 묻어라! 시신이 문드러져 사라질 때까지 도성을 지나가는 모든 백성들에게 짓밟히고 또 밟히게 하여라!"

"폐하! 이럴 수는 없습니다! 어찌!"

홍희겸의 시신 앞에서 란이 발악하자 병사들이 어깨를 눌렀다.

설을 노려보던 그녀가 절규하였다.

"폐하께서 홍가의 힘 없이 무엇을 하실 수 있단 말입니까?"

란의 절규에 설이 차갑게 대꾸하였다.

"한 달 동안 눈을 막고 귀를 막은 채 이것저것 해보니 짐 혼자서도 충분히 할 만하더구나. 도리어 너희 가문이 짐에게는 큰 장애물이었다. 그래도 하룻밤의 꿈을 꾸게 해주지 않았느냐? 이 정도면 그대의 가문에 배려할 만큼 했다고 보는데 말이다."

"진설!"

설의 조롱에 란이 발악하였다. 당장에라도 그를 죽일 듯 달려드는 란을 병사들이 악착같이 붙잡았다. 어디서 그런 힘이 나오는지 병사들을 뿌리치며 란이 설에게 달려들었다.

설의 앞을 지키고 있던 병사들이 달려나오는 란을 붙잡았다.

"이대로 끝날 것 같으냐? 이대로 우리만 무너질 것이라 생각하느냐? 너도 똑같이 무너질 것이다! 어리석은 황제 같으니! 멍청한 황제 같으니라고!"

핏발이 선 눈에서 흘러내리는 피가 섬뜩했다.

"성화궁의 그것이 온전할 것이라 믿느냐? 오호호호! 내가 그것도 준비하지 않고 책봉식에 왔을 것이라 생각하느냐? 너도 무너질 것이다! 나와 내 아버지가 그랬듯이 너도 무너질……."

"황후는 어찌 되었느냐?"

란의 말을 끊으며 설이 지하를 보았다. 설의 물음에 지하기 고개를 숙였다.

"성화궁을 공격하였던 자객은 모두 정리하였습니다. 황후마마는 현재 승경궁으로 모셨사옵니다."

하현이 온전하다는 보고에 자지러지게 웃던 란의 표정이 기괴하게 변하였다.

지하의 보고에 만족한 설의 입꼬리가 살짝 올라갔다.

"홍희겸은 어쩔 수 없이 목을 거두었지만 너에게는 그리 하지 않을 것이다. 벌써 세 번째, 넌 황후를 시해하려 하였다."

"진설! 저주할 것이다! 죽여 버릴 것이다."

"때로는 살아 있는 것이 죽는 것보다 더 고통일 때가 있는 법이지. 홍란과 사로잡은 역적들을 가두어라! 차후 그들에게 맞는 처벌을 내리겠다!"

설의 판결에 란이 따를 수 없다며 몸부림을 쳤다.

끌려가는 란의 뒤로 역모에 참여한 귀족들이 살려달라며 애걸복걸하는 소리가 울려 퍼졌다. 하지만 그들의 말 따위 가볍게 무시한 설이 무릎을 꿇고 있는 표기장군 이현에게로 향하였다.

"그대가 고생하였다."

"황은이 망극하옵니다, 폐하."

"이번 일이 정리되는 대로 그에 맞는 보상을 할 것이다. 앞으로도 잘 부탁한다."

설의 칭찬에 이현은 몸을 더 깊이 숙였다.

오랫동안 계속되었던 대립과는 달리 역모는 빠르게 수습되었다.

역모에 가담한 가문의 구족을 멸문시켰다. 도성 곳곳에 죄인들의 목이 효시되었다.

하지만 주범인 홍가는 홍희겸만을 죽였을 뿐 나머지 가문의 일원들은 평생 노역을 하는 처벌을 내렸다. 목숨이 끊어질 때까지 어떠한 도움조차 받지 못한 채 그들은 명룡국의 여러 곳에서 노예처럼 일을 하다 죽게 될 것이다.

후궁 홍란을 제외한 채 각자에 맞게 처벌이 내려졌다.

황궁과 도성에 피바람이 불었다. 하루가 멀다 하고 노역장으로 끌려가는 죄인들의 줄이 끊이지 않았다.

비어버린 대신들의 공석엔 황제가 눈여겨보던 사람들로 채워졌다.

귀족들의 손에서 놀아난다는 평을 듣던 황제가 비로소 자신의 힘을 찾았다.

"태위의 가문은 멸문되었다. 역모를 일으킨 가문에는 모두 연좌제를 적용할 생각이란다. 명룡국에서 연좌제는 금지이지만, 이번만큼은 예외로 할 생각이야."

끊임없이 내리던 눈이 멈추었다. 모처럼 날이 좋으니 설이 정무를 잠시 제쳐 두고 승경궁으로 걸음을 옮겼다.

홍희겸이 역모를 꾸민 지 한 달, 하현이 깨어나지 못한 지 두 달째이다.

"이런 말 하면 서운하겠지만, 요즘에는 네가 자고 있어서 다행이라고 생각해."

하루가 멀다 하고 황궁에서 울부짖는 소리가 떠나질 않았다. 처음으로 황제가 꺼내든 검은 날카롭고 잔인하여 한 명의 예외도 없이 죄인들을 처벌하였다.

"이제 홍란만 처리하면 다 끝나."

무슨 잠을 이렇게도 자는 것인지 곁에서 기다려도 하현은 깨어나지 않았다. 고른 숨소리와 천천히 돌아오는 체온만이 그녀가 살아 있다는 것을 보여줄 뿐이었다.

하현의 머리카락을 조심스럽게 쓸어내렸다.

"너 기다리다가 내 피가 다 마르겠다."

언제부터인가 하현이 대답하지 않아도 설 혼자서 그녀에게 말을 거는 일이 자연스러워졌다.

하현이 좀처럼 깨어나지 않자 귀족들 사이에서도 대책을 마련해야 되는 것이 아니냐는 의견이 제기되었다. 하시만 막강한 힘을 가진 황제가 말조차 꺼내지 못하게 했기에 아직까지는 누구도 나서는 이가 없었다.

"처음 널 영화국에서 봤을 때는 말이야, 데려오는 게 잘하는 짓인가 하는 생각이 들었거든. 은조보다도 작고 정말로 아무것도 모르는 눈으로 쳐다보고 있기나 해서 말이지."

"……."

"이렇게 기다릴 줄 알았다면 그때 쓸데없는 뜸 따위 들이는 게 아니었는데 말이야."

언제 깨어날지 모르는 사람을 기다리는 일은 힘들었다.

그럼에도 지금의 기다림을 포기할 수는 없었다. 깨어날 것이다. 언제 그랬느냐는 듯 평소처럼 환한 미소로 그의 곁에서 힘이 되어 줄 것이다.

기다릴 수 있다. 기다리다 보면 그녀가 깨어날 것이다.

손을 잡고 황궁을 걸어 다녀도 즐거울 것이고, 그녀와 자신의 사이에서 태어난 아이들이 뛰노는 모습을 함께 볼 수도 있을 것이다.

지금의 시련은 훗날 그와 그녀가 누려야 할 미래에 대한 대가일 뿐이다.

그러니 참을 것이다. 그녀가 깨어나는 그날까지 견뎌낼 것이다.

설은 초조해하는 자신을 그렇게 다독였다.

"그럼 갔다 올게."

이불 안으로 하현의 손을 넣어준 설이 자리에서 일어났다.

방에서 나온 설의 눈엔 하현에게 보여주던 것과는 다르게 차갑고 잔인한 빛이 서려 있었다.

설의 시선이 내관이 들고 있는 쟁반으로 향했다.

죽는 것보다도 더 고통스러운 삶.

하현을 저렇게 만든 대가를 란이 치를 시간이었다.

설의 모습에 감옥에 주저앉아 있던 란이 힘겹게 고개를 들었다.

홍희겸이 죽은 지 한 달, 그 시간이 란에게는 지옥보다도 더 끔찍한 시간이었다.

란을 고신하는 대신 설은 죄인을 고신하는 곳의 옆에 그녀를 가두었다. 밤새도록 고신을 당하는 이들이 내지르는 비명 소리가 란을 공포에 떨게 하였다.

고신으로 죽은 사람들이 끌려 나가거나 란이 갇혀 있는 철창에 매달려 그녀에게 살려달라는 이들도 보았다. 그들 대부분이 란이 아는 사람이었다.

"이제야 저를 죽이려고 오신 것입니까?"

헝클어진 모습에 지친 표정이었지만 설을 노려보는 눈은 여전히 표독스러웠다.

독한 란의 눈을 차갑게 바라보던 설이 내시감에게 눈짓하였다. 내시감이 뒤쪽으로 눈짓하자 옥의 문이 열리며 내관 둘이 그녀를 잡았다. 그녀의 앞, 쟁반에 약을 든 상궁 둘이 몸을 숙였다.

"무엇을 하려는 것입니까?"

란의 비명에 설이 담담히 말했다.

"내일 너는 죄책감을 이기지 못하고 자진한 것으로 알릴 것이다. 하지만 실제로 죽지는 않을 것이다. 그렇게 쉽게 널 죽일 수는 없지."

"폐하! 나만이 좋다고 저지른 일이 아니었습니다! 궁극적으로 폐하께도 도움이 되었을 일이었단 말입니다!"

"지금 이 약을 먹는 대로 냉궁에 유폐될 것이다. 최소한의 궁인 외에 그 사실을 아는 사람은 없을 것이다."

설의 말에 란의 몸이 굳었다. 크게 뜬 눈이 무슨 소리냐는 듯 답을 요구하고 있었다.

홍희겸의 처리는 어영부영 끝나 버렸지만 란은 그렇게 하지 않을 것이다.

공식적으로는 죽은 죄인. 하지만 그녀가 살아 있다는 것을 귀족들에게 은밀히 알릴 것이다. 다시는 역모의 꿈 따위 꾸지 못하도록 철저히 경고할 것이다.

란은 그것을 위한 제물이었다.

"승경궁이 아주 잘 보이는 냉궁에 널 가둘 것이다. 철저히 고립된 곳에서 황후가 누리는 것을 보며 살아가거라."

"황후가 깨어나기라도 할 것 같습니까? 멍청한 황제! 내가 이대로 계속 당할 것 같습니까? 승경궁을 보라? 얼마든 봐드리지요. 내 반드시 살아남아 이 모욕을……."

란의 목소리를 듣고 있던 설이 약을 들고 있는 상궁을 바라보았다. 설의 시선에 상궁 둘이 란의 입을 강제로 벌렸다.

"으읍! 커억! 황……."

반항하는 란을 병사 둘이 힘껏 붙잡았다. 나무 막대기로 억지로 입을 벌린 후 들고 있던 약을 그녀의 입에 들이부었다. 약을 뱉어 내려는 란의 입을 다른 상궁이 손으로 막았다.

란이 약을 전부 삼키자 그제야 병사들과 상궁이 한 걸음 물러났다.

목이 타들어가는 고통에 란이 바닥을 굴렀다.

"다시는 말을 하지 못할 것이다. 억지로 소리를 내려 하면 온몸이 고통스러울 것이다."

"킥!"

"황후가 깨어나지 못한다? 그건 네가 걱정할 문제가 아니다. 넌 그저 평생 가질 수 없는 승경궁과 황후를 보며 미쳐 가면 되는 것이다. 그게 황후에게 독을 먹인 너에게 짐이 할 수 있는 최소한의 복수겠지."

바닥을 구르던 란이 설에게 손을 뻗었다. 하지만 그러한 움직임조차 주변에 있는 병사들에게 제재되었다. 차갑게 란을 내려다보던 설이 내시감을 보았다.

"말이 새어 나가지 않도록 처리하라."

"예, 폐하."

설이 몸을 돌리자 란이 그를 잡기 위해 몸부림쳤다. 입에서 흘러나오는 피가 유난히도 검붉었다.

다음 날, 홍란이 죄책감에 자진했다는 이야기가 황궁에 퍼져 나갔다.

요란하던 후 처리가 끝나자 설은 은밀히 역모에 대한 이야기를 가라앉혔다.

큰일을 겪은 황제가 잘못된 것을 바로잡자 혼란스럽던 정국이 천천히 정리되었다.

낮에는 정무를 보아도 밤에는 언제나 승경궁에 있었다.

잠들어 있는 황후의 옆에서 함께 잠들고, 하루에도 몇 번씩 그녀의 곁을 지키고 수발하였다. 깨어나지 않는 황후로 대신들은 물론 휘왕 부부나 은조, 효가 걱정하였지만 정작 설은 담담하였다.

달빛이 소복이 들어오는 늦은 밤. 그녀의 손을 잡은 채 설이 깊이 잠들어 있었다.

설의 손에 잡혀 있던 작은 손가락이 아주 미약하게 움직였다. 평소였다면 그 작은 움직임에 놀란 설이 그녀의 이름을 불렀을 것이다. 하지만 지금 설은 며칠 동안 계속된 정무에 지쳐 있는 상태였다.

잡혀 있는 손가락이 다시 움직였다. 희미하게 내쉬던 하현의 숨소리가 잠깐이나마 흐트러졌다.

그 순간, 잠들어 있던 설의 눈이 본능적으로 떠졌다.

"하현아?"

기분 탓이었을지도 모른다. 흐릿한 눈을 다시 뜬 설이 잡고 있는 손가락으로 옮겨갔다.

잡고 있는 하현의 손가락은 움직이지 않았다. 하지만 내내 감고 있던 눈이 천천히 떠지며 마침내 설을 바라왔다. 티 없이 맑은 눈이 설을 바라보자 그의 눈이 흐려졌다.

"아……."

"폐…… 하."

갈라지고 거친 목소리가 힘겹게 설을 부르자 그러지 말라며 막았다.

"고집쟁이."

"죄…… 죄송……."

"말하지 마. 안 해도 돼."

귀를 기울여야 간신히 들리는 목소리였지만 설은 그것마저도 좋았다.

떨리는 손으로 뺨을 만지니 하현이 내쉬는 숨이 그의 손을 간질였다. 살이라고는 하나도 없이 마르고 야위었지만 깨어나 준 것만으로도 그는 고마웠다.

참는다며 이를 악물어도 눈가가 흐릿해졌다. 그녀의 뺨을 어루만지던 손으로 설이 눈을 가렸다.

사내가, 그것도 황제인 그가 울 수는 없었다.

그런데도 한번 터져 버린 눈물은 멈추지 않았다. 이대로 그녀가 사라질지도 모른다는 공포와 싸워왔다. 괜찮다며, 아무렇지도 않다며 담담한 척했지만 실상 그녀가 깨어나지 않아 가장 두려운 사람은 그였다.

참고 있던 긴장이 순식간에 풀려 버리니 억지로 눌러오던 감정이 한꺼번에 밀려왔다.

손으로 얼굴을 가리고 힘겨운 숨을 토해내고 있을 때, 부드러운 촉감이 다른 손에서 느껴졌다.

깨어나길 바라며 설이 먼저 잡았던 손이다.

언제나 힘없이 늘어져 있던 하현의 손이 이제는 그의 손을 감싸고 있었다.

하현의 손에 얼굴을 묻으며 설이 울음을 삼켰다.

"이제 이러지 마. 다시는 그런 짓 하지 마."

힘없이 끄덕이는 고개가 조용히 물음에 답하였다.

손가락이 움직이고 그가 있는 방향으로 시선이 따라왔다. 마르고 지쳐 있었지만 설의 물음에 곧바로 답을 하였다.

조심스러운 손길로 설이 누워 있는 그녀를 안았다.

뼈밖에 느껴지지 않는 몸이 잔약하다. 힘을 주면 바스러질 것 같았다.

"고마워."

고맙다는 말이 설에게서 계속 흘러나왔다.

그 안에서 느껴지는 감정에 하현의 눈가가 젖어들었지만 약해진 몸에서는 눈물조차 나오지 않았다.

오열하는 설을 안지도, 괜찮다며 울지 말라며 말을 꺼낼 수도 없었다.

대신 그의 어깨에 하현이 얼굴을 묻었다.

❉

"자, 아!"

바로 앞에 놓인 수저를 보며 하현이 눈썹을 모았다.

아직은 침상에 있어야 하지만 그래도 앉지도 못하던 처음과는 달리 하현은 많이 나아져 있었다. 석 달이나 정신을 못 차리고 있었다는 것도 믿기지 않았지만, 그사이 귀비와 태위가 역모를 꾸미

다가 처벌을 받았다는 이야기는 아직도 실감이 나지 않았다.

기억이 전혀 없는 석 달, 그녀의 예상보다도 많은 것이 달라져 있었다.

그중 가장 많이 달라진 것이 바로 설이었다.

"제가 먹을 수 있어요, 폐하."

식사 때마다 와서는 직접 먹여주겠다는 설의 행동에 히현이 얼굴을 붉혔다. 물론 그녀도 설과 함께 있는 것이 싫지 않았다. 하지만 황제가 모든 정무를 미뤄놓고 승경궁에만 있는 모습이 귀족들에게 좋게 보일 리가 없었다.

"이제 수저 정도는 들 수 있어요."

"당분간 무리하면 안 된다고 하였다! 혹 떠주는 죽의 양이 많은 것이냐? 상궁에게 물어보니 이 정도가 적당하다던데?"

수저에 담겨 있는 죽을 다시 그릇에 섞은 설이 진지한 눈으로 죽을 떴다. 마치 약간의 차이도 용서하지 않겠다는 듯 날카로운 눈으로 죽의 양을 살피는 그를 보며 하현이 작게 웃음을 지었다.

"무리하지 마세요. 정말 제가 먹을 수 있어요. 이리 주세요."

그릇에 손을 대는 하현의 행동에 설이 뒤로 몸을 뺐다.

그녀에게 절대 빼앗길 수 없다는 듯 양팔로 그릇을 감싼 설이 단호한 목소리로 말했다.

"자꾸 안 먹으면 다른 방법으로……."

"아니요, 폐하! 먹을게요! 먹을 테니까 주세요!"

붉어질 대로 붉어진 하현이 다른 방법이라는 말에 먹겠다며 고개를 끄덕였다.

며칠 전 먹기 싫다는 하현이에게 입으로 직접 먹여주겠다며 난리 아닌 난리를 쳐댄 설이다. 결국 그의 시도는 실패로 돌아갔지만 미련이 남는 듯 틈만 나면 다른 방법을 쓴다며 협박을 해댔다.

하현이 얌전히 먹겠다고 하자 미소를 지은 설이 호호 불어 식은 수저의 죽을 건네었다. 터질 듯 붉어진 얼굴로 하현이 설이 건넨 죽을 입에 넣었다.

"잘 먹네. 누구 부인인지 진짜 착하다."

투덜투덜 심통을 부릴 때는 언제고 하현이 곧잘 받아먹자 그새 설의 얼굴이 환해졌다. 억지 좀 부리지 말라고 말하고 싶어도 설이 저렇게 좋아하니 뭐라 불평을 할 수도 없었다.

무엇보다도 누워 있는 동안 설이 어떻게 버텼는지 조 상궁과 지하에게 빠짐없이 들어서 그런지 더더욱 그에게 하지 말라며 목소리를 높일 수가 없었다.

죽을 전부 비운 후 입가심으로 따뜻한 물까지 먹인 뒤에야 설이 만족스러운 미소를 지었다.

조 상궁을 불러 빈 그릇을 내보낸 설이 그녀의 옆에 다가와 앉았다.

"자꾸 다른 방법으로 먹이시겠다며 강요하지 마세요."

"싫어! 네가 회복될 때까지는 내가 직접 먹일 거야. 황제의 지엄한 명이니까 황후는 얌전히 받아들이도록 해. 고집 피워도 안 들어줄 거야."

"하지만 정무도 보셔야 하잖아요. 이렇게 계속 승경궁에 계시면 대신들이 좋아하지 않을 거예요."

"너는? 너는 내가 없어도 괜찮은 거야?"

"언제나 저녁에는 이곳에서 침수를 드시잖아요. 낮에는 상궁들에게 맡기셔도 괜찮아요."

몸이 약해져도 바른말을 하는 것은 예전이나 지금이나 하나도 변하지 않았다. 점점 원래대로 돌아오는 것 같아 다행이라는 생각을 하면서도 황제의 체면만을 생각하는 그녀에게 서운했다.

설의 표정이 달라지자 하현이 조심스럽게 물었다.

"서운하세요?"

그녀의 물음에 설의 눈 끝이 내려갔다.

"응, 서운해. 난 내내 같이 있고 싶은데 내 황후는 보이는 것과는 달리 너무 어른스러워. 몸도 약한데 본인보다도 날 더 걱정해 주고 말이지."

"용체라도 상하시면 제가 어찌 폐하를 볼 수 있겠어요."

"뭘 못 봐? 마음껏 보면 되지."

하현을 뒤에서 안으며 설이 가는 어깨에 얼굴을 묻었다.

여전히 몸으로 느껴지는 하현의 몸은 약하고 여렸다. 끼니마다 좋은 것을 먹이고 푹 쉬게 해도 한번 망가진 몸은 좀처럼 나아지지 않았다.

원래대로 돌아오는 데 오랜 시간이 걸릴 것이다. 최악의 상황에는 아이를 가지지 못할지도 모른다는 말까지 들었지만 설은 상관없었다.

먼 미래만을 생각하며 지금의 순간을 어영부영 보내고 싶지 않았다. 그에게 중요한 것은 깨어나서 자신을 보고 있는 하현이지 생기지도 않은 아이가 아니었다.

"여전히 말랐어. 이러고 있으면 네가 금방이라도 부서질 것 같아."

"폐하."

"오랫동안 누워 있었으니까 조급해하지 말고 천천히 나아지자. 그러니까 이번 기회에 어리광도 좀 부리고 그래. 네가 어리광 부리는 거 보고 싶다."

어느새 그녀의 앞으로 자리를 옮긴 설이 미소를 지었다.

그를 바라보는 하현의 눈가가 촉촉이 젖어들었다. 그와 함께 있는 지금에서야 살아 있다는 것이 느껴졌다.

조금만 일어나 있어도 힘들고 숨이 가빴지만 그래도 지금 설과 함께 있는 순간이 무척이나 귀하고 행복했다. 힘들게 손을 들자 하현의 의사를 알아챈 설이 그녀의 손을 자신의 뺨에 갖다 댔다.

설에게서 느껴지는 온기와 매화 향이 좋았다. 코끝에 스치는 향에 몸을 맡기며 하현이 설을 바라보았다.

"살아서 폐하를 볼 수 있어서 다행이에요."

하현의 말에 설이 숨을 삼켰다. 입술을 깨문 채 숨을 참아내던 설이 붉어진 눈으로 하현을 바라보았다. 이제 지나간 과거는 생각하고 싶지 않았다. 흉적은 모두 제거되었고, 그녀는 잠에서 깨어나 천천히 회복되고 있었다.

하현의 손에서 온기를 느끼며 그녀의 이마에 짧게 입술을 맞추었다.

"이제 평생 볼 수 있을 거야. 넌 내 하나뿐인 부인이니까."

부인이라는 말에 눈물을 글썽이며 하현이 고개를 끄덕였다.

아직 무리를 하면 안 되는 것을 알고 있다. 되도록 움직이지 말고 몸이 회복되도록 쉬어야 한다는 것도 알고 있다.

설의 손을 붙잡은 하현이 고개를 올렸다.

짧게 닿은 입술의 감촉이 오랜만이라 더 아늑했다. 입을 열고 상대를 받아들이기에는 하현의 몸이 좋지 않았기에 할 수 없었지만, 입술이 스치는 것만으로도 행복했다.

닿았던 입술이 떨어지자 부끄러운 듯 하현이 시선을 돌렸다.

"어서 낫자."

설의 말에 시선을 외면하던 하현이 고개를 끄덕였다.

명룡국에 봄이라는 계절은 없었지만 만약 있다면 하현의 미소와 똑같을 것 같았다.

힘들어하는 하현을 눕히며 설이 미소를 지었다.

❋

반년이 지났다.

1년에 넉 달 명룡국에 눈이 멈추는 시기가 도래했다. 언제나 내리던 눈이 멈추자 방을 가득 채우던 한기가 점차 사그라졌다.

모처럼 날씨가 따뜻해지자 태의의 승낙을 받은 설이 하현을 데리고 궁을 나왔다.

하현을 부축하며 나온 설이 맑고 따뜻한 날씨에 미소를 지었다.

"날이 좋아. 걸을 수 있겠어?"

오랜만의 산책에 기분이 좋아진 하현이 환한 미소로 고개를 끄덕였다. 주변을 둘러보며 숨을 들이마시니 방에서 맡던 공기와는 완전히 달랐다.

한결 환해진 하현의 표정에 즐거워진 설이 뒤의 조 상궁에게 앞으로 오라 명하였다.

"황후를 부축하라."

조 상궁에게 하현을 부축하게 하고 설은 섬돌 아래로 내려갔다. 몇 걸음 뒤에서 황금 천에 가려진 물건을 들고 있는 내관에게 가까이 오라 명령한 그가 천을 걷어냈다.

천을 걷어내자 새로 맞춘 듯 화려한 꽃이 수놓아져 있는 꽃신 한 켤레가 모습을 드러냈다.

이게 무엇이냐는 하현의 시선에 미소를 지은 설이 꽃신을 그녀의 발 앞에 내려놓았다.

"신겨줄게. 자, 조심히 발 줘봐."

설의 말에 궁인들이 본다며 하현이 고개를 저으려 하였다. 하지만 그것도 잠시, 고민하던 하현이 무슨 생각인지 조 상궁의 부축을 받으며 치맛자락을 조금 들었다.

치맛자락 사이로 보이는 작은 발에 몸을 숙인 설이 조심스럽게 꽃신을 신겨주었다.

"이러고 있으니 명롱국에 처음 올 때가 생각나요, 폐하."

"이래 봬도 그때보다는 비싼 꽃신이다. 가락지보다 비싼 거란 말이야!"

설의 말에 하현이 까르르 웃음을 터뜨렸다.

조 상궁에게 물러나라 명한 설이 하현을 부축하였다. 따뜻한 설의 온기를 느끼며 하현이 한 계단씩 천천히 아래로 내려갔다.

오랜만에 밟아보는 땅의 감촉에 기분이 설레었다. 아직 걸음이 익숙하지는 않았지만 설의 도움을 받으니 그럭저럭 걸음을 옮길 수 있었다.

조심스럽게 하현이 계단을 내려오자 설의 시선이 뒤에 늘어서 있는 궁인들에게 향했다.

"황후와 단둘이 걷겠다. 아무도 따라오지 마라."

"폐하, 그러하시면 아니 되옵니다."

"위험하면 부를 테니 알아서 오란 말이다! 1년 만에 황후와 하는 산책을 방해받고 싶지 않다. 따라오기만 해봐."

더는 여지를 주지 않겠다는 듯 하현을 부축한 설이 고개를 돌렸다.

완강한 황제의 행동에 내관들이 쩔쩔매는 사이, 하현의 걸음에 맞추며 천천히 승경궁 주변을 걷기 시작했다.

한걸음 한걸음 무척이나 느린 산책이었지만 둘의 표정은 어느 때보다도 밝았다.

"이제 종종 이렇게 나오자. 쉬어야 한다지만 조금씩 걸어보는 것도 나쁘지 않을 것 같다."

"저야 좋지만 폐하께서는 바쁘시잖아요. 매번 나와 주실 거예요?"

"그러려고 꽃신도 신겨줬잖아. 원할 때 마음대로 부르렴. 그럼 네 준비가 끝나기 전에 내가 먼저 승경궁 앞에 나와 있겠다."

호언장담하는 설의 모습에 하현이 간지러운 웃음을 터뜨렸다. 그녀의 웃음에 설이 눈썹을 모았다. 믿지 않는다는 듯한 하현의 웃음에 설이 눈썹을 찡그렸다.

"진짜라니까!"

"믿어요, 폐하."

"……."

"진짜로 믿는다니까요."

웃음을 참으며 말하는 하현을 보며 설이 눈을 좁혔다. 하지만 곧 하현이 다시 걸음을 옮기자 그가 말없이 그녀를 부축하였다.

아직 몸이 나은 것은 아니지만 회복이 빠르니 곧 일상적인 생활을 할 수 있을 것이라 하였다. 회복이 빠른 것은 다행이었지만 한 가지 하현에게 걸리는 것이 있었다.

"폐하, 태의가 말하지는 않았지만, 어쩌면 전 아이를 가지지 못할지도 몰라요."

하현의 말에 설이 걸음을 멈추었다.

물끄러미 바라보는 시선에 미소를 지으며 하현이 담담히 말을 이었다.

"예전에도 독에 중독되어 평생 아이를 갖지 못한 부인을 본 적이 있어요. 하물며 전 3개월이나 의식이 없었어요. 어쩌면…… 아니, 힘들 거예요."

말을 끝낸 하현이 무언가를 참듯 설의 시선을 외면했다.

이런 말을 그에게 꺼내고 싶지 않았다. 하지만 반년이 지나도 좀처럼 몸이 회복되지 않으니 불안했다. 이대로 평생 설에게 짐이 되는 것은 아닐까? 하물며 독에 엉망이 되었던 몸이다.

누구보다도 건강해져서 그의 아이를 갖고 싶었다. 하지만 지금 상태로는 몸이 얼마나 회복될지 누구도 알 수 없었다.

"다시 걸을까?"

설의 말에 고개를 숙인 하현이 천천히 걸음을 옮겼다. 오랜 시간 둘 사이에 정적이 흘렀다. 누구 하나 먼저 말을 꺼낼 수 없는 상황 속에서 먼저 입을 연 사람은 설이었다.

"아이는 걱정하지 않아. 나는 감이 좋은 편이거든."

"폐하, 이건……."

"널 처음 만났을 때도 난 느낌이 좋았어. 비록 거래이기는 했지만 너와 함께 있으면 행복할 것 같았거든. 그 생각 하나만으로 나는 널 황후에 세웠는걸. 그리고 지금 너와 함께 즐겁게 궁을 걷고 있잖아."

"폐하."

"우선 네가 나아지는 것만 생각하자. 그리고 기왕이면 내 감을 좀 믿어줘 봐. 분명 생길 거야. 물론 네 몸이 회복된 후에 많은 노력이 필요하겠……."

"폐하!"

"아하하하!"

설이 터뜨리는 웃음소리가 바람에 실려 사라졌다. 믿을 만한 근거는 하나도 없는 주장임에도 그가 그렇게 말해주니 무겁던 마음이 조금은 가라앉았다.

느리지만 한 걸음씩 내디디니 어느새 승성궁에서 한참을 벗어나 있었다.

오랫동안 하현을 부축하고 있었음에도 설의 걸음은 흐트러지지 않았다.

그의 손을 잡고 여기까지 오게 되었다.

그와 함께 내딛는 걸음이 행복했다.

"폐하, 감사해요."

"뭐가?"

"그때…… 저에게 손을 내밀어주셨잖아요."

하현의 말에 설의 걸음이 멈추었다. 하현과 눈을 마주치니 곱게 휜 눈이 어느 때보다도 고왔다. 하현의 앞으로 몸을 옮긴 설이 팔을 끌어 그녀를 품에 안았다.

작게 뛰는 심장 소리가, 수줍게 내쉬는 여린 숨이, 품에 안기는 작은 여체가 언제나 그를 떨리게 하였다.

이 여인과 평생을 할 수 있어 다행이다.

길지 않은 삶이었지만 설은 하현이 자신의 부인이라는 사실에 진심으로 감사했다.

"고마워, 내 손을 잡아줘서."

설의 대답에 하현이 환한 미소를 지었다.

그녀의 미소에 만족한 설이 작은 뺨을 감싸며 고개를 숙였다.

평생을 믿고 의지할 사내를 가는 팔로 안았다.

두 개이던 그림자가 하나로 합쳐지자 새로운 길이 두 사람 앞에 펼쳐졌다.

외전 1

당신과 함께

황후가 깨어난 지 3년 후, 드디어 회임을 하였다.

죄인 홍씨의 음모로 독이 든 차를 마신 뒤로는 포기하고 있던 일이었다. 생각지 못한 경사에 황제는 황후가 무사히 아이를 낳을 때까지 조세를 감면하였다.

젊고 자비로운 황제가 정도를 지키고 나라를 다스리니 명룡국에 사는 모든 이들이 태평성대라 하였다.

하지만 정작 성군이라 불리고 있는 설의 심기는 그다지 좋지 않았다.

"또 오수에 드셨단 말이냐?"

미간을 좁힌 채 조 상궁에게 물어보는 설의 목소리가 부들부들 떨렸다. 그가 왜 그런지 알고 있기에 조 상궁이 고개를 더욱 깊게 숙였다.

회임을 한 지 8개월, 부른 배만큼이나 깊은 잠을 자기 어려운 시기이다. 하지만 그런 시기를 비웃듯 하현은 잠들기 일쑤였다.

침상에서든 의자에서든 한 번 눈을 감으면 몸을 가누지 못할 정도로 깊게 잠이 드니 자연스레 그녀의 곁에 있는 상궁들은 조짐만 보이면 미리 오수 준비를 해놓는 것이 일상이 되었다.

"혹 회임이 몸에 무리를 주고 있는 것은 아니냐? 태의는 뭐라고 하더냐?"

"황후마마의 몸에는 아무 이상이 없다고 했사옵니다. 아기씨의 태동도 걱정할 것이 없으니 안심하라 했사옵니다."

조 상궁의 말을 들으며 설이 미간을 찌푸렸다. 하루의 삼분지 이는 내리 잠만 자는 것 같았다. 겨울잠을 자는 곰도 아니고, 깨어 있는 시간보다도 자는 시간이 더 많아지니 괜찮다는 말을 들어도 불안했다.

하지만 어쩔 수 없는 일, 하현이 깨지 않도록 스스로 문을 연 설이 조용히 침상을 향해 걸어갔다.

부른 배 때문에 옆으로 몸을 뉜 하현에게선 고른 숨소리가 들려왔다.

그녀가 깨지 않도록 설이 조심스럽게 침상에 누웠다. 그의 체온이 느껴지는지 잠들어 있던 하현이 설의 품으로 안겨왔다.

품에 안긴 하현의 등을 천천히 토닥이며 설의 눈이 그녀를 살폈다.

뼈와 피부밖에 없던 모습은 이제 어디서도 찾아볼 수 없었다.

복숭앗빛 홍조가 오른 뺨과 아이를 가지면서 오른 살에 생기가 느껴졌다. 여전히 품에 안기는 여체는 작고 아담했지만, 부서질 것 같던 예전과는 확실히 많이 달라졌다.

"언제 오셨어요?"

얼마간의 시간이 흐르고, 잠에서 깬 하현이 미소를 지었다.

그렇게 잤는데도 하현의 눈에는 아직 잠기운이 남아 있었다. 눈을 비비는 하현의 이마에 살짝 입술을 맞추며 설이 낮게 말했다.

"온 지 얼마 안 되었어."

"오셨으면 말씀해 주시지. 또 몰래 들어오신 거죠?"

보지 않았어도 본 것같이 말하는 하현에게 설이 미소를 지었다. 품에 안겨 있는 하현의 등을 그가 조심스럽게 쓸어내렸다.

이제 두 달 뒤면 그와 그녀의 첫 아이가 태어날 것이다. 얼마 안 남은 시간이지만 설에게는 길게만 느껴졌다.

"어서 태어났으면 좋겠다. 얼마나 대단한 녀석이기에 내 황후가 이렇게나 힘들어하는지 좀 봐야겠어."

"아이가 힘들어서 잠드는 건 아니에요. 그냥…… 조금 졸린 것뿐인걸요."

아이를 타박하는 것이 싫었는지 하현이 설의 말에 반박하였다. 하현이 왜 그러는지 묻지 않아도 알고 있었지만, 왠지 모르게 심술이 나는 것은 어쩔 수 없었다.

하현의 등을 두드리며 설이 퉁명스럽게 말했다.

"나 서운하다. 벌써부터 태어나지도 않은 아이 편을 먼저 들다니…… 이래서 내 아버지가 날 그렇게 구박한 거였구나?"

"그런 게 아니라니까요! 편을 들다니, 말도 안 돼요!"

당황한 하현이 몸을 일으키려 하자 설이 자신의 팔에 힘을 주었다. 일어나지도 못한 채 그의 품에서 꼬물거리던 하현이 설에게 작게 항변하였다. 제대로 설명을 하겠다는 하현의 말을 무시하며 설이 그녀의 입술에 얼굴을 숙였다.

안 된다며 굳게 다물고 있던 입술을 열고 입안으로 침입하자 따뜻한 열기가 그의 혀를 휘감았다. 밀어내던 손이 어느새 설의 뺨을 감싸고 그를 받아들였다.

혀와 혀가 엉키자 사그라져 있던 열기가 다시 피어올랐다. 입맞춤으로 넘어오는 상대의 타액이 정신을 놓을 정도로 달콤하였다.

숨을 쉬느라 입술이 떨어진 사이 하현에게서 간지러운 웃음소리가 흘러나왔다. 붉게 부어오른 입술을 깊게 빨아들인 설의 입술이 턱에서 새하얀 목덜미로 내려왔다.

하얀 목덜미에 입술을 누르고 향을 들이마시니 달콤한 향이 코를 간질였다. 입술로 느껴지는 하현의 맥은 어느 과실보다도 달콤했다.

하지만 목덜미에서 흐트러진 자리옷 사이로 입술이 내려오자 하현이 부드럽게 설을 밀어냈다.

"안 돼요, 폐하."

하현의 말에 설의 눈이 축 내려갔다.

아이가 생긴 일은 경사였지만, 지금 같은 경우는 그에게 고문이었다.

하현의 목덜미에 얼굴을 묻은 설이 무거운 숨을 내쉬었다.

"예전에 아버지가 그렇게 내가 어머니 옆에 있으면 심통을 부렸거든? 그분이 왜 그러나 싶었는데 이제야 이해가 간다."

"시간은 금방 지나가는걸요. 아쉽기는 하지만 귀한 아이잖아요. 건강하게 낳고 싶어요."

"그래, 아이는 건강할 거고 난 피가 바짝바짝 마를 거야."

설의 투정에 하현이 웃음을 터뜨렸다. 그녀의 웃음소리를 들으며 결국 그가 긴 숨을 내쉬었다.

몸을 돌려 하현을 품에 안으며 설이 그녀의 정수리에 머리를 기댔다. 그러곤 설이 등을 두드리니 하현이 작게 하품을 하였다. 하품을 하느라 생긴 눈물을 닦으며 하현이 무안한 듯 미소를 지었다.

"그렇게 잤는데도 왜 자꾸 졸린지 모르겠어요."

"3년 전에도 3개월이나 잤으면서."

설의 말에 하현의 눈 끝이 내려갔다. 설의 품에 얼굴을 묻으며 하현이 눈을 감았다. 설의 심장 소리가 하현의 귓가에 울렸다.

3년 전 그날이 꿈처럼 느껴졌다.

기대하지 못하던 아이에, 설의 아낌없는 연모에 하현은 더 이상 바랄 것이 없었다.

설의 품에 안겨 있던 하현이 무슨 생각인지 몸을 일으켰다.

물끄러미 바라보던 시선에 누워 있던 설이 고개를 갸웃했다.

"왜? 무슨 일 있어?"

설의 물음에 하현이 미소를 지었다. 무거운 몸을 움직여 설에게 가까이 다가간 하현이 그의 이마에 입술을 맞추었다.

"연모해요, 폐하."

하현의 고백에 설이 몸을 일으켰다. 붉게 달아오른 입술에 입을 맞추며 설이 작게 속삭였다.

"나도 연모해, 부인."

황후보다도 부인이라는 말이 그녀에게는 더 달콤하게 들렸다.

혼인을 한 지 5년이 다 되어가지만 아직 한 번도 꺼내지 못한 단어가 입안에서 맴돌았다. 막상 꺼내려 하니 쉽지 않았지만, 그래도 꼭 불러보고 싶은 말이 있었다.

붉게 달아오른 얼굴로 아무 말도 하지 않자 설이 고개를 갸웃했다.

왜 그러냐며 설이 다시 물으려는 순간, 작은 목소리가 하현에게서 흘러나왔다.

"가군."

"뭐? 뭐라고?"

"아니에요! 잊으세요."

"아니, 잊기 싫어! 다시 들려줘! 어딜 자꾸 도망가려 해?"

"몰라요! 저 일어날 거예요!"

한 번 부르는 것도 힘들건만 자꾸 다시 들려달라는 설의 요구에 하현이 침상에서 내려가겠다며 도망가려 하였다. 그것도 잠시, 입이 귀에까지 걸린 그가 하현을 뒤에서 덥석 껴안았다. 그러곤 크게 웃음을 터뜨렸다.

"진짜 듣고 싶었다고! 언제 그렇게 불러주나 얼마나 기대했는데! 그러니까 한 번만! 응? 딱 한 번만 더 불러줘."

"부끄러워요. 다음에 불러 드릴게요."

도망가려는 하현을 잡은 설이 안고 있는 팔에 힘을 주었다. 목에 얼굴을 묻은 채로 다시 한 번 불러달라며 설이 계속 요구하니 하현의 홍조가 온몸으로 번졌다.

불러주기 전까지는 절대 물러나지 않을 것 같은 설의 모습에 결국 하현이 눈을 질끈 감고 말했다.

"가…… 군! 됐죠?"

가군이라는 단어에 설의 입이 함지바만 하게 벌어졌다.

"듣기 좋다. 폐하라는 말보다 더 좋은 것 같아."

그녀와 함께 있으면 새로운 일이 계속 생겨난다. 혼자만으로는 절대로 느낄 수 없던 만족이 그녀가 불러오는 길을 따라가자 느낄 수 있었다.

오직 자신만의 감정, 하현과 함께라면 평생 이런 감정을 느끼며 살게 될 것이다.

"딱 두 달만 조심해서 건강한 아이를 낳자. 물론 무엇보다도 네 건강이 우선이야. 알고 있지?"

설의 말에 하현이 고개를 끄덕였다.

설의 옆에 머물면서 그녀에게는 더 넓은 세상이 생겨났다.

하늘 아래 오직 그만이 그녀에게 줄 수 있는 것. 시간이 흐를수록 그가 보여주는 세상이 그녀에게 새로운 삶을 주었다.

설의 품에 안긴 하현이 행복한 미소를 지었다.

하얀 눈이 소복이 내렸다.

쌓이는 눈을 내관들이 부지런히 쓸어냈다.

눈은 내렸지만 바람은 없는 따뜻한 날, 황후의 진통이 시작되었다.

날이 저물고, 한나절 내내 진통을 하던 황후가 건강한 황자를 낳았다.

황제의 모습을 그대로 빼닮은 황자의 모습에 황제가 기쁜 웃음을 터뜨렸다.

갓 태어났음에도 활발하고 움직임이 좋은 황자에게 황제는 유한이라는 이름을 지어주었다.

황제가 내민 손을 황후가 잡자 명룡국에 빛이 찾아왔다.

이루어지지 않을 것이라 생각하던 두 사람이 만나자 또 다른 세상이 열렸다.

새로이 열린 세상으로 손을 잡은 두 사람이 걸어가기 시작하였다.

외전 2

유한

숨이 턱에까지 찰 정도로 뛰어도 황궁은 끝없이 넓었다.

짧은 머리카락과 하얀 피부에 난 솜털이 아직은 어린 사내아이였다. 거친 숨을 쉬고 있었지만 힘들지는 않은지 웃음을 터뜨리는 아이의 눈이 유난히 맑고 깨끗했다.

"황자 저하! 저하!"

멀지 않은 곳에서 들려오는 내관의 목소리에 아이의 입가에 짓궂은 미소가 감돌았다.

장난기가 가득한 눈이 부지린히 주변을 눌러보았다. 넓고 웅장한 황궁이었기에 사내아이가 몸을 숨길 만한 곳은 셀 수도 없이 많았다.

엄한 어마마마는 내관들과 숨바꼭질을 하면 크게 회초리를 들

것이라 하셨지만, 인자한 아바마마는 유한이 찾지 못하던 새로운
곳을 몰래 알려주기도 하셨다.

"나 여기 있다!"

"황자 저하! 이만 돌아가셔야 하옵니다!"

"날 잡으면 돌아갈게! 잡아봐!"

"황자 저하! 이리 오세요!"

깔깔 웃음을 터뜨리며 유한이 달리자, 따라가던 내관들이 울먹
이는 목소리로 그를 불렀다.

내관들과 함께하는 숨바꼭질은 유한에게 재미있는 놀이였다.

그를 부르는 목소리가 점점 멀어지자 있는 힘껏 뛰던 유한의 걸
음이 멈추었다.

"헥헥! 힘들다!"

고개를 숙인 채 유한이 가쁜 숨을 내쉬었다. 내관을 따돌리며
황궁을 누비고 다녔어도 유한은 이제 겨우 여섯 살이었다.

황제인 진설과 황후인 담하현 사이에서 태어난 하나뿐인 자식
이자 명룡국 유일한 후계자인 그는 본인에게 지워진 무거운 책임
과는 상관없이 밝고 쾌활했다.

숨을 고른 유한이 몸을 세우며 길게 숨을 내쉬었다. 차가운 명
룡국의 바람이 몸 안 깊숙이 들어오자 유한의 입가에 미소가 생겼
다.

"여기에 있다고 했는데……."

유한이 온 곳은 자안궁 안. 이곳에 설이 몰래 알려준 비밀 장소
가 있었다.

내관들에게 들키지 않으면서 자안궁 주변을 탐색하던 아이의 눈에 작은 공간이 모습을 보였다. 큰 나무와 주변의 작은 나무 사이에 생긴 작은 틈, 체구가 작은 유한이 몸을 숨기기에는 최적의 장소였다.

"찾았다!"

크게 고함을 지른 유한이 서둘러 입을 막았다.

들킨 것은 아닐까? 하지만 다행히 내관이 오는 소리는 들리지 않았다.

입을 막은 채 조심히 안으로 들어간 아이가 기쁘다는 듯 키득 웃음을 터뜨렸다.

"아무도 못 찾겠지? 아함, 졸려."

꽁꽁 숨었다는 사실에 즐거운 것도 잠시, 이리저리 뛰어다니느라 지친 유한이 길게 하품을 하였다. 나무 사이의 작은 틈이라 그런지 바람조차 들어오지 않아 따뜻하고 포근했다.

이대로 잠들면 내관들이 그를 찾아낼지도 모른다.

하지만 견디기에는 내려오는 눈꺼풀이 너무나도 무거웠다.

잠시 후, 몸을 웅크린 채 아이는 잠에 빠져들었다.

"냉궁의 그 사람이 숨을 거두었다 들었습니다."

찻잔에 따뜻한 차를 따르며 하현이 입을 열었다. 그녀의 말에 장계를 보던 설이 하현을 바라보았다.

공식적으로는 죽은 것으로 되어 있었으나 실제로는 냉궁에 갇혀 있던 홍란이 지난밤 숨을 거두었다. 목소리를 잃은 채 냉궁에 10여 년을 갇혀 지낸 터라 이미 폐인이었다.

홍란을 감시하던 궁인 외에는 누구도 알지 못하는, 철저히 비밀에 부쳐진 일이었다. 간간이 귀족들 사이에서는 홍란이 살아 있다는 이야기가 돌았지만, 확인할 수 없었기에 떠도는 소문 정도로만 생각했다.

"알고 있었어?"

하현과 둘만이 있는 자리이기에 설의 말투는 편안했다. 하지만 편안한 말투와는 달리 설의 안색은 굳어 있었다.

다른 사람은 몰라도 하현에게는 철저히 숨기고 있다고 생각했다. 살아 있되 자비를 내릴 가치조차 없는 죄인이었다. 란이 아니었다면 하현이 독을 먹지도 않았을 테고, 몸이 상해 그토록 고생하지도 않았을 것이다.

"누가 말해준 거야? 절대 알리지 말라 했거늘!"

설의 추궁에 하현이 말없이 미소를 지었다. 그 모습에 설이 미간을 모았다.

"하현아, 누가 너에게 란이 살아 있다고 말한 것이냐? 조 상궁이냐? 그게 아니면 지하인 것이냐?"

"가군."

가군이라는 단어에 추궁하던 설의 말문이 막혔다. 공식적인 자리에서는 폐하라 불렀지만, 단둘이 있을 때 하현은 설을 가군이라 불렀다. 그녀가 가군이라 부르면 설은 좀처럼 고집을 피울 수 없었다.

차를 가져온 하현이 그의 앞에 잔을 내려놓았다. 하현의 손을 잡은 설이 그녀를 자신의 옆자리에 앉혔다. 설의 어깨에 머리를 기댄 채 하현이 입을 열었다.

"냉궁의 그 사람이 죽었으니 이제 그날의 역적들이 모두 그 대가를 받지 않았습니까? 그렇다면 이제는 연좌제에 묶여 있는 죄인들을 용서해 주세요."

하현의 말에 믿을 수 없다는 듯 설의 눈이 커졌다. 죄인 홍희겸이 역모를 일으킨 지도 10년이 넘었다. 어지간한 일은 웃으면서 넘기는 황제였지만, 그날의 일은 황궁과 설에게는 꺼낼 수 없는 금기였다.

그녀의 말을 잘못 들은 것은 아닐까? 설의 눈이 날카롭게 하현을 바라보았지만 그녀는 평온했다. 긴 시간이 흘렀지만 아직도 그때의 일은 생생했다. 그때의 역모로 황후가 고생한 것만 생각하면 자다가도 눈이 떠질 정도로 화가 치밀었다.

"내가 잘못 들은 거지?"

"가군."

"그것들이 너에게 한 짓을 생각하면 아직도 치가 떨린다. 4년이다! 네가 독차를 마시고 정상으로 돌아올 때까지 그만큼의 시간이 걸렸단 말이다. 절대로 안 되는 일이다. 못 들은 것으로 하겠다."

단번에 말을 자르는 설을 보며 하현이 눈을 내렸다. 어떤 어려운 부탁도 웃으면서 들어주는 설이지만 연좌제에 묶인 죄인들에게만은 조금의 자비도 내리고 싶지 않았다.

더는 듣지 않겠다는 듯 장계로 설이 손을 가져갔다. 하지만 장계를 잡기 전, 하현이 그의 손을 붙잡았다.

"하현아!"

"제 아버지가 폐태자였다는 것을 아시잖아요. 아무리 산에서 몸을 숨기고 살았어도 죄인의 딸이라는 굴레가 언제나 따라다녔어요. 가군께서 손을 내밀어주시지 않았다면 전 여전히 그 굴레에서 벗어나지 못했을 거예요."

"너와 그들은 상황 자체가 다르다. 장인께서는 폐태자이시기는 했으나 그 후에 복권도 되시었고 그만큼 자신의 행동에 책임을 짊어지셨다. 하지만 이들은? 눈앞의 부귀영화에 눈이 멀어 너와 나에게 검을 들이댄 이들이란 말이다."

"아니요, 가군. 그들은 모두 죽었어요. 고된 노역으로 살아남은 죄인이 거의 없다고 하였습니다. 지금 살아남은 이들은 그때의 역모에 참여한 사람이 아니라 연좌제에 묶여 있는 이들이라 들었습니다."

"제 부모의 원한을 가지고 다시 그들이 일어날 수 있는 것이다!"

설의 언성이 높아지자 하현의 말문이 닫혔다.

아무리 언쟁을 하더라도 절대로 목소리를 높이는 설이 아니다. 그만큼 그때의 일은 설에게 없었으면 하는 기억 중 하나였다.

말없이 보던 하현이 설의 팔을 조심히 끌었다. 말없이 그녀가 끄는 대로 몸을 옮긴 설이 하현의 목에 얼굴을 묻었다.

"미안. 너한테 화를 낼 것이 아닌데 말이야."

작은 손으로 설의 등을 쓸며 하현이 눈을 감았다.

"아니요. 제가 조금 조급했나 봐요. 하지만 지금 가군께서 그들을 용서하셔도 그들은 원래의 삶으로 돌아가기는 힘들어요. 설령 돌아간다 한들 이미 죄인으로 낙인이 찍힌 이들입니다. 평생 그들은 그 무게를 짊어지고 살게 될 거예요."

"……."

"그들을 벌할 수 있는 유일한 분은 가군이시지만, 또한 그들에게 자비를 내릴 수 있는 유일한 분도 가군이세요. 그것만은 잊지 말아주세요."

그녀의 부탁에 설이 무거운 숨을 내쉬었다. 대답은 하지 않았지만 생각해 보겠다는 그만의 그 대답에 하현이 미소를 지었다.

큰일 없이 시간이 흘러도 설이 그녀에게 주는 연모는 변하지 않았다. 명룡국의 황제라 수많은 궁녀들과 여인들이 그만을 바라봤지만 그의 시선은 여전히 곁을 지키는 자신에게만 향해 있었다. 언제나 그녀만을 아껴주는 설에게 고맙고 감사했다. 얼굴을 묻고 있는 설의 등을 다독이듯 하현이 쓸어내렸다.

하지만 그러하던 고요한 시간은 얼마 가지 않았다.

"황제 폐하! 황후마마!"

공기가 찢어질 듯 날카로운 목소리로 둘에게 달려온 상궁이 몸을 숙였다.

최근 유한의 상궁으로 정해진 그녀가 사시나무 떨 듯 떨자, 하현이 불안한 마음에 먼저 입을 열었다.

"무슨 일인가?"

"그, 그것이…… 죽여주시옵소서! 죽여주시옵소서, 황후마마!"

오열하는 상궁의 목소리에 불안해진 하현이 설을 바라보았다.

걱정하는 그녀의 시선에 결국 의자에 몸을 기대고 있던 설이 일어났다.

"황자에게 무슨 일이 있는 것이냐?"

"폐하, 실은 황자 저하께서 내관들과 숨바꼭질을 하시던 중 사라지셨사옵니다. 현재 내관들과 궁녀들이 사방으로 찾고 있으나…… 죽여주시옵소서!"

숨바꼭질을 하다 없어졌다는 소리에 하현의 얼굴이 창백해졌다. 하지만 그녀와는 달리 설의 표정은 놀랐다기보다는 무언가 알고 있다는 표정이었다.

손가락으로 턱을 긁어내리며 잠시 고민하던 설이 몸을 떠는 상궁에게 말했다.

"혹 황자가 자안궁 근처에서 사라지지 않았느냐?"

황제의 물음에 상궁이 오열을 뚝 멈추었다.

상궁의 오열이 멈추자 하현의 미간이 작게 꿈틀댔다. 보지 않아도 뭐가 어떻게 된 일인지 알 수 있었다.

"폐…… 하……."

"어차피 이리저리 숨을 꼬맹이면 차라리 내가 알고 있는 곳에 숨어 있는 게 찾기가 편할 것이 아니냐. 그렇게 쳐다보지 마라. 어디에 있는지 안다니까. 내관들과 궁녀들을 물려라. 황자가 어디에 있는지 알고 있으니 황후와 찾으러 가겠다."

말을 끝낸 설이 하현에게 손을 내밀었다.

겉으로는 반듯하고 단정해 보이는 황제가 누구보다도 장난치는 것을 좋아한다는 걸 아는 이는 하현밖에 없었다.

긴 한숨을 내쉬며 하현이 설의 손을 잡았다.

"이런 곳이 있었어요?"

자안궁의 작은 나무를 치우자 몸을 웅크린 채 편안히 잠들어 있는 유한의 모습이 보였다. 사라진 황자로 인해 궁 밖은 완전히 뒤집혔건만 그걸 아는지 모르는지 입맛까지 다셔가며 세상모른 채 잠들어 있는 아들을 보니 어이없는 실소가 터져 나왔다.

"저 하나 때문에 궁이 발칵 뒤집혔는데도 세상모르고 자고 있네요."

하현의 말에 설이 미소를 지으며 몸을 숙였다. 유한의 겨드랑이와 오금에 팔을 넣은 설이 단번에 아들을 안아 올렸다. 갑자기 추워진 날씨에 자고 있던 유한이 눈을 떴다.

"응? 아바마마."

눈을 비비고 잠에서 깬 유한이 바로 옆에 있는 하현을 보며 함박웃음을 지었다.

"어마마마!"

아무것도 모르는 얼굴로 천진난만하게 웃고 있는 유한에게 하현이 엄한 목소리로 말했다.

"이 어미가 내관들과 숨바꼭질을 하지 말라 하지 않았느냐? 하물며 그 와중에 잠이 들다니, 다들 얼마나 놀랐는지 알고 있는 것이냐?"

하현의 엄한 목소리에 설의 품으로 숨은 유한이 목을 움츠렸다.

유한이 실수를 하면 하현은 크게 혼을 냈고, 설은 부드럽게 타일렀다. 그래서 그런지 하현이 혼을 낼 때마다 유한은 설의 뒤에 숨었다.

설의 품에 숨는 유한의 모습에 하현이 한 소리를 하려는 순간, 설이 눈짓으로 하현을 말렸다.

하현이 멈추자 설의 시선이 품의 아들에게로 향했다. 설의 시선에 고개를 숙이고 있던 유한이 고개를 들었다.

"잘못하였습니다, 아바마마."

"무엇을 잘못하였느냐?"

"네?"

"무엇을 잘못하였느냔 말이다. 말해보거라."

사과를 하면 언제나 넘어갔던 설이 도리어 되묻자 유한의 눈이 커졌다. 당황한 듯 크게 뜬 눈이 하현이 놀랐을 때의 모습과 똑같았지만 그 모습에 미소를 짓는 대신 설은 답을 구하듯 조용히 바라보았다.

"숨바꼭질을 하다 잠이 들어서 내관들이 절 찾으러 다녔습니다."

"그리고?"

"그래서 아바마마와 어마마마께서 놀라셨습니다."

"그리고?"

"네? 그게…… 모르겠습니다."

혼을 내는 것도, 가르치는 것도 아님에도 더는 말을 꺼낼 수가 없었다. 풀이 죽은 유한을 보던 설이 천천히 걸음을 옮겼다.

"너의 가장 큰 잘못은 책임을 지지 않았다는 것이다. 만약 네가 정말로 잘못되었다면 너와 함께 있던 내관들은 모두 죽은 목숨이었다."

"하지만 소자, 아무 일도 없었습니다!"

"아무 일도 없었기에 이렇게 이야기를 해주는 거란다. 너에게
는 단순히 잠이 든 것일 뿐이지만 오늘 그들은 죽임을 당할지도
모른다는 두려움에 몸을 떨고 울음을 터뜨렸다. 네가 그들을 책임
지지 않았기에 그런 일이 일어난 것이란다."

낮고 부드러운 어조였지만 그 안에서 느껴지는 의미는 무거웠
다. 설의 이야기를 들으며 유한이 고개를 숙였다. 의기소침한 아
들의 등을 두드리며 설이 하현을 잠시 바라보았다.

"범인의 아들이라면 상관없는 이야기지만 넌 황자란다. 네 행
동 하나하나에 많은 사람들이 영향을 받을 것이다. 숨바꼭질을 해
도 상관없고 내관들과 스스럼없이 지내도 상관없다. 하지만 네가
황자라면, 나와 네 어머니의 피를 물려받은 아들이라면 네 행동에
책임을 질 수 있는 사람이 먼저 되어라."

설의 말에 한참을 생각하던 유한의 눈이 옆의 하현에게로 향했
다. 설의 말이 맞는다는 듯 고개를 끄덕이는 하현을 바라보던 유
한이 이윽고 미소를 지었다.

설의 목에 팔을 감은 유한이 뺨에 입술을 맞추었다.

"내려주세요, 아바마마. 내관들에게 미안하다는 말을 하고 오
겠습니다."

눈을 빛내는 유한을 보던 설이 웃음을 터뜨렸다. 안고 있던 아
이를 바닥에 내려놓자 둘에게 꾸벅 인사를 한 유한이 다른 방향으
로 바쁘게 달려갔다.

다람쥐처럼 사라지는 유한을 보던 설의 눈이 미소를 짓고 있는 하현에게로 옮겨갔다.

"내 황후는 아들에게 너무 엄한 것이 아닌가?"

설의 말에 하현이 그를 향해 눈을 흘겼다.

"폐하께서는 유한이를 너무 감싸십니다. 물론 오늘은 아니셨지만 그래도 폐하의 장자입니다. 훗날 태어날 저 아이의 아우가 무엇을 배우겠습니까?"

"뭐?"

하현의 말에서 나온 단어에 설의 눈이 커졌다. 그의 시선에 의뭉스러운 미소를 지은 하현이 유한이 사라진 곳으로 걸음을 옮겨갔다.

잠깐 멈춰 있던 설의 입가에 미소가 감돌았다.

황제의 체통과는 상관없이 하현의 앞으로 달려간 설이 그녀를 번쩍 안아 들었다.

짧은 비명 소리와 함께 조심해야 한다는 외침에 그가 안아 들던 하현을 꼭 끌어안았다.

하나씩 만들어가는 세상 속에서 그들은 여전히 하나였다.

〈끝〉

작가 후기

작년 가을쯤 시작한 〈꽃신〉이 끝났습니다.

과분할 정도로 〈매화잠〉이 애정을 받은 터라 꽃신은 조금…… (실은 많이) 부담이 갔습니다. 실제로 부담과 같이 온 슬럼프 때문인지 쓰는 내내 아쉬웠던 글이기도 합니다.

그래도 막상 끝내고 나니 시원하기도 하고 아쉽기도 하네요. (어차피 설과 하현이는 제가 없어도 잘 먹고 잘살 테니까요. 어허허.)

지지고 볶아가며 같이 잘살고 있는 가족들. 이번에도 잘 부탁드립니다. ^^~

니가 뭘 쓰는지 모르겠지만 열심히 하라는 친구들. 언제나 고마워요. 그리고 기왕이면 뭘 쓰는지 정도는 찾아봐요. 나한테 묻지 말고!!

역경을 헤쳐 나가며 함께하고 있는 로맨스 화원의 작가님들. 많은 거 안 바랍니다. 큰 사고 없이 주변의 시련에도 굳건하게! 지금보다도 무난하고 평안하게 지내길 바라며! 앞으로도 잘 부탁드립니다.

애정 넘치고 전운(?)이 감도는 골방팸!

화끈하게 본인 필명을 제목으로 내어준 꽃신 작가님. 언제나 고맙습니다. 그리고 알지요? 우린 싸우면 망하는 사이니 앞으로도 오래오래 같이 잘 지내봐요!

언제나 방심하는 무연이에게 한 방 잘 날리는 박윤애 작가님! 계획하는 일 모두 잘되고 대박 나면 나 잊지 마요. 나 기다리고 있…… 퍽퍽.

본격 글쟁이로서 열작하시는 비향 작가님! 언제나 좋은 정보와 조언 감사하구욤~ 우리 끝까지 잘 가보아요!

마지막으로 한희연 작가님. 지금 쓰는 글 잘 마무리하고 이제 고만 쪼아요!

꽃신 봐주시느라 엄청 아주 많이 고생하신 편집자님! 고개 숙여 정말로 감사드립니다! 편집자님 덕분에 꽃신이 예쁜 책으로 나오게 되었습니다. ^^~ 저조차 수습이 안 되는 글을 보시느라 욕보셨습니다. 다시 한번 감사드립니다!

마지막으로 언제나 부족한 글에 관심 가져주시고 예쁜 말 남겨주시는 고운 독자님들에게도 고개 숙여 감사드립니다! 재미나게 읽으셨기를 바라며 앞으로도 노력하겠습니다. (그러니 버리지 말아주시옵소서…… 퍽퍽퍽!)

바라시는 모든 일 이루시는 한 해가 되시길 바라며~ 추운 날씨 건강 조심하십시오!

사…… 사…… 사…… 사…… 좋아합니다! 그리고 감사합니다!

하루하루가 즐겁고 행복한 날만 가득하시길 바라며, 행복하세요!

무연 드림